LEITURA DE VERÃO

EMILY HENRY

LEITURA DE VERÃO

Dois escritores e uma temporada na praia

Tradução
Cecília Camargo Bartalotti

12ª edição

Rio de Janeiro-RJ / São Paulo-SP, 2024

VERUS
EDITORA

Editora
Raïssa Castro

Coordenadora editorial
Ana Paula Gomes

Equipe editorial
Raquel Tersi
Júlia Lopes

Copidesque
Lígia Alves

Revisão
Ana Paula Gomes
Tássia Carvalho

Diagramação
Abreu's System

Título original
Beach Read

ISBN: 978-65-5924-063-0

Verus Editora Ltda.
Rua Argentina, 171, São Cristóvão, Rio de Janeiro/RJ, 20921-380
www.veruseditora.com.br

CIP-BRASIL. CATALOGAÇÃO NA PUBLICAÇÃO
SINDICATO NACIONAL DOS EDITORES DE LIVROS, RJ

H451L

Henry, Emily
Leitura de verão / Emily Henry ; tradução Cecília Camargo Bartalotti. – 12. ed. – Rio de Janeiro [RJ] : Verus, 2024.

Tradução de: Beach read
ISBN 978-65-5924-063-0

1 Ficção americana. I. Bartalotti, Cecília Camargo. II. Título.

22-75687 CDD: 813
CDU: 82-3(73)

Camila Donis Hartmann – Bibliotecária – CRB-7/6472

Revisado conforme o novo acordo ortográfico.

Para Joey:
Você é tão perfeitamente a minha pessoa favorita.

1

A casa

EU TENHO UM grande defeito.

Gosto de pensar que todos nós temos um. Ou pelo menos isso facilita as coisas para mim quando estou escrevendo, construindo minhas heroínas e heróis em torno desse traço de autossabotagem, centrando tudo que acontece com eles em uma característica específica: aquela coisa que eles aprenderam a fazer para se proteger e que não conseguem abandonar, mesmo quando já deixou de ser útil.

Talvez, por exemplo, você não tivesse muito controle sobre a sua vida quando criança. Então, para evitar decepções, aprendeu a nunca se perguntar o que realmente queria. E isso funcionou por um longo tempo. Só que agora, ao perceber que *não conseguiu* o que *não sabia* que queria, você está voando pela rodovia em um carro esportivo que grita "crise da meia-idade", com uma mala cheia de dinheiro e um homem chamado Stan no porta-malas.

Talvez seu grande defeito seja não dar seta quando está dirigindo.

Ou talvez, como eu, você seja um romântico incorrigível. Simplesmente não consegue parar de contar aquela história para si mesmo. Aquela sobre a sua própria vida, com a trilha sonora melodramática e a luz dourada atravessando as janelas do carro.

Começou quando eu tinha doze anos. Meus pais se sentaram comigo para me dar a notícia. Mamãe tinha recebido seu primeiro diagnóstico, células suspeitas na mama esquerda, e me disse tantas vezes para não me preocupar que eu desconfiei que ficaria de castigo se ela me pegasse me preocupando. Minha mãe era uma pessoa prática, que ria, uma otimista, *não* alguém que ficasse se preocupando, mas eu percebi que ela estava apavorada, então também fiquei, paralisada no sofá, sem saber como falar *qualquer coisa* que não fosse simplesmente piorar a situação.

Mas aí o meu pai caseiro e viciado em livros fez algo inesperado. Ele se levantou, estendeu as mãos para nós duas — minha mãe e eu — e disse: *Querem saber do que nós precisamos para afastar esses sentimentos ruins? Precisamos dançar!*

Nosso subúrbio não tinha casas noturnas, só uma churrascaria simples com uma banda que tocava covers nas noites de sexta-feira, mas minha mãe se entusiasmou como se ele tivesse acabado de sugerir que pegássemos um jatinho para a boate Copacabana.

Ela colocou seu vestido amarelo-manteiga e brincos de metal martelado que cintilavam quando ela se movia. Papai pediu uísque escocês vinte anos para eles e um coquetel Shirley Temple para mim, e nós três giramos e dançamos até ficar tontos, rindo, tropeçando uns nos outros. Rimos até mal conseguir parar em pé, e meu pai, mesmo com a fama de retraído, cantou "Brown Eyed Girl" como se o salão inteiro não estivesse olhando para nós.

E então, exaustos, nos enfiamos no carro e voltamos para casa em silêncio, mamãe e papai de mãos dadas entre os bancos, e eu encostei a cabeça na janela e, olhando as luzes da rua tremularem através do vidro, pensei: *Vai ficar tudo bem. Sempre vamos estar bem.*

E esse foi o momento em que eu percebi: quando o mundo parecia escuro e assustador, o amor podia nos resgatar e levar para dançar; risadas podiam levar embora parte da dor; a beleza podia esburacar o medo. Decidi, então, que minha vida seria cheia dos três. Não só por mim, mas pela minha mãe, e por todos à minha volta.

Haveria propósito. Haveria beleza. Haveria luz de velas e Fleetwood Mac tocando baixinho ao fundo.

O fato é que comecei a contar a mim mesma uma linda história sobre a minha vida, sobre o destino e o modo como as coisas acabam dando certo, e, aos vinte e oito anos, minha história era perfeita.

Pais perfeitos (livres de câncer) que ligavam várias vezes por semana, ligeiramente embriagados de vinho ou da companhia um do outro. Namorado perfeito (espontâneo, poliglota, um metro e noventa) que trabalhava no pronto-socorro e sabia fazer *coq au vin.* Apartamento rústico-chique perfeito no Queens. Trabalho perfeito escrevendo livros românticos, inspirados em pais perfeitos e namorado perfeito, para a Sandy Lowe Books.

Vida perfeita.

Mas era só uma história, e, quando apareceu um buraco no enredo, tudo desmoronou. É assim que as histórias funcionam.

Agora, aos vinte e nove anos, eu estava triste, sem grana, praticamente sem teto, completamente solteira e parada na frente de uma casa maravilhosa no lago cuja mera existência me dava náuseas. Romancear demais a minha vida tinha deixado de me ser útil, mas meu grande defeito ainda viajava ao meu lado no maltratado Kia Soul, narrando as coisas conforme elas aconteciam:

January Andrews olhou pela janela do carro para o lago agitado que açoitava as margens escurecidas. Ela tentava se convencer de que ir até ali não havia sido um erro.

Era *definitivamente* um erro, mas eu não tinha outra opção. Não se recusava alojamento grátis quando se estava falida.

Estacionei na rua e olhei para a fachada do enorme chalé, as janelas reluzentes e a varanda de conto de fadas, a vegetação revolta na praia dançando com a brisa morna.

Conferi o endereço no GPS com o que estava escrito à mão no papel pendurado na chave da casa. Era ali mesmo.

Por um momento, fiquei fazendo hora, como se talvez um meteoro viesse acabar com o mundo e me tirasse dali antes que eu fosse forçada a entrar. Então respirei fundo e saí do carro, arrastando minha mala pesada do banco de trás, assim como a caixa de papelão cheia de garrafas de gim.

Passei a mão na frente dos olhos para afastar uma mecha de cabelo escuro e examinar o telhado azul-centáurea com bordas brancas como neve. *Finja que está em um Airbnb.*

Imediatamente, uma descrição imaginária de Airbnb passou pela minha mente: *Chalé com três quartos e três banheiros junto ao lago irradiando charme, e a prova de que o seu pai foi um canalha e a sua vida, uma mentira.*

Subi os degraus cavados na encosta gramada, o sangue pulsando em meus ouvidos como mangueiras de incêndio e as pernas moles, na expectativa do momento em que as bocas do inferno iriam se abrir e o mundo desabaria embaixo de mim.

Isso já aconteceu. Ano passado. E não te matou, então agora também não vai.

Na varanda, cada sensação no meu corpo se intensificou. O formigamento no rosto, o nó no estômago, o suor descendo pelo pescoço. Equilibrei a caixa de gim no quadril e enfiei a chave na fechadura, parte de mim esperando que ela emperrasse. Que tudo aquilo acabasse se revelando uma pegadinha muito bem elaborada que meu pai tinha preparado para nós antes de morrer.

Ou, melhor ainda, ele não estaria realmente morto. Ia pular de repente de trás dos arbustos e gritar: "Te peguei! Você não acreditou *mesmo* que eu tivesse uma vida secreta, não é? Como poderia pensar que eu tinha uma segunda *casa* com outra mulher que não a sua mãe?”

A chave virou sem esforço. A porta abriu.

A casa estava em silêncio.

Uma dor rasgou por dentro de mim. A mesma que eu sentia pelo menos uma vez por dia desde que recebera o telefonema da minha mãe sobre o AVC e a ouvira soluçar aquelas palavras. *Ele* morreu, *Janie.*

Nada do meu pai aqui. Nem em nenhum lugar. E, então, a segunda dor, a faca se torcendo: *O pai que você conhecia, na verdade, nunca existiu.*

Eu nunca o tive de fato. Como nunca tive de fato meu ex Jacques e seu *coq au vin.*

Era só uma história que eu vinha contando a mim mesma. De agora em diante, seria a verdade horrível ou nada. Tomei fôlego e entrei.

Meu primeiro pensamento foi que a verdade horrível não era tão horrível assim. O ninho de amor do meu pai tinha planta aberta: uma sala de estar que se estendia até a moderna cozinha de azulejos azuis e um cantinho aconchegante para o café da manhã, a parede de janelas logo adiante se abrindo para o deque de cor escura.

Se esse lugar fosse da minha mãe, tudo teria sido uma mistura de neutros calmos e suaves. A sala transada em que eu havia entrado combinava mais com o nosso antigo apartamento — meu e de Jacques — do que com a casa dos meus pais. Eu me senti um pouco nauseada imaginando meu pai ali, entre aquelas coisas que minha mãe nunca teria escolhido: a mesa de café da manhã rústica pintada à mão, as estantes de madeira escura, o sofá coberto de almofadas descombinadas.

Não havia nenhum sinal da versão dele que eu conhecera.

O celular tocou em meu bolso e eu coloquei a caixa sobre a bancada de granito para atender.

— Alô? — A palavra saiu fraca e rouca.

— Como é aí? — a voz do outro lado perguntou imediatamente. — Tem uma masmorra do sexo?

— Shadi? — adivinhei. Prendi o telefone entre a orelha e o ombro enquanto abria uma garrafa de gim e tomava um gole para me dar forças.

— Eu fico sinceramente preocupada por ser a *única* pessoa que ligaria para te perguntar isso — respondeu Shadi.

— Você é a única pessoa que sabe sobre o Ninho de Amor — eu a lembrei.

— Eu *não* sou a única pessoa que sabe — Shadi argumentou.

Não deixava de ser verdade. Embora eu tivesse descoberto sobre a casa no lago secreta do meu pai em seu funeral, no ano passado, minha mãe sabia havia muito mais tempo.

— Tudo bem — falei. — Você é a única pessoa para quem eu *contei* isso. Mas me dá um segundo. Acabei de pôr os pés aqui.

— Literalmente? — Shadi estava ofegante, o que significava que estava indo a pé assumir seu turno no restaurante. Como nossos horários eram tão desencontrados, a maioria dos nossos telefonemas acontecia quando ela estava a caminho do trabalho.

— Metaforicamente — respondi. — Literalmente estou aqui há uns dez minutos, mas estou começando a ter a sensação de que *cheguei*.

— Tão sábio — disse Shadi. — Tão profundo.

— Quieta — falei. — Estou assimilando as coisas.

— Procure a masmorra do sexo! — Shadi falou depressa, como se eu fosse desligar na cara dela.

Eu não ia. Só estava segurando o celular no ouvido, segurando a respiração, segurando meu coração acelerado no peito, enquanto examinava a segunda vida do meu pai.

E ali, bem quando eu tentava me convencer de que meu pai não *podia* ter passado tempo naquele lugar, avistei algo emoldurado na parede. Um recorte de uma lista dos livros mais vendidos do *New York Times* de três anos antes, a mesma que ele havia colocado sobre a lareira em casa. Lá estava eu, no número quinze, a última linha. E, três linhas acima, como em uma piada de mau gosto do destino, estava meu rival da faculdade,

Gus (embora agora ele usasse o nome Augustus, porque era um Homem Sério), e seu romance intelectual de estreia, *Os revelatórios*. Ele tinha ficado na lista por cinco semanas. (Não que eu estivesse contando. (Sim, eu estava contando.))

— E aí? — Shadi me chamou. — O que achou?

Eu me virei e meus olhos pousaram na tapeçaria de mandala estendida sobre o sofá.

— Estou começando a me perguntar se meu pai fumava maconha. — Voltei-me para as janelas na lateral da casa, que se alinhavam quase perfeitamente com as do vizinho, uma falha de projeto que minha mãe jamais teria deixado passar ao visitar casas para comprar.

Mas essa não era a casa dela, e eu podia ver com clareza as estantes de livros do chão ao teto em toda a volta da saleta do vizinho.

— Ah, meu Deus... Vai ver a casa era uma estufa de maconha e não um ninho de amor! — Shadi parecia estar se divertindo. — Você devia ter lido a carta, January. É tudo um engano. Seu pai deixou para você um negócio de família. Essa mulher era sócia dele, não amante.

Era muito ruim o fato de eu desejar que ela estivesse certa?

De qualquer modo, eu realmente pretendia ler a carta. Só estava esperando a hora certa, na esperança de que o pior da minha raiva amainasse e as últimas palavras do meu pai pudessem ser reconfortantes. Mas um ano inteiro já havia se passado e o medo que eu sentia ao pensar em abrir o envelope só aumentava a cada dia. Era tão injusto que ele tivesse a última palavra e eu não pudesse responder. Gritar, ou chorar, ou exigir mais respostas. Depois que eu a abrisse, não haveria mais volta. Seria isso. O adeus final.

Então, até segunda ordem, a carta estava vivendo uma vida feliz, ainda que solitária, no fundo da caixa de gim que eu tinha trazido comigo do Queens.

— Não é uma estufa — falei para Shadi e deslizei a porta dos fundos para sair no deque. — A menos que a maconha esteja no porão.

— De jeito nenhum — declarou Shadi. — Lá é onde fica a masmorra do sexo.

— Chega de falar da minha vida deprimente — eu disse. — Quais são as suas novidades?

— Sobre o Chapéu Assombrado? — perguntou Shadi. Se não houvesse cinco pessoas dividindo aquele apartamento minúsculo em Chicago, talvez eu pudesse estar morando com ela agora. Não que eu conseguisse produzir alguma coisa com Shadi por perto. E minha situação financeira era crítica demais para *não* produzir algo. Eu teria que terminar meu próximo livro nesse inferno isento de aluguel. Depois disso, talvez tivesse como pagar meu próprio lugarzinho isento de Jacques.

— Se é sobre o Chapéu Assombrado que você quer falar, então manda.

— Ele ainda não falou comigo. — Shadi suspirou. — Mas eu, sei lá, *sinto* que ele olha para mim quando estamos os dois na cozinha. Porque nós temos uma conexão.

— Não passa pela sua cabeça que a sua conexão pode não ser *com* o cara que está usando o chapéu pork pie vintage, mas talvez com o fantasma do dono original do chapéu? O que você vai fazer se descobrir que se apaixonou por um fantasma?

— Hum. — Shadi pensou por um instante. — Acho que eu teria que atualizar a minha bio no Tinder.

Uma brisa movimentou a água na base da encosta, agitando minhas ondas castanhas sobre os ombros, e o sol poente lançava dardos de luz dourada sobre tudo, tão brilhante e quente que tive que apertar os olhos para ver a aquarela de laranjas e vermelhos que os raios desenhavam na praia. Se essa fosse apenas uma casa qualquer que eu tivesse alugado, seria o lugar perfeito para escrever a adorável história de amor que eu vinha prometendo à Sandy Lowe Books havia meses.

Shadi, eu percebi, continuava falando. Ainda sobre o Chapéu Assombrado. O nome dele era Ricky, mas nós nunca o chamávamos assim. Sempre falávamos da vida amorosa de Shadi em código. Houve o homem mais velho que administrava o maravilhoso restaurante de frutos do mar (o Senhor dos Peixes), depois houve um cara que chamávamos de Mark porque ele se parecia com um outro Mark, *famoso*, e agora havia esse novo colega de trabalho, um barman que usava todo dia o mesmo chapéu e que Shadi odiava, mas que ao mesmo tempo a atraía irresistivelmente.

Forcei minha atenção de volta para a conversa e Shadi estava dizendo:

— O fim de semana do Quatro de Julho? Posso ir visitar você?

— Ainda falta mais de um mês. — Eu gostaria de afirmar que nem estaria mais na casa, mas sabia que não era verdade. Levaria pelo menos o verão inteiro para escrever um livro, esvaziar o lugar e vender ambos, para então, quem sabe, ser catapultada de volta para um conforto relativo. Não em Nova York, mas em alguma cidade menos cara.

Eu imaginava que Duluth seria acessível. Minha mãe nunca iria me visitar lá, mas já não tínhamos nos visto muito no último ano de qualquer modo, tirando minha viagem de três dias para casa no Natal. Ela me arrastara para quatro aulas de ioga, três casas de suco lotadas e uma apresentação do *Quebra-Nozes* com uma criança que eu não conhecia no papel principal, como se, caso ficássemos sozinhas por apenas um segundo, o tema do meu pai pudesse surgir e nos consumir em chamas.

Durante toda a minha vida, meus amigos tiveram inveja do meu relacionamento com ela. O modo frequente e aberto (ou assim eu achava) de conversarmos, o jeito como nos divertíamos juntas. Agora, nossa relação era o jogo de pega-pega telefônico menos competitivo do mundo.

Eu havia passado de ter pais amorosos e um namorado com quem eu morava para ter apenas Shadi, minha melhor amiga que vivia longe demais. A única vantagem de me mudar de Nova York para North Bear Shores, no Michigan, era ficar mais perto da casa dela em Chicago.

— Quatro de Julho está muito longe — protestei. — Você está só a três horas daqui.

— É, mas eu não dirijo.

— Então devia devolver a carteira de motorista — falei.

— Pode acreditar que só estou esperando ela vencer. Vou me sentir tão livre. Eu *odeio* quando as pessoas acham que eu sei dirigir só porque tenho uma autorização legal.

Shadi era uma péssima motorista. E gritava sempre que virava à esquerda.

— Além disso, você sabe como é difícil tirar folgas neste ramo. Tenho sorte de o meu chefe ter me dado o Quatro de Julho. Imagino que ele esteja esperando um boquete de agradecimento agora.

— De jeito nenhum. Boquetes são para férias. Isso aí não merece mais que uma punhetinha básica.

Tomei mais um gole de gim, me virei na borda do deque e quase dei um grito. Três metros à minha direita, no deque da casa ao lado, o topo de uma cabeça de cabelos castanhos encaracolados aparecia sobre uma cadeira de praia. Rezei em silêncio para que o homem estivesse dormindo e eu não tivesse que passar o verão inteiro como vizinha de alguém que tinha me ouvido falar *uma punhetinha básica.*

Como se tivesse lido meus pensamentos, ele se inclinou para a frente, pegou a garrafa de cerveja sobre sua mesinha, tomou um gole e tornou a se recostar.

— É verdade. Não preciso nem tirar os sapatos — Shadi estava dizendo. — Bom, tenho que trabalhar. Mas me conte se tiver drogas ou correias de couro no porão.

Voltei as costas para o deque do vizinho.

— Só vou investigar quando você vier me visitar.

— Grossa — Shadi disse.

— Chantagem — respondi. — Amo você.

— Eu amo mais — ela declarou antes de desligar.

Olhei para a cabeça encaracolada, meio esperando que ele me notasse, meio me perguntando se deveria ir me apresentar.

Eu não conhecia direito nenhum dos meus vizinhos em Nova York, mas aqui era o Michigan, e, pelas histórias do meu pai sobre sua infância em North Bear Shores, eu realmente esperava ter que emprestar açúcar para esse homem em algum momento (nota: comprar açúcar).

Pigarreei e colei no rosto uma tentativa de sorriso amistoso. O homem se inclinou para a frente para mais um gole de cerveja e eu aproveitei a chance.

— Desculpe se eu incomodei você! — disse, elevando a voz.

Ele fez um aceno vago e virou a página de um livro que tinha no colo.

— Que incômodo existe em bater punheta como forma de pagamento? — ele respondeu em uma voz arrastada, rouca e entediada.

Fiz uma careta enquanto procurava uma resposta, *qualquer* resposta. A antiga January saberia o que dizer, mas minha mente estava tão em branco quanto o Word a cada vez que eu o abria.

Tudo bem, talvez eu realmente tivesse me tornado meio eremita no último ano. *Talvez* eu nem soubesse bem o que fiz nesse período, já que não tinha visitado a minha mãe, nem escrito, e certamente não tinha praticado ser simpática com vizinhos.

— Ah, estou morando aqui agora — falei.

Como se tivesse lido a minha mente, ele fez um gesto desinteressado e resmungou:

— Avise se precisar de açúcar. — Mas conseguiu fazer com que isso soasse mais como: *Nunca mais fale comigo a menos que perceba que minha casa está pegando fogo e, mesmo assim, primeira ouça se já há sirenes a caminho.*

Era essa a hospitalidade do Meio-Oeste? Em Nova York nossas vizinhas pelo menos nos trouxeram cookies quando nos mudamos. (Sem glúten e misturados com LSD, mas era a intenção que contava.)

— Ou se precisar saber onde fica a loja de fetiches sexuais mais próxima — o Resmungão acrescentou.

O calor subiu ao meu rosto, um rubor de constrangimento e raiva. As palavras saíram antes que eu tivesse tempo de pensar:

— Vou esperar até ouvir o seu carro sair, e eu saio atrás.

Ele riu, um som surpreso e áspero, mas não se dignou a olhar para mim.

— Foi um *prazer* te conhecer — acrescentei de maneira sarcástica e passei depressa pelas portas de vidro deslizantes de volta à segurança da casa, onde possivelmente teria que me esconder durante todo o verão.

— Mentirosa — eu o ouvi resmungar antes de fechar a porta.

2

O funeral

EU NÃO ESTAVA pronta para examinar o restante da casa, então me instalei junto à mesa para escrever. Como sempre, o documento em branco me olhava de forma acusatória, recusando-se a ser preenchido com palavras ou personagens, por mais que eu retribuísse o olhar.

Este é o problema de escrever finais Felizes para Sempre: acreditar neles ajuda.

Este era o problema comigo: eu acreditava, até o dia do funeral do meu pai.

Meus pais, minha família, já haviam passado por tanta coisa e, de alguma forma, sempre saímos mais fortes, com mais amor e risos do que antes. Houve a breve separação quando eu era criança e minha mãe começou a sentir que havia perdido sua identidade, começou a olhar pelas janelas como se talvez pudesse se ver vivendo a vida lá fora e descobrir o que fazer de diferente. Houve as danças na cozinha, mãos dadas e beijos na testa quando meu pai voltou a morar com a gente. Houve o primeiro diagnóstico de câncer da minha mãe e o jantar de comemoração insanamente caro quando ela deu a volta por cima, em que comemos como se fôssemos milionários, rimos até o vinho chiquérrimo deles e a minha soda italiana saírem pelo nariz, como se pudéssemos nos dar a esse luxo todo, como se as dívidas hospitalares não existissem. E depois o retorno do câncer e a nova oportunidade na vida após a mastectomia: as aulas de cerâmica, de dança de salão, de ioga, de culinária marroquina com que meus pais preenchiam seus dias, como se estivessem determinados a encaixar o máximo de vida no mínimo de tempo possível. Longas viagens de fim de semana para visitar a mim e Jacques em Nova York, passeios de metrô em que mamãe me implorava para parar de contar as histórias das nossas vizinhas maconheiras, Sharyn e Karyn (que não eram parentes e regularmente enfiavam folhetos informativos sobre terraplanismo embaixo da nossa porta), porque tinha medo de molhar as calças de tanto rir, enquanto papai refutava em voz baixa a teoria da Terra plana com Jacques.

Dificuldade. Final feliz. Adversidade. Final feliz. Quimioterapia. Final feliz.

E então, bem no meio do final mais feliz, meu pai se foi.

Eu estava parada ali, no salão da igreja episcopal que ele e minha mãe frequentavam, entre um mar de gente vestida de preto murmurando palavras inúteis, me sentindo como se tivesse chegado lá sonâmbula, incapaz de recordar o voo, o trajeto para o aeroporto, o momento de fazer a mala. Lembrando, pela milionésima vez nos últimos três dias, que ele estava *morto*.

Minha mãe tinha ido ao banheiro e eu estava sozinha quando a vi: a única mulher que não reconheci. Com um vestido cinza e sandálias de couro, um xale de crochê amarrado sobre os ombros e os cabelos brancos revoltos pelo vento. Ela olhava para mim.

Após um instante, ela veio em minha direção e, por alguma razão, senti um frio no estômago. Como se meu corpo já soubesse que as coisas estavam prestes a mudar. A presença dessa estranha no funeral do meu pai ia arrancar minha vida dos trilhos tanto quanto a morte dele.

Ela sorriu, hesitante, quando parou à minha frente. Cheirava a baunilha e cítricos.

— Oi, January. — Sua voz era ofegante e os dedos mexiam ansiosos na franja do xale. — Ouvi tanto sobre você.

Atrás dela, a porta do banheiro se abriu e minha mãe apareceu. E parou de repente, congelada com uma expressão esquisita. *Reconhecimento? Horror?*

Ela não queria que nós duas conversássemos. O que isso queria dizer?

— Sou uma velha amiga do seu pai — a mulher disse. — Ele significa... *significava* muito para mim. Eu o conheço praticamente a minha vida inteira. Durante um bom tempo, fomos como unha e carne e... ele não parava de falar de *você.* — Ela tentou uma risada tranquila, mas errou por um ano-luz. — Desculpe — disse, rouca. — Eu prometi que não ia chorar, mas...

Eu me senti como se tivesse sido empurrada do alto de um prédio, como se a queda não fosse acabar nunca.

Velha amiga. Foi isso que ela disse. Não *amante* ou *namorada.* Mas eu soube pelo jeito que ela estava chorando: uma versão espelhada das lágrimas da minha mãe durante o funeral. Reconheci a aparência dela como a mesma que tinha visto em meu rosto naquela manhã enquanto aplicava corretivo sob os olhos. A morte do meu pai a havia destroçado de maneira irreparável.

Ela tirou algo do bolso. Um envelope com meu nome escrito e uma chave em cima. Havia um papel pendurado na chave com um endereço, na mesma caligrafia inconfundível das garatujas no envelope. A letra do meu pai.

— Ele queria que você ficasse com isto — disse ela. — É seu.

E o colocou em minha mão, segurando-a por um segundo.

— É uma bela casa às margens do lago Michigan — falou rapidamente. — Você vai adorar. Ele sempre disse que você ia gostar de lá. E a carta é para o seu aniversário. Você pode abrir na data ou... quando quiser.

Meu aniversário. Ainda faltavam sete meses para o meu aniversário. Meu pai não estaria aqui para o meu aniversário. Meu pai tinha morrido.

Atrás da mulher, mamãe descongelou e avançou para nós com uma expressão assassina.

— *Sonya* — ela sibilou.

E então eu soube do resto.

Que, enquanto eu fiquei no escuro, minha mãe não ficou.

Fechei o documento do Word, como se clicar no X no canto da tela pudesse encerrar as lembranças também. Procurando uma distração, rolei pela caixa de entrada até o e-mail mais recente da minha agente, Anya.

Tinha chegado fazia dois dias, antes de eu sair de Nova York, e eu fiquei arrumando razões cada vez mais ridículas para adiar a leitura. Fazendo as malas. Transportando coisas para o depósito. Dirigindo. Tentando beber tanta água quanto eu conseguisse enquanto fazia xixi. "Escrevendo", muito entre aspas. Bêbada. Com fome. Respirando.

Anya tinha a fama de ser dura, um buldogue, com os editores, mas, com os escritores, era algo como a srta. Honey, a doce professora de *Matilda*, misturada com uma bruxa sexy. Nós sempre queríamos desesperadamente agradá-la, porque tínhamos a sensação de que ninguém nunca nos havia amado e admirado tão puramente *e* porque desconfiávamos que ela pudesse lançar um bando de pítons em cima de nós se lhe desse vontade.

Esvaziei meu terceiro gim-tônica da noite, abri o e-mail e li:

Oiiiii, linda e miraculosa água-viva, artista angelical e fábrica de dinheiro da minha vida.

Eu sei que as coisas andaram MUITO loucas para você, mas a Sandy me escreveu de novo e quer muito saber como o manuscrito está indo e se ainda está previsto para o fim do verão. Como sempre, vai ser um prazer imenso pegar o telefone (ou mandar mensagem, ou pular nas costas de Pégaso, como tiver que ser) para ajudar você a fazer um brainstorming/dar ideias sobre detalhes do enredo/O QUE FOR PRECISO para ajudar a oferecer ao mundo mais das suas belas palavras e encantamento sem igual! Cinco livros em cinco anos foi uma exigência e tanto para qualquer um (mesmo alguém com o seu talento espetacular), mas eu realmente acredito que chegamos a um ponto de tensão com a SLB e é hora de trazer o manuscrito à vida, se for possível.

Bjs,
Anya

Trazer o manuscrito à vida. Eu desconfiava que seria mais fácil sair um bebê totalmente formado de dentro do meu útero no fim do verão do que escrever e vender um livro novo.

Decidi que, se fosse dormir aquela hora, poderia acordar cedo e produzir alguns milhares de palavras na manhã seguinte. Hesitei diante do quarto no piso térreo. Não havia como ter certeza de quais camas meu pai e Aquela Mulher haviam compartilhado.

Eu estava em um parque de diversões do adultério geriátrico. Poderia até ser engraçado, se eu não tivesse perdido a capacidade de achar qualquer coisa divertida no último ano, o qual passei tentando escrever comédias românticas que terminavam com um motorista de ônibus dormindo no volante e todo o elenco caindo de um penhasco.

É SUPERinteressante, sempre imaginei Anya dizendo se eu realmente enviasse para ela um desses rascunhos. *Eu, pessoalmente, juro que iria rir e chorar lendo até a sua lista do mercado. Mas não é um livro para a Sandy Lowe. Por enquanto, mais graça e menos desgraça, docinho.*

Eu iria precisar de ajuda para dormir aqui. Preparei mais um gim--tônica e desliguei o computador. A casa estava quente e abafada, então fiquei só de calcinha e sutiã e abri as janelas antes de esvaziar o copo e desabar no sofá.

Era ainda mais confortável do que parecia. Que inferno Aquela Mulher e seus gostos maravilhosamente ecléticos. Também era muito baixo para um homem com problema nas costas ficar deitando e levantando, o que significava que provavelmente *não* era usado para S-E-X-O.

Embora meu pai nem sempre tivesse tido problema nas costas. Quando eu era criança, ele me levava para passear de barco quase todos os fins de semana que estava em casa, e, pelo que eu via, manobrar um barco era noventa por cento abaixar para amarrar e desamarrar nós e dez por cento aproveitar o sol, os braços bem abertos para sentir o vento sacudir a jaqueta e...

A dor cresceu com violência no meu peito.

Naquelas manhãs bem cedo, no lago artificial a trinta minutos da nossa casa, éramos sempre apenas nós dois, geralmente no dia seguinte que ele voltava de uma viagem. Às vezes eu nem sabia que ele já havia chegado. Só acordava em meu quarto ainda escuro com meu pai fazendo cócegas no meu nariz e cantando baixinho a música de Dean Martin que fora a inspiração para o meu nome: *It's June in January, because I'm in love...* Eu acordava na mesma hora, o coração vibrando, sabendo que aquilo significava um dia no barco, só nós dois.

Agora eu me perguntava se todas aquelas manhãs frias e preciosas tinham sido para compensar o sentimento de culpa, um tempo para ele se reajustar à vida com a minha mãe, depois de um fim de semana com Aquela Mulher.

Eu devia reservar a criação de enredos para o meu livro. Tirei tudo isso da cabeça, puxei uma almofada sobre o rosto e o sono me engoliu como uma baleia bíblica.

Quando acordei com um susto, a sala estava escura e havia música tocando muito alto.

Levantei e fui devagar, atordoada e grogue de gim, até a gaveta de facas na cozinha. Nunca tinha ouvido falar de um assassino em série que começasse cada crime acordando a vítima com "Everybody Hurts", do R.E.M., mas era uma possibilidade.

A música estava mais baixa na cozinha, então percebi que vinha do outro lado da casa. Da casa do Resmungão.

Olhei para os números brilhando no fogão. Meia-noite e meia e meu vizinho estava ouvindo no talo uma música que costumava ser trilha sonora de comédias dramáticas datadas em que o protagonista caminha para casa sozinho, encolhido sob a chuva.

Fui para a janela, furiosa, e enfiei meio corpo para fora. As janelas do Resmungão também estavam abertas e eu vi uma movimentação de corpos iluminados na cozinha, segurando copos, canecas e garrafas, recostando cabeças preguiçosas em ombros, envolvendo pescoços com braços, enquanto o grupo inteiro cantava fervorosamente com a música.

Era uma festa. Então, aparentemente, o Resmungão não odiava *todas* as pessoas, só eu. Pus as mãos em concha em volta da boca e gritei pela janela:

— EEEI!

Tentei mais duas vezes, sem resposta. Bati a janela e dei a volta pelo piso térreo, fechando todas as outras. Quando terminei, ainda parecia que o R.E.M. estava fazendo um show na minha sala.

E então, por um lindo momento, a música parou e os sons da festa, risos, conversas e brindes ficaram reduzidos a um murmúrio de estática.

E aí começou de novo.

A mesma música. Mais alto ainda. Meu Deus do céu! Enquanto vestia uma calça de moletom, avaliei as vantagens de ligar para a polícia e reclamar do barulho. Por um lado, eu tinha como manter uma negação plausível para o vizinho. (Não fui eu que chamei! Sou uma jovem de vinte e nove anos, não uma velha solteirona e rabugenta que detesta risos, diversão, música e dança!) Por outro, era fato que, desde que eu perdera meu pai, vinha tendo dificuldade cada vez maior para perdoar pequenas infrações.

Vesti o agasalho com estampa de pizza, saí irritada pela porta da frente e subi os degraus da casa do vizinho. Antes de ter tempo de pensar melhor, já estava com o dedo na campainha.

Ela tocou com o mesmo som de barítono de um velho relógio de pedestal, atravessando a música, mas a cantoria não parou. Contei até dez e toquei de novo. Do lado de dentro, as vozes nem mudaram. Se as pessoas ouviram a campainha, ignoraram.

Bati na porta por mais alguns segundos antes de aceitar que ninguém viria atender e voltar irritadíssima para casa. Uma da manhã, decidi. Ia dar a eles até a uma antes de chamar a polícia.

A música estava ainda mais alta dentro de casa do que eu me lembrava e, nos poucos minutos desde que eu fechara as janelas, a temperatura ficou sufocante. Sem ter nada melhor para fazer, peguei um livro na bolsa e fui para o deque, procurando o interruptor de luz ao lado da porta deslizante.

Meus dedos o encontraram, mas nada aconteceu. As lâmpadas da área externa estavam queimadas. Ler com a luz do celular, à uma hora da manhã, no deque da segunda casa do meu pai era o que me restava! Caminhei para fora, a pele se arrepiando com a brisa fresca que vinha da água.

O deque do Resmungão também estava escuro, exceto por uma lâmpada fluorescente solitária cercada de mariposas desajeitadas, e foi por isso que eu quase gritei quando algo se moveu nas sombras.

E com "quase gritei" quero dizer, claro, que *definitivamente gritei.*

— Caramba! — A sombra soltou uma exclamação e se levantou de um pulo da cadeira onde estava sentada. E com "sombra" eu quero dizer, claro, *o homem que estava relaxando no escuro até eu quase o matar de susto.* — O que foi? — ele perguntou, como se esperasse que eu fosse anunciar que ele estava coberto de escorpiões.

Se ele estivesse, teria sido menos constrangedor.

— Nada! — falei, ainda com a respiração ofegante. — Não tinha visto você aí!

— Você não tinha me visto aqui? — ele repetiu e deu uma risada áspera e incrédula. — Mesmo? Quer dizer que você não me viu aqui, no meu próprio deque?

Na verdade, eu continuava não vendo. A luz estava alguns centímetros atrás e acima dele, transformando-o em nada mais que a silhueta de uma pessoa razoavelmente alta com um halo em volta do cabelo escuro despenteado. A essa altura, provavelmente seria melhor mesmo se eu conseguisse passar o verão inteiro sem fazer contato visual com ele.

— Você também grita quando carros passam na rua ou quando você vê pessoas pela janela dos restaurantes? Que tal pôr uma película escura em todas as suas janelas perfeitamente alinhadas com as minhas para não correr o risco de *me ver* por acidente segurando uma faca ou uma lâmina de barbear?

Cruzei os braços, irritada. Ou pelo menos tentei. O gim ainda estava me deixando um pouco tonta e desajeitada.

O que eu pretendia dizer — o que a antiga January teria dito — era: *Será que você poderia baixar um pouquinho o volume da música?* Na verdade, ela provavelmente teria apenas se salpicado de glitter, calçado suas sapatilhas de veludo favoritas e aparecido na porta da casa vizinha com uma garrafa de champanhe, determinada a conquistar a amizade do Resmungão.

Mas esse estava sendo o terceiro pior dia da minha vida, e aquela January provavelmente tinha sido enterrada no mesmo lugar onde colocaram a antiga Taylor Swift, então o que acabei dizendo foi:

— Será que você poderia desligar essa sua trilha sonora de garoto angustiado?

A silhueta riu e se apoiou na grade do deque, a garrafa de cerveja balançando na mão.

— Você acha que sou eu que estou escolhendo a trilha sonora?

— Não, acho que você é o que está sentado sozinho no escuro na sua própria festa — respondi. — Mas, quando eu toquei a campainha para pedir que os seus amiguinhos baixassem o volume, eles não conseguiram me ouvir no meio da suruba, então estou pedindo a você.

Ele me examinou no escuro por um minuto. Ou pelo menos foi isso que imaginei que estivesse fazendo, já que era impossível enxergarmos de fato um ao outro.

Por fim, ele disse:

— Olha, ninguém vai ficar mais *feliz* do que eu quando esta noite terminar e todos forem embora da minha casa, mas hoje *é* sábado. Sábado à noite no verão, em uma rua cheia de casas de veraneio. A menos que toda esta área tenha sido transportada para a cidadezinha de *Footloose*, não parece muito estranho ter música tocando a esta hora. E talvez, só talvez, a vizinha nova que ficou no deque gritando *punhetinha* tão alto que assustou até os pássaros pudesse ser tolerante quando uma mísera festa vai até mais tarde do que ela gostaria.

Agora foi a *minha* vez de ficar olhando para a sombra escura.

Ele estava certo. Ele era um resmungão, mas eu também era. As festas de esquema-de-pirâmide-para-venda-de-vitamina-em-pó de Karyn e Sharyn iam até mais tarde do que isso, e eram durante a semana, geralmente quando Jacques tinha plantão no PS na manhã seguinte. Às vezes eu até *ia* a essas festas, e agora não podia lidar nem com um karaokê de sábado à noite?

Pior ainda: antes que eu pudesse decidir o que dizer, como que por um milagre, a casa do Resmungão ficou em silêncio. Pelas portas iluminadas do deque, eu podia ver os grupos se desfazendo, as pessoas se abraçando, se despedindo, largando copos e vestindo casacos.

Eu havia discutido com esse cara por nada, e agora teria que morar ao lado dele durante meses. Se precisasse de açúcar, estaria ferrada.

Queria me desculpar pelo comentário sobre *garoto angustiado*, ou pelo menos por essa droga de calça que eu estava usando. Ultimamente, minhas reações sempre pareciam excessivas, e não havia uma maneira fácil de explicá-las quando estranhos tinham a má sorte de testemunhá-las.

Desculpe, me imaginei dizendo, *eu não pretendia me transformar em uma avó rabugenta. É que o meu pai morreu e depois disso eu descobri que ele tinha uma amante e uma segunda casa e que minha mãe sabia mas não me contou e ainda não quer falar comigo sobre isso, e, quando eu finalmente desmoronei, meu namorado decidiu que não me amava mais, e minha carreira empacou, e minha melhor amiga mora muito longe, e, P.S.*, esta *é a Casa do Sexo mencionada antes, e eu gostava de festas, mas ultimamente não gosto de nada, então por favor perdoe meu comportamento e tenha uma ótima noite. Obrigada e durma bem.*

Em vez disso, a dor cortante voltou e lágrimas arderam em meus olhos e minha voz esganiçou pateticamente quando eu disse para ninguém em especial:

— Estou *tão* cansada.

Mesmo conseguindo enxergar apenas sua silhueta, eu o vi se enrijecer. Já havia aprendido que não era incomum pessoas fazerem isso quando intuíam que uma mulher estava à beira de um colapso emocional. Nas últimas semanas do nosso relacionamento, Jacques era como uma dessas cobras que conseguem pressentir um terremoto e ficava tenso sempre que minhas emoções apareciam, então decidia que precisávamos de alguma coisa da rua e se mandava para fora de casa.

Meu vizinho não disse nada, mas também não fugiu. Só ficou ali, meio sem jeito, olhando para mim na escuridão. Permanecemos facilmente uns cinco segundos na disputa, esperando para ver o que aconteceria primeiro: eu cair no choro ou ele escapar.

E então a música começou a berrar outra vez, um sucesso de Carly Rae Jepsen que, em outras circunstâncias, eu adorava, e o Resmungão se espantou.

Ele olhou para a porta, depois para mim outra vez, e pigarreou.

— Vou chutar meus amigos para fora — disse, rigidamente, em seguida se virou e entrou na casa, fazendo um grito unânime de "EVERETT!" se erguer da multidão na cozinha.

O grupo parecia pronto para puxá-lo para um vira-vira de cerveja, mas eu o vi se inclinar e gritar com uma moça loira. Um momento depois, a música parou.

Bem. Na próxima vez que eu precisasse causar uma boa impressão, talvez fosse melhor aparecer com um prato de cookies com LSD.

3

O encontro casual

ACORDEI COM A cabeça latejando e uma mensagem de Anya no celular: Oi, docinho! Eu queria confirmar se você recebeu meu e-mail sobre a sua mente gloriosa e o prazo no fim do verão do qual nós conversamos.

Esse parágrafo reverberou em meu crânio como um dobre de finados.

Minha primeira ressaca de verdade foi aos vinte e quatro anos, na manhã depois que Anya vendeu meu primeiro livro, *Beijo beijo, desejo desejo*, para a Sandy Lowe. (Jacques havia comprado seu champanhe francês favorito para comemorar e nós bebemos no gargalo enquanto caminhávamos pela Ponte do Brooklyn esperando o sol nascer, porque achávamos que isso parecia incrivelmente romântico.) Mais tarde, deitada no chão do banheiro, tinha jurado que preferia me jogar sobre uma faca afiada a deixar outra vez meu cérebro parecendo um ovo frito sobre uma pedra no sol de Cancún.

E agora ali estava eu, com o rosto pressionado em uma almofada de contas, o cérebro fritando na panela do meu crânio. Corri para o banheiro. Não sentia vontade de vomitar, mas esperava que, se forçasse, meu corpo aceitaria e expeliria o veneno do estômago.

Eu me joguei de joelhos na frente do vaso sanitário e ergui os olhos para a fotografia emoldurada pendurada em uma fita na parede atrás.

Meu pai e Aquela Mulher estavam na praia usando jaqueta corta--vento, os braços dele envolvendo os ombros dela, o vento soprando os cabelos loiros quase brancos dela e jogando sobre a testa os cabelos dele, que começavam a agrisalhar, ambos sorrindo.

E então, em uma piada mais sutil, mas igualmente hilária, do universo, avistei o porta-revistas ao lado do vaso sanitário e suas exatas três oferendas.

Uma *Oprah Magazine* de dois anos antes. Meu terceiro livro, *Luzes do norte*. E o maldito *Os revelatórios* — nada menos que uma edição de capa dura com um daqueles adesivos reluzentes que dizia "AUTOGRAFADO".

Vomitei com gosto no vaso. Depois me levantei, lavei a boca e virei a fotografia para a parede.

— Nunca mais — disse em voz alta. Primeiro passo para uma vida sem ressacas? Provavelmente *não* se mudar para uma casa que a induz a beber. Eu teria que encontrar outros mecanismos para lidar com a situação. Talvez... a natureza.

Voltei para a sala, procurei minha escova de dentes na bolsa e os escovei na pia da cozinha. O próximo passo essencial para que eu continuasse a existir era café na veia.

Sempre que eu estava escrevendo a versão preliminar de um livro, vivia basicamente com minhas famosas calças largas, por isso, tirando uma coleção igualmente terrível de calças de moletom, eu havia trazido muito pouca roupa para essa viagem. Até assistira a alguns vídeos de vloggers de estilo de vida sobre "guarda-roupa minimalista", na tentativa de maximizar a quantidade de "looks" que poderia "construir" com um short jeans que eu usava essencialmente quando estava fazendo faxina para desestressar e uma série de camisetas velhas com rostos de celebridades, resquícios de uma fase dos meus vinte e poucos anos.

Vesti uma sóbria camiseta preta e branca estampada com a cara da Joni Mitchell, enfiei meu corpo inchado de bebida no short e calcei minhas botas de cano curto com estampa floral.

Eu tinha um vício em sapatos, dos mais baratos e vagabundos até os muito caros e extravagantes. Só que esse vício era bastante incompatível com o conceito de guarda-roupa minimalista. Eu tinha trazido apenas quatro pares e duvidava que qualquer pessoa fosse considerar "clássicos" meus tênis Target brilhantes ou as botas over the knee Stuart Weitzman em que eu tinha gastado uma fortuna.

Peguei a chave do carro e estava saindo para o sol ofuscante de verão quando ouvi meu celular no meio das almofadas do sofá. Era uma mensagem de Shadi: Fiquei com o Chapéu Assombrado, seguida de um punhado de caveirinhas.

Enquanto eu tornava a sair, respondi: Procure um padre imediatamente.

Tentei não pensar na situação humilhante da noite anterior com o vizinho enquanto descia os degraus até o Kia, mas isso só liberou minha mente para vaguear para o meu assunto menos favorito.

Meu pai. Na última vez que passeamos de barco juntos, ele dirigiu o Kia até o lago artificial e disse que estava dando o carro de presente para mim. Também foi o dia em que ele me disse que eu deveria aceitar o desafio: me mudar para Nova York. Jacques já estava lá cursando a faculdade de medicina, e nós vínhamos namorando a distância para que eu pudesse ficar com a minha mãe. Papai viajava muito "a trabalho", e, embora eu ainda acreditasse na minha própria história — que nossas vidas sempre acabariam dando certo —, uma parte grande de mim tinha muito medo de deixar mamãe sozinha. Como se minha ausência pudesse, de alguma maneira, abrir espaço para o câncer voltar uma terceira vez.

— Ela está bem — meu pai garantiu enquanto conversávamos no estacionamento frio e escuro.

— Mas pode voltar — argumentei. Eu não queria perder um segundo sequer com ela.

— Qualquer coisa pode acontecer, January. — Foi isso que ele disse. — Qualquer coisa pode acontecer com a sua mãe, comigo ou mesmo com você, a qualquer momento. Mas agora nada está acontecendo. Então faça algo por você pelo menos uma vez, filha.

Talvez ele achasse que me mudar para Nova York para morar com meu namorado fosse, no fundo, o mesmo que ele comprar uma segunda casa para se esconder com a amante. Eu tinha largado a faculdade para ajudar a cuidar da minha mãe na segunda rodada de quimioterapia, contribuído com cada centavo que pude para pagar as despesas médicas, e onde ele estava? Usando uma jaqueta corta-vento e bebendo pinot noir na praia com Aquela Mulher?

Afastei o pensamento conforme entrava no carro, o couro quente em minhas coxas, e abri a janela enquanto partia.

No fim da rua, virei à esquerda, afastando-me da água, em direção à cidade. A enseada que continuava pelo lado direito da estrada lançava raios de luz faiscante contra a janela e o vento quente rugia em meus ouvidos. Por um minuto, foi como se minha vida tivesse deixado de existir ao redor. Eu estava apenas flutuando pela multidão de adolescentes seminus reunidos em volta da barraca de cachorro-quente à esquerda, pelos pais e crianças fazendo fila na porta da sorveteria à direita, pelos grupos de ciclistas indo para a praia.

Depois que cruzei a rua principal, os prédios foram ficando mais próximos, até estarem pressionados uns nos outros: um pequeno restaurante italiano com a varanda coberta de trepadeiras encostava-se em uma loja de skates, que se apertava contra um pub irlandês, seguido por uma loja antiquada de doces e, por fim, uma cafeteria chamada

Pete's Café (não confundir com o famoso Peet's Café, embora a placa parecesse feita para confundir).

Estacionei e entrei no friozinho gostoso do ar-condicionado do Pete's Não Peet's. O assoalho de madeira era pintado de branco e as paredes de um azul forte, salpicadas de estrelas prateadas que espiralavam entre as mesas, interrompidas por lugares-comuns aleatórios, emoldurados e atribuídos a "Anônimo". O salão se abria para uma livraria bem iluminada com as palavras "PETE'S LIVROS" pintadas no mesmo prateado auspicioso sobre a porta. Um casal idoso com colete de lã estava sentado nas poltronas gastas dos fundos. Tirando a mulher de meia-idade no caixa e eu, eram as únicas pessoas ali.

— Dia bonito demais para ficar em um lugar fechado — a barista falou, como se estivesse lendo meus pensamentos. Sua voz áspera combinava com o cabelo loiro de corte militar, e os pequenos brincos dourados de argola piscaram na luz suave quando ela acenou com suas unhas pintadas de rosa-claro para que eu me aproximasse. — Não fique tímida. Somos todos família no Pete's.

Eu sorri.

— Nossa, espero que não.

Ela bateu no balcão e deu risada.

— Ah, família é complicado — concordou. — O que vai querer?

— Um bem forte.

Ela assentiu sabiamente.

— Ah, você é dessas. De onde você é?

— Nova York agora. Ohio antes.

— Eu tenho família em Nova York. O estado, não a cidade. Mas você está falando da cidade, né?

— Queens — confirmei.

— Nunca estive lá. Quer com leite? Algum xarope?

— Um pouco de leite — respondi.

— Integral? Desnatado? Vegetal?

— Escolha você. Não sou exigente com leites.

Ela riu de novo, enquanto se movia sem pressa entre as máquinas.

— Quem tem tempo para ser? Eu te garanto que até mesmo North Bear Shores é muito rápida para mim na maior parte dos dias. Talvez fosse diferente se eu começasse a beber desse seu aqui.

Uma barista que *não* tomava espresso não era o ideal, mas gostei da mulher com os pequenos brincos de argola dourados. Francamente, gostei tanto dela que isso me deu uma pontada de saudade.

Da antiga January. Aquela que adorava fazer festas temáticas e coordenar as fantasias dos convidados, que não podia ir ao posto de gasolina ou ficar na fila do correio sem acabar marcando um café ou uma ida a uma vernissage com alguém que tinha acabado de conhecer. Meu celular estava cheio de contatos como *Sarah, bar da esquina, cachorro fofo* e *Mike, da nova loja vintage.* A própria Shadi eu conheci no banheiro de uma pizzaria quando ela saiu de um dos cubículos usando as botas Frye mais legais que eu já tinha visto. Eu sentia falta daquela curiosidade profunda sobre as pessoas, daquela faísca de empolgação ao perceber que havia algo em comum ou de admiração ao descobrir um talento ou qualidade escondidos.

Às vezes eu simplesmente sentia falta de *gostar* das pessoas.

Mas essa barista era muito fácil de gostar. Mesmo que o café fosse horrível, eu sabia que voltaria lá. Ela encaixou a tampa de plástico no copo e o colocou na minha frente.

— A primeira vez é de graça — disse ela. — Só peço que você volte.

Sorri, prometi que voltaria e coloquei minha última nota de um dólar no jarro de gorjetas enquanto ela voltava a limpar os balcões. No caminho para a porta, congelei ao ouvir a voz de Anya em minha cabeça: *Eiiiii, bonitinha!* TOTALMENTE *sem querer me intrometer, mas, você sabe, clubes do livro são o seu mercado* DOS SONHOS. *Se você está literalmente* EM *uma livraria de cidade pequena, devia entrar lá e dizer oi!*

Eu sabia que a Anya Imaginária estava certa. Nesse momento, qualquer venda importava para mim.

Colando um sorriso no rosto, passei pela porta que dava na livraria. Se ao menos eu pudesse voltar no tempo e escolher vestir *qualquer* outra coisa que *não* aquela roupa de figurante de clipe da Jessica Simpson em 2002 que eu estava usando...

A loja consistia em pequenas prateleiras de carvalho ao longo das paredes e um labirinto confuso de estantes baixas entre elas. Não havia ninguém no caixa, e, enquanto eu esperava, dei uma olhada para o trio de pré-adolescentes de aparelho nos dentes na seção de romances, para ver se não era com um dos *meus* livros que elas estavam dando risinhos. Nós quatro ficaríamos irrevogavelmente traumatizadas se a vendedora me levasse para autografar meus livros e descobríssemos um exemplar de *Aconchego sulino* nas mãos da ruivinha. As meninas soltaram uma exclamação e risadinhas enquanto a ruiva apertava o livro contra o peito, revelando a capa: um homem e uma mulher seminus se abraçando com chamas em volta. Definitivamente não era um dos meus.

Tomei um gole do café com leite e cuspi na mesma hora. Tinha gosto de barro.

— Desculpe te deixar esperando, querida. — A voz áspera veio de trás e eu me virei para ver a mulher ziguezagueando em minha direção entre as fileiras irregulares de estantes. — Estes joelhos não se movem mais como antes.

A princípio achei que ela pudesse ser gêmea idêntica da barista, irmãs que abriram o negócio juntas, mas então percebi que a mulher estava desamarrando o avental cinza do Pete's enquanto se aproximava da caixa registradora.

— Acredita que já fui campeã de roller derby? — disse ela, enquanto deixava o avental amarfanhado sobre o balcão. — Acredite ou não, eu fui.

— A esta altura eu não ficaria surpresa se descobrisse que você é a prefeita de North Bear Shores.

Ela riu com gosto.

— Ah, não, isso eu não sou! Mas talvez desse um jeito em algumas coisas se fosse! Esta cidade é um pequeno reduto de progressistas aqui no Michigan, mas as pessoas que têm o dinheiro ainda são um bando de moralistas.

Contive um sorriso. Parecia muito com algo que meu pai teria dito. A dor me espetou, afiada e quente.

— Mas não ligue para mim e as minhas opiniões — ela declarou, erguendo as sobrancelhas loiras e grossas. — Sou só uma pequena empresária. Como posso ajudá-la, minha querida?

— Eu só queria me apresentar — admiti. — Sou escritora, publico pela Sandy Lowe Books, e vou passar o verão aqui, então pensei em falar um oi e assinar os livros em estoque, se você tiver algum.

— Ahhh, mais uma escritora na cidade! — ela exclamou. — Que emocionante! Sabe, North Bear atrai muitos artistas. É o nosso estilo de vida, eu acho. E a faculdade. Tem todo tipo de livre-pensador aqui. Uma bela comunidade. Você vai amar este lugar... — O jeito como ela parou de falar sugeria que estava esperando que eu inserisse o meu nome no fim da frase.

— January — ofereci. — Andrews.

— Pete — disse ela, apertando minha mão com o vigor de uma boina--verde.

— Pete? — repeti. — Do famoso Pete's Café?

— Essa mesma. O nome na certidão é Posy, ou "buquê de flores". Mas que tipo de nome é esse? — Ela fez uma encenação de náusea. — Sério, você acha que eu tenho cara de buquê de flores? Alguém tem cara de buquê de flores?

Sacudi a cabeça.

— Talvez, sei lá, um bebê com roupinha florida?

— Assim que aprendi a falar, eu dei um jeito nisso. Enfim, January Andrews. — Pete foi até o computador e digitou meu nome no teclado. — Vamos ver se temos o seu livro.

Eu nunca corrigia as pessoas quando elas diziam o singular "livro" em vez do plural "livros", mas às vezes a pressuposição me incomodava. Era como se elas achassem que minha carreira fosse um acaso. Como se eu tivesse espirrado e daí tivesse saído um romance.

Também havia pessoas que agiam como se estivéssemos compartilhando alguma piadinha secreta quando, depois de uma conversa sobre arte ou política, descobriam que eu escrevia ficção feminina com final feliz. *O importante é que paga as contas, né?*, diziam, praticamente me implorando para confirmar que eu não *queria* escrever livros sobre mulheres ou amor.

— Não temos nenhum em estoque — disse Pete, erguendo os olhos da tela. — Mas quer saber? Vou fazer uma encomenda.

— Seria ótimo! — respondi. — Talvez pudéssemos fazer uma oficina de escrita criativa mais para a frente.

Pete puxou o ar e agarrou meu braço.

— Tive uma ideia, January Andrews! Você devia participar do nosso *clube do livro*. Nós iríamos adorar ter você conosco. Uma excelente maneira de participar da comunidade. É às segundas-feiras. Você pode nesta segunda? Amanhã?

Na minha cabeça, Anya dizia: *Sabe o que fez* A garota no trem *acontecer? Clubes do livro.*

Isso era forçar a barra. Mas eu gostei de Pete.

— Segundas-feiras? Pode ser.

— Fan*tástico*. Vou mandar meu endereço para você. Sete da noite, muita bebida, sempre muita diversão. — Ela pegou um cartão em cima da mesa e o passou sobre o balcão. — Você usa e-mail, né?

— Quase sempre.

O sorriso de Pete se ampliou.

— É só me mandar um e nós combinamos tudo direitinho para amanhã.

Prometi que faria isso e me virei para sair, quase colidindo com a mesa de destaques. A pirâmide de livros balançou e, enquanto ficava ali parada esperando para ver se iam cair, percebi que a pilha toda era formada pelo mesmo livro, todos eles marcados com um adesivo AUTOGRAFADO.

Um arrepio percorreu minha espinha.

Ali, na capa abstrata em preto e branco, em letras retas vermelhas, embaixo de *Os revelatórios*, estava o nome dele. Tudo começava a se encaixar na minha mente, uma trilha de dominós de constatações. Eu não pretendia falar em voz alta, mas talvez o tenha feito.

Porque os sininhos sobre a porta da livraria tocaram, e, quando ergui os olhos, lá estava ele. Pele morena. Faces tão definidas que pareciam cortantes. A boca ligeiramente torta e a voz rouca que eu jamais esqueceria. O cabelo escuro despenteado que eu vislumbrei imediatamente com um halo sob a luz fluorescente.

Augustus Everett. Gus, como eu o conhecia na faculdade.

— Everett! — como Pete o recebia afetuosamente de trás do balcão.

Meu vizinho, o Resmungão.

Fiz o que qualquer mulher adulta e sensata faria quando confrontada com seu rival da faculdade transformado em vizinho de porta. Me enfiei atrás da estante mais próxima.

4

A boca

A PIOR PARTE DE ser rival de Gus Everett na faculdade? Provavelmente o fato de não ter certeza se ele sabia que nós éramos rivais. Ele era três anos mais velho. Havia abandonado o ensino médio e obtido o diploma de equivalência depois de passar alguns anos trabalhando literalmente como coveiro. Eu sabia disso porque todas as histórias que ele entregou em nosso primeiro semestre eram parte de uma série de escritos centrados no cemitério onde havia trabalhado.

Enquanto o restante de nós no curso de escrita criativa lutava para arrancar algum material da cabeça (e da nossa infância: jogos de futebol ganhos no último minuto, brigas com os pais, viagens com amigos), Gus Everett escrevia sobre os oito tipos de viúvas enlutadas, analisava os epitáfios mais comuns, os mais engraçados, os que traíam sutilmente uma relação tensa entre o morto e a pessoa que pagou o enterro.

Como eu, Gus estava na Universidade do Michigan graças a um pacote de bolsas de estudos, mas eu não entendia como ele as havia conseguido, já que não praticava nenhum esporte nem tinha propriamente se formado no ensino médio. A única explicação seria que ele era absurdamente bom.

Para piorar as coisas, Gus Everett era estupidamente, irritantemente bonito. E não o tipo universal de beleza, de uma objetividade que quase embota a si mesma. Era mais um magnetismo que ele emanava. Sim, ele era só um pouquinho mais alto que a média e tinha os músculos de alguém que nunca deixou de se movimentar, mas também nunca se exercitou intencionalmente, um tipo preguiçoso de boa forma que vinha de genética e espírito ativo, mais que de bons hábitos. Só que era mais do que isso.

Era o jeito como ele falava e se movia, o jeito como olhava para as coisas. Não como ele via o mundo. Literalmente como ele *olhava* para as coisas, seus olhos parecendo ficar mais intensos e maiores sempre que ele focava algo, as sobrancelhas franzidas sobre o nariz com uma covinha na ponta.

Sem falar naquela boca meio torta, que deveria ser ilegal.

Antes de largar a Universidade do Michigan para se tornar au pair (uma meta logo abandonada), Shadi me pedia diariamente no jantar atualizações sobre o Sexy e Cruel Gus. Eu estava um pouquinho obcecada por ele e seu talento literário.

Até que finalmente nos falamos na sala de aula. Eu estava distribuindo meu conto mais recente para comentários dos colegas e, quando o entreguei para Gus, ele olhou bem nos meus olhos, a cabeça inclinada em curiosidade, e disse:

— Me deixe adivinhar: todos vivem felizes para sempre. De novo.

Eu ainda não estava escrevendo sobre romances. Nem havia me dado conta de quanto adorava *ler* sobre romances até o segundo diagnóstico da minha mãe, dois anos depois, quando precisei encontrar uma boa distração. Mas sem dúvida estava escrevendo *romanticamente*, sobre um *mundo bom*, onde as coisas aconteciam por uma razão, onde amor e conexão humana eram tudo que importava.

E Gus Everett olhou para mim com aqueles olhos profundos e intensos, como se estivessem sugando cada mínima informação sobre mim para dentro do seu cérebro, e determinou que eu era um balão que precisava ser furado.

Me deixe adivinhar: todos vivem felizes para sempre. De novo.

Passamos os quatro anos seguintes nos revezando no primeiro lugar dos prêmios e concursos de escrita da nossa faculdade, mas conseguimos mal nos falar novamente, exceto nas oficinas, nas quais ele raramente analisava as histórias de qualquer pessoa a não ser as minhas e quase sempre chegava atrasado, sem metade de seu material, e pedia minhas canetas emprestadas. E houve uma única noite louca em uma festa da faculdade em que nós... não falamos muito, mas definitivamente interagimos.

A verdade era que nossos caminhos se cruzavam *constantemente*, porque ele namorou duas das minhas colegas de quarto e muitas outras meninas do meu andar — embora eu esteja usando o termo *namorou* genericamente. Gus era conhecido por ter um prazo de validade de duas a quatro semanas, e, embora minha primeira colega de quarto tenha começado a sair com ele na esperança de ser a exceção, a segunda (como muitas das outras) entrou com plena consciência de que Gus Everett era apenas alguém com quem se divertir por no máximo trinta e um dias.

A menos que você escrevesse contos com final feliz, porque, nesse caso, era bem mais provável passar quatro anos como rival, outros seis pesquisando-o de tempos em tempos no Google para comparar suas carreiras e, de repente, dar de cara com ele de surpresa, vestida como uma líder de torcida adolescente em um evento de arrecadação de fundos em um lava-rápido.

Tipo, aqui. Agora. Entrando na Pete's Livros.

Eu já estava planejando o que escrever em uma mensagem para Shadi enquanto caminhava rápido junto à parede lateral da loja, o queixo abaixado e o rosto virado para as prateleiras, como se estivesse casualmente olhando os livros (e quase correndo).

— January? — Pete chamou. — January, onde você se meteu? Quero te apresentar uma pessoa.

Não tenho orgulho de admitir que, quando congelei, eu estava olhando para a porta, avaliando se conseguiria escapar dali sem responder.

É importante deixar claro que eu sabia que havia sininhos sobre a porta, e *mesmo assim* minha decisão não foi imediata.

Por fim, respirei fundo, forcei um sorriso e saí do meio das estantes, segurando o copo daquele café horroroso como se fosse uma arma.

— Oiiiii — falei e acenei de maneira distintamente animatrônica.

Tive que me obrigar a olhar diretamente para ele. Era igualzinho à sua imagem na foto no livro: maçãs do rosto definidas, olhos intensamente escuros e os braços definidos de um coveiro transformado em romancista. Ele usava uma camiseta azul (ou preta desbotada) amassada e jeans azul-escuro (ou preto desbotado) amassado, e seu cabelo havia começado a ganhar uns fios prateados, assim como a sombra sutil da barba começando a crescer em torno da boca ligeiramente torta.

— Esta é January Andrews — Pete apresentou. — Ela é *escritora.* Acabou de se mudar para cá.

Pude ver surgir no rosto dele a mesma constatação que caíra sobre mim alguns momentos antes, seus olhos me examinando enquanto ele juntava as peças do pouco que tinha conseguido enxergar de mim na escuridão da noite passada.

— Na verdade nós já nos conhecemos — disse ele. O fogo de mil sóis subiu para minhas faces, e provavelmente meu pescoço, peito, pernas e todos os outros centímetros expostos do meu corpo.

— Ah, é? — falou Pete, entusiasmada. — De onde?

Abri a boca em silêncio, a palavra *faculdade* de alguma maneira fugindo de mim, enquanto meu olhar voltava para Gus.

— Somos vizinhos — disse ele. — Não é?

Caramba. Seria possível que ele não se lembrasse de mim? Meu nome era January, porra. Eu não era uma Rebecca, ou uma Christy/Christina/Christine. Tentei não pensar demais em como Gus podia ter me esquecido, porque isso só teria feito minha cor mudar de lagosta fervida para berinjela.

— Sim — acho que falei. O telefone ao lado da caixa registradora começou a tocar e Pete levantou um dedo pedindo licença enquanto se virava para atender, deixando-nos sozinhos.

— Então — Gus disse, por fim.

— Então — repeti, como um papagaio.

— Que tipo de livro você escreve, January Andrews?

Usei todo o meu autocontrole para não olhar para o coliseu de *Revelatórios* serpenteando pela mesa atrás de mim.

— Românticos, principalmente.

Gus levantou as sobrancelhas.

— Ah.

— Ah o quê? — falei, já na defensiva.

Ele encolheu os ombros.

— Só "ah".

Cruzei os braços.

— Esse foi um "só ah" terrivelmente pretensioso.

Ele encostou na mesa e cruzou os braços também, franzindo a testa.

— É, foi rápido — disse.

— O quê?

— Ofender você. Uma sílaba. *Ah*. Impressionante.

— Ofender? Esta não é a minha cara de ofendida. Só parece ser porque eu estou cansada. Meu vizinho esquisito ficou ouvindo sua trilha sonora chorosa no volume máximo a noite toda.

Ele assentiu, pensativo.

— É, deve ter sido por causa da "música" que você estava com tanta dificuldade para andar ontem à noite também. Ei, se achar que talvez esteja tendo algum problema com a "música", não é vergonha procurar ajuda.

— Enfim — falei, ainda tentando não enrubescer. — Eu não sei o que *você* escreve, *Everett*. Tenho certeza de que deve ser algo muito revolucionário e importante. Totalmente novo e original. Como uma história sobre um cara branco desiludido com a vida, perambulando pelo mundo, incompreendido e com tesão reprimido.

Ele riu.

— "Com tesão reprimido"? Em oposição às inclinações sexuais artisticamente elaboradas do seu gênero de livros? Me conte sobre o que você acha mais fascinante escrever: piratas apaixonados ou lobisomens apaixonados?

E agora eu estava furiosa outra vez.

— Não tem a ver exatamente *comigo*, mas com o que as minhas *leitoras* querem. Como é escrever fan fiction para uma bolha de admiradores de Hemingway? Você conhece todos os seus leitores pelo nome? — Havia algo de libertador em ser a nova January.

Gus inclinou a cabeça daquele jeito tão conhecido e franziu a testa enquanto seus olhos me examinavam, com uma intensidade que fez minha pele se arrepiar. Seus lábios cheios se separaram como se ele fosse dizer algo, mas, nesse instante, Pete desligou o telefone e voltou para o nosso círculo, interrompendo-o.

— Quem diria, hein? — ela falou, apertando as mãos. — Dois escritores publicados na mesma ruazinha em North Bear Shores! Aposto que vocês vão ter muito papo o verão todo. Não falei que esta cidade é cheia de artistas, January? E veja só! — Ela riu com gosto. — Nem bem acabei de falar e o Everett entra na loja! Parece que o universo está do meu lado hoje.

O toque do meu celular no bolso me salvou de ter que responder. Eu me apressei a pegar o telefone, ansiosa para escapar da conversa. Esperava que fosse Shadi, mas a tela dizia ANYA, e eu senti um nó no estômago.

Levantei a cabeça e encontrei os olhos escuros de Gus fixos em mim. O efeito era intimidador. Dei uma olhada para Pete.

— Desculpe... Eu preciso atender, mas adorei conhecer você.

— Eu também! — ela me garantiu enquanto eu me afastava pelo labirinto de estantes. — Não esqueça de me mandar o e-mail!

— Vejo você em casa — Gus falou.

Atendi o telefonema de Anya e fugi depressa dali.

5

Os labradores

— JURE PARA MIM que você consegue fazer isso, January — Anya estava dizendo enquanto eu me afastava rapidamente da cidade. — Se eu prometer à Sandy um livro até 1º de setembro, nós *temos* que ter *um livro até 1º de setembro.*

— Já escrevi livros em metade desse tempo — gritei acima do barulho do vento.

— Ah, eu sei que sim. Mas nós estamos falando *desse* livro. Estamos falando especificamente desse que já está com você há quinze meses. Quanto você já fez?

Meu coração acelerou. Ela ia saber que eu estava mentindo.

— Ainda não comecei a escrever — eu disse. — Mas está planejado. Só preciso de um tempo para pôr no papel, sem distrações.

— Sem distrações está perfeito para mim. Eu posso ser a Rainha da Não Distração, mas por favor. Por favor, por favor, por favor, não minta para mim sobre isso. Se você quiser dar um tempo...

— Eu não quero dar um tempo — falei. Eu não podia me dar esse luxo. Tinha que fazer o que fosse preciso. Esvaziar a casa de praia para poder vendê-la. Escrever um romance mesmo tendo perdido quase toda a fé no amor e na humanidade. — Está tudo muito bem encaminhado.

Anya fingiu estar satisfeita e eu fingi acreditar que ela estava satisfeita. Estávamos no dia 2 de junho e eu tinha quase três meses para escrever algo que parecesse um livro.

Então, claro, em vez de ir direto para casa trabalhar, fui para o supermercado. Tinha tomado dois goles do café de Pete e já havia sido demais. Eu o joguei na lata de lixo no caminho para o mercado e o substituí por um café gelado gigante no quiosque da Starbucks antes de estocar comida (macarrão, cereais, qualquer coisa que não exigisse muito preparo) para umas duas semanas.

Quando cheguei em casa, o sol estava alto, o calor espesso e pegajoso, mas pelo menos o café gelado tinha aliviado a dor de cabeça. Depois de guardar as compras, levei o computador para o deque e vi que a bateria tinha descarregado na noite anterior. Voltei para dentro para ligá-lo no carregador e encontrei o celular zumbindo sobre a mesa. Uma mensagem de Shadi: Não ACREDITO. O Sexy e Cruel GUS? Ele perguntou de mim? Diga que estou com saudade.

Digitei de volta: Ainda sexy. Ainda CRUEL. E NÃO vou dizer nada porque NÃO vou mais falar com ele enquanto nós dois vivermos. Ele não lembrou de mim.

A resposta de Shadi veio imediatamente: Hummm, sem chance NENHUMA de isso ser verdade. Você é a princesa encantada dele. O lado sombrio dele. Ou ele é o seu, sei lá.

Ela estava se referindo a outro momento humilhante com Gus que eu tinha tentado esquecer. Por acaso ele e Shadi acabaram caindo na mesma classe de matemática geral e ele mencionou que havia notado que nós éramos amigas. Quando ela confirmou, ele perguntou qual era o "lance" comigo. Ela questionou que diabo ele queria dizer com isso, e

Gus deu de ombros e murmurou algo sobre eu agir como uma princesa encantada criada por criaturas do bosque.

Shadi respondeu que eu era, na verdade, uma imperatriz que tinha sido criada por dois espiões sedutores.

Vê-lo na vida real depois de todo esse tempo foi aterrorizante, contei a ela. Estou traumatizada. Por favor, venha cuidar de mim.

Logo, habibi, ela escreveu de volta.

Eu tinha estabelecido a meta de escrever mil e quinhentas palavras naquele dia. Só consegui quatrocentas, mas, pelo lado bom, também ganhei vinte e oito jogos consecutivos de paciência spider antes de parar para cozinhar legumes para o jantar. Depois de comer, sentei no escuro, aconchegada junto à mesa da cozinha, com uma taça de vinho tinto brilhando à luz do notebook. Tudo que eu precisava era de um primeiro rascunho ruim. Eu já havia escrito dezenas desses, despejados mais rápido do que eu conseguia digitar, e depois laboriosamente reescritos nos meses seguintes.

Então por que agora eu não conseguia simplesmente *escrever* esse *livro ruim*?

Meu Deus, como eu sentia falta dos dias em que as palavras jorravam. Quando escrever aqueles finais felizes, aqueles beijos na chuva e as cenas de pedidos de casamento de joelhos sob um crescendo musical era a melhor parte do meu dia.

Naquela época, o amor verdadeiro parecia o grande prêmio, aquilo que nos fazia capazes de enfrentar qualquer tempestade, nos salvava da rotina e do medo, e escrever sobre isso parecia o presente mais significativo que eu podia oferecer.

E, ainda que essa parte da minha visão de mundo estivesse tirando um breve período sabático, *tinha* que ser verdade que, às vezes, mulheres com o coração partido encontravam seu final feliz, seus momentos de chuva caindo, música crescendo e pura felicidade.

Vi um e-mail chegar no computador. Meu estômago revirou e não sossegou até eu perceber que era apenas a resposta de Pete com o endereço do seu clube do livro e uma mensagem de uma só frase: Sinta-se à vontade para trazer sua bebida favorita ou só você mesma :)))

Sorri. Talvez alguma versão de Pete pudesse entrar no livro.

— Um dia de cada vez — falei em voz alta. Peguei meu vinho e fui até a porta dos fundos.

Protegi os olhos com as mãos para bloquear o reflexo da luz no vidro e espiei o deque de Gus. Mais cedo eu tinha visto fumaça saindo da churrasqueira, mas agora ela estava apagada e o deque, abandonado.

Deslizei a porta e saí. O mundo estava tingido em tons de azul e prata, o barulho leve da maré quebrando na areia ampliado pelo silêncio do resto do mundo. Uma rajada de vento soprou no alto das árvores e eu me arrepiei, apertei mais o roupão, esvaziei a taça de vinho e voltei para dentro da casa.

A princípio achei que o brilho azul que chegou aos meus olhos fosse da tela do meu notebook, mas a luz não vinha da minha casa. Vinha através das janelas escuras da casa do Gus, intensa o bastante para que eu pudesse vê-lo andando de um lado para o outro na frente de sua mesa. Ele parou de repente, inclinou-se para digitar por um momento, depois pegou uma garrafa de cerveja na mesa e começou a andar de novo, passando a mão pelo cabelo.

Eu conhecia muito bem essa coreografia. Ele podia debochar quanto quisesse de mim com *piratas e lobisomens apaixonados*, mas a verdade era que Augustus Everett ainda estava perambulando pela sala no escuro, tentando criar uma história, como o resto de nós.

PETE MORAVA em uma casa vitoriana cor-de-rosa ao lado do campus da faculdade. Mesmo com a tempestade que tinha varrido o lago naquela noite de segunda-feira, o lugar parecia encantador como uma casa de boneca.

Estacionei na rua e olhei para as janelas no meio das trepadeiras e as torres charmosas. O sol ainda não havia ido embora, mas as finas nuvens cinzentas que enchiam o céu dispersavam qualquer luz em uma fraca luminosidade esverdeada, e o jardim que se estendia da varanda até a cerca branca de madeira parecia viçoso e mágico sob o manto de neblina. Era o escape perfeito para a caverna em que eu estivera escondida o dia inteiro para escrever.

Peguei no banco do passageiro a sacola de pano cheia de marcadores de livros assinados e pins com citações de *Aconchego sulino* e saí do carro, puxando o capuz sobre a cabeça enquanto corria pela chuva e abria o portão para entrar na trilha de pedras.

O jardim de Pete provavelmente era o lugar mais pitoresco em que eu já tinha posto os pés, mas a melhor parte talvez fosse que, acima do som dos trovões, eu ouvia "Another Brick in the Wall", do Pink Floyd, tocando tão alto que fazia a varanda trepidar.

Antes que eu batesse, a porta se abriu e Pete, segurando uma taça de acrílico azul muito cheia de vinho, cantarolou:

— Jaaaaaaaaaaaaanuary Andrews!

De algum lugar atrás dela, um coro de vozes cantou de volta:

— January Annnnnndrews!

— Peeeeete! — cantei em resposta, estendendo a garrafa de chardonnay que eu tinha comprado no caminho. — Muito obrigada por ter me convidado.

— Ahhhh. — Ela pegou a garrafa de vinho, apertou os olhos examinando o rótulo e riu. O vinho se chamava POCKETFUL OF POSIES, um punhado de Posies, mas eu tinha riscado POSIES e escrito PETES no lugar. — Parece francês! Que em holandês quer dizer *fino*! — ela brincou, fazendo um sinal para que eu a seguisse pelo corredor, em direção à música. — Venha conhecer as meninas.

Havia uma pilha de sapatos, principalmente sandálias e botas de caminhada, arrumados ordeiramente em um tapete ao lado da porta, então tirei minhas galochas verdes de salto alto e segui descalça a trilha de Pete pelo corredor. As unhas dos pés dela, pintadas de lavanda, combinavam com as das mãos, e, em seu jeans desbotado e camisa branca de linho, ela passava uma imagem mais suave que na loja.

Passamos pela cozinha com os balcões de granito cheios de garrafas de bebida e entramos na sala de estar, nos fundos da casa.

— Normalmente usamos o jardim, mas normalmente Deus não está jogando boliche lá em cima, então vai ser aqui dentro esta noite. Só estamos esperando mais uma pessoa.

A sala era pequena a ponto de parecer abarrotada com cinco pessoas. Claro que os três labradores pretos cochilando no sofá (dois deles) e na poltrona (o terceiro) não ajudavam. Cadeiras de madeira de um verde intenso tinham sido trazidas para dentro, evidentemente para os humanos se sentarem, dispostas em um pequeno semicírculo. Um dos cachorros levantou e andou pela sala, o rabo balançando entre o mar de pernas, para me cumprimentar.

— Meninas — disse Pete, tocando minhas costas —, esta é a January. Ela trouxe vinho!

— Vinho, fantástico! — comentou uma loira de cabelo comprido, avançando para me dar um abraço e um beijo em cada bochecha. Quando ela se afastou, Pete lhe entregou a garrafa e se dirigiu ao aparelho de som.

— Eu sou a Maggie — a loira se apresentou. Seu corpo alto e sinuoso chamava ainda mais atenção envolto nos babados brancos com que ela se vestia. Ela sorriu para mim, parte Galadriel Senhora da Floresta Dourada e parte Stevie Nicks, e os cantos enrugados de seus olhos castanhos se apertaram docemente. — É um prazer conhecer você, January.

A voz de Pete soou um pouco alta demais quando a música parou:

— Ela é a sra. Pete.

O sorriso sereno de Maggie pareceu uma versão de um revirar de olhos afetuoso.

— Maggie é o suficiente. E esta é a Lauren. — Ela estendeu o braço e eu apertei a mão da mulher de dreadlocks com um vestido de verão cor de laranja. — E ali atrás, no sofá, a Sonya.

Sonya. O nome atingiu meu estômago como um martelo. Antes mesmo de eu vê-la, minha boca ficou seca e a vista embaçou.

— Oi, January — Aquela Mulher disse timidamente entre os labradores adormecidos. Ela forçou um sorriso. — É bom ver você.

6

O clube do livro

EXISTE UMA MANEIRA digna de dar de cara com a amante do seu falecido pai? Se existe, eu imagino que não seja balbuciar *preciso fazer xixi*, arrancar a garrafa de vinho das mãos da anfitriã e correr à procura de um banheiro. Mas foi o melhor que eu pude fazer.

Desrosqueei a tampa da garrafa e despejei o líquido pela garganta, ali mesmo dentro do banheiro decorado com temas náuticos. Pensei em ir embora, mas, por alguma razão, isso me pareceu a opção mais constrangedora. Ainda assim, me ocorreu que eu poderia sair pela porta, entrar no carro e dirigir até Ohio sem parar. Eu nunca mais teria que ver nenhuma dessas pessoas. Poderia arrumar um emprego na churrascaria Ponderosa. A vida seria ótima! Ou eu poderia simplesmente ficar nesse banheiro para sempre. Eu tinha vinho, tinha um vaso sanitário — do que mais precisava?

Admito que não foi minha educação e força de espírito que me fizeram sair do banheiro. Foi o som de passos e de conversa se movendo pelo corredor, a voz de Pete dizendo:

— Tem *certeza* de que não pode ficar? — em um tom que fazia parecer muito mais: *Que história é essa, Sonya? Por que essa garota esquisita está com medo de você?*

E a de Sonya respondendo:

— Eu queria muito, mas esqueci totalmente desse telefonema de trabalho, e o meu chefe não vai parar de me mandar e-mails até eu estar no carro e com o bluetooth ligado.

— Droga de bluetooth — disse Pete.

— Pois é — falei no gargalo da minha garrafa de vinho. O chardonnay estava fazendo efeito depressa. Procurei rememorar meu dia, lembrando das minhas refeições, para tentar entender a razão de estar ficando tão zonza. Só o que eu tinha *certeza* de ter comido era um punhado de minimarshmallows no caminho para um muito necessário intervalo para fazer xixi.

Ops.

A porta da frente estava se abrindo. Despedidas estavam sendo ditas em meio ao tamborilar da chuva no telhado, e eu continuava trancada no banheiro.

Pus a garrafa sobre a pia, me olhei no espelho e apontei energicamente para meus pequenos olhos castanhos.

— Pense que esta será a noite mais difícil que você vai ter no verão inteiro — sussurrei. Era mentira, mas me convenci totalmente disso. Arrumei o cabelo, tirei a jaqueta, escondi a garrafa de vinho na sacola de pano e saí para o corredor.

— A Sonya teve que ir embora — disse Pete, mas soou mais como: *Que porra foi essa, January?*

— Ah, é? — respondi. — Que pena. — Mas soou mais como: *Bendita seja a droga do bluetooth!*

— Pois é — disse Pete.

Eu a segui de volta para a sala, onde os labradores haviam se rearranjado, assim como as mulheres. Um dos cachorros tinha se movido para a ponta do sofá e Maggie ocupou o lugar que ficara vago, enquanto o segundo se deslocara para a poltrona, quase em cima do terceiro. Lauren estava sentada em uma das cadeiras verdes de encosto alto, e Pete fez um gesto para eu me sentar ao lado dela, enquanto se acomodava em uma terceira cadeira. Pete conferiu a hora em seu relógio de couro.

— Já deve estar chegando. Com certeza o atraso foi por causa da tempestade! Vamos começar daqui a pouco.

— Está bem — falei. A sala ainda girava um pouco. Eu mal podia olhar para o lugar onde Sonya estivera acomodada no sofá, esguia e relaxada, com seus cachos brancos presos no alto da cabeça, o oposto da minha mãe, miúda e de franja reta. Aproveitei a oportunidade para procurar os marcadores de livros em minha sacola (com cuidado para não virar o vinho).

Alguém bateu na porta e Pete se levantou para atender. Meu coração acelerou ao pensar que Sonya talvez tivesse mudado de ideia e voltado. Mas logo uma voz grave veio raspando pelo corredor e Pete estava de volta, trazendo a reboque um molhado e descabelado Augustus Everett. Ele passou a mão pelo cabelo com fios grisalhos, sacudindo a chuva deles. Parecia ter se arrastado da cama e caminhado até lá embaixo da tempestade, bebendo direto de uma garrafa escondida em um saco de papel. Não que eu estivesse em posição de julgar naquele exato momento.

— Meninas — disse Pete. — Acredito que todas vocês já conheçam o inigualável Augustus Everett.

Gus assentiu, acenou. Sorriu? Essa parecia uma palavra generosa demais para o que ele estava fazendo. Sua boca *reconheceu* a presença das pessoas na sala, eu diria, e então seus olhos encontraram os meus e o canto mais alto da boca se inclinou para cima. Ele me cumprimentou com a cabeça.

— January.

Minha mente pôs em movimento suas engrenagens fracas e lentas de vinho para tentar entender o que me incomodava tanto naquele momento. Claro, havia o pretensioso Gus Everett. Havia o encontro inesperado com Aquela Mulher e o vinho no banheiro. E...

A diferença nas apresentações de Pete.

Esta é a January era como um pai ou mãe forçava uma criança pequena a fazer amizade com outra.

O inigualável Augustus Everett era como um clube do livro apresentava seu convidado especial.

— Sente-se, por favor. Aqui, do lado da January — disse Pete. — Quer beber alguma coisa?

Ah, meu Deus. Eu tinha entendido tudo errado. Eu não estava ali como convidada. Estava ali como membro do clube do livro.

Eu tinha entrado em um clube do livro que estava discutindo *Os revelatórios.*

— Quer uma bebida? — Pete perguntou, voltando para a cozinha.

Gus deu uma olhada para as taças de acrílico azul nas mãos de Lauren e Maggie.

— O que vocês estão bebendo, Pete? — ele indagou.

— Ah, a primeira rodada no clube do livro é sempre de white russian, mas a January trouxe vinho, se você preferir.

Relutei contra a ideia de *começar* a noite com um white russian e com a perspectiva de ter que vergonhosamente pescar meu vinho da bolsa para Gus.

Eu podia dizer, pelo enorme sorriso no rosto de Pete, que nada a deliciaria mais.

Gus se inclinou para a frente, apoiando os cotovelos nas coxas. A manga esquerda de sua camisa levantou com o movimento, revelando uma tatuagem preta de linhas finas na parte de trás do braço, um círculo torcido e fechado. Uma fita de Möbius, se eu não estava enganada.

— Um white russian está ótimo — ele respondeu.

Claro que sim.

As pessoas gostam de imaginar seus escritores homens favoritos sentados na frente da máquina de escrever com uma dose do uísque mais forte e uma fome de conhecimento. Eu não ficaria surpresa se o cara desgrenhado ao meu lado, aquele que havia zombado da *minha* carreira, estivesse usando uma cueca suja virada do avesso e vivendo de salgadinhos de queijo do supermercado.

Ele podia chegar aqui parecendo o assistente do fornecedor de maconha do pessoal da faculdade (quando o fornecedor principal estivesse em Myrtle Beach) e ainda ser levado mais a sério do que eu em meu comportado vestido Michael Kors. Eu poderia ter minhas fotos profissionais tiradas pelo editor sênior de fotografia de uma revista, e *ele* podia usar a câmera digital antiga de sua mãe para tirar uma selfie carrancudo no deque e ainda ser tratado com mais respeito do que eu.

Ele poderia ter simplesmente mandado uma foto do próprio pinto. Eles colocariam na orelha do livro, sobre aquela biografia preguiçosa de duas linhas que o deixaram usar. *Quanto mais curta, mais elegante*, diria Anya.

Senti os olhos de Gus em mim. Imaginei se *ele* sentia meus pensamentos acabando com ele. Imaginei se Lauren e Maggie sentiam que essa noite havia sido um erro terrível.

Pete voltou com mais uma taça de acrílico azul cheia de vodca leitosa e Gus agradeceu. Respirei fundo enquanto ela voltava para sua cadeira.

Será que ainda tinha como a noite ficar pior?

O labrador mais perto de mim peidou alto.

— Muito bem! — disse Pete, batendo as mãos.

Dane-se. Puxei meu vinho da bolsa e tomei um gole. Maggie riu no sofá e o labrador rolou e enfiou a cara entre as almofadas.

— Declaro aberta a sessão do Clube do Livro Vermelho, White Russians e Azul e estou ansiosa para saber o que todas acharam do livro.

Maggie e Lauren se entreolharam enquanto cada uma tomava um gole de seu white russian. Maggie deixou sua taça sobre a mesa e bateu de leve na coxa.

— Gente, eu adorei.

A risada de Pete foi forte, mas afetuosa.

— Você adora tudo, Mags.

— De jeito nenhum. Eu não gostei do espião... não o principal, o outro. Ele era arrogante.

Espiões? Havia *espiões* em *Os revelatórios*? Dei uma olhada para Gus, que parecia tão intrigado quanto eu. Estava com a boca entreaberta, a bebida apoiada na coxa esquerda.

— Eu também não gostei dele — concordou Lauren. — Especialmente no começo, mas ele melhorou no fim. Quando ficamos sabendo dos vínculos da mãe dele com a União Soviética, comecei a entendê-lo.

— Sim, foi um detalhe legal — Maggie admitiu. — Certo, vou dar o braço a torcer. No fim eu até que estava gostando dele também. Mas ainda não aceito o jeito como ele tratava a agente Michelson. Não tem desculpa para isso.

— Não, claro que não — interveio Pete.

Maggie abanou a mão.

— Totalmente misógino.

Lauren apoiou.

— Como vocês se sentiram sobre a revelação dos gêmeos?

— Sinceramente, eu achei um pouco chato e vou dizer por quê — Pete respondeu. E ela nos disse por que, mas eu mal ouvi, pois estava absorta demais na ginástica sutil das expressões de Gus.

Não podia ser do livro dele que elas estavam falando. Ele parecia mais confuso que horrorizado, como se achasse que alguém estava lhe pregando uma peça, mas ainda não tivesse certeza suficiente para entregar o jogo.

Já havia terminado seu white russian e olhava às vezes para a cozinha, como se esperasse que outro drinque pudesse vir sozinho de lá.

— Mais alguém chorou quando a filha do Mark cantou "Amazing Grace" no funeral? — perguntou Lauren, com a mão sobre o coração. — Aquilo acabou comigo. Sério. E vocês *conhecem* o meu coração de pedra! Doug G. Hanke é um escritor fenomenal.

Olhei em volta, para o aparador, as estantes de livros ao lado do sofá, o porta-revistas embaixo da mesa de centro. Nomes e títulos pularam diante de mim de dezenas, se não centenas, de capas escuras.

Operação Skyforce. O jogo de Moscou. Sigilo máximo. Alerta vermelho. Oslo ao escurecer.

Clube do Livro Vermelho, White Russians e Azul. A cor da bandeira, russos...

Eu, January Andrews, escritora de livros românticos, e o garoto--prodígio literário Augustus Everett havíamos nos metido em um clube do livro que trafegava essencialmente por romances de espionagem. Foi preciso algum esforço para abafar minha risada, e ainda assim não fiz um trabalho muito bom.

— January? — disse Pete. — Está tudo bem?

— Espetacular — respondi. — Só acho que já bebi muito vinho da bolsa. Augustus, pode continuar daqui. — Estendi a garrafa para ele, que levantou uma sobrancelha escura, sério.

Imaginei que, mesmo que eu não estivesse propriamente sorrindo, consegui parecer vitoriosa enquanto esperava que ele pegasse o chardonnay dois terços já bebido.

— Eu refleti melhor — Maggie disse, animada. — E acho que *gostei* da reviravolta dos gêmeos idênticos.

Em algum lugar, um labrador peidou.

7

A carona

— MUUUUITO OBRIGADA POR nos receber aqui, Pete — eu disse enquanto a puxava para um abraço no hall de entrada.

Ela deu um tapinha nas minhas costas.

— Quando quiser. Às segundas principalmente! Toda segunda. O Vermelho, White Russians e Azul precisa de sangue novo. Você vê como as coisas empacaram aqui. A Maggie gosta de me agradar, mas não é muito chegada em ficção, e eu acho que a Lauren vem só para socializar. Ela também é esposa de faculdade, como eu.

— Esposa de faculdade?

Pete confirmou.

— A Maggie trabalha na universidade com o marido da Lauren — respondeu depressa. — Como você vai para casa, querida?

Eu não estava nem perto de sentir o vinho tanto quanto queria a essa altura, mas sabia que não devia ir embora dirigindo.

— Eu levo a January — disse Gus, sério, sem um sorriso sequer.

— Eu pego um Uber — falei.

— Uber? — Pete repetiu. — Aqui em North Bear Shores? Impossível. Temos só um, e duvido que ele esteja na rua depois das dez da noite.

Fingi olhar para o celular.

— Parece que ele está por aqui, sim, então eu vou indo. Obrigada de novo, Pete. Sério, foi... extremamente interessante.

Ela acariciou meu braço e eu saí na chuva, abrindo o aplicativo do Uber. Sob o som da água caindo, ouvi Gus e Pete se despedirem sobriamente na varanda atrás de mim, e então a porta se fechou e eu soube que ele e eu estávamos sozinhos no jardim.

Apressei o passo, cruzei o portão e segui pela calçada, olhando para o mapa em branco no aplicativo do Uber. Fechei o aplicativo e abri de novo.

— Me deixe adivinhar — falou Gus. — É exatamente como a pessoa que de fato mora aqui disse: não tem Uber.

— Está a quatro minutos — menti. Ele ficou olhando para mim. Puxei o capuz sobre a cabeça e lhe dei as costas.

— O que foi? — disse ele. — Está com medo de que seja uma viagem sem volta e se entrar no meu carro vai cair por um escorregador no teto da minha casa e ter que participar das minhas famosas surubas?

Cruzei os braços.

— Eu não conheço você.

— Ao contrário do Uber de North Bear Shores, de quem você é íntima.

Não respondi e, depois de um momento, Gus entrou no carro, ligou o motor, mas não saiu. Eu me ocupei com meu telefone. Por que ele não ia embora? Fiz todo o possível para não olhar para o carro dele, ainda que a perspectiva parecesse mais atraente a cada minuto que eu passava ali embaixo da chuva fria.

Conferi o aplicativo de novo. Nada.

O vidro do passageiro desceu, Gus se inclinou sobre o assento e virou a cabeça para me ver.

— January. — Ele suspirou.

— Augustus.

— Já faz quatro minutos. Não vai vir nenhum Uber. Quer, por favor, entrar no carro?

— Eu vou a pé.

— Por quê?

— Porque eu preciso fazer exercício — respondi.

— Sem falar na pneumonia.

— Deve estar uns dezoito graus — retruquei.

— Você está tremendo.

— Talvez eu esteja tremendo de empolgação pela caminhada revigorante até em casa.

— Talvez sua temperatura corporal esteja caindo rapidamente e sua pressão e batimentos cardíacos estejam baixando e sua pele esteja se rompendo enquanto congela.

— Que bobagem é essa? Meu coração está *aceleradíssimo*. Acabei de passar *três horas* em uma reunião de clube do livro sobre *romances de espionagem*. Eu *preciso* gastar um pouco dessa adrenalina. — Comecei a caminhar pela calçada.

— Direção errada — Gus avisou.

Dei meia-volta e recomecei na outra direção, passando de novo pelo carro de Gus. Os lábios dele se torceram sob a luz fraca do painel.

— Você tem consciência de que nós moramos a onze quilômetros daqui, né? Nesse seu ritmo, você vai chegar mais ou menos... nunca. Vai colidir com algum arbusto e possivelmente passar o resto da vida lá.

— Na verdade essa é a quantidade de tempo perfeita para ficar sóbria outra vez — falei. Gus moveu o carro lentamente pela rua ao meu lado. — *Não* posso correr o risco de acordar de ressaca de novo amanhã. Prefiro ser atropelada.

— É, mas eu receio que vão acontecer as duas coisas. Deixe eu levar você para casa.

— Vou dormir bêbada. Isso não é bom.

— Tudo bem, eu não vou deixar você em casa enquanto não estiver sóbria, então. Sei do melhor truque para isso em toda North Bear Shores.

Parei de andar e olhei para o carro. Ele parou também, esperando.

— Só para deixar bem claro — eu disse —, você não está falando de sexo, está?

Ele torceu os lábios.

— Não, January, eu não estou falando de sexo.

— É melhor que não esteja mesmo. — Abri a porta do passageiro e entrei, aproximando os dedos das saídas de ar quente no painel. — Porque eu tenho spray de pimenta nesta sacola. E uma arma.

— Que *porra* é essa? — ele gritou, puxando o freio de mão. — Você está bêbada e andando com uma *arma* na sua sacola de vinho?

Prendi o cinto de segurança.

— Foi uma brincadeira. A parte da arma, não a parte de matar você se tentar alguma coisa. Isso foi sério.

A risada dele foi mais chocada que divertida. Mesmo no escuro do carro, eu via que seus olhos estavam muito abertos e a boca torta estava tensa. Ele sacudiu a cabeça, enxugou a chuva da testa com o dorso da mão e pôs o carro em movimento.

— ESSE É O truque? — perguntei quando paramos no estacionamento. A chuva tinha diminuído, mas as poças acumuladas nas rachaduras do asfalto refletiam o letreiro de neon do prédio baixo e retangular. — O truque para ficar sóbria é... donuts. — Isso era tudo que o letreiro dizia. Para todos os efeitos, esse era o nome do restaurante.

— O que você esperava? — respondeu Gus. — Que eu *quase* jogasse o carro em um penhasco ou contratasse alguém para simular seu sequestro? Ou, espera... o comentário sobre sexo foi irônico? Você *queria* que eu te seduzisse?

— Não, só estou dizendo que, na próxima vez que você tentar me convencer a entrar no seu carro, vai economizar um monte de tempo se já falar direto em *donuts*.

— Espero não ter que convencer você a entrar no meu carro com muita frequência — disse ele.

— Não, não com muita frequência — garanti. — Só às segundas-feiras.

Ele esboçou mais um sorriso, tênue, como se preferisse não revelá-lo. Isso de repente fez o carro parecer muito pequeno, ele perto demais. Desviei o olhar e saí do carro, e minha cabeça clareou de imediato. O prédio brilhava como um eletrocutor de insetos, as mesas vazias, com bancos cor de laranja estilo anos 70, visíveis pelas janelas ao lado de um grande aquário cheio de carpas.

— Você deveria pensar na possibilidade de ser motorista de Uber — falei.

— Hein?

— É, o seu aquecimento funciona bem. Aposto que o ar-condicionado também é decente. Você não tem cheiro de Axe e não disse uma palavra durante todo o caminho até aqui. Cinco estrelas. Seis estrelas. Melhor que qualquer motorista de Uber com que eu já andei.

— Hum. — Gus abriu a porta manchada do restaurante para mim e os sininhos tocaram em cima. — Talvez na próxima vez que você entrar em um Uber deva anunciar que está com uma arma carregada. É possível que tenha um serviço melhor.

— Verdade.

— Agora, não se assuste — disse ele, baixinho, enquanto eu entrava.

— O quê? — eu me virei de volta para perguntar.

— Olá! — uma voz cumprimentou alegremente acima da canção dos Bee Gees que enchia o lugar.

Olhei para o homem atrás da vitrine iluminada. O rádio estava sobre o balcão, produzindo tanta estática quanto música melosa.

— Oi — respondi.

— E aí? — disse o homem, balançando a cabeça para cima e para baixo. Ele tinha pelo menos a idade dos meus pais e era muito magro, com óculos grossos presos ao rosto por uma alça amarelo-neon.

— Oi — falei outra vez. Meu cérebro estava preso em uma roda de hamster, a mesma constatação girando sem parar: o senhor idoso estava usando apenas roupas de baixo.

— Ei, alô vocês! — ele trinou, aparentemente determinado a não perder o jogo. Apoiou os cotovelos no balcão. Sua roupa de baixo felizmente incluía uma camiseta branca, e por sorte ele havia optado por uma cueca samba-canção em vez do modelo tradicional.

— Oi — falei uma última vez.

Gus se colocou entre minha boca aberta e o balcão.

— Pode nos dar uma dúzia dos de ontem?

— Claro! — O padeiro dançou até a extremidade da vitrine e pegou uma caixa de uma pilha sobre o balcão. Trouxe-a de volta à caixa registradora antiquada e apertou alguns números. — Cinco dólares, amigo.

— E café? — disse Gus.

— Eu não posso, em sã consciência, cobrar por isso aí. — O homem indicou a jarra na cafeteira. — Essa merda está chiando aí há umas três horas. Quer que eu faça um café fresco?

Gus olhou para mim.

— O quê? — perguntei.

— É para você. O que me diz? Grátis e ruim? Ou um dólar e... — Ele não completou com *bom*, o que me informou tudo que eu precisava saber.

"Essa merda" estava *sempre* ali, chiando.

— Grátis — respondi.

— Então são os cinco dólares mesmo — disse o homem.

Levei a mão à carteira, mas Gus foi mais rápido e colocou cinco notas de um dólar sobre o balcão. Depois fez um sinal com a cabeça para que eu pegasse o copo de isopor e a caixa de donuts que o homem estava me entregando. Para que coubessem doze donuts ali, eles deviam estar compactados em uma única massa frita em formato de caixa. Peguei tudo e me sentei a uma das mesas.

Gus se sentou na minha frente e abriu a caixa. E ficou olhando para os donuts amassados entre nós.

— Caramba, parecem horrorosos.

— Finalmente — disse eu. — Alguma coisa em que concordamos.

— Aposto que nós concordamos em muita coisa. — Ele pegou um donut disforme de nozes com calda de bordo e se recostou no banco, examinando-o sob a luz fluorescente.

— Por exemplo?

— Todas as coisas importantes — disse Gus. — A composição química da atmosfera terrestre, se o mundo precisa de seis filmes dos Piratas do Caribe, que white russians só devem ser bebidos quando já se tem certeza de que se vai vomitar mesmo.

Ele enfiou o donut inteiro na boca e, sem um pingo de ironia, olhou para mim. Eu caí na risada.

— O quê? — ele indagou, de boca cheia.

Sacudi a cabeça.

— Posso te perguntar uma coisa?

Ele mastigou e engoliu o suficiente para conseguir falar.

— Não, January, eu não vou pedir para esse cara diminuir o volume da música. — Então estendeu a mão e pegou outra bola de donut da caixa. — Agora eu tenho uma pergunta para você, Andrews. Por que você se mudou para cá?

Revirei os olhos e ignorei a pergunta.

— Se eu fosse te pedir para convencer esse homem a fazer uma pequena mudança em suas práticas comerciais, certamente não seria sobre o volume do rádio.

O sorriso de Gus se alargou, e meu estômago pulou traiçoeiramente. Acho que nunca o tinha visto sorrir daquela maneira, e havia algo de inebriante naquele sorriso. Seus olhos escuros se voltaram para o balcão e eu segui seu olhar. O homem de roupas de baixo estava decididamente dançando entre os fornos. Os olhos de Gus voltaram para os meus, focados.

— Você vai me contar por que se mudou para cá?

Enfiei um donut na boca e sacudi a cabeça.

Ele deu de ombros.

— Então eu não posso responder à sua pergunta.

— Não é assim que as conversas funcionam — informei a ele. — Não são só trocas equivalentes.

— É exatamente isso que elas são — disse ele. — Pelo menos quando não envolvem punhetinhas básicas.

Cobri o rosto com as mãos, constrangida.

— Você foi extremamente grosseiro comigo, aliás.

Ele ficou em silêncio por um momento. Estremeci quando seus dedos ásperos seguraram meus pulsos e afastaram as mãos do meu rosto. O sorriso de provocação tinha desaparecido e sua testa estava franzida, o olhar sério e intenso.

— Eu sei. Desculpe. Tinha sido um dia ruim.

Meu estômago pulou de novo. Eu não esperava um pedido de desculpas. Certamente nunca havia recebido um pelo comentário sobre o *felizes para sempre*.

— Você estava dando uma superfesta — observei, me recuperando. — Adoraria ver o que é um dia bom para você.

O canto da boca dele se retorceu, incerto.

— Se você excluísse a festa, estaria bem mais perto. Enfim, me desculpa? Já me disseram que eu causo uma péssima primeira impressão.

Cruzei os braços e, com a coragem proporcionada pelo vinho e o pedido de desculpas, disparei:

— Aquela não foi minha primeira impressão.

Algo indecifrável passou pelo rosto dele, desaparecendo antes que eu pudesse identificar.

— Qual era a sua pergunta? — disse ele. — Se eu responder, você me desculpa?

— Também não é assim que as desculpas funcionam. — Quando ele começou a massagear a testa, acrescentei: — Mas sim.

— Então tudo bem. Uma pergunta.

Eu me inclinei sobre a mesa.

— Você pensou que elas fossem discutir o seu livro, né?

Ele franziu a testa.

— Elas?

— Espionagem e Biritagem.

Ele fingiu estar horrorizado.

— Você por acaso está se referindo ao Clube do Livro Vermelho, White Russians e Azul? Porque esse apelido que acabou de inventar é uma afronta a todos os salões literários, sem falar à Liberdade e à América.

Senti um sorriso no meu rosto. E me recostei no banco, satisfeita.

— Você pensou. Pensou que elas estivessem lendo *Os revelatórios.*

— Em primeiro lugar — disse Gus —, eu moro aqui há cinco anos e a Pete nunca tinha me convidado para o clube do livro, então, sim, me pareceu uma suposição razoável. Em segundo lugar — ele pegou um donut com cobertura de glacê na caixa —, é melhor ser mais cuidadosa, January Andrews. Você acabou de revelar que sabe o título do meu livro. Que outros segredos pode estar prestes a deixar escapar?

— Como você sabe se eu não procurei no Google? — contrapus. — Talvez eu nunca tivesse ouvido falar dele antes.

— Como você sabe se você ter me procurado no Google não seria ainda mais divertido para mim? — disse ele.

— Como você sabe se eu não te procurei no Google por desconfiança de que você pudesse ter antecedentes criminais?

— Como você sabe se eu não vou continuar respondendo suas perguntas com outras perguntas até a nossa morte? — Gus respondeu.

— Como você sabe se eu me importo com isso?

Ele sacudiu a cabeça, sorrindo, e deu outra mordida.

— Uau, isso é terrível.

— Os donuts ou a nossa conversa? — perguntei.

— A nossa conversa, definitivamente. Os donuts estão bons. Eu também procurei você no Google, aliás. Você deveria considerar a ideia de arrumar um nome mais raro.

— Vou passar a sugestão para os meus superiores, mas não posso garantir nada — falei. — Muita burocracia e papelada envolvidas.

— *Aconchego sulino* parece bem sexy — disse ele. — Você tem atração por homens sulinos? Macacão e dente faltando fazem seu sangue correr mais rápido?

Revirei os olhos.

— Só posso acreditar que você nunca esteve no sul e talvez nem saiba localizar "sul" em uma bússola. Além disso, por que todo mundo sempre acha que o que as mulheres escrevem é autobiográfico? As pessoas por acaso presumem que os seus protagonistas brancos, solitários...

— Com tesão reprimido — Gus completou.

— ... *com tesão reprimido* são você?

Ele ficou pensativo, os olhos focados em mim.

— Boa pergunta. *Você* presume que eu tenho tesão reprimido?

— Sem dúvida.

Isso pareceu divertir Gus e sua boca torta.

Olhei pela janela.

— Se a Pete não estava planejando usar nenhum dos nossos livros, simplesmente esqueceu de nos dizer qual era o livro que elas estavam lendo? Se ela só queria que participássemos, imagino que nos daria pelo menos a chance de ler o livro.

— Não foi por acaso — disse Gus. — Foi uma manipulação intencional da verdade. Ela sabe que não tinha a menor possibilidade de eu aparecer lá esta noite se tivesse consciência do que realmente ia acontecer.

Bufei.

— E qual seria o objetivo desse plano perverso? Entrar como um personagem secundário excêntrico no próximo livro de Augustus Everett?

— O que exatamente você tem contra os meus livros, que você afirma que nem leu? — ele perguntou.

— O que você tem contra os *meus* livros — falei —, que *certamente* não leu?

— Como você tem tanta certeza?

— Pela referência a piratas. — Peguei um donut com cobertura de morango e granulado. — Esse não é o tipo de romance que eu escrevo. Na verdade, meus livros nem costumam entrar na prateleira dos romances. Eles entram em ficção para mulheres.

Gus se recostou no banco e estendeu os braços esguios e bronzeados sobre a cabeça, girando os pulsos para fazê-los estalar.

— Eu não entendo qual é a necessidade de existir todo um gênero exclusivamente de livros para mulheres.

Fiz um som de deboche. Ali estava ela, aquela raiva sempre pronta, subindo como se estivesse só à espera de uma desculpa.

— Ah, pois é, você não é o único que não entende. Eu sei contar uma história, Gus, e sei formar frases. Se você trocasse todas as minhas Jessicas por Johns, sabe o que teria? *Ficção.* Simplesmente ficção. Pronta e disponível para ser lida por qualquer pessoa, mas de alguma maneira, pelo mero fato de eu *ser* uma mulher que *escreve* sobre mulheres, eliminei metade da população da Terra dos meus leitores potenciais, e quer saber? Eu não me sinto *envergonhada* por isso. Eu me sinto *furiosa.* Porque pessoas como você já vão pressupor que os meus livros não devem valer o seu tempo, e enquanto isso você pode dizer qualquer merda ao vivo na TV e o *New York Times* vai elogiar sua ousada demonstração de humanidade.

Gus estava olhando sério para mim, a cabeça inclinada, uma linha funda entre as sobrancelhas.

— Pode me levar para casa agora? — pedi. — Já estou sóbria.

8

A aposta

GUS DESLIZOU PARA fora do banco e eu o segui, pegando a caixa de donuts e meu copo de café requentado. Tinha parado de chover, mas agora havia uma névoa espessa. Sem dizer mais nada, entramos no carro e fomos embora do DONUTS, a palavra brilhando em azul-esverdeado no retrovisor.

— São os finais felizes — ele disse de repente, enquanto entrava na rua principal.

— O quê? — Meu estômago apertou. *Todos vivem felizes para sempre. De novo.*

Gus pigarreou.

— Não é que eu não leve livros românticos a sério como gênero. E eu gosto de ler sobre mulheres. Mas tenho muita dificuldade com finais felizes. — Seu olhar se arriscou rapidamente em minha direção, depois voltou para a rua.

— Dificuldade? — repeti, como se isso pudesse fazer as palavras adquirirem sentido para mim. — Você tem dificuldade para... *ler finais felizes*?

Ele passou a mão pela curva do bíceps, um sinal de ansiedade de que eu não me lembrava.

— É.

— Por quê? — perguntei, mais confusa que ofendida agora.

— A vida é, essencialmente, uma sequência de momentos bons e ruins até a hora em que a gente morre — disse ele, cauteloso. — Que é, basicamente, um momento ruim. O amor não muda isso. Eu tenho dificuldade para suspender a descrença. Além disso, você conhece um romance sequer na vida real que tenha terminado como a porra da Bridget Jones?

Ali estava ele, o Gus Everett que eu conhecia. O que me achava uma ingênua sem chance de salvação. E, mesmo tendo agora alguma evidência de que ele estava certo, não me sentia pronta para deixá-lo esmagar aquilo que tinha significado mais do que qualquer outra coisa para mim, o gênero literário que me ajudara a me manter à tona quando minha mãe teve uma recaída e todo o nosso futuro imaginado desapareceu como fumaça na brisa.

— Em *primeiro* lugar — falei —, a porra da Bridget Jones é uma série. Esse é simplesmente o *pior* exemplo que você poderia ter escolhido para provar seu argumento. É a antítese do estereótipo impreciso e simplista do gênero. Essa série faz *exatamente* o que eu procuro fazer: faz as leitoras se sentirem reconhecidas e compreendidas, verem que as suas histórias, *histórias de mulheres*, importam. Em segundo lugar, você está dizendo sinceramente que não acredita no amor?

Eu me sentia um pouco desesperada, como se, caso o deixasse ganhar a discussão, seria a gota-d'água: eu não teria mais como voltar para mim mesma, acreditar outra vez no amor e ver o mundo e as pessoas como coisas puras e belas. Voltar a amar escrever.

Gus franziu a testa, seus olhos escuros alternando entre mim e a rua com aquele olhar intenso e penetrante que Shadi e eu havíamos passado tanto tempo tentando expressar em palavras.

— Claro, o amor acontece — disse ele, por fim. — Mas é melhor ser realista para não ficar levando porrada na cara o tempo todo. É *muito* mais provável o amor dar errado que trazer felicidade eterna. E, se *você* não sair machucado, então é você que está machucando a outra pessoa. Entrar em um relacionamento beira o sadomasoquismo. Especialmente quando se pode ter *tudo* que se teria em um relacionamento amoroso com uma amizade, sem destruir a vida de ninguém quando inevitavelmente terminar.

— Tudo? — perguntei. — Sexo?

Ele arqueou uma sobrancelha.

— Nem precisa ter *amizade* para ter sexo.

— E nunca evolui até mais que isso para você? Você consegue sempre se manter distante assim?

— Se eu for realista, sim — disse ele. — É preciso ter uma política. Não evolui para algo maior se só acontecer uma vez.

Uau. O prazo de validade tinha diminuído.

— Está vendo? — falei. — Você *tem* tesão reprimido, Gus.

Ele me olhou de lado, sorrindo.

— O quê? — perguntei.

— É a segunda vez que você me chama de Gus hoje.

Meu rosto enrubesceu. Era verdade, *Everett* parecia ser sua preferência agora.

— E daí?

— Deixa disso, January. — Seus olhos voltaram para a rua, as lanças gêmeas dos faróis percorrendo o asfalto e captando fragmentos da vegetação na passagem. — Eu lembro de você. — O olhar dele pousou em mim de novo, tão sólido e pesado como se fossem mãos.

Agradeci a escuridão que escondeu o calor no meu rosto.

— De onde?

— Pode parar. Não faz tanto tempo assim. E houve aquela noite.

Ah, não. Nós não íamos falar *daquela noite*, íamos? A única noite em que conversamos fora da classe. Bem, conversar não é a palavra. Estávamos na mesma festa. O tema era um muito vago "Clássicos".

Gus e seu amigo Parker tinham ido como Ponyboy e Johnny do filme *Vidas sem rumo*, e passaram a noite rodeados pelos colegas bêbados. Shadi e eu fomos como Thelma (ela) e Louise (eu).

A garota-do-momento de Gus, Tessa, tinha ido passar o fim de semana na casa dos pais. Ela e eu morávamos no mesmo dormitório e íamos a muitas das mesmas festas. Ela era a razão mais recente de meus caminhos e os de Gus andarem se cruzando, mas *naquela* noite foi diferente.

Era o início do ano letivo, quase outono. Shadi e eu estávamos dançando no porão, cujas paredes de cimento suavam. A noite inteira fiquei observando Gus, um pouco irritada porque o último conto dele tinha sido tão bom e ele ainda era ridiculamente atraente e seu espírito crítico continuava afiado e eu estava cansada de ele ficar pedindo minhas canetas emprestadas e, além do mais, ele havia me pegado olhando para ele, e desde então eu sentia — ou achava (esperava?) que sentia — que ele estava olhando para mim também.

No bar improvisado na sala. Na mesa de "beer pong" no andar de cima. No barril de cerveja na cozinha. E, de repente, ele estava parado no meio da multidão de corpos que pulavam e dançavam convulsivamente ao som de "Sandstorm" (Shadi havia sequestrado o iPod, como costumava fazer), a poucos passos de mim, e estávamos ambos olhando um para o outro, e de alguma forma eu me senti vingada com isso, certa de que esse tempo todo ele realmente havia me visto como sua concorrente.

Não sei se eu fui até ele ou se ele veio até mim, ou se nos encontramos no meio. Tudo que sei é que acabamos dançando um com o (em cima do?) outro. Havia flashes de memória daquela noite que ainda me faziam estremecer: as mãos dele em meus quadris, minhas mãos em seu pescoço, sua boca em minha garganta, seus braços em minha cintura.

Tesão reprimido? Não, Gus Everett era inteiro respiração quente e toques de soltar faíscas.

Rivalidade ou não, era palpável quanto desejávamos um ao outro naquela noite. Estivemos ambos a ponto de tomar uma decisão ruim.

E, então, Shadi salvou o dia quando raspou a cabeça no banheiro com uma máquina de cortar cabelo que havia encontrado embaixo da pia e nos fez ser expulsas das festas daquela república para sempre. Embora não tivéssemos tentado voltar nos últimos anos e eu desconfiasse de que as fraternidades tinham memória curta. Quatro anos, no máximo.

Aparentemente, eu tinha uma memória muito mais longa.

— January?

Levantei a cabeça e me assustei ao ver o olhar intenso de que estava me lembrando ali no carro comigo. Eu havia me esquecido da minúscula cicatriz branca acima de seu lábio superior e me perguntava agora como ela teria acontecido.

Pigarreei antes de falar.

— Você disse à Pete que tínhamos acabado de nos conhecer.

— Eu disse que nós éramos vizinhos — ele admitiu. Olhos de volta na rua. Olhos de volta em mim. Eu senti como um ataque pessoal o jeito como ele ficava olhando para mim e desviando os olhos após um segundo. Ele torceu a boca. — Eu não tinha certeza se você se lembrava de mim.

Algo nisso fez minhas entranhas parecerem uma fita sendo puxada pelo gume de uma tesoura até enrolar. Ele continuou:

— Mas ninguém me chama de Gus, exceto as pessoas que eu conhecia antes de ser publicado.

— Por quê? — indaguei.

— Talvez porque eu não goste que todos os vizinhos lunáticos que já tive na vida fiquem me pesquisando no Google e escrevendo comentários corrosivos sobre os meus livros? Ou me pedindo livros de graça.

— Ah, eu não preciso de livros de graça — garanti.

— Sério? — ele provocou. — Não quer acrescentar mais um nível ao seu santuário?

— Você não vai me distrair — falei. — Essa conversa ainda não acabou.

— Droga. Eu sinceramente não tive a intenção de ofender você — ele garantiu. — De novo.

— Você não me ofendeu — respondi, incerta. Ou talvez tivesse ofendido, mas seu pedido de desculpas me pegou desprevenida novamente. Além do mais, eu estava perplexa. — Eu só acho que você está sendo bobo.

Chegamos às nossas casas sem nem perceber. Gus estacionou junto à calçada e olhou para mim. Pela segunda vez, tive a sensação de como o carro era pequeno, de como estávamos próximos, de como o escuro parecia ampliar a intensidade de seus olhos fixos nos meus.

— January, por que você veio para cá?

Eu ri, pouco à vontade.

— Para o carro em que você me implorou para entrar?

Ele sacudiu a cabeça, contrariado.

— Você está diferente agora.

Senti o sangue subir até as faces.

— Você quer dizer que eu não sou mais uma princesa encantada?

A expressão dele era de confusão.

— Foi como você me chamou — expliquei — naquela época. Quer que eu diga que você estava certo? Que eu acordei e que as coisas não funcionam como nos meus livros, é isso?

Ele inclinou a cabeça e apertou os lábios.

— Não era isso que eu estava dizendo.

— Era exatamente o que você estava dizendo.

Ele sacudiu a cabeça de novo.

— Bom, não foi o que eu quis dizer. O que eu quis dizer... Você era sempre tão... — Ele bufou. — Não sei, você está bebendo vinho de dentro da bolsa. Deve ter alguma razão para isso.

Fechei a boca e meu peito se comprimiu. Gus Everett provavelmente era a última pessoa que eu esperaria que conseguisse me ler dessa maneira.

Olhei pela janela do carro para a casa de praia como se ela fosse a luz vermelha brilhante de uma saída de emergência, uma salvação daquela conversa. Ouvia as ondas quebrando na praia atrás das casas, mas a névoa era muito espessa para que eu enxergasse alguma coisa.

— Não estou pedindo para você me contar — Gus continuou depois de um instante. — Eu só... não sei. É estranho ver você assim.

Eu me virei para ele e ergui as pernas no banco do carro enquanto o observava, tentando detectar algum sinal de ironia. Mas seu rosto estava sério, os olhos escuros apertados, a testa franzida, a cabeça com aquela leve inclinação que me fazia sentir como se estivesse sob um microscópio. O olhar Sexy e Cruel que sugeria que ele estava lendo nossa mente.

— Eu não estou escrevendo — falei. Não sabia bem por que estava admitindo isso, principalmente para Gus, mas melhor ele que Anya ou Sandy. — Estou sem dinheiro e minha editora está *desesperada* para receber algum material meu, e tudo que eu tenho é um punhado de páginas ruins e três meses para terminar um livro que alguém além da minha mãe queira comprar. É isso que está acontecendo.

Afastei os pensamentos da minha relação desgastada com a minha mãe e a conversa que tivemos depois do funeral, preferindo focar no mal menor da minha situação.

— Eu já fiz isso antes — expliquei. — Três livros, sem problema nenhum. Já é muito ruim eu me sentir incapaz de fazer a *única* coisa em que sou boa, aquilo que me faz sentir *eu mesma*, e ainda há o fator adicional de que estou totalmente sem grana.

Gus assentiu, pensativo.

— É sempre mais difícil escrever quando a gente *tem* que escrever. É como se... a pressão transformasse isso em um emprego como outro qualquer, como se a gente estivesse vendendo seguros. A história de repente perde toda a urgência de ser contada.

— Exatamente — concordei.

— Mas você vai dar um jeito — disse ele, friamente, depois de um instante. — Tenho certeza de que há um milhão de Felizes para Sempre flutuando dentro desse cérebro.

— Número um, não, não há — falei. — E, número dois, não é assim tão fácil como você pensa, Gus. Finais felizes não importam se o jeito de *chegar lá* for um lixo.

Apoiei a cabeça no vidro.

— Neste momento — prossegui —, sinceramente, talvez fosse mais fácil para mim largar a ficção otimista para mulheres e entrar na onda da literatura sombria. Pelo menos isso me daria uma desculpa para descrever peitos de alguma nova maneira horrorosa. Como *suculentas bulbosas de tendões e carne.* Eu nunca poderia dizer *suculentas bulbosas de carne* nos meus livros.

Gus se encostou na porta e riu, o que me fez sentir ao mesmo tempo mal por provocá-lo e ridiculamente vitoriosa por fazê-lo rir de novo. Na faculdade, eu quase nunca o via sorrir. Evidentemente não era só eu que tinha mudado.

— Você *nunca* conseguiria escrever assim — disse ele. — Não é o seu estilo.

Cruzei os braços.

— Você acha que eu não sou capaz?

Gus revirou os olhos.

— Só estou dizendo que você não é assim.

— Eu não *era* assim — corrigi. — Mas, como você mesmo notou, estou diferente agora.

— Você está passando por algum momento difícil — disse ele, e novamente senti um arrepio incômodo por ele parecer conseguir me ver como num raio x e também por causa da faísca de competitividade que Gus sempre despertava em mim. — Mas eu aposto que você tem tanta probabilidade de produzir algo sombrio e lúgubre quanto eu tenho de entrar no espírito *Harry e Sally*.

— Eu posso escrever o que quiser — falei. — Mas entendo que escrever um Felizes para Sempre talvez seja difícil para alguém cujos finais felizes geralmente acontecem durante uma noite de sexo casual.

Gus estreitou os olhos e sua boca se torceu em um sorriso irregular.

— Você está me desafiando, Andrews?

— Só estou dizendo — eu o imitei — que você não é assim.

Gus coçou o queixo, seu olhar ficando mais intenso enquanto ele se concentrava em pensamentos. Ele baixou a mão para o volante e os olhos se focaram em mim.

— Tudo bem. Eu tenho uma ideia.

— Um *sétimo* filme dos Piratas do Caribe? — falei. — É uma ideia tão maluca que pode dar certo!

— Na verdade — disse Gus —, eu pensei que poderíamos fazer um trato.

— Que tipo de trato, Augustus?

Ele estranhou visivelmente o som de seu nome inteiro e estendeu a mão em minha direção. Uma faísca de expectativa, não sei bem do quê, correu por dentro de mim. Mas ele só abriu a caixa no meu colo e pegou um donut. De coco.

Deu uma mordida.

— Você tenta escrever ficção sombria, para ver se é isso que você é agora, se é capaz de ser essa pessoa... — Revirei os olhos e arranquei o último pedaço do donut da mão dele. Ele continuou, imperturbável: — ... e eu tento escrever um Felizes para Sempre.

Meus olhos voaram para os dele. Os feixes de luz da varanda atravessavam a névoa agora, tocando a janela do carro e o ângulo afiado de seu rosto, os fios escuros em sua testa.

— Você está brincando.

— Não estou — respondeu ele. — Você não é a única que se sente estagnada. Dar um tempo no que estou fazendo poderia ser útil para mim...

— Porque escrever um livro romântico é *tão* fácil que vai funcionar como um descanso para você — provoquei.

— E *você* pode explorar a sua nova personalidade sombria e ver como se encaixa. Se *essa* é a nova January Andrews. E quem vender o livro primeiro, usando um pseudônimo se você preferir, ganha.

Abri a boca para dizer alguma coisa, mas nenhuma palavra saiu. Eu a fechei e comecei de novo.

— Ganha *o quê*?

Gus levantou as sobrancelhas.

— Bom, em primeiro lugar, você terá vendido um livro, então vai poder pagar as contas e manter o estoque de vinho na bolsa. Em segundo... — Ele pensou por um momento. — O perdedor tem que promover o livro do ganhador, escrever um elogio para a capa, recomendá-lo em entrevistas, escolhê-lo quando lhe pedirem para dar sugestões para um clube do livro, em resumo: garantir vendas. Terceiro, se você ganhar, vai poder esfregar isso na minha cara para sempre, o que desconfio que vai considerar o melhor dos prêmios.

Nem tentei esconder o sorriso que se abriu no meu rosto.

— *Verdade.* — Tudo que ele estava dizendo fazia pelo menos *algum* sentido. Engrenagens estavam girando na minha cabeça, começando a funcionar de novo pela primeira vez em um ano. Eu *realmente* achava que podia escrever o tipo de livro que Gus escrevia, que podia reproduzir o Grande Romance Americano.

Era diferente com as histórias de amor. Elas significavam muito para mim, e minhas leitoras haviam esperado tempo demais para que eu agora lhes desse algo em que não acreditasse de fato.

Tudo começava a se encaixar. Tudo exceto um detalhe. Estreitei os olhos. Gus me imitou de um jeito exagerado.

— O que *você* ganha com isso? — perguntei.

— As mesmas coisas. Quero poder agir com superioridade na sua frente. E dinheiro. Dinheiro é sempre útil.

— Hummm — falei. — Estou sentindo cheiro de problemas no Paraíso do Tesão Reprimido?

— Meus livros levam muito tempo para ser escritos — Gus disse. — O progresso tem sido bom, mas, mesmo com as bolsas de estudos, eu fiz muitos empréstimos estudantis e algumas outras dívidas, e também gastei muito nesta casa. Se eu conseguir vender algo mais rápido, vai me ajudar.

Puxei o ar e pus a mão no coração.

— E você se rebaixaria a comercializar o sonho americano sadomasoquista do amor duradouro?

Gus franziu a testa.

— Se você não curtiu o plano, então esqueça.

Mas agora eu não poderia esquecer. Agora eu precisava provar para Gus que o que eu fazia era mais difícil do que parecia, que eu era tão capaz quanto ele. Além disso, ter Augustus Everett promovendo um livro meu traria benefícios de que eu não podia abrir mão.

— Estou dentro — respondi.

Seus olhos me perfuraram, aquele sorriso cruel levantando o canto de sua boca.

— Tem certeza? Isso pode ser humilhante.

Uma risada involuntária escapou de mim.

— Ah, estou contando com isso — falei. — Mas vou facilitar *um pouquinho* para você. Vou te dar um curso rápido de comédia romântica.

— Ótimo — disse Gus. — E eu vou te mostrar como é o meu processo de pesquisa. *Eu* ajudo você a explorar o seu niilismo latente e *você* me ensina a cantar como se ninguém estivesse ouvindo, dançar como se ninguém estivesse olhando e amar como se nunca tivesse sofrido.

Seu sorrisinho, embora presunçoso, era contagiante.

— Você acha mesmo que consegue? — perguntei.

Ele levantou um ombro.

— *Você* acha que consegue?

Mantive o olhar firme no dele.

— E você vai dar o seu aval ao livro? Se eu ganhar e vender o manuscrito, você vai escrever uma frase muito elogiosa para colocar na capa, por pior que ele seja.

Os olhos dele estavam fazendo aquilo de novo. Aquela coisa sexy/cruel em que se expandiam e intensificavam enquanto ele se perdia em pensamentos.

— Eu lembro como você escrevia quando tinha vinte e dois anos — ele disse, cauteloso. — Não vai ser ruim.

Tentei não ficar vermelha. Não entendia como ele podia fazer isso, alternar entre ser rude, quase condescendente, e irresistivelmente lisonjeiro.

— Mas sim — acrescentou, inclinando-se para a frente. — Mesmo que você produza uma novelização da sequência de *Contato de risco*, se vender o livro para alguma editora, eu dou o meu aval.

Eu me recostei no banco para pôr alguma distância entre nós.

— Certo. Então que tal este esquema? Passamos os dias úteis escrevendo e deixamos o fim da semana para as *aulas*.

— Aulas — ele repetiu.

— Às sextas-feiras, eu vou com você fazer seja lá que pesquisa você costume fazer. O que incluiria... — Fiz um gesto para ele completar a lacuna.

Ele deu um sorriso torto. E extremamente cruel.

— Ah, vários tipos de coisas interessantes — respondeu. — E aos sábados nós vamos fazer o que quer que você costume fazer para as suas pesquisas. Passeios de balão, aulas de iatismo, passeios de moto a dois, jantares à luz de vela com mesa ao ar livre e banda cover ruim, essa coisa toda.

O calor subiu pelo meu pescoço. Ele havia me pegado de novo. Quer dizer, eu não tinha andado de moto com ninguém (não tinha vontade de morrer), mas *havia* feito um passeio de balão para me preparar para o meu terceiro romance, *Luzes do norte*.

O canto de sua boca se retorceu, aparentemente se divertindo com a minha expressão.

— Então, temos um trato? — Ele estendeu a mão para mim.

Minha mente girou em círculos vertiginosos. Eu não tinha nenhuma *outra* ideia. Talvez uma escritora deprimida só pudesse escrever um livro deprimente.

— Temos. — Apertei a mão dele, fingindo não sentir as faíscas que saíam da sua pele direto para as minhas veias.

— Só mais uma coisa — disse ele, muito sério.

— O quê?

— Prometa que não vai se apaixonar por mim.

— Ah. Meu. *Deus!* — Eu o empurrei pelo ombro e voltei a me recostar no banco, rindo. — Você está citando uma frase ligeiramente adaptada de *Um amor para recordar*?

Gus sorriu de novo.

— É um excelente entretenimento — ele disse. — Desculpe, *filme*.

Ri mais ainda.

Uma meia risada saiu dele também.

— É sério. Rolaram uns amassos dos bons no cinema quando fui ver.

— Eu me recuso a acreditar que alguém iria desperdiçar a melhor história de amor já contada envolvendo a Mandy Moore para deixar o adolescente Gus Everett dar umas passadas de mão.

— Acredite no que quiser, January Andrews — disse ele. — Jack Reacher* arrisca a vida todos os dias para garantir a você essa liberdade.

---

* Personagem fictício da série de livros policiais do britânico Lee Child, é o estereótipo do herói misterioso e durão. (N. do E.)

9

O manuscrito

QUANDO ACORDEI, eu *não* tinha ressaca, mas tinha uma mensagem de Shadi: Ele tem uma estante INTEIRA de chapéus vintage!!!

E como você sabe disso?, escrevi de volta.

Saí do sofá e fui para a cozinha. Embora ainda não tivesse tido coragem de subir ao andar superior, ou mesmo de dormir no quarto de hóspedes no térreo, já havia começado a mexer nos armários. Sabia que a chaleira cor-de-rosa estava no queimador do fogão, que não havia cafeteira elétrica na cozinha e que havia um moedor de café e uma prensa francesa na bandeja giratória sobre a mesa. Isso, eu tinha que pressupor, era uma das contribuições de Sonya, porque eu nunca havia visto meu pai beber nada além das cápsulas de café que minha mãe comprava em quantidade ou chá-verde que ela lhe implorava para tomar em vez do café.

Eu mesma não era muito exigente com café e até gostava de xaropes e chantilis, mas começava a maioria das manhãs com algo que fosse bom o suficiente para ser tomado puro. Enchi a chaleira e acendi o fogão, vendo o cheiro quente e terroso de gás criar vida em forma de chama. Liguei o moedor de café na tomada e olhei pela janela enquanto ele trabalhava. A névoa da noite anterior continuava, vestindo a faixa de árvores entre a casa e a praia de tons profundos de cinza e azul. A casa também havia esfriado. Tremi e fechei melhor o roupão.

Enquanto eu esperava o pó de café ficar em infusão na água, meu celular vibrou sobre a bancada.

BOM, Shadi começou, nós saímos em grupo depois do trabalho e, COMO SEMPRE, ele estava me ignorando totalmente, EXCETO que, sempre que eu não estava olhando, sentia que ele não tirava os olhos de mim. Uma hora ele foi no banheiro e eu também tinha que ir, então eu estava no corredor esperando e ele saiu e falou "oi shad" e eu fiquei, tipo "uau, até este momento eu achava que você nem falava" e ele só deu de ombros. Aí eu: "ENTÃO, eu estava pensando em ir embora". E ele: "ah, que pena, é mesmo?" E ele ficou, tipo, obviamente decepcionado, e aí eu falei: "É, eu estava pensando em ir embora com você". E ele ficou TÃO nervoso!! Mas também ficou animado, tipo: "Ah, é? Boa ideia. Que horas você quer ir?", e eu: "Cara. Agora". E, como você já entendeu, o resto é história.

Uau, digitei de volta. A história mais velha do mundo.

Verdade, Shadi respondeu. Garota conhece garoto. Garoto ignora garota exceto quando ela não está olhando. Garota vai para casa com garoto e vê ele pendurar seu chapéu assombrado em uma estante cheia de chapéus.

O timer apitou, eu pressionei o café e despejei um pouco em uma caneca em formato de orca de desenho animado, depois levei a caneca e o computador para o deque, onde a névoa refrescou agradavelmente cada centímetro nu da minha pele. Me acomodei em uma das cadeiras e comecei a fazer uma lista mental para o dia — e para o restante do verão.

Em primeiro lugar, eu precisava decidir que rumo esse livro ia tomar, já que não seria mais na direção de um romance de verão com um pai solteiro do tipo que deixa um quentinho no coração. Depois, tinha que planejar o cenário de comédia romântica para sábado com Gus.

Senti um arrepio bom ao pensar nisso. Eu meio que tinha esperado acordar em pânico com o nosso acordo. Em vez disso, estava entusiasmada. Pela primeira vez em anos, eu ia escrever um livro que absolutamente *ninguém* estava esperando. *E* ia poder observar Gus Everett tentando escrever uma história de amor.

Ou então eu ia fazer um enorme papel de boba e, muito pior, decepcionar Anya. Mas não podia pensar nisso nesse momento. Havia trabalho a fazer.

Além de trabalhar no livro e agendar o (realmente único) motorista de Uber para me levar até a casa de Pete para buscar meu carro, decidi que hoje ia me aventurar no quarto no segundo andar e dividir o que quer que estivesse lá em pilhas para jogar fora, doar e vender.

Também resolvi levar minhas coisas para o quarto de hóspedes. O sofá tinha servido bem para as primeiras noites, mas esta manhã eu havia acordado com uma bela dor no pescoço.

Meu olhar flutuou para a faixa de janelas na lateral da casa de Gus. Nesse exato momento ele entrou na cozinha, vestindo uma (uau!) camiseta escura amassada. Virei de volta depressa em minha cadeira.

Era impossível ele ter me visto olhando para ele. Se bem que, quanto mais eu pensava nisso, mais me preocupava que talvez tivesse encarado por alguns segundos a mais antes de desviar o olhar. Eu tinha vivamente na memória a imagem das curvas de seus braços enquanto ele enfiava a camiseta sobre a cabeça, uma extensão de barriga plana emoldurada pelos ângulos fortes dos ossos do quadril. Ele era um pouco menos musculoso que na época da faculdade (não que precisasse muito para isso), mas ficava bem para ele. Ou talvez ficasse bem para mim.

É. Eu definitivamente tinha encarado Gus.

Dei mais uma espiadinha rápida e levei um susto. Ele estava na frente das portas de vidro agora. Levantou sua caneca, como se estivesse me erguendo um brinde. Levantei a minha em resposta, e ele foi embora.

Se Gus Everett já ia começar a trabalhar, eu também precisava ir à luta. Abri o computador e olhei para o documento que vinha tentando preencher nos últimos dias. Um encontro romântico casual. Não havia encontros românticos casuais nos livros de Augustus Everett, isso era certeza.

O que haveria neles? Eu não tinha lido nenhum dos dois, nem *Rochambeau* nem *Os revelatórios*, mas tinha lido resenhas suficientes para saciar minha curiosidade.

Pessoas fazendo a coisa errada pelas razões certas. Pessoas fazendo a coisa certa pelas razões erradas. Só conseguindo o que queriam à custa de se destruir no processo.

Famílias disfuncionais, cheias de segredos.

Eu tinha alguma experiência nisso! A dor me atingiu como se fossem os primeiros segundos de uma queimadura, quando ainda não dá para saber se é calor ou frio penetrando a pele, mas é certeza que vai causar danos.

A lembrança da briga com a minha mãe depois do funeral avançou como uma onda de maré alta.

Jacques tinha ido para o aeroporto no segundo em que a cerimônia terminou, para voltar ao trabalho, perdendo totalmente a cena com Sonya, e, depois que *ela* fugiu, mamãe e eu também não nos demoramos muito mais ali.

Brigamos o caminho inteiro de volta para casa. Não, não é verdade. *Eu* briguei. Anos de sentimentos que eu escolhera não sentir. Anos de traição que os forçavam a sair.

Como você pôde esconder isso de mim? — eu gritei enquanto dirigia.

— Ela não devia ter aparecido aqui! — minha mãe disse, e cobriu o rosto com as mãos. — Não quero falar sobre isso — ela soluçou, sacudindo a cabeça. — Não *quero.*

Daí em diante, qualquer outra coisa que eu dissesse era respondida deste jeito: *Não quero falar sobre isso. Não quero falar sobre ele assim. Não vou falar sobre isso. Não quero.*

Eu deveria ter compreendido. Deveria ter me preocupado mais com o que minha mãe estava sentindo.

Aquele deveria ser o momento em que eu me tornava a adulta e a abraçava, garantindo que tudo ficaria bem, tentando aliviar sua dor. Era isso que filhas adultas faziam pela mãe. Mas, na igreja, eu tinha sido partida ao meio, e tudo se despejou de dentro de mim em plena vista, pela primeira vez.

Centenas de noites em que eu escolhera não chorar. Milhares de momentos em que tivera receio de *me preocupar.* Que, se eu me preocupasse, tornaria as coisas piores para os meus pais. Que eu tinha que ser forte. Que eu *precisava* ser feliz, para não puxá-los para baixo.

Durante todos aqueles anos que eu passara *aterrorizada* com a ideia de perder minha mãe, eu tirara de vista tudo que pudesse ser ruim e tentara transformar minha vida em uma vitrine radiante, por ela.

Eu tinha feito meus pais rirem. Eu os tinha deixado orgulhosos. Tinha trazido para casa sempre boas notas, lutado com unhas e dentes para me manter no mesmo nível de Gus Everett. Tinha lido até tarde com o meu pai e levantado cedo para fingir que gostava de fazer ioga com a minha mãe. Tinha contado a eles sobre a minha vida, feito intermináveis perguntas sobre a vida deles, para nunca ter que lamentar não termos passado tempo juntos. E tinha escondido os sentimentos complicados que acompanhavam o esforço de memorizar alguém amado, só como precaução.

Eu me apaixonei aos vinte e dois anos, do mesmo jeito que tinha acontecido com eles, por um rapaz chamado Jacques, que era a pessoa mais querida e interessante que eu já havia conhecido, e exibia nossa felicidade para eles tão frequentemente quanto podia. Larguei a faculdade para ficar perto deles, mas provei que não havia perdido de fato muita coisa ao publicar meu primeiro livro aos vinte e cinco anos.

Olhem! Eu estou bem! Olhem! Eu tenho todas as coisas lindas que vocês desejaram para mim! Olhem! Isso não me afetou em nada!

Olhem, todos vivem felizes para sempre. De novo.

Eu tinha feito tudo que podia para provar que estava bem, que não estava me preocupando. Fiz tudo que pude por *essa* história. Aquela em que nós três éramos inquebráveis.

No caminho do funeral para casa, eu não queria mais estar bem.

Eu queria ser uma criança. Queria chorar, bater portas, gritar “Eu te odeio! Você está estragando a minha vida!”, como nunca havia feito.

Queria que minha mãe me pusesse de castigo, depois entrasse no meu quarto mais tarde, desse um beijo na minha testa e murmurasse: “Eu entendo que você esteja assustada”.

Em vez disso, ela enxugou as lágrimas, respirou fundo e repetiu:

— Não vou falar sobre isso.

— Está bem — respondi, derrotada, arrasada. — Nós não vamos falar sobre isso.

Quando voltei para Nova York, tudo mudou. Os telefonemas da minha mãe rarearam e, quando aconteciam, chegavam como um tornado. Ela contava cada detalhe de sua semana, depois perguntava como eu estava e, se eu hesitasse demais, ela entrava em pânico e arrumava alguma desculpa sobre uma aula de ginástica qualquer de que havia se esquecido.

Ela passara anos se preparando para a própria morte, sem tempo de se preparar para *isso*. Para ele nos deixar e a verdade horrível aparecer em seu funeral e rasgar ao meio nossas lembranças bonitas. Ela estava sofrendo. Eu sabia disso.

Mas eu também estava sofrendo, tanto que, pela primeira vez, não consegui me afastar nem um pouquinho da dor dançando ou rindo. Não consegui nem escrever para mim mesma um final feliz.

Eu não queria me sentar na frente do computador do lado de fora dessa casa cheia de segredos e exorcizar a memória do meu pai de dentro do meu coração. Mas, aparentemente, tinha encontrado a única coisa que *podia* fazer. Porque já havia começado a digitar.

A primeira vez que ela se viu diante do amor da vida de seu pai, foi no funeral dele.

MEU CASO de amor com livros românticos tinha começado na sala de espera do consultório do radiologista da minha mãe. Ela não gostava que eu entrasse junto, insistia que isso a faria se sentir senil, então me sentei com um dos livros gastos que havia ali, tentando me distrair do agourento tique-taque do relógio sobre o guichê de atendimento.

Eu achava que não ia sair da mesma página por vinte minutos, presa na roda de hamster da minha ansiedade. Em vez disso, li cento e cinquenta páginas e, acidentalmente, enfiei o livro na bolsa quando chegou a hora de ir embora.

Foi a primeira onda de alívio que eu senti em semanas e, a partir daí, passei a devorar todos os livros românticos que caíam nas minhas mãos. E então, sem nenhum planejamento de fato, comecei a escrever um, e a sensação, *a sensação* de me apaixonar perdidamente por uma história e seus personagens conforme eles saíam de mim era diferente de qualquer outra coisa que eu já tivesse sentido.

O primeiro diagnóstico da minha mãe me ensinou que o amor era uma corda de segurança, mas foi seu segundo diagnóstico que me ensinou que o amor poderia ser um colete salva-vidas quando a gente estivesse se afogando.

Quanto mais eu trabalhava em minha história de amor, menos impotente me sentia no mundo. Eu talvez tivesse jogado fora meus planos de me formar na faculdade e depois me tornar professora, mas ainda podia ajudar as pessoas. Eu podia dar a elas algo *bom*, algo divertido e esperançoso.

Funcionou. Durante anos eu tive um propósito, algo em que me concentrar. Mas, quando meu pai morreu, escrever — a única coisa que sempre me aliviava, um verbo que dava a sensação de ser um lugar só meu, aquilo que me libertou dos meus momentos mais terríveis e trouxe esperança ao meu peito quando meu coração estava pesado — de repente pareceu impossível.

Até agora.

E tudo bem que isso era mais um diário escrito em terceira pessoa do que um romance, mas palavras estavam saindo das minhas mãos, e fazia tanto tempo que isso não acontecia que eu teria ficado feliz de encontrar *Muito trabalho e pouca diversão fazem de Jack um bobão* cobrindo o documento do Word mil vezes seguidas.

Isto tinha que ser melhor do que *uma tela em branco.*

> *Ela não tinha a menor ideia se seu pai havia de fato amado Aquela Mulher. Não sabia se ele havia amado sua mãe também. As três coisas que ela sabia, sem nenhuma dúvida, que ele havia amado eram livros, barcos e janeiro.*

Não era só porque eu tinha nascido nesse mês. Ele sempre agira como se eu tivesse nascido em janeiro *porque* esse era o melhor mês e não o contrário.

Em Ohio, em vários aspectos, eu o considerava o pior mês do ano. Muitas vezes só tínhamos neve em fevereiro, o que significava que janeiro era simplesmente um período cinzento, frio e sem luz em que já não se tinha um feriado importante para esperar.

— No oeste do Michigan é diferente — meu pai sempre dizia. Havia o lago e o jeito como ele congelava, coberto por centímetros de neve. Aparentemente era possível andar sobre ele como se fosse uma espécie de tundra marciana. Na faculdade, Shadi e eu havíamos planejado ir até lá em um fim de semana para ver, mas ela recebeu um telefonema avisando que seu cão pastor-de-shetland havia morrido e, em vez de viajar, passamos o fim de semana vendo TV e assando marshmallows no fogão.

Voltei a digitar.

> *Se as coisas tivessem sido diferentes, ela poderia ter ido à cidade à beira do lago no inverno, em vez do verão, e sentado diante das janelas olhando para os azuis recobertos de branco e os estranhos verdes congelados da praia nevada.*
>
> *Mas ela tinha uma sensação sinistra, um medo de se ver cara a cara com o fantasma dele se aparecesse lá precisamente na hora certa.*

Eu o teria visto por toda parte. Teria me perguntado como ele se sentira em relação a todos os detalhes, lembrado de uma nevasca específica que ele tinha descrito de sua infância: *Todas aquelas pequenas esferas, January, como se o mundo inteiro fosse feito de bolinhas de sorvete. Parecia açúcar.*

Ele tinha um jeito peculiar de descrever as coisas. Quando minha mãe leu meu primeiro livro, me disse que conseguia vê-lo nele. No modo como eu escrevia.

Fazia sentido. Era com ele que eu tinha aprendido a amar histórias, afinal.

> *Ela costumava se orgulhar de tudo que tinha em comum com ele, ver as semelhanças com afeto. Os dois eram pessoas noturnas. Bagunceiros. Sempre atrasados, sempre carregando um livro.*

Descuidados com o protetor solar e viciados em batata. Vivos quando estávamos na água. Braços muito abertos, jaquetas sacudindo ao vento, olhos apertados sob o sol.

Agora ela temia que essas semelhanças revelassem algo terrivelmente errado que vivia dentro dela. Talvez ela, como seu pai, fosse incapaz do amor que passara a vida procurando.

Ou talvez esse amor simplesmente não existisse.

10

A entrevista

Eu tinha lido em algum lugar que eram necessárias dez mil horas para ser especialista em algo. Escrever era diferente, um "algo" vago demais para que dez mil horas representassem muita coisa. Talvez passar dez mil horas deitado em uma banheira vazia fazendo brainstorming ajudasse a ser um especialista em brainstorming em banheiras vazias. Talvez dez mil horas passeando com o cachorro do vizinho e ruminando baixinho sobre um problema de enredo transformassem você em um profissional em solucionar problemas de enredo.

Mas essas coisas eram partes de um todo.

Eu provavelmente havia passado mais de dez mil horas *digitando* romances (tanto os publicados como os descartados) e ainda assim não era especialista em *digitação*, que dirá especialista em escrever livros. Porque, mesmo tendo passado dez mil horas escrevendo livros felizes e outras dez mil horas lendo esses livros, isso não me tornava de fato especialista em escrever qualquer outro tipo de livro.

Eu não sabia o que estava fazendo. Não estava certa sequer de estar fazendo *alguma coisa.* Havia uma grande chance de que eu mandasse esse rascunho para Anya e recebesse de volta um e-mail do tipo: *Por que você está me mandando o cardápio do Red Lobster?*

Mas, quer eu estivesse ou não tendo algum *sucesso* nesse livro, pelo menos *estava* escrevendo. Vinha em fluxos dolorosos e refluxos desesperados, como se seguisse o ritmo das ondas que batiam em algum lugar atrás daquela parede de neblina.

Não era a minha vida, mas estava próximo. A conversa entre as três mulheres — Ellie, sua mãe e Lucy, a personagem que representava Sonya — poderia ser uma transcrição palavra por palavra, embora eu soubesse que não devia confiar tanto na memória nesses dias.

Se minha memória fosse precisa, meu pai *não poderia* estar aqui, nesta casa, quando o câncer da minha mãe voltou. Não poderia porque, até ele morrer, eu tinha lembranças deles dançando descalços na cozinha, ele afagando os cabelos dela e beijando sua cabeça, levando-a para o hospital comigo no banco de trás enquanto a playlist que ele me convocara para ajudá-lo a criar tocava no som do carro.

"Always on My Mind", com Willie Nelson.

As mãos dadas da minha mãe e do meu pai no console entre os bancos.

Claro que eu me lembrava das "viagens de negócios" também. Mas essa era a questão. Eu me lembrava das coisas do jeito que achava que elas eram, e aí a verdade, Aquela Verdade, rasgou as memórias tão fácil quanto se fossem imagens impressas em papel.

Os três dias seguintes foram um fervor de escrever, limpar e pouco mais que isso. Com exceção de uma caixa de papel de presente, alguns jogos de tabuleiro e muitas toalhas e roupas de cama de reserva, não havia nada remotamente pessoal no quarto de hóspedes do andar superior.

Poderia ser qualquer casa de férias nos Estados Unidos, ou talvez uma casa-modelo, uma promessa meio entediada de que sua vida poderia ser desse tipo genericamente bonito.

Gostei bem menos da decoração do andar superior que da vibe não convencional e aconchegante do térreo. Não consegui decidir se me sentia aliviada ou trapaceada por isso.

Se um dia houve mais dele ou *dela* aqui, ela já havia feito o trabalho pesado de limpar tudo.

Na quarta-feira, fotografei a mobília e postei na página de anúncios. Na quinta, empacotei as roupas de cama extras, os jogos de tabuleiro e o papel de presente em caixas para doação. Na sexta, tirei toda a roupa de cama e as toalhas da suíte do segundo andar, levei-as para a lavanderia no primeiro andar e as coloquei na máquina de lavar antes de me sentar para escrever.

A neblina finalmente tinha levantado e a casa estava quente e abafada outra vez, então abri as janelas e portas e liguei todos os ventiladores.

Eu tinha visto Gus de relance nos últimos três dias, mas poucas vezes. Até onde eu podia ver, ele ficava mudando de lugar enquanto escrevia. Se estava trabalhando na mesa da cozinha de manhã, nunca continuava lá na hora em que eu me servia da minha segunda caneca de café. Se eu não o via em lugar nenhum o dia inteiro, ele de repente aparecia no deque à noite, escrevendo apenas com a luz do notebook e as mariposas voando em volta.

Sempre que eu o avistava, instantaneamente perdia o foco. Era muito divertido imaginar o que ele poderia estar escrevendo, fazer um brainstorming das possibilidades. Eu torcia para que houvesse vampiros.

Na sexta-feira à tarde, coincidimos pela primeira vez, sentados junto às nossas mesas em frente às nossas janelas combinadas.

Ele estava na mesa da sua cozinha, de frente para a minha casa.

Eu estava na mesa da minha cozinha, de frente para a casa dele.

Quando percebemos isso, ele ergueu a garrafa de cerveja do mesmo jeito como havia feito um brinde com a caneca de café. Respondi com meu copo d'água.

Ambas as janelas estavam abertas. Poderíamos ter nos falado, mas teríamos que gritar.

Em vez disso, Gus sorriu e pegou a caneta e o caderno a seu lado. Escreveu alguma coisa e levantou o caderno para que eu pudesse ler:

A VIDA NÃO TEM SENTIDO, JANUARY. OLHE PARA O ABISMO.

Com vontade de rir, peguei uma caneta em minha mochila, meu próprio caderno e virei para uma página em branco. Em grandes letras de forma, escrevi:

ISSO ME LEMBRA AQUELE VÍDEO DA TAYLOR SWIFT.

Ele sorriu, sacudiu a cabeça e voltou ao trabalho. Nenhum de nós disse mais nada e nenhum de nós mudou de lugar. Não até ele vir bater na minha porta para nossa primeira pesquisa de campo, com uma caneca de metal para viagem em cada mão.

Ele passou os olhos devagar, de cima a baixo, pelas minhas botas e meu vestido, o mesmo pretinho formal que eu tinha usado no clube do livro, e fez uma cara de desaprovação.

— Isso... não serve.

— Estou ótima assim — revidei.

— Está. Se estivéssemos indo assistir a uma apresentação de balé, você estaria perfeita. Mas estou dizendo, January, isso *não* vai servir para esta noite.

— Vamos voltar tarde — Gus avisou. Estávamos no carro dele, seguindo para o norte em torno do lago, o sol baixo no céu, seus últimos raios febris pintando tudo como se fosse algodão-doce iluminado por trás. Quando pedi que Gus escolhesse minha roupa e me poupasse o trabalho, esperava que ele fosse ficar constrangido. Em vez disso, ele me seguiu até o quarto de hóspedes do térreo, olhou para o punhado de coisas penduradas no guarda-roupa e escolheu o mesmo short jeans que eu tinha usado na livraria de Pete e minha camiseta da Carly Simon, e com isso nós partimos.

— Desde que não me faça ouvir você cantar "Everybody Hurts" duas vezes seguidas — falei —, não me incomodo de ficar acordada até tarde.

Ele deu um sorriso desanimado, que fez suas pálpebras baixarem pesadamente.

— Não se preocupe. Aquela foi uma ocasião especial e eu deixei um amigo me convencer. Não vai acontecer de novo.

Ele ficou batendo o dedo, impaciente, no volante quando paramos em um sinal vermelho e meu olhar deslizou pelas veias em seus braços, subindo pela parte de trás dos bíceps até onde a pele encontrava a manga da blusa. Jacques era bonito como um modelo de cuecas, com músculos perfeitos, um sorriso arrasador e cabelo loiro-escuro que ficava sempre no lugar. Mas eram todas as pequenas imperfeições de Gus — suas cicatrizes e saliências, linhas irregulares e bordas angulosas, e o modo como elas se combinavam — que sempre atraíam meu olhar para ele e me faziam querer ver mais.

Ele se inclinou para a frente para mexer nos controles de temperatura e seu olhar cruzou rapidamente com o meu. Virei a cabeça depressa para a janela, tentando limpar a mente antes que ele pudesse ler o que se passava nela.

— Quer que seja surpresa? — ele perguntou.

As batidas do meu coração pareceram tropeçar umas nas outras.

— O quê?

— O lugar para onde vamos.

Eu relaxei.

— Hum. Ter uma surpresa sobre algo perturbador o suficiente para *você* achar que merece estar em um livro? Não, prefiro sem surpresas.

— Mais prudente — ele concordou. — Nós vamos entrevistar uma mulher cuja irmã fazia parte de um culto de suicídio.

— É sério?

Ele confirmou com a cabeça.

— Meu Deus, Gus — falei, em meio a uma risada de choque. De uma só vez, a tensão que eu havia imaginado se dissipou. — Você está escrevendo uma *comédia romântica* sobre um culto de suicídio?

Ele revirou os olhos.

— Eu marquei essa entrevista antes da nossa aposta. Além disso, o objetivo desta saída é ajudar *você* a escrever ficção literária.

— Bom, seja como for, você não estava brincando sobre olhar para o abismo. Quer dizer que o tema desta lição é, basicamente, *Tudo é uma merda, agora vá escrever sobre isso*?

Gus fez uma careta.

— Não, espertinha. O tema desta lição é personagem e detalhes.

Fingi me espantar.

— Você não vai acreditar na coincidência, é muito louco, mas temos isso em ficção para mulheres também!

— Foi você quem incluiu essa ideia das lições no nosso trato — disse Gus. — Se é para ficar fazendo piadinha comigo o tempo todo, vou ter o maior prazer em te deixar no clube de comédia com microfone aberto mais próximo e te pegar no caminho de volta para casa.

— Tá, tudo bem. Personagem e detalhes. Pode falar.

Gus encolheu os ombros.

— Eu gosto de escrever sobre cenários bizarros. Personagens e acontecimentos que *parecem* muito absurdos para ser reais, e mesmo assim funcionam. Usar detalhes específicos ajuda a tornar o inacreditável verossímil. Então eu faço muitas entrevistas. É interessante o que as pessoas se lembram sobre uma situação. Por exemplo, se eu vou escrever sobre o líder fanático de um culto que acredita ser uma consciência alienígena que reencarna há séculos como cada um dos grandes líderes mundiais, também preciso saber que tipo de sapato ele usa e o que ele come no café da manhã.

— Precisa *mesmo*? — provoquei. — Os leitores sinceramente esperam isso?

Ele riu.

— Sabe, talvez a razão de você não ter conseguido terminar o seu livro seja ficar se perguntando o que as pessoas querem ler, em vez de se perguntar o que você quer escrever.

Cruzei os braços, irritada.

— Então me diga, Gus. Como você vai inserir uma atmosfera romântica no seu livro sobre cultos de suicídio?

Ele apoiou a cabeça no encosto, as maçãs angulosas lançando sombras sobre o rosto, e coçou o queixo.

— Para começar, quando foi que eu disse que essa entrevista é para a minha comédia romântica? Pode ser que eu deixe de lado por enquanto todas as minhas anotações sobre isso até ganhar a nossa aposta, depois volte a trabalhar no meu próximo romance *oficial*.

— E é isso que você vai fazer? — perguntei.

— Não sei ainda — ele admitiu. — Estou tentando pensar se tem algum jeito de combinar as ideias.

— Talvez — falei, sem muita convicção. — Me conte os pontos específicos. Quem sabe eu possa ajudar.

— Tudo bem. — Ele ajeitou as mãos no volante. — A premissa original era basicamente sobre um jornalista que descobre que a namorada de colégio, uma ex-dependente de drogas, entrou para um culto, então decide se infiltrar e desmantelar o culto. Mas lá dentro ele começa a subir de posição muito rápido, muuuito mais do que a mulher que ele estava lá para *salvar*. E, nesse processo, ele começa a ver todas aquelas coisas, todas as provas, de que o líder está certo. A respeito de tudo. No fim, a garota ia ficar apavorada e tentar escapar, e era *ela* quem ia tentar convencê-lo a cair fora também.

— E aí eu suponho — falei — que eles saem da seita, vão passar a lua de mel em Paris e morar em uma pequena *villa* no sul da França. Provavelmente se tornam vinicultores.

— Ele ia assassiná-la — Gus respondeu, sem mudar a voz. — Para salvar a alma dela. Eu não decidi se seria isso que finalmente acabaria com o culto, fazendo todos os líderes serem presos ou algo assim, ou se ele se tornaria o novo profeta. Gostei da primeira opção porque dá mais a sensação de fechar um círculo: ele quer tirá-la do culto e a tira. Ele quer acabar com a seita e acaba. Mas a segunda parece mais cíclica de certo modo. Como qualquer pessoa perturbada com um complexo de herói pode acabar fazendo exatamente o que o líder original do culto fazia. Não sei. Pode ser que eu faça um cara ou uma moça dependente de drogas aparecer bem no finzinho.

— Que fofo — falei.

— Exatamente o que eu buscava — ele respondeu.

— E alguma ideia para a versão não péssima desse livro?

— Gostei da ideia do sul da França. Essa é quente.

— Fico feliz de você ver as coisas pela minha perspectiva.

— Enfim, vou chegar a uma solução — disse ele. — Uma comédia romântica em um culto fanático *parece* ter futuro. E você? Sobre o que é o seu livro?

Fingi vomitar no meu colo.

— Que fofo — ele ecoou, sorrindo para mim. Por falar em quente, às vezes os olhos dele pareciam estar refletindo fogo, mesmo sem haver nenhum por perto. O carro estava totalmente escuro! Seus olhos não deviam ter permissão, física ou moral, para brilhar assim. Suas pupilas eram desrespeitosas com as leis da natureza. Minha pele começou a arder sob seu olhar.

— Não tenho nem ideia do que o meu livro era — falei quando ele finalmente olhou de volta para a estrada. — E pouca ideia do que ele é. Acho que é sobre uma garota.

Ele esperou por alguns segundos que eu continuasse, depois disse:

— Uau.

— Eu sei. — Havia mais. Havia o pai que ela adorava. Havia a amante dele e sua casa de praia na cidade em que ele havia passado a infância, e as sessões de radioterapia de sua esposa. Mas, embora as coisas entre mim e Gus Everett estivessem menos frias (culpa dos olhos dele), eu não estava pronta para as perguntas que essa conversa poderia suscitar.

— Por que você se mudou para cá? — perguntei, depois de um longo silêncio.

Gus se mexeu no banco. Evidentemente, havia muitas coisas sobre as quais ele também não queria conversar comigo.

— Por causa do livro — ele respondeu. — Eu li sobre esse culto aqui da região. Na década de 90. Ele ocupava uma grande área no meio do bosque antes de ser dissolvido. Havia todo tipo de coisas ilegais acontecendo lá. Estou aqui há uns cinco anos, entrevistando pessoas e fazendo pesquisas.

— Sério? Você está trabalhando nisso há cinco anos?

Ele deu uma olhada para mim.

— É muita pesquisa. E, durante parte do tempo, eu estava terminando meu segundo livro e fazendo viagens de divulgação e essas coisas todas. Não foram exatamente cinco anos ininterruptos em uma máquina de escrever com uma garrafa de água vazia ao meu lado para fazer xixi.

— Seu médico vai ficar aliviado de ouvir isso.

Seguimos em um silêncio tenso por um tempo, até Gus abrir a janela, o que me dava permissão para abrir a minha também. A chicotada quente do vento dispersou qualquer desconforto do silêncio em que havíamos caído. Podíamos ser apenas dois estranhos na mesma praia, ou ônibus, ou balsa.

Enquanto seguíamos pela estrada, o sol foi desaparecendo centímetro por centímetro. Por fim, Gus ligou o rádio, aumentando o volume em uma estação que tocava Paul Simon.

— Adoro essa música — ele me disse em meio ao vento que turbilhonava dentro do carro.

— É mesmo? — falei, surpresa. — Eu achei que você fosse me fazer ouvir Elliott Smith ou o cover de Johnny Cash para "Hurt" o caminho inteiro.

Gus fez cara de impaciência, mas não abandonou o sorriso.

— E eu achei que *você* fosse trazer uma playlist da Mariah Carey.

— Droga, por que não pensei nisso?

Seu riso grave ficou quase perdido no vento, mas ouvi o suficiente para sentir calor nas faces.

Foram duas horas até sairmos da rodovia, depois mais trinta minutos de estradas secundárias danificadas pelo gelo, iluminadas apenas pelas luzes do carro e as estrelas no alto.

Por fim, saímos de uma estradinha sinuosa no meio das árvores para o estacionamento de cascalho de um bar com cobertura de telha ondulada. A placa iluminada dizia BEIRA-LAGO. Tirando algumas motos e uma picape Toyota caindo aos pedaços, o estacionamento estava vazio, mas as janelas, com letreiros brilhantes da Budweiser e da Miller, revelavam uma aglomeração densa lá dentro.

— Seja sincero — falei. — Você me trouxe aqui para me matar?

Gus desligou o carro e fechou as janelas.

— Faça-me o favor. Nós dirigimos por três horas. Eu tenho um lugar para assassinato perfeitamente bom em North Bear Shores mesmo.

— Todas as suas entrevistas são em bares sinistros no meio do mato? — perguntei.

Ele deu de ombros.

— Só as boas.

Saímos do carro. Sem o vento a oitenta por hora, o ar estava quente e abafado, cada poucos passos pontuados por mais uma nuvem de mosquitos ou vaga-lumes. Achei que talvez pudesse ouvir o lago a que o nome do bar se referia em algum ponto entre as árvores atrás dele. Mas não devia ser o lago em si. Provavelmente era um riacho.

Sempre me senti um pouco ansiosa de entrar em lugares que tinham uma clientela específica de que eu não fazia parte, mas Gus parecia estar à vontade, e quase ninguém levantou os olhos de suas cervejas ou mesas de sinuca ou amassos de encontro à parede ao lado da velha jukebox. Era um lugar cheio de bonés de camuflagem, camisetas regata e jaquetas impermeáveis.

Eu estava extremamente grata por Gus ter me pedido para trocar de roupa.

— Com quem vamos nos encontrar? — perguntei, ficando mais perto dele enquanto examinava os frequentadores. Ele indicou com o queixo uma mulher sentada sozinha em um banquinho nos fundos.

Grace tinha cinquenta e poucos anos e os ombros curvados de alguém que passa muito tempo sentada, mas não necessariamente relaxada. O que fazia sentido. Ela era uma caminhoneira com quatro filhos no ensino médio e nenhum parceiro para apoiá-la.

— Não que isso importe — comentou ela, tomando um gole de sua Heineken. — Não estamos aqui para falar disso. Vocês querem saber sobre a Hope.

Hope, a irmã. Hope e Grace. Gêmeas do norte do Michigan, um pouco abaixo da Península Superior, como ela nos contou.

— Queremos falar sobre o que você achar que é relevante — respondeu Gus.

Ela quis ter certeza de que não era para uma reportagem. Gus garantiu:

— É para um livro. Nenhum dos personagens vai ter o nome de vocês, ou a aparência, ou será vocês. Nem o culto vai ser o mesmo. Esta conversa é para ajudar a entender os personagens. O que faz alguém entrar para um culto, quando você notou que havia algo errado com a Hope. Esse tipo de coisa.

O olhar dela foi para a porta, depois voltou para nós, com uma expressão de incerteza.

Eu me senti culpada. Sabia que ela estava ali por livre e espontânea vontade, mas não devia ser fácil revolver a lama de dentro do seu coração e apresentá-la a dois estranhos.

— Você não precisa nos contar nada — falei de repente e senti toda a força do olhar de Gus me cortando, mas mantive o foco em Grace, em seus olhos úmidos, os lábios ligeiramente separados. — Eu sei que falar sobre isso não vai fazer o tempo voltar. Mas não falar também não vai, e, se houver algo que você precise dizer, pode falar. Mesmo que seja apenas o que você mais gostava nela.

Os olhos de Grace se apertaram em lascas de safira e os lábios se contraíram. Por um segundo ela ficou imóvel e séria, uma Madona do Meio-Oeste, uma Pietà de pedra, embalando no colo alguma memória sagrada que não podíamos ver.

— Sua risada — ela disse por fim. — Ela roncava quando ria.

O canto da minha boca levantou um pouco, mas um novo peso se instalou em meu peito.

— Eu adoro quando as pessoas fazem isso — admiti. — Minha melhor amiga faz isso. Sempre parece que ela está se afogando em vida. De um jeito bom. Como se a vida estivesse vazando até pelo nariz, entende?

Um sorriso doce e tênue se formou nos lábios finos de Grace.

— De um jeito bom — ela disse baixinho. Então seu sorriso tremeu de tristeza, e ela coçou o queixo queimado de sol e seus ombros curvos se levantaram quando ela apoiou os braços na mesa. Ela pigarreou. — Eu não percebi — falou, com a voz embargada. — Que havia algo errado. Era isso que você queria saber? — Seus olhos se umedeceram e ela sacudiu a cabeça. — Eu não tinha a menor ideia até ela já não estar mais aqui.

Gus inclinou a cabeça.

— Como isso é possível?

— Porque... — as lágrimas desciam de seus olhos enquanto ela encolhia os ombros — ela continuava rindo.

Ficamos em silêncio no caminho de volta para casa. Janelas fechadas, rádio desligado, olhos na estrada. Gus, eu imaginava, estava classificando mentalmente as informações que recebera de Grace.

Eu estava perdida em pensamentos sobre meu pai. Podia facilmente me ver fugindo das perguntas que tinha sobre ele até chegar à idade de Grace. Até Sonya já ter morrido, minha mãe também, e não haver mais ninguém para me dar respostas, mesmo que eu as quisesse.

Eu não estava preparada para passar a vida evitando qualquer pensamento sobre o homem que me criou, me sentindo mal cada vez que lembrasse do envelope na caixa em cima da geladeira.

Mas também estava cansada da dor dentro do peito, do peso pressionando minhas clavículas e do suor ansioso que me molhava sempre que eu pensava na verdade por tempo demais.

Fechei os olhos e apoiei a cabeça no encosto do banco enquanto a lembrança se aproximava em uma onda. Tentei afastá-la, mas estava muito cansada, e lá veio ela. O xale de crochê, a expressão no rosto da minha mãe, a chave na minha mão.

Meu Deus, eu não queria voltar para aquela casa.

O carro parou de repente e meus olhos se abriram de susto.

— Desculpe — Gus murmurou. Ele havia pisado com força no freio para não colidir com um trator em um cruzamento escuro. — Eu não estava prestando atenção.

— Perdido nesse seu lindo cérebro? — provoquei, mas saiu sem a menor graça e, se Gus ouviu, não deu nenhuma indicação. O canto mais animado de sua boca estava firmemente para baixo.

— Você está bem? — ele perguntou.

— Estou.

Ele ficou em silêncio por mais um instante.

— Aquilo foi muito intenso. Se quiser conversar a respeito...

Pensei de novo na história de Grace. Ela achou que Hope estivesse melhor do que nunca quando começou a frequentar o culto. Para começar, ela havia se livrado da heroína, um desafio quase intransponível.

— Lembro que a pele dela estava melhor — Grace contou. — E os olhos. Não sei bem o que havia neles, mas estavam diferentes também. Achei que tivesse a minha irmã de volta. Quatro meses depois, ela estava morta.

Ela havia morrido de maneira acidental, de hemorragia interna por causa dos "castigos". O restante dos trailers que compunham a comunidade de New Eden foi incendiado quando as investigações do FBI chegaram perto demais.

Tudo que Grace nos contara provavelmente era muito útil para o enredo original de Gus. Não deixava muito espaço para encontros casuais e finais felizes. Mas essa era a questão. A pesquisa dessa noite havia sido para *mim*, para pôr meu cérebro nos trilhos que levavam ao tipo de livro que eu deveria escrever.

Eu não entendia como as pessoas faziam isso. Como Gus suportava seguir esses caminhos sombrios só para contar uma história. Como ele podia continuar perguntando quando *tudo* que eu queria a noite toda era abraçar Grace com força, me solidarizar com ela pelo que o mundo havia lhe tirado, encontrar alguma maneira, qualquer maneira, de aliviar um pouquinho que fosse essa perda.

— Tenho que parar para abastecer — disse Gus, e saiu da estrada para um posto Shell deserto. Não havia nada a não ser campos ressecados por quilômetros em todas as direções.

Desci do carro para esticar as pernas enquanto Gus manejava a bomba de combustível. A noite havia refrescado o ar, mas não muito.

— Este é um dos seus lugares de assassinato? — perguntei, dando a volta no carro até onde ele estava.

— Eu me recuso a responder sob a alegação de que você pode tentar roubá-lo de mim.

— Alegação fundamentada — respondi. Depois de um momento, não pude mais segurar a pergunta. — Isso não incomoda você? Ter que viver na tragédia de outra pessoa? Cinco anos. É um tempo longo para se colocar no lugar desse personagem.

Gus fixou a mangueira na bomba novamente, todo o seu foco em fechar a tampa do tanque de gasolina.

— Todo mundo tem problemas, January. Às vezes, pensar no problema de outra pessoa é quase um alívio.

— Certo — falei. — Então manda.

As sobrancelhas de Gus se arquearam e sua boca Sexy e Cruel se abriu.

— O quê?

Cruzei os braços e apoiei o quadril na porta do carro. Estava cansada de ser a pessoa mais frágil do recinto. A garota bêbada de vinho da bolsa, a que tentava não tremer quando alguém despejava sua dor sentada em um banquinho em um bar vagabundo.

— Manda aí esse seu problema misterioso. Vamos ver se ele consegue me dar uma pausa eficiente para o meu. — E, agora, também para o de Grace, que pesava com a mesma intensidade em meu peito.

Os olhos fluidamente escuros de Gus desceram pelo meu rosto.

— Não — ele disse por fim e se moveu para a porta, mas eu estava encostada nela. — Você está no meu caminho.

— Estou?

Ele levou a mão à maçaneta e eu deslizei para o lado para bloqueá-la. A mão dele encontrou minha cintura e uma faísca de calor correu dentro de mim.

— Ainda mais no meu caminho — disse ele, em uma voz baixa que fazia soar como: *Experimente não sair daí.*

Minhas faces formigavam. A mão dele ainda estava no meu quadril, como se ele a tivesse esquecido ali, mas seu dedo se contraiu, então eu soube que não era esquecimento.

— Você me convida para sair e me leva para o programa mais deprimente do mundo — falei. — O mínimo que pode fazer é me contar uma única coisa que seja sobre você, e por que se interessa tanto por toda essa história de New Eden.

Ele franziu a testa, surpreso, e seus olhos brilharam daquele jeito que parecia refletir fogo.

— Eu não convidei você para sair.

De algum jeito, ele fez as palavras soarem obscenas.

— Ah, é, esqueci, você não faz isso. Por quê? É parte do seu passado sombrio e misterioso?

A boca Sexy e Cruel se apertou.

— E o que eu ganho em troca?

Ele deu mais um passo em minha direção, criando em mim uma hiperconsciência de cada molécula do espaço entre nós. Eu não ficava tão perto assim de um homem desde Jacques. Jacques cheirava a colônia cara; Gus tinha um cheiro esfumaçado e doce, como incenso misturado com uma praia salgada. Jacques tinha olhos azuis que cintilavam sobre mim como uma brisa de verão entre sinos. Os olhos escuros de Gus me perfuravam como um saca-rolhas: *O que eu ganho em troca?*

— Uma conversa animada? — Minha voz saiu incomumente baixa.

Ele sacudiu de leve a cabeça.

— Me conte por que você se mudou para cá e eu te conto *uma* coisa sobre o meu passado sombrio e misterioso.

Refleti sobre a oferta. A recompensa, decidi, valia o custo.

— Meu pai morreu. E me deixou essa casa de praia.

A verdade, embora não toda ela.

Pela segunda vez, uma expressão inesperada — empatia? Talvez decepção? — passou pelo rosto dele, depressa demais para eu poder definir o significado.

— Sua vez agora — lembrei.

— Certo — ele disse, a voz áspera. — Só uma coisa.

Concordei.

Gus se inclinou em minha direção e baixou a boca até meu ouvido, conspiratório, sua respiração quente arrepiando a lateral do meu pescoço. Ele deu uma espiada no meu rosto, e sua outra mão tocava meu quadril tão de leve que poderia ser uma brisa. O calor em meus quadris se espalhou para o centro, se enrolando em volta das minhas coxas como uma planta trepadeira.

Era louco que eu me lembrasse daquela noite na faculdade tão nitidamente que sabia que ele havia me tocado exatamente assim. Aquele primeiro toque quando nos encontramos na pista de dança, leve como uma pena e quente ao ponto de ebulição, cuidadoso, intencional.

Percebi que estava prendendo o ar, e, quando me forcei a respirar, o sobe e desce em meu peito foi ridículo, material pronto para um romance de época erótico.

Como ele podia estar causando isso em mim? *De novo*?

Depois da noite que acabáramos de ter, essa sensação, esse desejo em mim não deveria ser possível. Depois do *ano* que eu havia tido, eu não achava mais que seria possível.

— Eu menti — ele sussurrou em meu ouvido. — Eu *li* os seus livros.

Suas mãos se apertaram em minha cintura e ele me virou para o lado, abriu a porta do carro e entrou, me deixando ofegante no frio súbito do posto de gasolina vazio.

11

O não encontro

PASSEI TEMPO DEMAIS do meu sábado tentando escolher o destino perfeito para a primeira Aventura pelo Romance de Gus. Embora eu estivesse sofrendo de bloqueio criativo crônico, ainda era uma especialista em minha área, e a lista de locais possíveis para sua introdução aos encontros casuais fofos e aos finais felizes.

Eu havia digitado mais mil palavras logo cedo, mas, desde então, estava andando de um lado para o outro e pesquisando no Google o lugar *perfeito*. Como não conseguia me decidir, fui à feira livre da cidade e caminhei pelos corredores ensolarados entre as barracas, em busca de inspiração. Admirei os baldes de flores, com saudade dos dias em que podia comprar um buquê de margaridas para a cozinha, copos-de-leite para o quarto. Claro, isso era na época em que Jacques e eu morávamos juntos. Pagando aluguel sozinha em Nova York, não sobrava muito dinheiro para coisas que cheiravam bem por uma semana, depois morriam na sua frente.

Na barraca de uma fazenda local, enchi a sacola de gordos tomates vermelhos e alaranjados, além de manjericão e hortelã, pepinos e um maço de alface lisa. Se eu não conseguisse escolher alguma coisa para fazer com Gus esta noite, talvez pudéssemos preparar o jantar juntos.

Meu estômago roncou com o pensamento de uma boa refeição. Eu mesma não era boa na cozinha — tomava tempo demais, que eu nunca achava que tinha disponível —, mas havia algo definitivamente romântico em servir duas taças de vinho tinto e movimentar-se por uma cozinha limpa, cortando e enxaguando, mexendo e provando sabores com uma colher de pau. Jacques adorava cozinhar. Eu sabia seguir receitas, mas ele preferia uma abordagem mais intuitiva e demorada, e intuição para cozinha e paciência com comida eram duas coisas que me faltavam tremendamente.

Paguei as compras, ergui os óculos de sol quando entrei na parte fechada do mercado em busca de frango ou carne e voltei ao brainstorming.

Personagens podiam se apaixonar em qualquer lugar, de um aeroporto ou oficina mecânica a um hospital, mas, para um antirromântico, provavelmente seria necessário algo mais óbvio para fazer as ideias deslancharem. Para mim, as melhores geralmente vinham do inesperado, de erros e contratempos. Não era preciso muita inspiração para desenvolver uma lista de pontos de enredo, mas aquele momento — o momento perfeito que definia um livro, que o fazia ganhar vida como algo maior que a soma de suas palavras — requeria encontrar uma alquimia que não podia parecer falsa.

O último ano da minha vida havia provado isso. Eu podia planejar enredos o dia inteiro, mas não adiantava nada se eu não caísse de cabeça na história, se a história em si não girasse como um ciclone, me puxando totalmente para dentro dela. *Isso* era o que eu sempre havia adorado na leitura, o que havia me levado a escrever. Essa sensação de que um mundo novo estava sendo tecido como uma teia de aranha à minha volta e eu não podia me mover até que tudo se revelasse.

Embora a entrevista com Grace não tivesse me proporcionado nenhum desses irresistíveis tornados de inspiração, eu *tinha* acordado com algum prenúncio disso. Havia histórias que mereciam ser contadas, histórias que eu nunca tinha considerado, e senti um entusiasmo renovado ao pensar que talvez pudesse contar uma delas e *gostar* de fazer isso.

Eu queria produzir essa sensação em Gus também. Queria que ele acordasse no dia seguinte com aquela coceirinha para escrever. Provar como era difícil escrever uma comédia romântica era uma coisa, e eu estava segura de que Gus perceberia isso, mas fazê-lo entender o que eu amava no gênero, que ler e escrever sobre o amor era quase tão envolvente e transformador quanto *de fato* se apaixonar, seria um desafio completamente diferente.

Eu estava muito desconcentrada para escrever quando cheguei em casa, então resolvi aproveitar melhor o tempo. Prendi o cabelo em um coque no alto da cabeça, vesti um short e uma regata de Todd Rundgren e fui para o banheiro de hóspedes no andar de cima com sacos de lixo e caixas.

Meu pai ou Aquela Mulher haviam mantido o armário cheio de toalhas e produtos de higiene pessoal, que eu coloquei em caixas para doação e levei para o hall de entrada, uma a uma. Na terceira viagem, parei diante da janela da cozinha que dava para a casa de Gus. Ele estava sentado à mesa, segurando um papel com letras enormes para eu ver. Como se estivesse esperando.

Equilibrei a caixa na mesa e passei o braço pelo rosto para enxugar o suor enquanto lia:

JANUARY, JANUARY, ONDE ESTÁS, MINHA JANUARY?

A mensagem era irônica. O frio na minha barriga não era. Empurrei a caixa para cima da mesa, peguei meu caderno, escrevi em uma página e levantei o bilhete.

NÃO TEM NINGUÉM COM ESSE NOME, TU-TU-TU...

Gus riu e se virou de novo para o computador. Levantei a caixa e a carreguei até o Kia, depois voltei para pegar o resto. A umidade dos últimos dias tinha cedido de novo, deixando atrás de si apenas um calor arejado. Quando terminei de pôr as caixas no carro, peguei uma taça de vinho rosé e fui me sentar no deque.

O céu estava muito azul, uma ocasional nuvem rechonchuda deslizando preguiçosamente, e o sol pintava de um verde pálido o topo das árvores agitadas pela brisa. Se eu fechasse os olhos, me isolando do que podia ver, conseguiria escutar risos vindo de perto da água.

Em casa, o quintal dos meus pais fazia divisa com o de outra família, que tinha três crianças pequenas. Assim que eles se mudaram para lá, meu pai plantou árvores perenes ao longo da cerca para nos dar um pouco de privacidade, mas ele sempre adorava que, em noites de verão, quando nos sentávamos em volta da churrasqueira, podíamos ouvir os gritos e as risadas das crianças brincando de pega-pega, ou pulando na cama elástica, ou deitadas em uma barraca atrás da casa.

Meu pai adorava seu espaço, mas também sempre dizia que gostava de ser lembrado de que havia outras pessoas por perto, vivendo a vida. Pessoas que não o conheciam nem se preocupavam em conhecê-lo.

Eu sei que se sentir pequeno incomoda algumas pessoas, ele me disse certa vez, *mas eu meio que gosto disso. A pressão é menor quando você é apenas uma vida entre seis bilhões. E, quando está passando por algo difícil* — minha mãe estava fazendo quimioterapia na época —, *é bom saber que não está nem perto de ser o único.*

Eu, na ocasião, sentia o contrário. Guardava dentro do peito uma dor que era só minha. Pelo universo, pelo corpo da minha mãe, que a traía de novo. Pela vida que eu sonhara e que se dispersava como névoa. Eu via meus colegas da Universidade do Michigan no Facebook seguindo para seus cursos de pós-graduação e partindo em viagens internacionais (misteriosamente financiadas). Via-os postar mensagens amorosas de Dia das Mães dos cantos mais distantes do mundo. Ouvia as crianças que moravam atrás da casa dos meus pais gritarem e rirem enquanto brincavam de esconde-esconde.

E me sentia secretamente desolada ao pensar que o mundo estava fazendo aquilo *com a gente* de novo, e ainda pior porque sabia que dizer qualquer coisa sobre isso só tornaria tudo mais difícil para minha mãe.

E então ela deu a volta por cima uma segunda vez. E eu fiquei tão agradecida. Mais aliviada do que imaginava que qualquer pessoa pudesse se sentir. Nossa vida estava de volta aos trilhos, nós três mais fortes do que nunca. Nada poderia nos separar de novo, eu tinha certeza disso.

Mas, ainda assim, eu lamentava aqueles anos perdidos em consultas médicas e queda de cabelos e minha mãe, a realizadora, deitada no sofá com enjoo. Esses sentimentos não combinavam com a nossa bela vida pós-câncer, eu sabia, não acrescentavam nada de útil ou bom, por isso eu os reprimi mais uma vez.

Quando descobri sobre Sonya, tudo saiu em um jato, fermentado pela raiva ao longo do tempo, como um boneco de mola pulando da caixa com ímpeto e apontando direto para o meu pai.

— Pergunta.

Ergui os olhos e encontrei Gus apoiado na cerca em seu deque. Sua camiseta cinza estava amassada, como todo o resto que eu já o tinha visto usar. Suas roupas provavelmente nunca chegavam a ir para as gavetas, supondo que chegassem à máquina de lavar pelo menos, mas os cabelos revoltos sugeriam que ele talvez tivesse acabado de levantar de um cochilo.

Fui até o meu lado da grade que nos mantinha a três metros de distância.

— Espero que seja sobre o sentido da vida. Ou isso ou qual é o primeiro livro da série Bridget Jones.

— Isso, definitivamente — respondeu ele. — E também: preciso usar um smoking esta noite?

Contive um sorriso.

— Eu pagaria cem dólares para ver como um smoking sobreviveria a esse seu sistema de lavagem de roupas. Levando em conta a minha situação extremamente falida, isso diz muito.

Ele sacudiu a cabeça.

— Eu prefiro definir como minha *democracia* de lavagem de roupas.

— Se você espera que um objeto inanimado vote se quer ou não ser lavado, isso não vai acontecer.

— January, você vai me levar para uma encenação do baile de *A bela e a fera* ou não? Eu preciso me planejar.

Eu o examinei por um instante.

— Tudo bem, vou responder à pergunta, mas com a condição de que você me diga honestamente: você *tem* um smoking?

Ele ficou me olhando de volta. Depois de uma longa pausa, suspirou e se apoiou na grade. O sol começava a se pôr, e as veias e os músculos flexionados em seus braços esguios lançavam sombras na pele.

— Perfeitamente. Sim. Eu tenho um smoking.

Comecei a rir.

— Sério? Você é um Kennedy enrustido? Ninguém *tem* um smoking.

— Eu concordei em responder *uma* pergunta. Agora me diga o que eu devo vestir.

— Considerando que eu só vi você em variações quase imperceptíveis de uma mesma roupa, já dá para pressupor com segurança que eu não planejaria nada que precisasse de um smoking. Quer dizer, até eu descobrir que você tem um smoking. Agora as apostas estão abertas. Mas, para hoje à noite, seu traje de barman resmungão vai servir.

Ele sacudiu a cabeça e endireitou o corpo.

— Magnífico — disse e entrou em casa.

Nesse momento, eu soube exatamente aonde ia levar Gus Everett.

— UAU — DISSE GUS.

O "parque de diversões" que eu tinha encontrado a treze quilômetros da nossa rua cabia com sobra em uma área de estacionamento.

— Eu contei os brinquedos — disse Gus. — Sete.

— Estou muito orgulhosa de você por ter chegado tão alto — provoquei. — Quem sabe na próxima vez você consegue chegar até dez.

— Eu bem que queria *estar* alto — Gus resmungou.

— É perfeito aqui — comentei.

— Para quê?

— Dãã. Para se apaixonar — respondi.

Uma risada sonora escapou de Gus, e, uma vez mais, me senti um pouco orgulhosa demais para meu próprio gosto.

— Venha. — Foi com uma pontada de arrependimento que entreguei meu cartão de crédito na bilheteria em troca das pulseiras que davam direito a todos os brinquedos, mas fiquei aliviada quando Gus interrompeu e insistiu em pagar o ingresso dele. Essa era uma das muitas partes horríveis de estar falida: ter que pensar se o dinheiro dava ou não para dividir a conta era um saco.

— Acho que isso não foi muito romântico da minha parte — falei enquanto entrávamos no meio da multidão aglomerada em volta da barraca de derrubar as latas.

— Bom, para sua sorte, *isso* é praticamente a minha definição exata de romance. — Ele apontou para a fileira azul de banheiros químicos na borda do terreno. Um adolescente com o boné ao contrário estava segurando a barriga e mudando o peso de um pé para o outro, esperando a porta de um dos banheiros abrir, enquanto o casal ao lado dele protagonizava uma cena hardcore de pegação.

— Gus — falei, com ar de especialista. — Aqueles dois estão tão envolvidos que estão se beijando como se não houvesse amanhã a um metro de uma fila literal de vasos de merda. *Essa* justaposição é basicamente toda a lição de comédia romântica para esta noite. Isso não mexe em nada com o seu coração de gelo?

— Coração? Não. Com a barriga, um pouco. Estou ficando com diarreia de empatia pelo amigo deles. Dá para imaginar ter uma noite tão *ruim* com seus amigos que um banheiro químico se torna um farol de esperança? Uma base firme! Um lugar para descansar a cabeça. Estamos definitivamente olhando para um futuro existencialista. Talvez até mesmo para um escritor com tesão reprimido.

Revirei os olhos.

— A noite desse garoto foi mais ou menos como a minha experiência no ensino médio inteiro e em boa parte da faculdade, e de algum modo eu sobrevivi, com meu sensível coração humano intacto.

— Mentira! — Gus exclamou.

— O quê?

— Eu conheci você na faculdade, January.

— Esse parece o maior de uma série de enormes exageros que você cometeu hoje.

— Tudo bem, eu conheci *sobre* você — disse ele. — O fato é que você não era a vela que tinha diarreia. Você namorava bastante. Marco, certo? Aquele cara da nossa oficina de ficção. E não era você que saía com o mauricinho da faculdade de medicina? Aquele que era obcecado por estudar no exterior e dar aulas particulares para jovens desprivilegiados e, hum, fazer escaladas sem camisa.

Bufei com desdém.

— Parece que você estava mais apaixonado por ele do que eu.

Algo penetrante e pensativo brilhou nos olhos de Gus.

— Então você *estava* apaixonada por ele.

Claro que eu estava. Eu o conheci durante uma guerra de bolas de neve improvisada no campus. Não podia imaginar nada mais romântico que aquele momento, quando ele me puxou do monte de neve em que eu havia caído, seus olhos azuis cintilando, e ofereceu seu gorro seco para substituir o meu encharcado.

Levei os dez minutos em que ele me acompanhou até meu alojamento para determinar que ele era a pessoa mais interessante que eu já havia conhecido. Estava fazendo um curso para pilotar aeronaves e desejava trabalhar na emergência de um hospital desde criança, quando perdera um primo em um acidente de carro. Fizera semestres do curso no Brasil, Marrocos e França (Paris, onde seus avós paternos moravam) e percorrera uma parte significativa do Caminho de Santiago, mochila nas costas, sozinho.

Quando lhe contei que nunca havia saído do país, ele sugeriu imediatamente uma viagem de carro relâmpago para o Canadá. Achei que ele estivesse brincando, até que paramos na loja duty-free do outro lado da fronteira por volta da meia-noite.

— Pronto — disse ele, com seu sorriso de modelo, aberto e franco. — Da próxima vez precisamos levar você a algum lugar em que eles carimbem o passaporte.

Toda aquela noite havia assumido uma atmosfera difusa e nebulosa, como se estivéssemos em um sonho. Analisando agora, eu achava que era mesmo mais ou menos isso: ele fingindo ser infindavelmente interessante, eu fingindo ser espontânea e despreocupada, como sempre. Por fora éramos tão diferentes, mas no fundo nós dois queríamos a mesma coisa. Uma vida envolta em um brilho mágico, cada momento maior e mais luminoso que o anterior.

Durante os seis anos seguintes, estivemos concentrados em brilhar um para o outro.

Empurrei as lembranças para o fundo da minha mente.

— Eu nunca namorei o Marco — respondi a Gus. — Fui a *uma* festa com ele, e ele foi embora com outra pessoa. Obrigada por me lembrar.

A risada dele se transformou em um exagerado e lamentoso *ahhh*.

— Tudo bem. Eu segui em frente.

Gus inclinou a cabeça, seus olhos cavando os meus como pás.

— E o mauricinho?

— Nós ficamos juntos — confirmei.

Eu achava que fosse me casar com ele. E então meu pai morreu e tudo mudou. Nós havíamos sobrevivido a muitas coisas juntos com a doença da minha mãe, mas eu sempre me mantinha sob controle, encontrava maneiras de afastar a preocupação e me divertir com ele, só que aquilo foi diferente. Jacques não sabia o que fazer com a nova versão de mim, que ficava na cama e não conseguia escrever ou ler sem desmoronar, que se arrastava pela casa deixando as roupas sujas se acumularem e a feiura invadir nosso apartamento dos sonhos, que não queria mais fazer festas ou caminhar pela Ponte do Brooklyn ao pôr do sol ou reservar uma viagem de última hora para o Parque Nacional de Joshua Tree.

Ele me disse muitas vezes que eu não estava sendo eu mesma. Mas ele estava enganado. Eu era a mesma que sempre havia sido. Só tinha parado de tentar brilhar no escuro para ele, ou para qualquer outra pessoa.

Foi a nossa linda vida juntos — as férias incríveis, os gestos inspiradores e as flores recém-colhidas em vasos feitos à mão — que nos manteve unidos por tanto tempo.

Não era porque eu nunca me cansasse dele. Nem porque ele fosse o melhor homem que eu já tinha conhecido (eu achava que fosse o meu pai, mas agora era o pai do meu drama adolescente favorito dos anos 2000, *Veronica Mars*). Nem porque ele fosse a minha pessoa favorita (minha pessoa favorita era Shadi). Nem porque ele me fizesse rir até as lágrimas (ele ria fácil, mas raramente fazia piadas). Nem porque, quando algo ruim acontecia, ele fosse a primeira pessoa para quem eu queria telefonar (não era).

Era porque nós tínhamos nos conhecido com a mesma idade que meus pais se conheceram, porque a guerra de bolas de neve e a viagem improvisada até o Canadá haviam parecido coisa do destino, porque minha mãe o adorava. Ele se encaixava tão perfeitamente na história de amor que eu imaginara para mim que o confundi com o amor da minha vida.

O rompimento ainda era um episódio sofrido de todas as maneiras possíveis, mas, depois que a dor inicial diminuiu, as lembranças do nosso relacionamento começaram a parecer apenas mais uma das histórias de amor que eu havia lido. Eu detestava pensar nisso. Não porque sentisse falta dele, mas porque me sentia mal por ter desperdiçado tanto do seu tempo, e do meu, tentando ser a garota dos seus sonhos.

— Nós ficamos juntos — repeti. — Até o ano passado.

— Uau. — Gus riu meio sem jeito. — Bastante tempo. Eu... estou arrependido agora de ter feito piada sobre as escaladas sem camisa.

— Tudo bem — falei, dando de ombros. — Ele terminou comigo em uma banheira de hidromassagem. — Do lado de fora de um chalé nas Catskills, três dias antes de a nossa viagem com a família dele acabar. Espontaneidade nem sempre era tão sexy quanto se imaginava. *Você mudou muito*, ele me disse. *Nós não funcionamos desse jeito, January.*

Fomos embora na manhã seguinte e, no caminho de volta para Nova York, Jacques me disse que telefonaria para seus pais quando chegasse, para dar a notícia.

Minha mãe vai chorar, disse ele. *Brigitte também.*

Mesmo naquele momento, eu talvez estivesse mais arrasada por perder seus pais e sua irmã, uma garota do ensino médio cheia de atitude, com um estilo anos 70 impecável, do que o próprio Jacques.

— Em uma banheira? — Gus ecoou. — Caramba. Sinceramente, aquele cara estava sempre tão impressionado com ele mesmo que duvido que fosse capaz de ver você com o clarão do próprio corpo reluzente.

Forcei um sorriso.

— Com certeza foi isso.

— Ei — disse Gus.

— Que foi?

Ele apontou com a cabeça para um estande de algodão-doce.

— Acho que devíamos comer aquilo.

— E aqui está, finalmente — falei.

— O quê?

— A segunda coisa em que nós concordamos.

Gus pagou o algodão-doce e eu não discuti.

— Não, tudo bem — ele brincou quando viu que eu fiquei quieta. — Você pode ficar me devendo. Pague quando puder.

— Quanto foi? — perguntei, tirando um pedaço enorme do algodão--doce e baixando-o com um gesto exagerado na boca.

— Três dólares, mas não tem problema. Pode transferir um dólar e meio para mim mais tarde.

— Tem certeza de que não vai fazer falta? — eu disse. — Posso fazer um cheque.

— Sabe onde fica a agência mais próxima da Western Union? — ele falou. — Você pode fazer uma transferência.

— Quanto está pensando em cobrar de juros? — perguntei.

— Pode me dar três dólares quando eu levar você para casa. Se um dia eu descobrir que preciso de um órgão, a gente conversa de novo.

— Combinado — concordei. — Vamos deixar a decisão para mais tarde.

— Sim, porque é provável que os nossos advogados tenham que entrar no caso.

— Bem pensado — falei. — Até lá, em qual brinquedo você quer ir?

— Em qual? — disse Gus. — Absolutamente nenhum aqui.

— Tudo bem. Em qual você está disposto a ir?

Estávamos caminhando, conversando e comendo em uma velocidade alarmante, e Gus parou de repente e me ofereceu o último pedaço de algodão-doce.

— Ali — disse ele enquanto eu comia, apontando para um carrossel ridiculamente pequeno. — Aquilo parece que vai ter *muita* dificuldade para me matar.

— Quanto você pesa, Gus? Três latas de cerveja, alguns ossos e um cigarro? — *E* todas as linhas firmes e contornos esguios de músculos para os quais eu NÃO tinha ficado olhando. — Qualquer um daqueles animais pintados poderia matar você com um espirro.

— Uau — disse ele. — Em primeiro lugar, pode ser que eu só pese três latas de cerveja, mas ainda são três latas de cerveja a mais que o seu ex-namorado. Ele parecia daqueles que mastigam germe de trigo enquanto praticam corrida. Eu peso facilmente o dobro dele. Em segundo lugar, olha só quem está falando: você tem o que, um metro e quarenta?

— Na verdade eu tenho muito altos um e sessenta e dois — falei.

Ele apertou os olhos e sacudiu a cabeça para mim.

— Você é tão pequena quanto ridícula.

— O que quer dizer que não sou muito?

— Carrossel, oferta final — disse Gus.

— Este é o lugar perfeito para montar nossa cena — decidi.

— Nossa o quê?

— Mulher jovem, de tênis brilhantes, extremamente bonita e *muito alta* ensina resmungão medroso que odeia festas a aproveitar a vida — falei. — Haverá muitos protestos. Muito eu arrastando você de brinquedo em brinquedo. Você me arrastando para fora da fila. Eu arrastando você de volta para a fila. Vai ser adorável e, mais importante, vai ajudar com o seu livro super-romântico de culto de suicídio. É a parte da promessa-da-premissa do livro, em que os leitores sorriem de orelha a orelha. Nós *precisamos* montar a cena.

Gus cruzou os braços e me examinou com os olhos apertados.

— Vamos lá, Gus. — Bati em seu braço. — Você consegue. Seja adorável.

Ele olhou para o lugar onde eu bati, depois de volta para mim, e fez cara de mau humor.

— Acho que você não ouviu bem. Eu disse *adorável*.

Sua expressão carrancuda se desfez.

— Está bem, January. Mas sem essa história de montagem de cena. Escolha *uma* das armadilhas mortais. Se eu sobreviver a ela, você pode dormir bem esta noite sabendo que me fez chegar um passo mais perto de acreditar em finais felizes.

— Ah, meu Deus — falei. — Se você escrevesse essa cena, nós iríamos *morrer*?

— Se eu escrevesse essa cena, não seria sobre nós.

— Uau. Número um, estou ofendida. Número dois, sobre quem seria?

Ele passou os olhos pela multidão e eu acompanhei seu olhar.

— Ela.

— Quem?

Ele chegou mais perto atrás de mim, a cabeça acima do meu ombro direito.

— Ali. Do lado da roda-gigante.

— A menina com a camiseta *Fica com Deus porque comigo não vai rolar*? — perguntei.

Sua risada foi quente e áspera em meu ouvido. Ficar assim tão perto dele estava me trazendo flashes daquela noite na festa da faculdade que eu preferia não lembrar.

— A operadora da roda-gigante — ele disse junto ao meu ouvido. — Talvez ela cometa algum erro e alguém se machuque por causa disso. Esse emprego provavelmente era sua última chance, o único lugar que a contratou depois de ela ter cometido um erro ainda maior. Em uma fábrica, talvez. Ou ela infringiu a lei para proteger alguém de quem gostava. Algum tipo de erro quase inocente que poderia levar a outros, menos inocentes.

Eu me virei para ele.

— Ou talvez ela tenha a oportunidade de ser uma heroína. Esse trabalho era sua última chance, mas ela gosta do que faz e é boa nisso. O emprego lhe permite viajar conforme o parque muda de cidade, e, ainda que não veja muito mais que estacionamentos, ela pode conhecer pessoas. E ela é alguém que gosta de pessoas. O erro não é dela, foi um defeito no motor, mas ela toma uma decisão rápida e salva a vida de uma menina. Essa menina, depois de adulta, se torna deputada, ou cirurgiã cardíaca. Os caminhos das duas acabam por se cruzar de novo. A operadora da roda-gigante já está velha demais para viajar com o parque. Ela mora sozinha, com a sensação de que desperdiçou a vida. Então, um dia ela tem um ataque cardíaco, sozinha em casa. Quase morre, mas consegue telefonar para a emergência. A ambulância a transporta às pressas para o hospital, e quem é a médica se não aquela mesma menina? Claro, a operadora não a reconhece. Ela é adulta agora. Mas a médica jamais se esqueceria do rosto da operadora. As duas mulheres ficam amigas. A operadora continua não podendo viajar, mas, duas vezes por mês, a médica vai até o trailer da operadora e elas assistem a filmes. Filmes ambientados em diferentes países. Elas veem *Casablanca* e comem comida marroquina. Veem *O rei e eu* e comem comida do Sião, seja lá o que for. Assistem até, surpresa!, *O diário de Bridget Jones* enquanto se entopem de peixe com fritas. E assim elas viajam por vinte países antes de a operadora morrer, e, quando isso acontece, a doutora reflete que sua vida foi um presente que ela quase perdeu. Ela leva parte das cinzas da operadora, que o filho canalha e ingrato dela não veio recolher, para uma viagem de volta ao mundo. Sente-se grata por estar viva. Fim.

Gus ficou olhando para mim, apenas um canto de sua boca muito torta demonstrando alguma reação. Para mim era claro que ele estava sorrindo, embora as linhas fundas entre as sobrancelhas parecessem discordar.

— Então escreva isso — ele disse por fim.

— Talvez — respondi.

Ele olhou de novo para a mulher de cabelos grisalhos que operava a roda-gigante.

— Aquele — ele disse. — Estou disposto a ir naquele brinquedo. Mas só porque confio muito na operadora.

12

O Olive Garden

NÃO HOUVE NENHUMA montagem de cena. Foi uma noite lenta no asfalto quente, sob o brilho do neon e o rangido do metal dos brinquedos de parque baratos. Horas comendo porcarias fritas e bebendo cerveja sabor limão em latinhas engorduradas entre as visitas a cada um dos sete brinquedos. Não houve puxar para dentro e fora de filas. Houve apenas caminhar juntos. Contar histórias.

Gus apontou para uma moça grávida com uma tatuagem de arame farpado.

— Ela entra no culto.

— Não, ela não entra — discordei.

— Entra. Ela perde o bebê. É horrível. Só o que começa a trazê-la de volta à vida é um astro em ascensão no YouTube que ela segue. Ela fica sabendo sobre New Eden por meio dele, vai até lá para um seminário de um fim de semana e nunca mais sai.

— Ela fica lá por dois anos — contrapus. — Mas então seu irmão mais novo vai buscá-la. Ela não quer falar com ele e os seguranças tentam tirá-lo de lá, mas aí ele mostra uma ultrassonografia. Sua namorada, May, está grávida. Um menino. Que deve nascer em um mês. Ela não sai de lá com ele, mas, naquela noite...

— Ela tenta sair — Gus continuou. — Eles não deixam. Eles a trancam em um quarto branco para descontaminá-la. Sua exposição à energia do irmão, dizem, alterou temporariamente a química de seu cérebro. Ela precisa completar os cinco passos de purificação. Se depois disso ainda quiser ir embora, eles a deixarão ir.

— Ela completa os passos — eu disse. — O leitor acha que ela está perdida. Que está presa lá para sempre. Mas a última linha do livro dá uma pista. Algo que ela e o irmão costumavam dizer. Um sinal de que ela manteve uma parte secreta de si guardada em segurança, e a única razão de ela ainda não ter ido embora é que há pessoas presas lá que ela quer ajudar.

Ficamos fazendo isso a noite toda e, quando finalmente paramos, foi só porque o Twister me deixou tão enjoada que corri para a lata de lixo mais próxima e vomitei todo o conteúdo do meu estômago.

Mesmo enquanto o cachorro-quente com chili saía de dentro de mim, eu refleti que a noite estava tendo algum sucesso. Afinal Gus ficou segurando meu cabelo longe do rosto enquanto eu vomitava.

Pelo menos até ele resmungar:

— Porra, eu odeio vômito — e fugir com um acesso de náusea.

Odeio, descobri no caminho de volta para casa, era um modo menos constrangedor de dizer *tenho medo*.

O indicado ao National Book Award Augustus Everett era vomitofóbico desde que uma menina chamada Ashley, no quarto ano da escola, vomitou em sua nuca.

— Eu não vomito há uns quinze anos — ele me contou. — E tive gastroenterite viral duas vezes nesse período.

Eu estava me contendo para não rir enquanto dirigia. Geralmente não achava graça nenhuma em fobias, mas Gus era um ex-coveiro que se transformara em pesquisador de cultos de suicídio. Nada do que Grace dissera na entrevista o fizera sequer piscar, no entanto brinquedos de parque de diversões barato e vômito quase haviam levado a melhor sobre ele.

— Nossa, sinto muito — falei, recuperando o autocontrole. Dei uma olhada para ele, largado no banco do passageiro com um braço dobrado atrás da cabeça. — Não acredito que minha primeira lição sobre histórias de amor acabou sendo um gatilho para vários traumas. Pelo menos você não... fez você-sabe-o-que também. — Não quis dizer a palavra, por precaução.

Ele me olhou de lado e o canto de sua boca se ergueu.

— Pode acreditar, eu fugi no último instante. Mais um segundo e eu ia dar uma de Ashley Phillips em cima de *você.*

— Ui. E mesmo assim você segurou meu cabelo. Foi muito nobre da sua parte. Muito corajoso. Muito altruísta. — Eu estava provocando, mas realmente ele havia sido bastante gentil.

— Pois é. Se você não tivesse um cabelo tão bonito, eu nem teria chegado perto. — Os olhos de Gus se voltaram para a estrada. — Mas aprendi a lição. Nunca mais vou tentar bancar o herói.

— Meus pais se conheceram em um parque de diversões. — Eu não pretendia dizer isso; saiu sem querer.

Gus me olhou, sua expressão indecifrável.

— Ah, é?

Confirmei com a cabeça. Eu não queria de fato continuar essa conversa, mas os últimos dias haviam soltado algo dentro de mim, e as palavras foram vindo.

— No primeiro ano deles na universidade, a Estadual de Ohio.

— Ah, não a Universidade Estadual de Ohio — ele brincou. Michigan e Ohio tinham uma rivalidade que eu sempre esquecia por causa da minha total ignorância sobre esportes. Os irmãos do meu pai o haviam apelidado afetuosamente de O Grande Desertor, e ele usou o mesmo apelido para mim quando escolhi a Universidade do Michigan.

— É, ela mesma.

Ficamos em silêncio por alguns segundos.

— E aí? — Gus me incentivou. — Me conte.

— Não — respondi, dando-lhe um sorriso desconfiado. — Você não quer ouvir essa história.

— Sou legalmente obrigado a ouvir — ele disse. — De que outra maneira vou aprender sobre o amor?

A velha pontada de dor voltou ao meu peito.

— Talvez não com eles. Meu pai traiu a minha mãe. Muito. Enquanto ela estava com câncer.

— Puxa — disse Gus. — Que merda.

— Diz o homem que não acredita em namoro.

Ele passou a mão pelo cabelo já revolto, deixando-o caótico. Seu olhar pousou rapidamente em mim e voltou para a estrada.

— Fidelidade nunca foi um problema para mim.

— Fidelidade durante um período de duas semanas não chega a ser muito impressionante — eu o lembrei.

— Pois fique sabendo que eu namorei a Tessa Armstrong por um mês.

— Ficando só com ela? Porque, se não me engano, eu lembro de uma noite sórdida em uma festa numa república que parece sugerir outra coisa.

O rosto dele se encheu de surpresa.

— Eu tinha terminado com ela quando isso aconteceu.

— Eu vi você com ela naquela manhã — falei. Era um pouco constrangedor admitir que eu me lembrava de tudo isso, mas Gus não pareceu notar. Na verdade ele pareceu se sentir um pouco insultado com a minha observação.

Ele mexeu no cabelo outra vez, irritado.

— Eu terminei com ela na festa.

— Ela não estava na festa — apontei.

— Não, mas, como não era o século XVII, eu tinha um celular.

— Você telefonou de uma festa para terminar com a sua namorada? — perguntei, em choque. — Por que fazer uma coisa dessas?

Ele se virou para mim e apertou os olhos.

— Por que você acha, January?

Agradeci por estar escuro. Meu rosto de repente pegou fogo. Era como se houvesse lava derretida se derramando em meu estômago. Eu estaria entendendo errado? Deveria perguntar? Mas será que isso *importava*? Já fazia quase uma década, e, mesmo que as coisas *tivessem* sido diferentes naquela noite, não teria representado nada no longo prazo.

Mesmo assim, eu estava em brasa.

— Hum, ah... — Não consegui pensar em absolutamente nada para dizer.

Ele riu.

— Enfim, voltando aos seus pais. Não deve ter sido tudo ruim.

Pigarreei. Não poderia ter soado menos natural. Era melhor que eu tivesse gritado *NÃO QUERO FALAR DE COISAS TRISTES SOBRE OS MEUS PAIS QUANDO ESTOU TENDO PENSAMENTOS TÓRRIDOS SOBRE VOCÊ* e acabado logo com a história.

— Não foi — respondi, me concentrando na estrada. — Acho que não.

— E a noite em que eles se conheceram? — ele insistiu.

Uma vez mais, as palavras vieram jorrando de mim, como se eu precisasse dizê-las há um ano. Ou talvez elas fossem apenas uma bem-vinda mudança de rumo para a outra conversa que estávamos tendo.

— Eles foram a uma quermesse de uma igreja católica local — falei. — Não juntos. Foram separados para a mesma quermesse. Por acaso ficaram um ao lado do outro na fila para a Esmeralda. Sabe o que é? Aquela máquina de tirar a sorte com uma boneca vidente cigana?

— Ah, eu conheço muito bem — disse Gus. — Ela foi um dos meus primeiros crushes.

Não havia absolutamente nenhuma razão para isso soltar fogos de artifício de calor pelas minhas faces, mas, enfim, lá estavam eles.

— Então — prossegui —, minha mãe era a pessoa sobrando em um grupo de cinco com dois evidentes casais, tentando fingir que nada estava acontecendo. Quando os outros foram para o Túnel do Amor, ela decidiu ir tirar a sorte com a boneca cigana. Meu pai disse que *ele* largou seu grupo quando viu aquela linda ruiva de vestido vermelho com bolinhas.

— Minnie? — Gus perguntou.

— Ela é morena. Procure um oculista.

Um sorriso curvou os lábios dele.

— Desculpe a interrupção. Continue. Seu pai viu sua mãe.

— Bom, ele passou o tempo todo na fila pensando em como puxar conversa com ela. Até que chegou a vez dela, ela pagou pela previsão e começou a xingar como um marinheiro na frente da máquina.

Gus riu.

— Adoro ver de onde vieram suas admiráveis qualidades.

Mostrei o dedo do meio para ele e continuei.

— O papel com a previsão dela ficou entalado na máquina. Aí meu pai entrou para salvar a situação. Ele conseguiu arrancar a parte de cima do papel, mas o resto continuou preso e não dava para minha mãe entender o que estava escrito. Então meu pai disse para ela esperar e ver se a outra metade saía com a previsão dele.

— Ah, *essa* velha cantada — disse Gus, sorrindo.

— Sempre funciona — concordei. — Ele pôs a moeda e os dois papeizinhos saíram. O dela dizia: *Você vai conhecer um estranho atraente.* E o dele: *Sua história está prestes a começar.* — Eles ainda tinham as previsões emolduradas na sala de estar. Pelo menos, quando estive em casa no Natal, elas ainda estavam lá.

Aquela dor funda me percorreu outra vez. Eu me sentia como se um fatiador de queijo tivesse sido puxado por dentro de mim e largado lá, no meio do meu corpo. Achava que perder meu pai seria o mais difícil de tudo. Mas o pior, o mais difícil mesmo, acabou sendo estar furiosa com alguém com quem eu não podia mais brigar.

Alguém que eu amava tanto que *queria* desesperadamente poder atravessar aquilo tudo e encontrar uma maneira de criar um novo normal. Eu nunca mais poderia receber uma explicação real do meu pai. Minha mãe jamais receberia um pedido de desculpas. Nós nunca poderíamos ver as coisas "pela perspectiva dele" ou mesmo escolher ativamente não querer ouvir. Ele se fora, e tudo que havíamos planejado guardar dele dentro de nós estava destroçado.

— Eles se casaram três meses depois — contei a Gus. — Cerca de vinte e cinco anos mais tarde, o primeiro livro de sua filha única, *Beijo beijo, desejo desejo*, foi publicado pela Sandy Lowe Books com uma dedicatória que dizia...

— "Para os meus pais" — completou Gus. — "Que são a prova da mão forte, ainda que robótica, do destino."

Minha boca se abriu. Eu quase havia esquecido que ele me contara no posto de gasolina que tinha lido meus livros. Ou talvez não tivesse me permitido pensar sobre isso, porque tinha medo de que significasse que ele os havia odiado, e, de alguma maneira, eu ainda estava competindo com ele, sentindo a necessidade de que ele me reconhecesse como sua rival e igual.

— Você lembra disso? — saiu como um sussurro.

Ele olhou para mim e meu coração subiu pela garganta.

— Foi por isso que eu perguntei deles — ele respondeu. — Foi a dedicatória mais simpática que eu já li.

Fiz uma careta. Vindo dele, isso podia não ser um elogio.

— A mais simpática.

— Está bem, January — ele disse em voz baixa. — Eu achei bonita. É isso que você quer que eu admita?

Uma vez mais, meu coração flutuou dentro do peito.

— É.

— Eu achei bonita — disse ele imediatamente, com sinceridade.

Voltei o olhar para a estrada.

— E acabou sendo uma mentira. Mas pelo visto minha mãe achou boa. Ela sabia que estava sendo traída e continuou com ele.

— Eu sinto muito. — Por vários minutos, ninguém disse nada. Por fim, Gus pigarreou. Ele fez soar tão natural. — Você perguntou por que New Eden. Por que eu quis escrever sobre isso?

Confirmei com a cabeça, aliviada pela mudança de assunto, ainda que surpresa com a transição.

— Eu... — Ele passou a mão no cabelo, ansioso. — Bom, minha mãe morreu quando eu era criança. Não sei se você sabia disso.

Não imaginava como eu poderia saber, mas, de qualquer forma, encaixava na imagem que tive dele na faculdade.

— Não.

— É. Meu pai era um lixo, mas minha mãe... ela era incrível. E, quando era criança, eu pensava: tudo bem, somos nós contra o mundo. Estávamos presos naquela situação, mas eu tinha esperança de que não fosse para sempre. Vivia esperando que ela o deixasse. Tinha até uma mochila preparada com um punhado de gibis, algumas meias e barras de cereais. Eu tinha essa imagem de nós dois pulando para dentro de um trem e indo até o fim da linha. — Quando ele olhou para mim, os cantos de sua boca estavam curvados, mas não era um sorriso real.

Era como se dissesse: *Isso não é ridículo? Eu não era ridículo?* E eu sabia como interpretá-lo, porque era um sorriso que eu vinha praticando havia um ano: *Dá para acreditar que eu fui tão burra? Não se preocupe, estou mais esperta agora.*

Senti um peso no estômago diante daquela cena: Gus, antes de ser o Gus que eu conhecia. Um Gus que sonhava escapar, que acreditava que alguém iria resgatá-lo.

— Para onde vocês iriam? — perguntei. Foi pouco mais que um sussurro.

Seus olhos se voltaram para a estrada e o queixo ficou tenso por um instante, depois relaxou, o rosto sereno outra vez.

— O parque das sequoias — disse ele. — Eu achava que podíamos construir uma casa na árvore lá.

— Uma casa na árvore no parque das sequoias — repeti baixinho, como se fosse uma oração, um segredo. De certa maneira, era. Um pequenino pedaço de um Gus que eu nunca imaginara, um cara com concepções românticas e esperança no improvável. — Mas o que isso tem a ver com New Eden?

Ele tossiu, deu uma olhada no retrovisor, voltou a se concentrar na estrada.

— Acho que... uns anos atrás, acabei me dando conta de que a minha mãe não era uma criança. — Ele deu de ombros. — Eu achava que estávamos esperando o momento perfeito para ir embora, mas ela não pretendia ir. Ela nunca disse que iria. Podia ter nos tirado de lá, mas não fez isso.

Sacudi a cabeça.

— Duvido que fosse assim tão simples.

— É isso — ele murmurou. — Eu sei que não era simples, e, quando falo sobre esse livro, eu digo que quero "explorar as razões que levam as pessoas a ficar, por maior que seja o custo", mas a verdade é que eu só quero entender as razões *dela*. Eu sei que não faz sentido. Essa história de culto não tem nada a ver com ela.

Por maior que seja o custo. Qual teria sido o custo de ficar para a mãe dele? Qual teria sido o custo para Gus? O peso em meu estômago havia se espalhado, pressionando as laterais do meu peito e a palma das minhas mãos. Eu tinha começado a publicar romances porque queria viver em meus momentos mais felizes, no lugar seguro que o amor dos meus pais sempre havia sido. Sentia-me tão reconfortada por livros com a promessa de um final feliz que queria dar a outras pessoas esse mesmo presente.

Gus estava escrevendo para tentar entender algo horrível que acontecera com ele. Não era surpresa que escrevêssemos coisas tão diferentes.

— Faz sentido, sim — eu disse, por fim. — Ninguém entende "procurando respostas pós-morte dos pais" tanto quanto eu. Se eu visse o filme *300* neste momento, provavelmente encontraria uma maneira de interpretá-lo como se fosse sobre o meu pai.

Ele me deu um leve sorriso.

— Bom filme. — Era muito evidentemente um *Obrigado* e um *Vamos mudar de assunto.* Por mais que eu tivesse achado que éramos diferentes, agora parecia um pouco como se Gus e eu fôssemos dois alienígenas que se trombaram sem querer na Terra e descobriram que falavam a mesma língua.

— Nós devíamos criar um clube de cinema — falei. — Já que concordamos tanto sobre o assunto.

Ele ficou quieto por um momento, pensativo.

— Foi mesmo uma dedicatória bonita — disse. — Não parecia mentira. Talvez uma verdade complicada, mas não uma mentira.

O calor me preencheu até eu me sentir como uma chaleira tentando arduamente não chiar.

Quando chegamos em casa, liguei o computador e comprei um exemplar de *Os revelatórios.*

E ASSIM COMEÇOU a verdadeira montagem de cenas.

Fiz uma cirurgia no livro. Eu o dividi e salvei as partes em arquivos separados. Ellie se tornou Eleanor. Passou de uma corretora de imóveis na maré baixa para uma equilibrista de corda bamba com uma mancha castanha em forma de borboleta no rosto, por causa de Detalhes Absurdamente Específicos. Seu pai virou um engolidor de espadas, e sua mãe, uma mulher barbada.

Eles se transportaram do século XXI para o início do século XX. Eram parte de um circo itinerante, cujos membros eram sua família: um grupo muito unido que terminava cada noite fumando cigarros enrolados à mão em volta da fogueira. Era o único mundo que ela já conhecera.

Passavam todos os momentos juntos, mas na verdade contavam muito pouco de si uns para os outros. Não havia muito tempo para conversar quando se tinha esse tipo de trabalho.

Renomeei o arquivo de *LIVRO_DE_PRAIA.docx* para *SEGREDOS_DE_FAMÍLIA.docx*.

Eu queria saber se era possível conhecer inteiramente alguém. Se conhecer *como* eles eram — de que forma se moviam e falavam, as caras que faziam e as coisas para as quais preferiam não olhar — equivalia a conhecer *quem* eles eram. Ou se saber coisas sobre eles — onde haviam nascido, todas as pessoas que haviam sido, quem haviam amado, os mundos de onde tinham vindo — acrescentava alguma coisa.

Dei um segredo para cada um. Essa foi a parte mais fácil.

A mãe de Eleanor estava morrendo, mas não queria que ninguém soubesse. Os palhaços que todos acreditavam ser irmãos eram, na verdade, amantes. O engolidor de espadas ainda enviava cheques para uma família em Oklahoma.

Eles foram se tornando cada vez menos parecidos com pessoas que eu conhecia, mas, de alguma maneira, seus problemas e segredos se tornaram mais pessoais. Eu não podia pôr meu pai ou minha mãe no papel. Jamais conseguiria reproduzi-los adequadamente. Mas esses personagens carregavam a verdade das pessoas que eu havia amado.

Estava gostando especialmente de escrever sobre um mecânico chamado Nick. Adorava saber que ninguém exceto eu poderia reconhecer o esqueleto de Augustus Everett em torno do qual eu havia construído o personagem.

Gus e eu havíamos criado o hábito de ir escrever em nossas respectivas mesas da cozinha por volta do meio-dia, e quase todos os dias nos revezávamos levantando recados escritos no caderno. Que se tornavam mais e mais elaborados. Era evidente que, enquanto alguns eram espontâneos, outros eram planejados, escritos em algum momento mais cedo, ou mesmo na noite anterior. Quando a inspiração surgisse. Aqueles escritos de improviso, em especial, tornavam-se mais absurdos conforme o frenesi da escrita ia tomando conta. Às vezes eu ria tanto que perdia a força nas mãos e não conseguia continuar escrevendo. Nós ríamos até deitar a cabeça na mesa. Até ele derramar seu café e eu quase engasgar com o meu.

Começava com lugares-comuns como *É MELHOR TER AMADO E PERDIDO DO QUE NUNCA TER AMADO* (eu) e *O UNIVERSO NÃO PARECE SER BENIGNO NEM HOSTIL, APENAS INDIFERENTE* (ele), mas geralmente terminava com coisas como *MERDA DE LIVRO* (eu) e *VAMOS JOGAR TUDO PARA O ALTO E VIRAR MINERADORES DE CARVÃO?* (ele).

Uma vez ele escreveu para me dizer que *A VIDA É UMA CAIXA DE CHOCOLATES. VOCÊ NUNCA SABE O QUE ESTÁ COMENDO E A MERDA DA FOTO NA TAMPA ESTÁ SEMPRE ERRADA.*

Eu escrevi para dizer a ele que, *SE VOCÊ É UM PÁSSARO, EU SOU UM PÁSSARO.*

Ele me informou: *NO ESPAÇO, NINGUÉM PODE OUVIR VOCÊ GRITAR*, ao que eu respondi: *NEM TODOS OS QUE VAGUEIAM ESTÃO PERDIDOS.*

Organizar os pertences do meu pai ficou em segundo plano, mas eu não me incomodava de procrastinar. Pela primeira vez em meses, não me arrepiava de ansiedade cada vez que ouvia uma notificação no computador ou no celular. Eu estava progredindo. Claro que boa parte desse progresso era pesquisa, mas, para cada nova informação que eu obtinha sobre a cultura dos circos no começo do século xx, parecia que uma nova lâmpada de enredo se iluminava sobre a minha cabeça.

À noite, Gus e eu nos sentávamos em nossos respectivos deques, tomando um drinque e vendo o sol deslizar para o lago. Na maioria das noites conversávamos cada um do seu lado, principalmente sobre a nossa produtividade, as pessoas que víamos dos nossos deques e as histórias que podíamos imaginar para elas. Falávamos sobre os livros (e filmes) de que gostávamos (e odiávamos), as pessoas com quem havíamos estudado (juntos na Universidade do Michigan e antes disso: Sarah

Tulane, que puxava meu cabelo no jardim de infância; Mariah Sjogren, que terminou com o Gus de dezesseis anos depois de três meses inteiros de relacionamento, como ele me contou com muito orgulho, porque ele fumou um cigarro no carro com ela e "beijar um fumante é como lamber um cinzeiro").

Falávamos sobre nossos empregos horríveis (meu emprego de meio período em um lava-rápido na época do colégio, onde eu sofria regularmente assédio sexual de clientes e tinha que lavar o túnel antes de poder ir embora à noite; o trabalho dele no call center de um fabricante de uniformes, em que gritavam com ele por causa de bordados errados e entregas atrasadas). Falávamos sobre os mais constrangedores discos que havíamos tido e shows a que tínhamos ido (removido para manter a dignidade).

Outras vezes, ficávamos sentados em silêncio, não exatamente juntos, mas definitivamente não sozinhos.

— E então, o que você acha? — eu lhe perguntei uma noite. — Romances e felicidade são mais difíceis do que parecem?

Ele respondeu depois de um momento:

— Eu nunca disse que eram fáceis.

— Você sugeriu — eu o lembrei.

— Eu sugeri que eram fáceis para *você* — ele rebateu. — Para mim são tão desafiadores quanto eu tenho certeza que você está imaginando.

A possibilidade ficava suspensa no ar: a qualquer momento, um de nós poderia convidar o outro para sua casa, e qualquer um dos dois teria aceitado. Mas ninguém convidava, então as coisas se mantinham como estavam.

Na sexta-feira, saímos para nossa pesquisa de campo um pouco mais cedo que na semana anterior e fomos para leste, afastando-nos do lago.

— Quem vamos encontrar desta vez? — perguntei.

Gus respondeu apenas:

— Dave.

— Ah, sim, o Dave. Eu sou muito fã do restaurante dele, o Wendy's.

— Acredite ou não, é outro Dave. — Ele estava concentrado em pensamentos, parecendo pouco disposto a levar adiante nossas provocações usuais.

Esperei que ele continuasse, mas ele não disse mais nada.

— Gus?

Ele me olhou rapidamente, como se tivesse esquecido que eu estava lá e minha presença o tivesse espantado. Coçou o queixo. Sua barba rala habitual estava mais crescida.

— Tudo bem? — perguntei.

Seu olhar alternou entre mim e a estrada três vezes antes de ele balançar a cabeça afirmativamente. Eu quase podia vê-lo engolindo o que havia pensado em dizer e substituindo por outra resposta.

— O Dave esteve em New Eden — ele disse. — Era só uma criança na época. Sua mãe o tirou de lá alguns meses antes do incêndio. Seu pai ficou. Ele estava muito envolvido na seita.

— Então o pai dele...

— Sim, morreu no incêndio.

Íamos encontrar Dave em um restaurante Olive Garden, e, antes de entrarmos, Gus me avisou que o cara era um alcoólatra em recuperação.

— Três anos sóbrio — Gus disse, enquanto esperávamos a hostess. — Eu garanti a ele que não íamos beber nada.

Chegamos à mesa antes de Dave e pedimos dois refrigerantes. Não havíamos tido nenhuma dificuldade para conversar no carro, mas ali, sentados um na frente do outro no Olive Garden, era diferente.

— Você se sente como se a sua mãe tivesse acabado de nos largar aqui antes do baile de volta às aulas? — perguntei.

— Eu nunca fui a nenhum baile de volta às aulas — ele respondeu.

Quis fingir tocar uma trilha sonora triste de violinos, mas percebi que não tinha a menor ideia de como se segurava um violino.

— O que é isso? — Gus resmungou. — O que você está fazendo?

— Acho que estou segurando um violino — respondi.

— Não. Posso dizer com segurança que não está.

— Sério?

— Sim, sério. Por que seu braço esquerdo está estendido assim? É para o violino ficar se equilibrando em cima? Você precisa dessa mão para segurar o braço do instrumento.

— Você só está tentando me distrair da tragédia dos seus bailes perdidos.

Ele riu, revirou os olhos e deslizou para a frente no banco.

— De algum modo eu sobrevivi, com meu sensível coração humano intacto — disse ele, repetindo minhas palavras no parque de diversões.

Agora foi a *minha* vez de revirar os olhos. Gus sorriu e bateu o joelho no meu embaixo da mesa. Eu bati no dele de volta. Ficamos ali sentados por um instante, sorrindo um para o outro sobre o cestinho de pães. Eu me sentia um pouco como se houvesse água fervendo no meu peito. De repente me veio a sensação de suas mãos ásperas segurando meu cabelo enquanto eu vomitava na lata de lixo do parque de diversões. Eu as sentia em meus quadris e minha cintura, me puxando para mais perto enquanto dançávamos no porão abafado da república da universidade. Sentia a lateral de seu queixo roçando meu rosto.

Ele rompeu o contato visual primeiro e conferiu o celular.

— Vinte minutos de atraso — disse, sem olhar para mim. — Vou dar mais dez minutos antes de ligar.

Mas Dave não atendeu a ligação de Gus. E não respondeu as mensagens de texto nem a mensagem de voz, e logo já estávamos havia uma hora e vinte minutos com os mesmos pães, e nossa garçonete, Vanessa, começou deliberadamente a evitar nossa mesa.

— Às vezes isso acontece — disse Gus. — As pessoas ficam com medo. Mudam de ideia. Acham que estão prontas para falar sobre algo quando na verdade não estão.

— O que vamos fazer? — perguntei. — Continuar esperando?

Ele abriu um dos cardápios sobre a mesa, deu uma olhada e apontou para a foto de um drinque azul cheio de gelo decorado com uma sombrinha cor-de-rosa.

— Isto — disse ele. — Acho que é isto que vamos fazer.

— Ah, que merda — falei. — Se bebermos as coisas azuis e geladas *agora*, vou ter que repensar todo o meu plano para amanhã à noite.

— A-ha! Quer dizer que eu estava vivendo a vida de um escritor de livros românticos o tempo todo e nem sabia.

— Está vendo? Você nasceu para isso, Augustus Everett.

Ele estremeceu.

— Por que você faz isso? — perguntei.

— Isso o quê?

Repeti:

— Augustus Everett. — Os ombros dele se levantaram, embora um pouco mais discretamente dessa vez. — *Isso*.

Gus levantou o cardápio quando Vanessa estava passando reto por nós e ela fez uma parada abrupta, como o Coiote do desenho do Papa--Léguas na beira de um penhasco.

— Poderia nos trazer duas dessas bebidas azuis? — ele pediu.

Seus olhos estavam fazendo aquela coisa sexy e intimidadora de raio x. A garçonete enrubesceu. Ou talvez eu estivesse projetando nela o que estava acontecendo comigo.

— Claro. — Ela foi embora depressa e Gus olhou de volta para o cardápio.

— Augustus - — falei.

— Merda — ele disse, estremecendo de novo.

— Você realmente não gosta de compartilhar coisas a seu respeito com outras pessoas, não é?

— Não muito — ele respondeu. — Você já sabe sobre a vomitofobia. Algo além disso e vai ter que assinar um termo de confidencialidade.

— Com prazer — eu disse.

Gus suspirou e se inclinou para a frente, apoiando os braços na mesa. Seu joelho roçou o meu, mas nenhum de nós se afastou e todo o calor do meu corpo pareceu se concentrar ali.

— A única pessoa que me chamava assim era o meu pai. — Ele ergueu os ombros. — E esse nome geralmente era dito em tom de reprovação. Ou gritado com raiva.

Senti um peso no estômago e um gosto amargo na boca enquanto procurava algo para dizer. Busquei em suas pupilas sinais da história que ele vinha contando aos poucos, dia a dia. Sua mãe ficou com seu pai *por maior que fosse o custo*, e parte desse custo foi seu filho aprender a detestar o próprio nome.

O olhar de Gus se ergueu do cardápio. Estava calmo, sério. Mas era um olhar estudado, ao contrário da franqueza atraente que às vezes tomava conta de seu rosto quando ele estava distraído, pensando, tentando compreender alguma nova informação.

— Sinto muito — falei, me sentindo impotente. — Que o seu pai tenha sido um babaca.

Gus deu um riso curto.

— Por que as pessoas sempre dizem isso? Você não precisa sentir nada. Está no passado. Eu não te contei para você lamentar por mim.

— Bom, você me contou porque eu perguntei. Então deixe que eu lamente pelo menos isso.

Ele deu de ombros.

— Tudo bem.

— Gus — falei. Era como eu sempre o chamaria agora.

Ele me olhou nos olhos de novo. Senti uma maré quente fluindo sobre mim, dos pés à cabeça. A expressão dele mudara agora para plena curiosidade.

— E como *você* era? — perguntou ele.

— O quê?

— Você já sabe o suficiente sobre a minha infância. Quero saber sobre a bebê January.

— Ah, meu Deus — respondi. — Ela era muitas coisas.

A risada dele vibrou pela mesa e meu interior borbulhou como champanhe.

— Me deixe adivinhar. Faladeira. Precoce. Quarto cheio de livros, organizados de um jeito que só você entendia. Bastante unida à família e a uns poucos amigos próximos, com quem você ainda deve ter contato regular, e amizades casuais com qualquer pessoa que respirasse. Competia consigo mesma em segredo, achando que sempre tinha que ser a melhor em alguma coisa, mesmo que ninguém mais ficasse sabendo. Ah, e propensa a fazer malabarismo ou sapateado para chamar atenção em qualquer grupo de pessoas.

— Uau — exclamei, um pouco atordoada. — Você acertou *e* me sacaneou ao mesmo tempo. Mas as aulas de sapateado foram ideia da minha mãe. Eu só queria os sapatos. Você deixou de fora que eu idolatrava a Sinéad O'Connor, porque achava que isso me fazia parecer interessante.

Ele riu e sacudiu a cabeça.

— Aposto que você era uma pequena e adorável esquisita.

— Eu *era* diferente — respondi. — Acho que por ser filha única. Meus pais me tratavam como uma atração de TV ao vivo. Como se eu fosse uma pequena gênia divertida e interessante. Eu realmente passei a maior parte da vida com uma confiança ilusória em mim mesma e no meu futuro.

E confiando que, o que quer que acontecesse, minha casa sempre seria um lugar seguro em que nós três estaríamos unidos. Senti o peito queimar e, ao levantar os olhos e encontrar o olhar de Gus, lembrei onde estava e com quem estava falando e meio que esperei que ele se vangloriasse. A ingênua de olhos brilhantes com todos os finais felizes havia finalmente dado de cara com a realidade e quebrado os óculos com lentes cor-de-rosa.

Em vez disso, ele disse:

— Tem coisas piores do que ter uma autoconfiança ilusória.

Examinei seus olhos escuros e concentrados, a boca torta e relaxada: uma expressão de total sinceridade. Estava mais convencida do que nunca de que não havia sido apenas eu que mudara desde a faculdade e não sabia muito bem o que dizer para esse novo Gus Everett.

Em algum momento, os coquetéis azuis apareceram sobre a mesa como que por mágica. Pigarreei e levantei meu copo.

— Ao Dave.

— Ao Dave — Gus repetiu, batendo seu copo de acrílico no meu.

— A maior decepção desta noite até agora — falei — é que os drinques não vieram com os guarda-chuvinhas de papel.

— Está vendo? — disse Gus. — É por esse tipo de coisa que fica impossível para mim acreditar em finais felizes. A gente nunca recebe os guarda-chuvinhas de papel que nos prometeram neste mundo.

— Gus. Você precisa *ser* os guarda-chuvinhas de papel que quer ver no mundo.

— Gandhi foi um homem sábio.

— Na verdade, a citação foi da minha poeta favorita, Jewel.

O joelho dele pressionou o meu e o calor subiu entre minhas pernas. Pressionei o dele de volta. Seus dedos ásperos tocaram hesitantes meu joelho, depois subiram até encontrar minha mão. Lentamente, virei a palma para cima e seu polegar descreveu círculos pesados nela por um momento.

Quando eu a encostei mais na mão dele, ele enganchou os dedos nos meus e ficamos ali sentados, de mãos dadas embaixo da mesa, fingindo que nada estava acontecendo. Fingindo que não estávamos agindo como adolescentes e um pouco obcecados um com o outro.

Meu Deus, o que era isso? O que eu estava fazendo e por que não conseguia parar? O que *ele* estava fazendo?

Quando a conta chegou, Gus tirou a mão da minha depressa e pegou a carteira.

— Eu pago — disse, sem olhar para mim.

13

O sonho

SONHEI COM GUS Everett e acordei precisando de um banho.

14

A regra

EU JÁ HAVIA planejado o sábado três dias antes, o que me liberou para passar a manhã trabalhando no livro. O processo era lento, não porque eu não tivesse ideias, mas porque precisava de pesquisas detalhadas para confirmar que cada cena era historicamente possível.

Tinha começado a trabalhar às oito da manhã e já conseguira cerca de quinhentas palavras na hora em que Gus veio se sentar em sua cozinha, de frente para mim. Ele escreveu o primeiro bilhete do dia e o levantou. Apertei os olhos para ler.

DESCULPE SE EU FIQUEI UM POUCO ESTRANHO ONTEM À NOITE.

Meu caderno e a caneta já estavam prontos. Sempre estavam. Eu não sabia exatamente o que ele queria dizer, mas imaginei que tivesse a ver com adultos que não estavam namorando mas davam as mãos embaixo da mesa do Olive Garden. Senti um frio no estômago. É, foi estranho.

Mas eu adorei.

De tanto observar a vida amorosa de Shadi, eu sabia como pessoas com fobia de relacionamentos, tipo Gus Everett, reagiam quando os limites eram rompidos, quando as coisas passavam de amistosas a íntimas, ou do sexual para o romântico. Homens como Gus não eram *nunca* os que pisavam no freio quando o trem do envolvimento emocional começava a se mover e eram *sempre* os que pulavam fora e rolavam para longe dos trilhos quando percebiam que estavam em velocidade máxima.

Eu precisava manter a cabeça no lugar e a visão clara. Nada de romantizar. Assim que as coisas ficassem complicadas, Gus iria embora e, neste momento, eu percebia que *não* estava pronta para isso. Ele era meu único amigo aqui. Eu tinha que proteger isso. Além do mais, havia a aposta, e eu não poderia me beneficiar plenamente dela se ele resolvesse sumir antes de eu ganhar.

Escrevi de volta:

NÃO SEJA RIDÍCULO, GUS. VOCÊ SEMPRE FOI ESTRANHO.

O canto de sua boca subiu em um sorriso. Ele manteve os olhos nos meus por um pouco mais de tempo do que seria natural, depois voltou o foco para o caderno. Quando o levantou em seguida, havia uma série de números. Reconheci os três primeiros como o código de área local.

Com o coração na boca, anotei os números no alto da página, depois escrevi meu próprio número de telefone em algarismos bem maiores embaixo, seguido por: MAS VOU CONTINUAR ESCREVENDO ESTES BILHETES.

Gus respondeu: ÓTIMO.

Escrevi mais quinhentas palavras até as três e meia da tarde, então parei para levar à instituição de caridade as caixas que eu havia trazido do quarto de hóspedes e do banheiro com as peças para doação. Quando voltei, limpei o banheiro de cima, depois desci e tomei uma ducha no banheiro de baixo, que eu vinha usando nas duas últimas semanas. A foto do meu pai e de Sonya continuava pendurada ali, virada para a parede.

Eu me sentia culpada demais para rasgá-la, mas achava que seria questão de tempo até juntar coragem. Por enquanto, ela era um triste lembrete de que o trabalho mais difícil ainda estava por fazer: o porão, de que eu nem tinha chegado perto, e a suíte principal, que eu havia evitado por completo.

Ainda não tinha ido à praia, o que era um desperdício; então, depois de fazer uma panela de macarrão para me manter alimentada até a noite, desci a trilha pelo meio das árvores até a beira da água. A luz do sol poente balançando sobre as ondas era incrível, vermelhos e dourados faiscando pela superfície do lago. Tirei os sapatos e caminhei para a água, soltando um palavrão quando a maré gelada cobriu meus pés. Voltei depressa para trás, rindo, ofegante pelo choque de temperatura.

O ar estava morno, mas não quente o bastante para que a água fria fosse agradável. A maioria das pessoas ainda estava na praia vestindo moletom ou enrolada em toalhas ou cobertores. Todos aqueles rostos batidos pelo vento e bronzeados, todos aqueles cabelos emaranhados, aqueles olhos se apertando para a luz forte. Todos olhando para o mesmo sol poente.

Senti uma grande tristeza. De repente, estava mais sozinha do que nunca. Não havia Jacques, romântico e de cabelo macio, esperando por mim no Queens. Ninguém para me preparar uma refeição de verdade ou me arrancar do computador. Nenhuma ligação perdida ou mensagem de texto — *Eu estava pensando em Karyn e Sharyn e quase fiz xixi na calça outra vez* — da minha mãe, e nenhuma possibilidade de eu mandar para ela uma foto do sol descendo sobre a água sem abrir a ferida que era a casa no lago.

Eu só tinha visto Shadi duas vezes depois do funeral, e, por causa de seu horário de trabalho, a maioria das mensagens dela só chegava muito depois de eu ter ido dormir, e a maioria das minhas respostas partia muito antes de ela acordar.

Meus amigos escritores também haviam parado de me procurar, como se sentissem que cada mensagem deles, cada telefonema e cada texto, era apenas mais um lembrete de como eu tinha ficado terrivelmente para trás. A cada momento de cada dia, eu só recuava, enquanto o resto do mundo marchava para a frente.

Sinceramente, eu sentia saudade até de Sharyn e Karyn: sentadas no tapete de retalhos coloridos, tomando sua horrorosa birita feita em casa de que elas se orgulhavam tanto, enquanto propagandeavam seus óleos essenciais caseiros que tinham um perfume incrível, mesmo que não curassem de fato câncer.

Meu mundo parecia vazio. Como se não houvesse ninguém nele, exceto, às vezes, Gus, e nada a não ser o livro e a aposta. E, por mais que *este* livro parecesse muito melhor que qualquer outra tentativa surgida nos últimos doze meses, ainda não era suficiente.

Eu estava em uma praia linda, em um lugar fantástico, e sozinha. Pior, nem tinha certeza se um dia deixaria de estar sozinha outra vez. Eu queria minha mãe e sentia saudade do meu pai mentiroso.

Sentei na areia, dobrei as pernas junto ao peito, apoiei a testa nos joelhos e chorei. Chorei até meu rosto ficar quente, vermelho e molhado, e continuaria chorando se uma gaivota não tivesse feito cocô na minha cabeça, o que, claro, ela fez.

E então eu me levantei e voltei para a trilha, onde dei de cara com alguém parado ali, assistindo enquanto eu chorava feito o Tom Hanks em *Náufrago*.

Foi como algo saído de um filme, o jeito como Gus estava de pé ali, exceto que não havia nada de romântico ou mágico. Por mais que eu tivesse soluçado por me sentir sozinha, ele era uma das últimas pessoas que eu teria escolhido para me ver assim. Esquecendo por um momento a pilha de excremento de ave na minha cabeça, enxuguei o rosto e os olhos, tentando parecer mais... apresentável.

— Desculpe — disse Gus, visivelmente constrangido. Ele deu uma olhada para a praia. — Eu vi você vindo para cá e...

— Um pássaro cagou na minha cabeça — eu disse entre lágrimas. Aparentemente, não havia nada a dizer além *disso.*

Sua expressão de sentida empatia se desfez em uma risada silenciosa. Ele cobriu a distância entre nós e me puxou, um pouco desajeitado, para um abraço. A ação pareceu incômoda para ele a princípio, se não penosa, mas mesmo assim foi de algum alívio ser abraçada.

— Você não precisa me contar — disse ele. — Mas, se quiser... você pode.

Aconcheguei o rosto no ombro dele e as batidas constrangidas de suas mãos em minhas costas se transformaram em círculos lentos e gentis, até que elas pararam de se mexer e ficaram apenas me segurando, me mantendo por perto. Eu me deixei afundar nele. O choro havia parado tão depressa quanto começara. Tudo em que eu podia pensar era a pressão de seu abdome e seu peito firmes, os ossos definidos de seus quadris e o cheiro quase de fumaça que emanava dele. O calor de seu corpo e de sua respiração.

Era uma péssima ideia ficar ali com ele daquele jeito, tocá-lo assim, mas também era intoxicante. Decidi contar até três e me afastar.

Cheguei ao dois quando sua mão deslizou por dentro do meu cabelo e pousou na minha nuca, e então saiu de repente e ele deu um passo abrupto para trás.

— Eca, quanta merda.

Ele estava olhando para a própria mão e a gosma que pingava dela.

— É, eu falei "pássaro", mas pode ter sido um dinossauro.

— Não duvido. Acho melhor a gente ir se limpar antes de decolar para a noite.

Funguei e enxuguei as lágrimas que restavam em meus olhos.

— Esse *decolar* foi uma piada intencional com aves ou...?

— Claro que não — disse Gus, voltando pela trilha comigo. — Falei isso porque imaginei que talvez fôssemos fazer um passeio de helicóptero sobre o lago.

Uma suave onda de riso rompeu o restante do nó de emoção e calor em meu peito.

— Esse é o seu palpite final?

Ele me olhou de cima a baixo, como se estivesse analisando minha roupa em comparação com algum uniforme amplamente reconhecido para encontros em helicópteros.

— É.

— Tããããão perto.

— Sério? — disse ele. — O que é, então? Um aviãozinho sobre o lago? Um minissubmarino *sob* o lago?

— Você vai ter que esperar para ver.

Fomos cada um para sua casa, combinando de nos encontrar no meu carro em vinte minutos. Depois de lavar o cabelo pela segunda vez naquele dia, eu o prendi em um coque e tornei a vestir a mesma roupa (livre de cocô). Já havia arrumado em uma mochila a maior parte do material para nossa excursão, portanto só faltava pegar o restante na geladeira e pôr no cooler que eu tinha encontrado em uma das prateleiras da cozinha.

Eram sete e meia da noite quando Gus e eu partimos e oito e quarenta quando chegamos para a Noite Meg Ryan no cinema ao ar livre Big Boy Bobby's Drive-In.

— Ah, não — disse Gus enquanto passávamos pela cabine para pegar os ingressos que eu havia comprado online. — São três filmes. — Ele estava lendo o painel luminoso à nossa direita: *Harry e Sally, Sintonia de amor* e *Mens@gem para você*. — Metade deles não é filme de Natal?

O atendente levantou a cancela e eu passei.

— Metade de três é um e meio, então não é verdade que metade deles é filme de Natal.

— Eu já mencionei que o rosto da Meg Ryan me dá aflição?

Fiz um som de incredulidade.

— Não, não mencionou. E isso é impossível. O rosto dela é adorável e perfeito.

— Talvez seja por isso — disse Gus. — Eu não podia dizer a você e sei que não tem nenhuma lógica, mas... eu não suporto ela.

— Hoje isso vai mudar — garanti. — Confie em mim. Você só tem que abrir o coração. Se conseguir fazer isso, seu mundo vai ser um lugar muito mais agradável daqui por diante. E *talvez* você tenha uma chance de escrever uma comédia romântica vendável.

— January — disse ele, solenemente, enquanto eu estacionava em uma vaga disponível —, só *imagine* o que você faria comigo se eu te levasse para uma sessão de seis horas de leitura de Jonathan Franzen.

— Não posso e não vou imaginar — respondi. — E, se você escolher usar uma das suas noites de sexta-feira desse jeito, não há nada que eu possa fazer para impedir, mas hoje é sábado e eu sou a capitã deste navio. Agora venha me ajudar a descobrir onde podemos comprar a Surpresa de Sorvete Big Bobby que eu vi na internet. De acordo com o site, é "DELICIOOOSO!".

— É bom que seja mesmo. — Gus suspirou e saiu do Kia comigo. Enquanto os trailers piscavam desajeitados pela tela, atravessamos o terreno até as barracas montadas. Fui para a fila com a placa de madeira pintada no formato de um sundae, mas Gus tocou meu braço. — Só me promete uma coisa?

— Gus, eu não vou me apaixonar por você.

— Mais uma coisa — ele falou. — Por favor, faça todo o esforço possível para não vomitar.

— Se eu perceber que vou começar, juro que eu engulo.

Gus pôs a mão na frente da boca, com ânsia.

— Brincadeira! Eu não vou vomitar. Pelo menos não até que você me leve a essa leitura de seis horas. Agora vamos. Eu passei a semana inteira ansiosa para comer alguma coisa diferente de biscoitos.

— Acho que essa não vai ser a refeição rica em vitaminas e nutrientes que você parece estar imaginando.

— Eu não preciso de vitaminas. Preciso de nachos de queijo com cobertura de chocolate.

— Ah, nesse caso você planejou a noite perfeita.

Como eu tinha comprado os ingressos, Gus pagou a pipoca e as Surpresas de Sorvete (seis dólares cada e decididamente não tão deliciosas assim) e estava tentando comprar refrigerante antes de eu o interromper sem a menor discrição, fazendo sinal de que tínhamos outras opções no carro.

Quando voltamos, abri o porta-malas e deitei o banco de trás, revelando o arranjo de travesseiros e cobertores que havia arrumado, assim como o cooler cheio de cervejas.

— Impressionado? — perguntei.

— Com o espaço do seu porta-malas? Totalmente.

— Ha-ha-ha — ironizei.

— Ha-ha-ha — Gus ecoou.

Entramos pelo porta-malas aberto e eu sintonizei o rádio do carro no canal certo para pegar o áudio do filme antes de me acomodar ao lado de Gus, no momento em que os créditos de abertura começaram. Apesar do que ele havia dito sobre o espaço do porta-malas, o Kia não era exatamente grande. Deitados de bruços, com o queixo apoiado nas mãos, quase nos tocávamos em vários pontos, e nossos ombros *estavam* se tocando. Essa posição não seria confortável por muito tempo, e se reacomodar dentro do carro seria um desafio. Estar assim tão perto dele também seria.

No momento em que Meg Ryan apareceu na tela, ele se inclinou para mim e murmurou:

— A cara dela não incomoda mesmo você?

— Procure um médico — sibilei de volta. — Essa reação não é normal. — Assim que recebi o adiantamento pelo meu primeiro livro, comprei para mim e para Shadi uns vinte filmes da Meg Ryan, para podermos ver juntas a distância sempre que quiséssemos, começando no mesmo momento exato para trocarmos mensagens em tempo real sobre o que estava acontecendo e pausarmos juntas quando alguma de nós precisasse ir ao banheiro. — Espere só até ouvir como a Meg Ryan pronuncia *horses* quando canta "Sleigh Ride" — sussurrei para Gus. — Sua vida vai mudar irremediavelmente.

Ele me olhou como se eu não estivesse ajudando em minha tentativa de convencimento.

— Ela parece tão *presunçosa* — ele disse.

— Muita gente diz que eu me pareço com ela.

— Isso não é verdade.

— Certo, ninguém diz, mas *deveria* dizer.

— Isso é ridículo. Você não se parece nada com ela.

— Por um lado, estou ofendida. Por outro, estou aliviada porque você provavelmente não fica irritado com o meu rosto.

— Não há nada para ficar irritado no seu rosto — ele respondeu, pragmático.

— Não há nada para ficar irritado no rosto da Meg Ryan também.

— Tudo bem. Retiro o que eu disse. Eu adoro o rosto dela. Está feliz?

Olhei para ele. Sua cabeça estava apoiada na mão, o corpo voltado para mim, e a luz da tela incidia suavemente em seus olhos, desenhando reflexos fluidos de cor. O cabelo escuro continuava revolto como sempre, mas a barba estava novamente sob controle, e ainda havia aquele cheiro de fumaça.

— January? — ele murmurou.

Manobrei para ficar de lado, virada para ele, e concordei.

— Estou feliz.

Ele bateu o joelho no meu. Bati no dele de volta.

Uma sombra de sorriso passou pelo seu rosto sério e desapareceu tão depressa que achei que talvez a tivesse imaginado.

— Que bom — disse ele.

Ficamos assim por um longo tempo, fingindo assistir ao filme de um ângulo em que nenhum de nós poderia ver mais que metade da tela, nossos joelhos encostados.

Sempre que um de nós se mexia, o outro acompanhava. Sempre que um de nós não conseguia mais aguentar o desconforto de uma posição, ambos nos reacomodávamos. Mas nunca parávamos de nos tocar.

Estávamos em território perigoso.

Eu não sentia isso havia anos, esse peso quase dolorido de *desejo*, esse medo paralisante de que qualquer movimento errado arruinasse tudo.

Levantei os olhos quando senti seu olhar em mim, e ele não o desviou. Eu queria dizer alguma coisa para quebrar a tensão, mas minha mente estava impiedosamente vazia. Não vazia como o cursor-piscante-em--uma-tela-branca na tentativa de produzir um romance a partir do nada. Vazia como fagulhas-coloridas-no-escuro quando você fechava os olhos com força. Quando olhava para o fogo por muito tempo.

O vazio pulsante de *sentir* tanto a ponto de ser incapaz de *pensar* em qualquer coisa.

A disputa de olhares se estendeu por um tempo incômodo, sem que nenhum de nós a rompesse. Seus olhos eram quase pretos, e, quando a luz da tela os atingiu, a ilusão de chamas se incendiou neles brevemente.

Em algum lugar no fundo da minha mente, um instinto de autopreservação estava gritando: *SÃO OS OLHOS DE UM PREDADOR*. Mas era exatamente por isso que a natureza dava aos predadores olhos assim. Para que coelhinhos bobos como eu não tivessem chance.

Não seja um coelhinho bobo, January!

— Preciso ir ao banheiro — falei de repente.

Gus sorriu.

— Você foi agora há pouco.

— Minha bexiga é muito pequena.

— Eu vou com você.

— Não precisa! — exclamei e, esquecendo que estava em um carro, sentei tão depressa que bati a cabeça com tudo no teto.

— Porra! — Gus disse, ao mesmo tempo em que eu soltava um "Ai!" Ele se ergueu depressa e veio de joelhos até onde eu estava sentada, segurando a cabeça.

— Me deixe ver. — Suas mãos seguraram as laterais do meu rosto e baixaram minha cabeça para ele poder olhar o topo. — Não está sangrando — ele informou, depois inclinou meu rosto para cima, de frente para o dele, seus dedos entrando gentilmente no meu cabelo. Seu olhar flutuou até minha boca, seus lábios tortos se separaram.

Ah, droga.

Eu era um coelhinho.

Me inclinei na direção dele e suas mãos foram para minha cintura, me puxando para seu colo, minhas pernas dos dois lados de seus joelhos. Seu nariz tocou a lateral do meu e eu ergui a boca sob a dele, tentando fechar o espaço entre nós. Nossa respiração lenta nos pressionava um contra o outro e as mãos dele apertavam as laterais do meu corpo, minhas coxas prensadas nele em reação.

Uma vez uma vez uma vez era tudo em que eu podia pensar. Era essa a política dele, certo? Seria mesmo tão ruim se algo acontecesse entre nós apenas uma vez? Depois podíamos voltar a ser amigos, vizinhos que conversavam todos os dias. Será que, essa única vez, eu poderia ser *casual* com meu crush da faculdade transformado em sina sete anos depois? Não conseguia pensar com clareza para chegar a uma conclusão. Minha respiração era ofegante e superficial; a dele era inexistente.

Ficamos suspensos ali por um momento, como se nenhum de nós dois quisesse assumir a culpa.

Você me tocou primeiro!, eu diria.

Você se encostou em mim!, ele retrucaria.

E aí você me puxou para o seu colo!

E você aproximou a boca da minha!

E aí...

Sua boca deslizou com um hálito morno pelo meu queixo, depois para os meus lábios. Seus dentes percorreram meu lábio inferior e um pequeno gemido de prazer subiu pela minha garganta. Ele sorriu enquanto trazia a boca leve e quente sobre a minha, abrindo-a com delicadeza. Tinha gosto de baunilha e canela da Surpresa de Sorvete, mas muito melhor que a própria sobremesa. O calor dele entrou pela minha boca, por dentro de mim, até me inundar, como uma corredeira de rio aquecida pelo sol. O desejo transpirava de mim e se empoçava em todas as frestas entre nossos corpos.

Apertei a camiseta dele entre os dedos, sentindo o calor da sua pele através do tecido fino. Eu precisava dele mais perto, para lembrar como era a sensação de estar pressionada contra ele, de estar envolta nele. Uma de suas mãos subiu pela lateral do meu pescoço e entrou pelo cabelo. Suspirei entre seus lábios enquanto ele me beijava outra vez, mais lento, mais profundo, mais intenso. Ele puxou minha boca para a dele, querendo mais, e eu agarrei seus quadris, tentando trazê-lo para mais perto. Ele se inclinou sobre mim até minhas costas encontrarem a lateral do carro, até ele estar apertado em mim.

Ofeguei feito uma idiota ao sentir seu peito firme sobre o meu e pressionei mais os quadris contra os dele. Ele apoiou uma das mãos na janela atrás de mim e seus dentes agarraram novamente meu lábio inferior, um pouco mais famintos agora. Minhas respirações saíram rápidas e trêmulas quando ele desceu a mão da janela para o meu peito, me acariciando através da blusa.

Enfiei os dedos no seu cabelo e arqueei o corpo de encontro à pressão de sua mão; um gemido baixo e involuntário escapou dos meus lábios. Ele se afastou um pouco e me deitou de costas, e eu o puxei com avidez. Meus músculos pulsaram ao senti-lo rígido contra mim, desejando-o mais perto do que as roupas permitiam. Aquele som áspero soou de dentro dele outra vez.

Eu não me lembrava da última vez que me sentira tão excitada.

Na verdade, lembrava. Tinha sido sete anos antes, no porão de uma república da faculdade.

A mão dele deslizou para dentro da minha blusa, seu polegar raspando a extensão do meu quadril e parecendo derreter tudo no caminho. Sua boca era quente e úmida em meu pescoço, afundando em minha pele. Todo o meu corpo implorava por mais, sem nenhuma sutileza, erguendo-se em direção a ele como se atraído por um ímã. Eu me sentia como uma adolescente, e era maravilhoso, e era horrível, e...

Ele enrijeceu sobre mim quando uma luz nos atingiu, tão fria e direta quanto se alguém tivesse despejado um balde de água gelada na nossa cabeça. Nós nos separamos depressa ao ver a mulher séria de meia-idade com a lanterna voltada em nossa direção, o cabelo crespo grisalho e uma jaqueta azul com o logotipo BIG BOY BOBBY'S.

Ela pigarreou alto.

Gus ainda estava inclinado sobre mim, com uma das mãos enroscada na barra da minha blusa.

— Este é um estabelecimento *familiar* — a mulher sibilou.

— E vocês fazem um ótimo trabalho. — A voz de Gus soou grossa e rouca. Ele limpou a garganta e deu à mulher seu melhor sorriso Cruel. — Minha esposa e eu estávamos comentando agora mesmo que devíamos trazer nossos filhos aqui qualquer dia desses.

Ela cruzou os braços, aparentemente imune ao charme da boca de Gus. Sorte a dela.

Ele se apoiou sobre os calcanhares e eu arrumei a blusa.

— Desculpe — falei, envergonhada.

A mulher fez um sinal com o polegar para o corredor escuro de grama entre os carros.

— Fora — declarou.

— Claro — Gus disse depressa e fechou o porta-malas na cara dela. Soltei uma risada constrangida e desorientada, e ele se virou para mim com um sorriso frágil, seus lábios inchados e vermelhos, o cabelo em um estado desastroso.

— Foi uma péssima ideia — sussurrei, impotente.

— É. — A voz de Gus estava de volta à aspereza perigosa. Ele se inclinou para mim no escuro e me puxou para um último beijo cruelmente lento, enlouquecidamente quente, os dedos abertos na lateral do meu rosto. — Não vai acontecer de novo — ele me disse, e todas as faíscas acesas em minha corrente sanguínea se apagaram um pouco.

Uma vez. Essa era a regra. Mas *essa vez* contava? Minhas entranhas se contorceram de decepção. Não podia contar. Não havia adiantado de nada para me satisfazer. Só me deixara pior do que antes e, pelo jeito como Gus me olhava, achei que ele sentia o mesmo.

A mulher bateu no vidro de trás e nós dois demos um pulo.

— Vamos embora — disse Gus.

Passei do porta-malas para o banco do motorista. Gus saiu pela porta traseira e entrou ao meu lado.

Dirigi para casa sentindo que meu corpo era um mapa de calor e todos os pontos que ele havia tocado, todos os lugares para onde ele olhava do banco do passageiro, estavam realçados em vermelho.

GUS NÃO APARECEU na mesa da cozinha ao meio-dia no domingo. Vi isso como um mau sinal, uma indicação de que o que aconteceu havia destruído a única amizade que eu tinha na cidade. Na verdade, uma das únicas amizades que eu tinha no mundo, uma vez que os poucos amigos meus e de Jacques pareciam não ter uso para Apenas Eu.

Tentei tirar Gus da cabeça e trabalhar no livro com o máximo de concentração, mas tinha voltado a me assustar cada vez que o telefone vibrava.

Uma mensagem de Anya: E aí, minha flor? Só queria saber como vão as coisas. A editora gostaria de ver as páginas iniciais, para dar um parecer.

Um e-mail de Pete: Olá! Boas notícias! Seus livros vão estar em estoque amanhã. Tem algum dia desta semana em que você possa passar lá para autografar?

Um e-mail de Sonya, que eu não abri, mas cuja primeira parte dava para ver: Por favor, não deixe que eu seja um empecilho para você ir ao clube do livro. Não me importo de ficar em casa nas noites de segunda--feira se você quiser continuar...

Um mensagem de Shadi: January. Socorro. Eu não CANSO daquele chapéu assombrado. Ele veio aqui nas últimas TRÊS noites e ontem eu deixei ele FICAR.

Respondi: Você sabe exatamente onde isso vai dar. Você está A FIM dele!!

Eu ODEIO me apaixonar, ela escreveu. Isso acaba com a minha reputação de bad boy!!

Mandei uma carinha triste para ela. Eu sei, mas você precisa perseverar. Pelo bem do Chapéu Assombrado e para eu poder viver indiretamente por seu intermédio.

Lembranças da noite passada cruzaram em flashes por minha mente, luminosas e quentes como fogos de artifício, as faíscas descendo e incendiando tudo em que tocavam. Eu sentia a impressão dos dentes dele em meu pescoço, e meu ombro estava um pouco dolorido da porta do carro.

Desejo e constrangimento se enrolavam dentro de mim como uma trança.

Meu Deus, o que eu tinha feito? Devia ter sido mais esperta. Mas havia aquela parte de mim que não conseguia parar de pensar: *Vou ter chance de fazer isso outra vez?*

Não *precisava* significar alguma coisa. Talvez fosse isso: eu finalmente ia aprender a ter um relacionamento casual.

Ou talvez o trato estivesse desfeito e eu nunca mais fosse ter notícias de Gus Everett.

Os cereais e o macarrão haviam acabado, então, depois de produzir penosamente trezentas palavras, decidi fazer um intervalo para ir ao supermercado. Ao sair, vi que o carro de Gus não estava no lugar onde costumava ficar parado na rua. Procurei tirar o pensamento da cabeça. Isso não queria dizer necessariamente coisa alguma.

No supermercado, conferi meu saldo bancário mais uma vez e caminhei entre as prateleiras com a calculadora do celular aberta, somando o preço de cereais matinais e latas de sopa. Tinha conseguido selecionar uma compra decente com dezesseis dólares quando, ao virar a esquina para os caixas, eu a vi.

Cabelo branco encaracolado, corpo esbelto, aquele mesmo xale de crochê.

O pânico me invadiu tão rápido que era como se eu tivesse tomado uma injeção de adrenalina no coração. Abandonei o carrinho ali no meio do corredor e, de cabeça baixa, passei por ela rapidamente em direção à porta. Se ela me viu, não disse nada. Ou, se disse, meu coração estava batendo alto demais para eu escutar. Entrei depressa no carro com a sensação de que havia roubado um banco e dirigi por vinte minutos até outro supermercado, onde fiquei tão abalada e paranoica com a possibilidade de mais um encontro que mal consegui fazer as compras.

Cheguei em casa ainda trêmula, e ver que o carro de Gus não tinha reaparecido não ajudou em nada. Uma coisa era ter que escapar de Sonya em minhas viagens bimestrais ao supermercado. Se eu acabasse tendo que evitar também meu vizinho de porta, com certeza o *Plano B: Mudar para Duluth* teria que entrar em ação.

Antes de me enfiar na cama naquela noite, espiei pela janela da frente, mas o carro de Gus ainda não estava lá. O medo se inflou em meu peito como o balão menos divertido do mundo. Eu finalmente havia encontrado um amigo, alguém com quem podia conversar, que parecia querer estar comigo tanto quanto eu queria estar com ele, e agora tudo havia acabado. Porque nós nos beijamos. A raiva ocupou o lugar da decepção e da solidão dentro de mim por um instante, antes de elas virem à tona outra vez.

Pensei em mandar uma mensagem para ele, mas parecia o momento mais estranho possível para começar a fazer isso, então resolvi ir dormir, com uma sensação incômoda de ansiedade embrulhando o estômago.

Na segunda-feira de manhã, ele ainda não tinha voltado. *Esta noite*, decidi. Se o carro dele não estivesse estacionado na rua até esta noite, eu poderia escrever para ele. Não seria estranho.

Deixei-o de lado um pouco, digitei mais duas mil palavras, depois respondi para Anya: Indo bem (de verdade (pra valer (a sério desta vez!))), mas eu gostaria de escrever um pouco mais antes de qualquer pessoa ler uma versão parcial. Acho que vai ser difícil mostrar para onde estou indo sem dar o quadro completo, e tenho receio de pular para a frente para fazer um esboço e perder o pique que eu finalmente consegui.

Em seguida, escrevi para Pete: Que bom! Pode ser na quarta-feira? A verdade era que eu poderia ter ido no domingo, quando recebi o e--mail, ou na segunda-feira, quando enviei a resposta. Mas não queria outro convite para o Clube do Livro Sangue Vermelho, White Russians e Jeans Azul. Adiar minha ida à livraria até quarta-feira eliminava mais uma semana potencial de toda aquela experiência sem que eu tivesse que rejeitar o convite.

Às onze da noite, o carro de Gus ainda não estava de volta e eu já havia decidido escrever para ele e mudado de ideia cinco vezes. Por fim, pus o celular dentro da gaveta da mesinha de cabeceira, apaguei a luz e fui dormir.

Na terça-feira, acordei molhada de suor. Tinha esquecido de ligar o despertador e o sol estava entrando pelas persianas com plena força, me banhando em sua luz pálida. Já devia ser perto de onze horas. Saí de baixo do edredom pesado e fiquei ali deitada por mais um minuto.

Eu me sentia um pouco mal. E depois um pouco furiosa por me sentir mal. Eu era uma mulher adulta. Gus tinha me dito exatamente como ele funcionava, exatamente o que pensava de romance, e nunca havia dito ou feito nada para sugerir que tivesse mudado de ideia. Eu sabia que, por mais que eu me sentisse atraída por ele, o único lugar para onde nosso relacionamento poderia ir era para dentro e para fora do seu quarto.

Ou para o porta-malas do meu desconfortável carro.

E, mesmo que as coisas tivessem ido mais longe aquela noite, isso não teria impedido que ele desaparecesse por dias. Esse era o único jeito em que eu poderia, teoricamente, *ter* Gus Everett, mas só me faria sentir horrível como agora no momento em que terminasse.

Eu precisava tirá-lo da cabeça.

Tomei um banho frio. Ou melhor, tomei um segundo de banho frio, durante o qual gritei um palavrão embaixo do chuveiro e quase fraturei o tornozelo fugindo do jato de água. Como as pessoas nos livros viviam tomando banhos frios? Voltei o registro para água quente e fumegante enquanto lavava o cabelo.

Eu não estava brava com *ele*. Não poderia estar. Estava furiosa comigo mesma por estar trilhando esse caminho. Eu *sabia* como era o terreno. Gus não era Jacques. Homens como Jacques queriam guerras de bolas de neve e beijos no topo da Torre Eiffel e passeios ao pôr do sol na Ponte do Brooklyn. Homens como Gus queriam conversas espirituosas e sexo casual sobre sua pilha de roupas amarfanhadas.

No porta-malas de um carro totalmente desconfortável em um estabelecimento familiar.

Embora eu não tivesse bem certeza de que aquilo não havia sido *minha* ideia.

Era bem provável que eu tivesse me jogado sobre ele. Não seria a primeira vez que eu enxergava através de lentes cor-de-rosa, criando significado onde não havia nenhum.

Eu estava sendo idiota. Depois de tudo o que aconteceu com meu pai, devia ser mais esperta. Eu mal começara a me curar e já estava saindo desembestada e me interessando pela única pessoa que *com certeza* comprovaria todos os medos que eu tinha de relacionamentos.

Precisava parar com isso.

Resolvi que escrever seria meu refúgio. Foi muito lento no começo, cada palavra uma decisão de não pensar no desaparecimento de Gus, mas, depois de um tempo, encontrei um ritmo quase tão forte quanto o de ontem.

O circo da família acabou indo para Oklahoma, perto de onde a segunda família secreta do pai de Eleanor morava. Uma semana, eu decidi. A parte principal do livro ia acontecer ao longo da semana em que o circo estava estacionado em (cidade a decidir. Tulsa?), Oklahoma. Escrever sobre uma época diferente representava um desafio completamente novo. Eu estava deixando uma série de anotações para mim mesma: *Procurar quais bebidas eram populares na época* ou *Inserir insulto historicamente adequado.*

O que importava, porém, era que eu tinha um quadro formado.

Todos os segredos iam vir à superfície, quase destruir tudo, e então seriam enterrados cuidadosamente outra vez. Era assim que um romance de Augustus Everett se desenvolveria, não era? Ele diria que a ideia tinha uma boa qualidade cíclica, quando eu lhe contasse.

(Se eu tivesse a chance de lhe contar.)

Eu queria que os leitores ficassem torcendo, implorando para a família de Eleanor contar a verdade no fim, ao mesmo tempo em que assistiam por trás dos dedos, com medo de como a situação ia implodir. Alguém precisava de uma arma, percebi, e de uma razão para ter uma reação impulsiva. Medo, claro. Eu precisava criar uma panela de pressão.

Aumentar e aumentar, depois tampar de novo a tempo para que os personagens seguissem adiante para o próximo destino.

O pai de Eleanor ia dever dinheiro para homens perigosos em sua cidade natal, o que era, ostensivamente, a razão para ele ter ido embora de lá e abandonado a família.

A mãe de Eleanor seria quem tinha a arma. Parecia justo dar a ela algo com que lutar. Mas, com isso, ela teria que enfrentar o peso de um transtorno de estresse pós-traumático, resultado de um antigo empregador que gostava de ser violento com as meninas que trabalhavam para ele. Ela precisava estar tensa, pronta para romper, como eu vinha me sentindo no último ano.

Como eu queria que minha mãe estivesse depois que toda a extensão das mentiras do meu pai veio à luz.

Eleanor, por seu lado, ia se apaixonar por um rapaz da cidade. Ou pelo menos acreditaria que havia se apaixonado, na noite de sua primeira apresentação em Tulsa. Ela passaria a semana chegando cada vez mais perto de escapar da vida em que havia crescido, só para ter a terrível revelação no último instante de que, por mais que às vezes desprezasse aquele mundo, era o único a que ela pertencia.

Ou talvez ela percebesse que o mundo que tanto desejara, aquele que ela observava de trás das tendas de circo e de cima das cordas de arame, aquele que vislumbrava em clarões enquanto estava trabalhando, era tão ilusório quanto o que ela conhecia.

O rapaz se apaixonaria por outra pessoa, tão rapidamente quanto havia se apaixonado por ela.

Ou partiria para a faculdade, para o serviço militar.

Ou os pais dele descobririam sobre Eleanor e o convenceriam de que ele estava sendo inconsequente.

Seria um antirromance. E eu era totalmente capaz de escrevê-lo.

15

O passado

— E AQUI ESTÁ A escritora! — Pete exclamou quando entrei no café. — Quer tomar alguma coisa? Que tal um maquiado?

Ela provavelmente se referia ao macchiato. Sacudi a cabeça.

— O que mais você recomenda?

— Chá-verde faz muito bem — Pete comentou.

— Ótimo, estou dentro. — Uns antioxidantes seriam úteis para o meu corpo. Ou o que quer que fizesse o chá-verde "fazer muito bem". Minha mãe tinha dito o que era, mas minha ideia na época era agradá-la, não limpar meu organismo, então eu não me lembrava direito.

Pete me entregou o copo plástico, e dessa vez deixou que eu pagasse. Ignorei o peso no estômago. Quanto dinheiro eu ainda tinha na conta? Quanto tempo até que eu tivesse que rastejar de volta para o meu agora arruinado lar de infância, com o rabo entre as pernas?

Lembrei a mim mesma que *SEGREDOS_DE_FAMÍLIA.docx* estava crescendo rapidamente e ficando com cara de livro. E um livro que eu mesma teria curiosidade de ler. Talvez a Sandy Lowe não demonstrasse interesse, mas *alguém* com certeza ia querer.

Bem, não com certeza. Mas eu esperava que sim.

Pete tirou o avental enquanto me conduzia à livraria.

— Talvez você devesse arrumar um trench coat estilo Clark Kent — falei. — Parece mais fácil de pôr e tirar do que laços e nós.

— É, mas imagine a cara das pessoas vendo uma mulher de trench coat preparar seu café — ela disse.

— Bem pensado.

— E aqui estamos. — Pete parou na mesa de *Os revelatórios*, que agora só estava metade ocupada pela pirâmide dos livros de Gus. A outra metade era composta de livros em tons de rosa-chiclete, amarelo-ovo e azul-céu. Ela abriu um sorriso largo. — Achei que ia ficar legal fazer este display com os autores locais. Mostrar a variedade do que temos acontecendo aqui em North Bear. O que você acha? Pegue uma pilha. — E levou um carregamento de livros para o balcão, onde já esperavam um rolo de adesivos com a palavra AUTOGRAFADO e algumas canetas.

— Ficou ótimo — eu disse, seguindo-a com outra pilha de livros.

— E o Everett? — ela perguntou.

— Bem — respondi, aceitando a caneta destampada que ela estava pondo na minha mão. Ela começou a abrir os livros na página de rosto e deslizá-los para que eu assinasse, um por vez.

— Parece que vocês têm passado bastante tempo juntos.

Hesitei.

— Por que você acha isso?

Pete deu uma gargalhada.

— Do jeito que o garoto é reservado, eu tenho que extrair muita coisa do contexto das nossas conversas. Mas, sim, eu peguei as pistas de que vocês criaram uma amizade.

Tentei disfarçar a surpresa.

— Vocês conversam com frequência?

— Ele atende mais ou menos um terço dos meus telefonemas. Sei que ele fica maluco por eu telefonar tanto, mas eu me preocupo. Somos a única família um do outro por aqui.

— Família? — Olhei para ela, incapaz de esconder minha confusão.

Toda a expressão dela foi uma demonstração de surpresa. Ela coçou a nuca.

— Achei que você soubesse. Eu *nunca* sei o que ele acha que é particular e o que não é. Tanto disso transparece nos livros dele que eu imagino que ele se sentiria à vontade desfilando pela Times Square. Mas, claro, isso pode ser só projeção minha. Eu sei como vocês, artistas, são. Ele insiste que é ficção e que eu tenho que ler como ficção.

Eu não estava conseguindo acompanhar. Aparentemente meu rosto revelou isso, porque Pete explicou:

— Eu sou tia dele. A mãe dele era minha irmã.

Senti uma onda de tontura. A loja pareceu girar. Não fazia sentido. Duas semanas e meia de comunicação quase constante (embora não tradicional) e Gus não me contara nem mesmo as partes mais básicas de sua vida.

— Mas você chama ele de Everett — falei. — Você é tia dele e não usa o primeiro nome.

Ela ficou me olhando por um instante, confusa.

— Ah! Isso é um hábito antigo. Quando ele era criança, eu era a técnica do time de futebol. Eu não podia demonstrar favoritismo, então o chamava pelo sobrenome, como fazia com os outros meninos, e aí pegou. Metade do tempo eu nem lembro que ele *tem* um primeiro nome. Eu já o apresentei como Everett para metade da cidade.

Eu me sentia como se tivesse derrubado uma boneca de madeira, visto mais seis caírem de dentro dela e só então descoberto que era uma matrioska. Havia o Gus que eu conhecia: divertido, bagunçado, sexy. E havia esse outro Gus, que desapareceu por dias, que jogava futebol quando criança e morava na mesma cidade que sua tia, que não falava absolutamente nada além do necessário sobre si mesmo, sua família, seu passado, enquanto eu despejava vinho, lágrimas e minhas entranhas em cima dele.

Baixei a cabeça e voltei a assinar em silêncio. Pete continuou deslizando os livros para mim sobre o balcão e empilhando os já assinados do outro lado. Depois de alguns segundos, ela disse:

— Tenha paciência com ele, January. Ele realmente gosta de você.

Continuei assinando.

— Acho que você está entendendo errado a...

— Não estou — disse ela.

Fitei seus firmes olhos azuis e não desviei o olhar.

— Ele me contou sobre o dia em que você se mudou — ela prosseguiu. — Não foi uma primeira impressão das melhores. É um problema recorrente dele.

— Fiquei sabendo.

— Mas você precisa dar um desconto nessa. O aniversário é uma data muito difícil para ele desde o rompimento.

— Aniversário? — repeti como um papagaio. *Rompimento?*, pensei.

Pete pareceu surpresa e hesitante.

— Ela foi embora no dia do aniversário dele. E todo ano, desde então, Markham faz uma festa enorme para tentar distrair a cabeça dele. E, claro, Gus *odeia* festas, mas não quer que Markham pense que está chateado, então ele deixa a festa acontecer.

— Como é que é? — soltei sem nem pensar. Que piada era aquela? Será que Pete havia acordado de manhã e pensado: *Humm, que tal hoje eu soltar pedacinhos de informações chocantes sobre Gus para January em ordem aleatória e enigmática?* — Ela foi embora no dia do aniversário dele? — repeti.

— Ele não contou por que estava tão irritado na noite em que você se mudou? — disse ela. — Isso é inexplicável para mim. Se ele tivesse contado que estava pensando no divórcio, claro que você teria entendido por que ele foi tão grosseiro.

— Divórcio — falei, gelando inteira. — Era por causa... do divórcio.

Gus era divorciado.

Gus tinha sido *casado.*

Pete estava visivelmente constrangida.

— Estou surpresa por ele não ter te contado. Ele ficou muito mal por ter sido grosseiro.

Meu cérebro parecia um pião rodando dentro do crânio. Não fazia sentido. Nenhum. Gus não podia ter sido casado. Ele nem namorava. A loja parecia oscilar à minha volta.

— Eu não queria te deixar perturbada — disse Pete. — Só achei que isso poderia explicar...

— Não, tudo bem — respondi. E estava acontecendo de novo: o derramamento de palavras. A sensação de que eu havia segurado tudo dentro de mim além do limite e agora não tinha mais escolha sobre quanto deixava transbordar. — Eu estou sendo excessiva. É só que... este ano foi difícil para mim. Na minha cabeça, casamento sempre foi uma coisa sagrada, sabe? O epítome do amor, que pode vencer qualquer problema. E eu detesto pensar que algumas experiências ruins justifiquem as pessoas jogarem o conceito todo no lixo.

Gus jogar o conceito no lixo. Rotular relacionamentos de sadomasoquistas sem nem sequer me contar que tinha sido casado. Quase me fazer me sentir idiota por querer e acreditar em amor duradouro, só porque a tentativa dele não havia funcionado. Esconder essa tentativa de mim.

Mas, mesmo assim, por que eu me importava com o que ele achava? Eu não devia precisar que todos quisessem ou acreditassem nas coisas que eu queria ou em que acreditava.

No fim das contas, eu me ressentia pelo fato de que alguma parte dele devia achar que eu era idiota por ainda acreditar em algo que meu próprio pai refutara. Mais que isso, eu me ressentia *comigo mesma* por não desistir. Por ainda querer esse amor que eu sempre imaginara para mim.

E uma parte pequena e idiota de mim se ressentia até mesmo por Gus ter secretamente amado alguém o suficiente para se casar com ela, enquanto uma breve sessão de beijos comigo aparentemente fora o bastante para fazê-lo se mudar para a Antártida sem nem dizer *Tchau!*

— Sei lá — eu disse, sacudindo a cabeça. — Faz sentido?

— Claro que faz. — Pete apertou meu braço.

Tive a sensação de que ela teria dito isso mesmo que não fizesse. Talvez ela simplesmente soubesse que era o que eu precisava ouvir nesse instante.

16

Os móveis da varanda

QUINTA-FEIRA AO MEIO-DIA Gus voltou à mesa da cozinha, parecendo menos "desleixadamente sexy" e mais como se tivesse sido arrastado atrás de um caminhão de lixo. Ele sorriu e acenou e eu retribuí o gesto, apesar do enjoo no estômago.

Ele escreveu um bilhete: *DESCULPE EU TER SUMIDO ESTA SEMANA.*

Eu gostaria que isso não tivesse substituído a náusea pela sensação de gravidade zero no looping de uma montanha-russa. Olhei em volta: eu não tinha trazido meu caderno hoje. Fui para o quarto pegá-lo e escrevi *NÃO TEM DO QUE SE DESCULPAR* enquanto voltava. Levantei o bilhete. O sorriso de Gus oscilou. Ele assentiu, depois voltou a atenção para o computador.

Era mais difícil me concentrar em escrever agora que ele estava de volta, mas fiz o possível. Já tinha escrito mais ou menos um quarto do livro e precisava manter o ritmo.

Por volta das cinco horas, eu (discretamente, ou pelo menos esperava que sim) observei Gus levantar e se mover pela cozinha, fazendo algum tipo de refeição. Quando terminou, ele se sentou de novo na frente do computador. Mais ou menos às oito e meia da noite, ele olhou para mim e fez um sinal com a cabeça na direção do deque. Esse era o nosso sinal, o mais próximo de um convite de que chegávamos antes de sair para os respectivos deques e ficar não exatamente juntos à noite.

Agora, aquilo parecia uma metáfora evidente: ele mantendo uma separação física entre nós, eu correndo para encontrá-lo quando ele me chamava a cada noite. Não era surpresa eu ter ficado tão confusa. O tempo todo ele manteve limites cuidadosos e eu os ignorei. Eu era muito ruim nisso, despreparada demais para me ver atraída por alguém sem absolutamente nenhuma disponibilidade emocional.

Sacudi a cabeça para o convite de Gus e acrescentei uma nota escrita à minha recusa: *DESCULPE, MUITO PARA FAZER. ANYA NO MEU PÉ.*

Gus assentiu, compreensivo. Ele se levantou e moveu os lábios, dizendo algo como *Se você mudar de ideia...*, depois desapareceu de vista por um momento e reapareceu no deque.

Ele caminhou até o ponto mais distante e se inclinou sobre a grade. A brisa balançou sua blusa, levantando a manga esquerda de encontro à parte de trás do braço. A princípio, achei que ele tivesse feito uma tatuagem nova, um grande círculo preto totalmente preenchido, mas então percebi que estava exatamente onde a fita de Möbius ficava. Ele continuou ali até o sol desaparecer e a noite revestir tudo em tons de azul-escuro, os vaga-lumes ganhando vida à sua volta e um milhão de minúsculas luzes noturnas acesas por uma mão cósmica.

Ele olhou sobre o ombro para a porta do meu deque e eu fixei os olhos na tela e digitei as palavras *FINGINDO ESTAR OCUPADA, MUITO OCUPADA E CONCENTRADA* para completar a ilusão.

Na verdade, eu estava na frente do computador havia quase doze horas e só tinha digitado umas mil palavras novas. Embora estivesse com catorze abas abertas no navegador, incluindo duas abas separadas do Facebook.

Eu precisava sair da casa. Quando Gus olhou para o outro lado de novo, escapei da mesa para a varanda da frente. O ar estava denso de umidade, mas não quente demais. Sentei no sofá de vime e examinei as casas do outro lado da rua. Não havia passado muito tempo aqui, já que o lago ficava *atrás* da minha casa, mas os chalés e bangalôs do outro lado eram bonitos e coloridos, cada varanda com sua própria variação de móveis de jardim. Nenhuma era tão aconchegante ou eclética quanto a que Sonya havia escolhido.

Se eu não tivesse nenhum vínculo negativo com esses móveis, ficaria triste por me desfazer deles, mas era melhor cuidar disso de uma vez. Seria uma coisa a menos para me preocupar mais tarde. Levantei, acendi a luz da varanda e tirei fotos de cada peça, e algumas do conjunto inteiro, depois abri o site de anúncios no celular.

Hesitei por um momento, então fechei o navegador e abri o e-mail. Ainda via as palavras em negrito da última mensagem de Sonya. Eu não havia apagado nenhuma delas, mas também não queria ler. Abri um novo e-mail e o enderecei a ela.

> Assunto: Móveis da varanda
>
> Oi,
> Estou começando a organizar as coisas na casa. Você quer os móveis da varanda ou posso vender?

Experimentei três assinaturas diferentes, mas nenhuma parecia certa. No fim, decidi deixar apenas um *J.* Cliquei em enviar.

E acabou. Toda a energia emocional que eu tinha em mim para o dia. Voltei para dentro de casa, lavei o rosto, escovei os dentes, fui para a cama e fiquei vendo *Veronica Mars* até o sol nascer.

NA SEXTA-FEIRA, a batida na porta veio horas antes do que eu esperava. Eram duas e meia da tarde, e, como eu tinha dormido às cinco naquela manhã, fazia só umas duas horas que estava acordada.

Peguei o roupão no sofá e o vesti sobre a roupa (uma cueca boxer roubada de Jacques e uma camiseta velha de David Bowie sem sutiã). Afastei a cortina que cobria o vidro da porta e vi Gus andando de um lado para o outro na varanda, as mãos cruzadas atrás da cabeça puxando-a para baixo, como se estivesse alongando o pescoço.

Ele parou de olhos arregalados e se virou para mim quando abri a porta.

— O que foi? — perguntei. Naquele momento, vi a parte de seu código genético que coincidia com o de Pete no modo como sua expressão mudou de confusão para surpresa.

Ele sacudiu a cabeça depressa.

— Dave está aqui.

— Dave? Dave de... *Dave*? O famoso do Olive Garden?

— Definitivamente não é o Dave do *Wendy's* — Gus confirmou. — Ele me ligou há um minuto e disse que estava na cidade. Veio por impulso, acho. Ele está na minha casa agora. Você pode vir também?

— Agora? — falei, atordoada.

— Sim, January! Agora! Porque ele está na minha casa! Agora!

— Tá — respondi. — Deixa eu só trocar de roupa.

Fechei a porta e corri para o quarto. Eu tinha me atrasado na lavagem de roupa esta semana. A única peça limpa era aquele ridículo vestido preto. Então, claro, vesti uma camiseta suja e um jeans.

A porta de Gus estava aberta e eu entrei sem pensar. Foi quando me vi lá dentro que me dei conta. Éramos amigos havia quase um mês e finalmente eu estava na casa que espiara com curiosidade naquela primeira noite. Estava metida entre as estantes escuras, abarrotadas de livros, o cheiro esfumaçado de incenso de Gus impregnando o ar. O espaço era bem utilizado, com livros abertos sobre mesas, pilhas de correspondência em cima de antologias e revistas literárias, uma caneca aqui ou ali sobre um porta-copos. Mas, em comparação com seu nível habitual de desleixo, a sala era meticulosamente organizada.

— January? -- O corredor estreito que conduzia direto para a cozinha parecia engolir a voz dele. — Nós estamos aqui.

Segui a voz como se fossem migalhas de pão levando a algum lugar fantástico. Ou a uma armadilha.

Parei na entrada da cozinha, uma imagem espelhada da minha: à esquerda, um cantinho para o café da manhã, onde a mesa atrás da qual eu via Gus com tanta frequência estava empurrada junto à janela, e os balcões e armários à direita. Gus acenou me chamando para o aposento ao lado, um pequeno escritório.

Eu queria me demorar mais, examinar cada centímetro dessa casa cheia de segredos, mas Gus estava me olhando daquele jeito concentrado que fazia parecer que podia ler meus pensamentos, então me apressei para o escritório. Uma mesa minimalista, em linhas escandinavas retas e totalmente organizada, estava encostada na janela dos fundos.

Pela posição da casa de Gus, o deque dava para o bosque, mas as árvores terminavam antes do lado direito da casa. Daqui, a visão da praia era desobstruída, a luz prateada se filtrando entre as nuvens, tocando o topo das ondas como pedras lançadas sobre a água.

Dave usava uma camiseta vermelha e boné com tela atrás. As olheiras fundas lhe davam a expressão de um cão são-bernardo sonolento. Ele tirou o boné e levantou quando entrei no escritório, mas não estendeu a mão, o que me deu a sensação desorientadora de ter entrado em um romance de Jane Austen.

— Oi — falei. — Eu sou a January.

— Prazer — disse Dave, me cumprimentando com a cabeça. Havia uma cadeira de escritório (de costas para a mesa, para que Gus pudesse ficar de frente para o resto do pequeno escritório), uma poltrona em um canto (que Dave desocupou quando ficou em pé) e uma cadeira da cozinha que Gus havia claramente trazido para a ocasião. Dave sentou-se nesta e fez um gesto oferecendo a poltrona para mim.

— Obrigada. — Eu me sentei, inserindo-me no triângulo de cadeiras e joelhos. — E muito obrigada por vir conversar conosco.

Dave pôs de novo o boné e virou a aba, ansioso.

— Eu não estava pronto antes. Desculpem por fazer vocês perderem seu tempo indo até lá. Eu me sinto muito mal por isso.

— Não há necessidade de se desculpar — Gus lhe garantiu. — Nós entendemos como esse tema é sensível.

Ele assentiu.

— E tem a questão da minha sobriedade... Eu queria ter certeza de que poderia lidar com isso. Fui a uma reunião do grupo naquela noite... Quando íamos nos encontrar no Olive Garden, era lá que eu estava.

— Totalmente compreensível — disse Gus. — É só um livro. Você é uma pessoa.

Só um livro. A expressão me pegou desprevenida vinda da boca de Gus "Livros com Finais Felizes são Desonestos" Everett. Gus "Nadando na Maré da Alta Literatura" Everett disse as palavras "só um livro" e, por alguma razão, isso me perturbou um pouco.

Gus já foi casado.

Ele me pegou encarando-o. Desviei o olhar.

— É isso mesmo — disse Dave. — É um livro. É uma chance de contar uma história que talvez ajude pessoas como eu.

O canto da boca de Gus se moveu incomodamente. Eu ainda não havia lido o exemplar de *Os revelatórios* que tinha comprado — estava com receio de como o livro poderia ofuscar ou exacerbar minha atração por ele —, mas, a julgar por tudo que Gus havia dito, eu sabia que ele não escrevia tanto para salvar vidas, mas para entender o que as havia destruído.

A comédia romântica de Gus deveria ser diferente, mas eu não conseguia imaginá-lo usando algo que Dave pudesse dizer para contar uma história com um encontro casual fofo e um felizes para sempre. O conteúdo dessa entrevista encaixaria bem melhor em sua próxima obra-prima literária.

Por outro lado, esse era Gus. Quando começamos nesse caminho, eu achei que fosse escrever qualquer bobagem, só imitando o que tinha visto outras pessoas fazerem, mas meu novo projeto acabou se revelando tão essencialmente *eu mesma* quanto qualquer outra coisa que eu já tivesse escrito. Talvez a comédia romântica de Gus *pudesse* ter um lugar como New Eden como pano de fundo, todas aquelas coisas horríveis acontecendo entre beijos e confissões de amor.

Talvez ele finalmente fosse dar a alguém o merecido final feliz, em um livro sobre um culto.

Ou talvez Dave estivesse apostando suas fichas no cavalo errado.

— Será honesto — Gus lhe disse. — Mas não será New Eden. Não será você. Será, *espero*, um lugar que se possa imaginar como existente, personagens que os leitores acreditem que poderiam ser reais. — Ele fez uma pausa, pensando. — E, se tivermos sorte, talvez ajude alguém. Talvez ajude as pessoas a se sentirem reconhecidas e compreendidas, a ver que a história *delas* importa.

Gus olhou para mim tão rápido que eu quase não vi. Meu estômago deu um pulo quando percebi que ele estava me citando, algo que eu tinha dito no dia em que fizemos nosso trato, e não achei que ele estivesse me provocando. Achei que estava falando sério.

— E, mesmo que isso não aconteça — ele continuou, concentrando-se em Dave —, saber que você contou a sua história talvez já possa ajudá-lo.

Dave puxou um fio solto no rasgo do joelho de seu jeans.

— Eu sei. Só queria ter certeza de que a minha mãe também vai entender. Ela ainda se sente mal. Como se pudesse, talvez, ter convencido o meu pai a não ficar, a ir embora conosco. Ela acha que ele ainda estaria vivo.

— E você?

Ele torceu os lábios.

— Você acredita em destino, Augustus?

Gus fez uma careta ao ouvir o nome.

— Eu acho que algumas coisas são... inevitáveis.

Dave se curvou para a frente e puxou a aba do boné.

— Eu era sonâmbulo quando criança. Um lance muito ruim, assustador. Uma vez, antes de nós irmos para New Eden, minha mãe me encontrou de pé na beira da piscina do nosso apartamento, com uma faca de manteiga na mão. Nu. Eu nem dormia nu. Duas semanas antes de entrarmos para o New Eden, nós estávamos em um parque, só minha mãe e eu, e começou uma tempestade. Ela sempre gostou de chuva, então demoramos demais para ir embora. Havia trovões, estrondos enormes, assustadores. Começamos a correr para casa. Tinha uma cerca de arame em volta do parque e, quando chegamos nela, minha mãe gritou para eu esperar. Ela não sabia bem como os raios funcionavam, mas achou que não seria boa ideia deixar o filho de seis anos pegar no metal. Ela enrolou a mão na blusa e abriu o portão para mim. Fomos até em casa. Estávamos nos degraus da frente quando aconteceu. Um estrondo como se um machado gigante tivesse batido no mundo. Juro por Deus, eu achei que o sol estivesse colidindo com a Terra. De tanto que a luz foi intensa.

— Que luz? — perguntou Gus.

— O raio que me atingiu — disse Dave. — Nós não éramos pessoas religiosas, Augustus. Especialmente o meu pai. Mas minha mãe ficou apavorada. Ela decidiu fazer uma mudança. Fomos à igreja na semana seguinte, a mais rígida que ela conseguiu encontrar, e na saída alguém entregou um folheto para ela. *New Eden*, dizia. *Deus está convidando você para um novo começo. Você vai aceitar?*

Gus fazia anotações, assentindo enquanto escrevia.

— Então ela entendeu isso como um sinal?

— Ela achou que Deus tinha salvado a minha vida — disse Dave. — Para chamar a atenção dela. Uma semana depois, nos mudamos para a sede do culto e o meu pai aceitou aquilo. Ele não acreditava, mas achava que a "educação espiritual" de um filho cabia à mãe. Não sei o que deu nele. O que o fez mudar de ideia. Mas, nos dois anos seguintes, ele foi muito mais fundo naquilo do que a minha mãe. E então, uma noite, ela acordou no nosso trailer com uma sensação ruim. Havia uma tempestade do lado de fora. Ela deu uma espiada na sala de estar onde eu dormia e a cama dobrável estava vazia, só com os cobertores amontoados. Ela tentou acordar meu pai, mas ele dormia como uma pedra. Então ela saiu na tempestade e me encontrou ali de pé, nu como vim ao mundo, no meio das árvores, os raios caindo à minha volta como fogos de artifício. E sabem o que aconteceu em seguida?

Dave olhou para mim, fez uma pausa.

— O raio atingiu o trailer e ele pegou fogo. Esse foi o primeiro incêndio em New Eden, e não foi tão grande, não foi como o que matou O meu pai. Conseguiram apagar o incêndio antes que ele causasse muitos danos. Mas a minha mãe me tirou de lá no dia seguinte.

— Ela achou que era outro sinal? — Gus quis saber.

— Aí é que está — disse Dave. — Minha mãe acredita em destino, em desígnio. Na mão divina de Deus. Mas não tanto a ponto de não haver espaço para ela se culpar pelo que aconteceu com meu pai. Foi ela que nos levou para lá. E foi ela que me tirou de lá. Mas não disse nada para ele, porque sabia que ele estava envolvido demais. Ele não só teria se recusado a ir embora como teria expiado por nós.

— Expiado? — perguntei.

— É um jargão — Dave explicou. — É uma confissão no lugar de outra pessoa. Eles não queriam que nós víssemos como delação, como vigilância de uma pessoa próxima. Era "expiação". Era fazer o sacrifício altruísta de prejudicar seu próprio relacionamento com uma pessoa a fim de salvá-la do pecado. Bem no fundo ela sabia que, se contasse para o meu pai que queria ir embora, nós dois teríamos sido punidos. Ela teria ficado pelo menos duas semanas em isolamento. Eu levaria uma surra, depois seria entregue a outra família até que a "fé vacilante" dela fosse restaurada. Eles diziam que não gostavam de violência. Que isso era um sacrifício que faziam para nos disciplinar, por amor. Mas era fácil identificar aqueles que gostavam. Ela sabia de tudo isso. Então, destino ou não, minha mãe viu o futuro. Ela não tinha como salvá-lo. Mas fez o que precisava fazer para me salvar.

Gus ficou em silêncio, absorto. Perdido em pensamentos, ele pareceu de repente mais jovem, um pouco mais terno. Senti uma onda de raiva dentro de mim. *Por que ninguém salvou você?*, pensei. *Por que ninguém o pegou no colo e o resgatou no meio da noite?*

Eu sabia que era complicado. Sabia que devia haver razões, mas, ainda assim, me deu uma sensação de angústia. Não era a história que eu teria escrito para ele. De jeito nenhum.

GUS FECHOU A porta atrás de Dave com um clique silencioso e se virou para mim. Por um momento não dissemos nada, ambos exaustos da entrevista de quatro horas. Só ficamos olhando um para o outro.

Ele se encostou na porta.

— Oi — disse por fim.

— Oi — respondi.

Um ensaio de sorriso levantou o canto de sua boca.

— É bom te ver.

— É. — Troquei o pé de apoio. — É bom te ver também.

Ele foi até o móvel de nogueira no canto, pegou dois copos altos de cristal e os colocou ao lado das garrafas escuras precisamente dispostas.

— Quer uma bebida?

Claro que eu queria uma bebida. Tínhamos acabado de ouvir uma história angustiante sobre uma criança espancada por crimes imaginários, e além disso eu estava sozinha com Gus pela primeira vez desde o nosso beijo. Mesmo do outro lado da sala, o calor na casa parecia um símbolo da nossa tensão. Da confusão de sentimentos difíceis que esse dia havia produzido em mim. Raiva por todos os pais e mães destroçados, a dor que eles também devem ter sentido quando crianças, desamparados, sem saber como tomar as decisões certas, morrendo de medo de tomar as decisões erradas. Eu me sentia mal por Dave e o que ele havia passado, triste pela minha mãe e por quanto eu sabia que ela devia estar se sentindo perdida sem meu pai, e, mesmo com tudo isso, estar na mesma sala que Gus me fazia sentir um pouco quente e pesada, como se, embora do outro lado da sala, ele fosse uma força física me pressionando.

Ouvi o tilintar suave do gelo caindo nos copos. (Ele tinha um balde de gelo em uma bandeja com as bebidas? Que traço de tradicionalismo endinheirado da parte dele.)

Eu queria respostas sobre Pete, sobre os pais de Gus e o casamento dele, mas esse era o tipo de informação que a própria pessoa precisava oferecer, e Gus não o havia feito. Ele nem me convidara a entrar em sua casa até um de seus entrevistados aparecer aqui inesperadamente. Não que ele tivesse entrado na minha também, mas minha casa não era uma parte de mim. Ela nem era realmente minha. Era só uma bagagem. A casa de Gus era seu *lar*.

E Dave entrou lá antes de mim.

Gus então se virou para mim, com a testa franzida.

— Você fez uma tatuagem. — Foi a primeira coisa que consegui pensar para dizer depois de termos permanecido em silêncio por tempo demais.

Ele olhou depressa para o braço.

— Fiz.

E foi só. Nenhuma explicação, nenhuma informação sobre onde ele estava. Eu era bem-vinda para me sentar aqui, tomar um drinque com ele e conversar sobre livros e lembranças insignificantes de meninas vomitando na nossa cabeça, mas só isso.

Eu me senti desalentada. Não era isso que eu queria, não agora que havia tido vislumbres de mais. Se eu quisesse um bate-papo casual e superficial e conversas por campos minados, telefonaria para minha mãe. Com ele, eu queria mais. Eu era assim.

— Uísque? — Gus perguntou.

— Não rendi quase nada no trabalho hoje. Acho melhor voltar para casa.

— Certo. — Ele assentiu, lentamente, desanimado. — Está bem. Nos vemos amanhã, então.

— Amanhã — respondi.

Pela primeira vez eu estava com medo de planejar nossa noite de sábado. Ele deixou os copos sobre o móvel e veio abrir a porta para mim. Saí na varanda, mas hesitei ao ouvir meu nome. Quando olhei para trás, ele estava encostado no batente da porta.

Ele sempre estava apoiado em alguma coisa, como se não conseguisse suportar seu próprio peso sem ajuda por mais que alguns segundos. Ele se encostava, se esparramava, se curvava, se reclinava. Nunca ficava simplesmente de pé ou sentado. Na faculdade, eu achava que ele era preguiçoso para tudo exceto escrever. Agora eu me perguntava se ele seria apenas cansado, se a vida o havia abatido a um permanente desânimo, dobrando-o sobre si mesmo para que ninguém pudesse ter acesso àquele centro sensível, à criança que sonhava fugir em trens e viver nos galhos de uma sequoia.

— O quê? — falei.

— É bom te ver.

— Você já disse isso.

— É — ele respondeu. — Eu disse.

Reprimi um sorriso, abafei o frio no estômago. Um sorriso e um frio no estômago não eram suficientes para mim. Eu estava farta de segredos e mentiras, por mais bonitos que fossem.

— Boa noite, Gus.

17

A dança

SMOKING HOJE À NOITE?, Gus escreveu ao meio-dia do sábado.

A ansiedade aumentava cada vez que eu pensava em estar sozinha no carro com ele, mas já havia planejado esta noite desde o sábado *passado* e não me sentia pronta para desembarcar do nosso trato, não agora que, finalmente, estava conseguindo escrever pela primeira vez em meses.

COM CERTEZA, escrevi de volta.

SÉRIO?, ele perguntou.

NÃO, respondi. VOCÊ TEM BOTAS DE CAUBÓI?

O QUE VOCÊ ACHA?, disse Gus. PELO QUE SABE SOBRE MIM, ADIVINHE SE EU TENHO OU NÃO BOTAS DE CAUBÓI.

Fiquei olhando para a página em branco por um instante e decidi: VOCÊ É UM HOMEM DE MUITOS SEGREDOS. PODERIA TER UM ARMÁRIO CHEIO DE CHAPÉUS DE CAUBÓI. SE TIVER UM, USE. 18 HORAS.

Quando Gus apareceu na minha porta naquela noite, usava seu uniforme habitual, além de uma camisa preta amarfanhada. O cabelo estava levantado sobre a testa de um jeito que sugeria que ele ficou passando a mão ansiosamente pela cabeça enquanto escrevia.

— Sem chapéu? — falei.

— Sem chapéu. — Ele trouxe a outra mão de trás das costas. Estava segurando duas garrafinhas, daquelas finas e flexíveis, que dá para esconder dentro da roupa. — Mas eu trouxe isto para o caso de você estar me levando para um culto em uma igreja texana.

Agachei junto à porta e calcei as botas de cano curto bordadas.

— E, uma vez mais, você revela que sabe *muito* mais sobre romances do que fazia crer anteriormente.

No momento em que eu disse isso, minha barriga se apertou.

Gus já foi casado.

Gus é divorciado.

Era por isso que ele tinha tanta certeza de que o amor não podia durar, e não tinha me contado nenhum desses detalhes importantes porque não havia, de fato, me deixado entrar.

Se meu comentário o lembrou de algo referente a isso, ele não demonstrou.

— Para sua informação — disse ele —, se eu tiver mesmo que usar um chapéu de caubói em algum momento esta noite, provavelmente vou morrer.

— Alergia a chapéu de caubói. — Peguei as chaves na mesa. — Entendido. Vamos lá.

Esse encontro teria sido perfeito, se tivesse sido um encontro.

O estacionamento do Black Cat Saloon estava lotado e o interior rústico igualmente abarrotado.

— Quantas camisas de flanela — Gus comentou, quando entramos.

— O que você esperava em uma noite de dança country, Gus?

— Você está brincando, né? — disse ele, paralisado. Eu sacudi a cabeça. — Este é exatamente um pesadelo recorrente que só agora eu percebo que, na verdade, era uma premonição.

No palco baixo na frente do salão em estilo celeiro, a banda começou a tocar outra vez e um amontoado de corpos se moveu pelo nosso lado esquerdo, me jogando em cima dele. Ele me segurou em volta das costelas e me equilibrou depois que o grupo passou para a pista de dança.

— Tudo bem? — gritou mais alto que a música, suas mãos ainda em mim.

Meu rosto estava quente, o estômago revirando traiçoeiramente.

— Tudo.

Ele se inclinou para que eu pudesse ouvi-lo.

— Este parece um lugar perigoso para alguém do seu tamanho. Talvez seja melhor sair e ir para... qualquer outro lugar.

Quando ele se afastou para ver minha reação, eu sorri e sacudi a cabeça.

— De jeito nenhum. A lição ainda nem *começou*.

Ele tirou as mãos de mim, deixando pontos pulsantes em minha pele.

— Bom, acho que eu sobrevivi a Meg Ryan.

— *Mal e mal* — provoquei, depois enrubesci quando flashes de memória passaram como raios pela minha mente. A boca de Gus abrindo a minha. Os dentes dele no meu ombro. Suas mãos apertando meus quadris, seu polegar roçando a projeção do osso.

O momento se estendeu entre nós. Ou melhor, pareceu se comprimir entre nós, e, como não nos movemos para chegar mais perto, o ar ficou tenso. A música estava terminando, e um homem magro e alto com cara de cavalo subiu saltitante no palco com um microfone e chamou os iniciantes para a pista para a próxima dança.

Agarrei Gus pelo pulso e o puxei pelo meio da multidão até a pista. Vi o rosto dele corar, sua testa se apertar em rugas de preocupação.

— Sério, você vai ter que me incluir no seu testamento por isso — disse ele.

— É melhor não falar durante as instruções — respondi, indicando com a cabeça o apresentador com cara de cavalo, que estava usando um voluntário do público para demonstrar alguns movimentos básicos enquanto falava na velocidade de um leiloeiro. — Tenho a sensação de que esse cara não vai repetir muito.

— Seu último desejo e testamento, January — Gus murmurou, ferozmente.

— E para Gus Everett — sussurrei de volta —, deixo um armário cheio de chapéus de caubói!

A risada dele soou como óleo borbulhante. Pensei no som em meu ouvido naquela noite na festa. Não dissemos nada enquanto dançávamos naquele porão úmido, nem uma única palavra, mas ele riu junto ao meu ouvido e eu sabia, ou pelo menos desconfiava, que era porque estava vagamente consciente de que deveríamos estar constrangidos pela maneira como nos agarrávamos. Deveríamos estar, mas havia sensações mais urgentes a sentir naquela noite. Como no cinema drive-in.

O calor subiu pelo meu abdome e eu afastei o pensamento.

No palco, a rabeca começou a tocar, e logo a banda inteira estava produzindo uma canção animada. Os veteranos vieram para a pista, preenchendo as lacunas entre os principiantes que esperavam ansiosos, dos quais nós representávamos pelo menos vinte por cento. Gus chegou mais perto de mim, com receio de ser separado do cobertor de segurança senciente que eu me tornara assim que passamos pelas portas duplas de metal da entrada, e o apresentador gritou no microfone:

— Todos prontos? Lá vamos nós!

Ao seu comando, a multidão se atropelou para a direita, levando Gus e eu junto. Ele agarrou minha mão e a massa de botas e saltos inverteu a direção. Gritei quando Gus me puxou para fora do caminho de um homem em missão de acertar o passo, quer isso significasse pisar no meu pé ou não.

Não havia letra cantada, apenas as instruções do apresentador com seu estranho ritmo de leiloeiro e o som de sapatos se arrastando pelo chão. Caí na risada quando Gus foi para a frente em vez de ir para trás e recebeu um olhar maligno da loira tingida com quem colidiu.

— Desculpe — ele gritou acima da música, levantando as mãos, só para ser empurrado contra o peito dela embalado em renda cor-de-rosa quando a multidão voltou a trocar de lado. — Ah, meu Deus — disse ele, afastando-se depressa. — Desculpe, eu...

— Deus não tem nada a ver com isso! — a mulher protestou, pondo as mãos nos quadris.

— Sinto muito — intercedi, arrastando Gus pela mão. — Não posso levar ele a lugar nenhum.

— *Eu*? — ele exclamou, meio rindo. — Você me jogou na...

Eu o puxei pelo meio da multidão até um canto da pista de dança. Quando olhei para trás, a mulher estava de novo concentrada nos passos, seu rosto tão impassível quanto um sarcófago.

— Acha que eu devo dar meu telefone para ela? — Gus brincou, com a boca perto do meu ouvido.

— Acho que ela prefere o seu cartão do seguro.

— Ou um bom retrato falado para a polícia.

— Ou uma barra de ferro — completei.

— Já entendi. — O sorriso de Gus se abriu só o suficiente para deixar escapar uma risada. — Não precisa continuar. Você está só procurando uma desculpa para não dançar.

— *Eu* estou procurando uma desculpa? — falei. — Você pegou nos peitos daquela mulher para tentar ser expulso daqui.

— De jeito nenhum. — Ele sacudiu a cabeça, pegou meu braço e me puxou para acompanhá-lo enquanto recomeçava, desajeitadamente, a seguir os passos da dança. — Agora eu me animei. É melhor você reservar suas agendas de sábado daqui até a eternidade.

Eu ri e voltei a saltitar os passos com ele, mas meu estômago estava lutando com uma série de fluxos e refluxos simultâneos. Eu não queria sentir essas coisas. Não era mais divertido, agora que eu tinha pensado melhor em como aquilo ia acabar: eu me apegando a ele e sentindo ciúme e ele compartilhando tanto de sua vida comigo quanto com uma cabeleireira.

Mas aí ele dizia coisas como *Reserve suas agendas de sábado daqui até a eternidade*. Ele me pegava pela cintura para me impedir de colidir com uma viga de apoio que eu não havia notado em meu entusiasmo na dança. Rindo, me fazia rodopiar para ele, depois girar para fora enquanto o resto da multidão puxava o pé para cá e para lá em um passo largo, os polegares enfiados em passantes de cintos reais e imaginários.

Esse era um Gus diferente do que eu tinha visto (O que jogava futebol? O Gus que atendia um terço dos telefonemas da tia? O Gus que havia se casado e se divorciado?), e eu não tinha certeza de como interpretá-lo, ou de como entender seu aparecimento súbito.

Algo havia mudado nele, de novo, e ele estava (intencionalmente ou não) deixando transparecer. Ele parecia, de alguma forma, mais leve que antes, menos cansado. Estava sendo cativante e sedutor, o que só me deixava mais frustrada depois da última semana.

— Precisamos de uma bebida — disse ele.

— Está bem — concordei. Talvez uma bebida removesse aquela sensação incômoda. Fomos para o bar e ele empurrou para o lado uma vasilha de amendoins com casca para pedir dois uísques duplos.

— Um brinde — disse ele.

— A quê? — perguntei.

Ele fez uma careta.

— Aos seus finais felizes.

Eu achava que fôssemos amigos, que ele me respeitasse, e agora me sentia como se ele estivesse me chamando de princesa encantada outra vez, rindo consigo mesmo sobre como a minha visão de mundo era ingênua e boba, guardando seu casamento fracassado como um trunfo secreto que provava, uma vez mais, que ele sabia mais do que eu. Uma faísca de raiva se acendeu em meu estômago e eu virei o uísque sem responder ao seu copo levantado. Gus pareceu pensar que tinha sido só distração. Ele ainda estava bebendo seu uísque quando me dirigi de volta à pista de dança.

Eu tinha de admitir que havia algo singularmente hilário em dançar música country estando furiosa, mas isso não me impediu de continuar. Terminamos mais duas músicas, tomamos mais duas doses.

Quando voltamos para a quarta música, uma dança mais complexa para os veteranos se divertirem enquanto o apresentador ia ao banheiro e descansava as cordas vocais, não tínhamos mais esperança de acompanhar a coreografia, mesmo se não estivéssemos bêbados. Durante uma girada dupla para a direita, tropecei em uma tábua desnivelada no assoalho e Gus me pegou pela cintura para que eu não caísse. Sua risada parou de repente quando ele olhou em meu rosto, então se encostou (é claro) na viga de apoio, a mesma com que eu quase colidira mais cedo, e me puxou em sua direção pelos quadris. Sua mão queimava em minha pele através do jeans, e eu me esforcei para manter a mente clara enquanto ele me segurava daquele jeito.

— Ei — ele murmurou, baixando a boca junto ao meu ouvido para que eu pudesse ouvi-lo com a música. — O que aconteceu?

O que aconteceu eram seus polegares acariciando em círculos os meus quadris, seu hálito de uísque no canto da minha boca e o jeito como eu me sentia idiota pelo efeito que aquilo tinha sobre mim. Eu *era* ingênua.

Sempre havia confiado em meus pais, nunca percebera as peças que faltavam entre Jacques e mim, e agora tinha começado a me ligar emocionalmente a alguém que fazia todo o possível para me convencer de que eu não deveria deixar isso acontecer.

Eu me afastei dele. Queria dizer *Acho que preciso ir para casa*, ou talvez *Não estou me sentindo bem*.

Mas nunca fui boa em esconder como me sentia, especialmente nesse último ano.

Não falei nada. Só corri para a porta.

Irrompi no ar fresco do estacionamento e segui na direção do Kia. Eu o ouvia gritando meu nome enquanto me seguia, mas estava muito *constrangida*, frustrada, e não sabia o que mais, para me virar.

— January? — Gus chamou de novo, correndo atrás de mim.

— Eu estou bem. — Procurei a chave no bolso. — Eu só... preciso ir para casa. Não estou... Eu não... — Deixei a voz sumir enquanto me atrapalhava com a chave na fechadura.

— Nós não podemos ir a lugar nenhum enquanto não ficarmos sóbrios — ele me lembrou.

— Então eu só vou ficar sentada dentro do carro até estar em condições. — Minhas mãos estavam trêmulas e a chave não encaixou mais uma vez.

— Deixe eu ajudar você. — Gus pegou a chave, girou-a na fechadura, mas não saiu da frente para me deixar abrir a porta.

— Obrigada — falei, sem olhar para ele.

Eu me encolhi quando a mão dele tocou meu rosto para afastar o cabelo da minha face e prendê-lo atrás da orelha.

— O que quer que seja, você pode me contar.

Agora eu olhei para ele, ignorando o *flip-flop* nervoso do meu estômago quando encontrei seus olhos.

— Por quê?

Ele franziu a testa.

— Por que o quê?

— Por que eu posso contar a você? — falei. — Por que eu te contaria alguma coisa?

Seus lábios se apertaram, o queixo ficou tenso.

— O que isso significa? O que eu fiz?

— Nada. — Eu me virei para o carro, mas o corpo de Gus ainda bloqueava a porta. — Sai da frente, Gus.

— Isso não é justo — ele protestou. — Você está brava comigo e eu não posso nem tentar consertar? O que eu posso ter...

— Eu *não* estou brava com você.

— *Está* — ele insistiu. Tentei de novo abrir a porta. Dessa vez ele se afastou para o lado. — Por favor, me diga, January.

— Não estou — repeti, a voz tremendo perigosamente. — Não estou brava com você. Não somos nem próximos o bastante para isso. Eu sou só uma conhecida casual sua. Não somos nem sequer amigos.

Duas rugas surgiram entre suas sobrancelhas e ele torceu a boca torta.

— *Por favor* — ele pediu, quase ofegante. — Não faça isso.

— Isso *o quê*? — perguntei.

Ele levantou os braços para os lados.

— Não sei! O que quer que seja *isso*.

— Você acha que eu sou uma idiota?

— Do que você está *falando*? — ele perguntou.

— Acho que eu não devia ficar surpresa por você não me contar nada — eu disse. — Afinal não é como se você me respeitasse, ou respeitasse as minhas opiniões.

— Claro que eu respeito você.

— Eu sei que você foi casado — explodi. — Sei que foi casado e que vocês terminaram no dia do seu aniversário, e não só você não me contou nada disso como me ouviu pôr tudo para fora sobre por que eu faço o que faço e o que tudo isso significa para mim e... e falar sobre o meu *pai* e o que ele fez, e você ficou ali sentado no seu troninho de presunção...

Gus soltou uma risada perplexa.

— Meu troninho de presunção?

— ... achando que eu sou uma idiota ou uma ingênua...

— Claro que eu não...

— ... mantendo o seu casamento fracassado em segredo, como tudo o mais na sua vida, para poder olhar com superioridade para todas as pessoas *clichê* como eu que ainda acreditam...

— Para — ele pediu.

— ... enquanto você...

— *Para.* — Ele se afastou de mim, caminhou até a extremidade do carro, depois se virou de novo, com o rosto zangado. — Você não me conhece, January.

Eu ri, sem achar nenhuma graça.

— Pois é.

— Não. — Ele sacudiu a cabeça, veio a passos largos em minha direção e parou a não mais que quinze centímetros de distância. — Você acha que o meu casamento é uma piada para mim? Eu fiquei casado por dois anos. *Dois anos,* antes da minha mulher me trocar pelo padrinho do nosso casamento. Que tal esse clichê? Eu sei de peixinhos dourados que viveram mais tempo do que isso. Eu nem queria o divórcio. Eu teria ficado com ela mesmo depois de tudo, mas adivinha só, January. Finais felizes não acontecem para todo mundo. Não há nada que se possa fazer para *obrigar* alguém a amar você. Acredite ou não, eu não fico sentado durante *horas* de conversa com você para te julgar em silêncio. E, se eu demoro para te contar coisas como "Ei, minha mulher me largou pelo meu colega de quarto na faculdade", talvez não tenha nada a ver com você, percebe? Talvez seja porque eu não gosto de dizer essa frase em voz alta. Olha só, a sua mãe não foi embora quando o seu pai a traiu, a *minha* mãe não foi embora quando o *meu* pai quebrou a porra do meu braço, e *eu* não consegui fazer *nada* para a minha mulher ficar.

Senti um vazio dentro de mim e um aperto no peito. Minha garganta fechou. Tudo fez sentido de repente: a hesitação e a evitação, a desconfiança em relação às pessoas, o medo de compromisso.

Ninguém havia escolhido Gus. Desde que ele era criança, ninguém o havia escolhido, e ele se sentia *constrangido* por isso, como se fosse uma indicação de algo sobre ele. Eu queria lhe dizer que não era assim. Que não tinha a ver com *ele*, mas com *os outros*. Mas não consegui fazer as palavras saírem. Só pude ficar olhando para ele, de pé ali, sem energia, o peito subindo e descendo com respirações ofegantes, e me sentir mal por ele e com um pouco de ódio do mundo por tê-lo esmagado assim.

Nesse momento, sinceramente, não me importava mais por que ele havia desaparecido ou aonde ele tinha ido.

O brilho duro deixou seus olhos e ele baixou a cabeça, passando a mão na testa.

Havia milhões de coisas que eu queria lhe dizer, mas o que saiu foi:

— Parker?

Ele levantou a cabeça de novo, os olhos arregalados, a boca entreaberta.

— O quê?

— Seu colega de quarto — murmurei. — Você está falando do Parker?

Gus fechou a boca, os músculos tensos.

— Sim — ele mal pronunciou. — Parker.

Parker, o estudante de artes com as roupas excêntricas. Parker, que havia raspado uma parte da sobrancelha esquerda. Ele tinha belos olhos azuis e um jeito meio louquinho que minhas amigas e eu sempre imaginamos que se traduzisse em uma excitabilidade estilo golden retriever no que se referia a sexo. O que nós tínhamos certeza de que ele fazia *muito*.

Gus não estava olhando para mim. Ele estava esfregando a testa outra vez, parecendo tão arrasado e constrangido quanto eu tinha me sentido trinta segundos antes.

— No seu *aniversário*. Que canalhice.

Eu não me dei conta de que tinha dito isso em voz alta até ele responder.

— Não era a intenção dela. — Ele desviou o olhar, fitando vagamente o estacionamento. — Eu praticamente a forcei a falar. Percebi que algo estava errado e... enfim.

Canalhice mesmo assim, pensei. Sacudi a cabeça. Não sabia mais o que dizer. Dei um passo para a frente e o abracei, pressionando o rosto em seu pescoço, sentindo suas respirações profundas. Depois de um momento, ele retribuiu o gesto e nós ficamos ali parados, fora do alcance da lâmpada solitária do estacionamento, abraçados.

— Eu sinto muito — murmurei junto à pele dele. — Ela deveria ter escolhido você. — E eu falei sério, mesmo sem saber exatamente de qual *ela* eu estava falando.

Seus braços se apertaram mais em minhas costas. A boca e o nariz pressionaram o topo da minha cabeça, e, dentro do salão, começou uma canção lamentosa de Crosby, Stills, Nash & Young, as cordas do violão vibrando como se chorassem. Gus me balançou para um lado e para o outro ao ritmo lento.

— Eu quero conhecer você — eu disse a ele.

— Também quero isso — ele murmurou em meu cabelo. Ficamos ali por mais uns instantes antes que ele falasse de novo. — Está tarde. Vamos tomar um café lá dentro e ir embora.

Eu não queria ir embora. Não queria me separar de Gus.

— Vamos.

Ele se afastou e sua mão desceu, pousando no espaço entre o meu pescoço e o ombro, o polegar áspero roçando o osso de leve. Ele sacudiu a cabeça.

— Eu nunca achei que você fosse uma idiota.

Assenti. Eu não sabia bem o que dizer e, mesmo que soubesse, não tinha certeza se minha voz ia sair grossa e pesada como meu sangue parecia estar, ou trêmula e aguda como a sensação em meu estômago.

O olhar de Gus pousou em minha boca, depois subiu para os meus olhos.

— Eu achava... Eu *acho* corajoso acreditar no amor. No tipo duradouro de amor. Tentar viver isso, mesmo sabendo que pode machucar.

— E você?

— O que tem eu? — ele murmurou.

Eu precisava limpar a garganta, mas não o fiz. Seria óbvio demais o que eu estava pensando, como estava me sentindo.

— Acha que nunca mais vai tentar?

Gus recuou, os sapatos rangendo no cascalho.

— Não importa se eu acredito que pode funcionar ou não — ele respondeu. — Porque não acreditar em algo não impede de querer. Se a gente não tiver cuidado.

O olhar dele me queimou com sua intensidade e o frio tomou dolorosamente seu lugar em minha pele quando ele, por fim, se virou de novo em direção ao bar.

— Vamos lá tomar esse café — disse ele.

Cuidado. Cautela era algo que eu tinha pouco no que se referia a Gus Everett.

Prova disso: minha ressaca na manhã seguinte.

Acordei com a primeira mensagem de texto dele.

Dizia apenas: Ai.

18

A ex

NÃO HOUVE MAIS noites em nossos deques separados. No domingo, Gus veio à minha casa com cara de quem tinha entrado em um compactador de lixo e sido cuspido no meio do processo. Eu me sentia pelo menos tão mal quanto ele.

Pusemos as espreguiçadeiras no deque e deitamos com bolsas de gelo na testa, bebendo as garrafas de Gatorade que ele havia trazido.

— Você escreveu? — ele perguntou.

— Só de pensar em palavras me dá ânsia.

Ao meu lado, Gus tossiu.

— Essa *palavra* — disse ele.

— Desculpe.

— Quer pedir pizza? — ele indagou.

— Está brincando? Você acabou de quase...

— January — disse Gus. — Não fale essa palavra. Só responda à pergunta.

— Claro que quero.

Na segunda-feira, estávamos quase recuperados. Pelo menos o suficiente para ambos trabalharmos em nossas mesas durante o dia (duas mil palavras produzidas no meu lado). Por volta das 13h40, Gus levantou o primeiro bilhete do dia:

MANDEI UMA MENSAGEM PARA VOCÊ.

EU LEMBRO, escrevi de volta. *UM MOMENTO HISTÓRICO NA NOSSA AMIZADE.*

NÃO, disse ele. *MANDEI UM MINUTO ATRÁS.*

Eu tinha deixado o celular carregando ao lado da cama. Levantei o indicador e fui para o quarto ver. O texto dizia apenas: Você sabe fazer margarita?

Gus, digitei de volta. Isso tem menos palavras do que os bilhetes que você me escreveu para avisar sobre esta mensagem.

Ele respondeu imediatamente: Eu queria fazer uma pergunta formal. Escrever bilhetes em cadernos é um modo de comunicação muito informal.

Eu não sei fazer margarita, escrevi. Mas conheço alguém que sabe.

José Cuervo?, ele perguntou.

Abri as persianas e me inclinei para fora da janela, gritando em direção ao fundo das nossas casas, onde ficavam as janelas da cozinha.

— GOOGLE.

Meu telefone zumbiu com a resposta dele: Vem pra cá. Tentei não reparar na reação que essas palavras me causaram, o estremecimento no corpo inteiro, o calor.

Peguei meu computador e fui para a casa dele descalça. Gus me encontrou na varanda, encostado no batente da porta.

— Você nunca fica de pé sem apoio? — perguntei.

— Não se puder evitar — ele respondeu e me conduziu para a cozinha. Sentei em um banquinho diante do balcão central enquanto ele trazia limões, depois ia à sala da frente buscar a coqueteleira, tequila e triple sec. — Por favor, não precisa se oferecer para ajudar — ele brincou.

— Não se preocupe. Eu não faria isso.

Quando ele terminou de preparar os drinques, fomos para a varanda da frente e trabalhamos lá até os últimos raios de sol terem desaparecido naquele azul profundo do Michigan, as estrelas surgindo como se furassem buraquinhos nele, uma a uma. Quando nosso estômago começou a roncar, fui até minha casa pegar o resto da pizza, que nós comemos fria, com as pernas estendidas, os pés apoiados na grade.

— Olhe — disse Gus, e apontou para o céu azul-escuro quando duas trilhas de luz prateada o riscaram entre as estrelas. Seus olhos estavam fazendo aquela coisa, a coisa de Gus, ao olhar para elas, e meu peito se alvoroçou quase dolorosamente. Eu adorava aquele entusiasmo vulnerável quando ele via algo que o levava a sentir antes de ter tempo de disfarçar.

Ele olha para mim desse jeito às vezes.

Voltei minha atenção para as estrelas cadentes.

— Eu me identifico — falei.

Gus produziu um meio sorriso.

— Somos basicamente nós. Pegando fogo e despencando do céu.

Ele se virou para mim com um olhar intenso e fervente que desfez a compostura cuidadosa que eu vinha reconstruindo. Desviei os olhos e procurei algo para dizer.

— O que é essa grande bolha preta? — Indiquei com o queixo a tatuagem atualizada em seu bíceps, onde a pele era um pouco mais clara que o bronzeado habitual.

Ele pareceu confuso até ver para onde eu estava olhando.

— Ah. Antes era outra coisa.

— Uma fita de Möbius. Eu sei — comentei, um pouco rápido demais.

Ele fixou os olhos penetrantes em mim por alguns segundos intimidantes enquanto decidia o que dizer.

— Naomi e eu fizemos tatuagens iguais. — O nome dela ficou suspenso no ar, a imagem que perdura no rastro de um relâmpago. *Naomi.* A mulher com quem Gus Everett havia se casado, presumi. Ele não pareceu notar meu espanto. Talvez, em sua mente, ele dissesse o nome dela com frequência. Talvez ter me contado que ela existia fosse para ele como ter me mostrado seus álbuns de fotos. — Logo depois do casamento.

— Ah — falei, estupidamente. Minhas faces ficaram ainda mais quentes e começaram a coçar. Eu tinha essa capacidade de puxar assuntos sobre os quais ele não tinha nenhum interesse em falar. — Desculpe.

Ele sacudiu a cabeça e seus olhos mantiveram o foco intenso e aguçado.

— Eu disse que quero que você me conheça. Pode perguntar o que quiser.

Soou mais ou menos como: *monte em cima de mim! Agora!*

Eu torcia para estar *muito bonita* naquela minha cara de tomate maduro.

Mudar de assunto seria a melhor ideia, mas não consegui resistir à tentação de testá-lo, para ver se eu, January Andrews, *de fato* poderia perguntar ao reservado Gus Everett tudo que quisesse.

— O que a tatuagem significava? — tentei.

— No fim, muito pouco — disse ele. A decepção tomou conta de mim ao perceber como a nossa política de livro aberto havia se deteriorado tão rapidamente.

Mas ele respirou fundo e continuou:

— Se você começar em um ponto em uma fita de Möbius e for seguindo por ela, quando tiver percorrido o arco completo não terminará onde começou. Terminará exatamente em cima desse ponto, mas do outro lado da superfície. E, se *continuar* seguindo o contorno uma segunda vez, finalmente terminará onde começou. Quer dizer, esse caminho é, na verdade, duas vezes mais longo do que deveria ser. Na época, a ideia era que nós dois achávamos que juntos éramos algo maior do que cada um sozinho.

Ele ergueu um ombro e passou a mão distraidamente sobre a mancha preta que havia sido a tatuagem.

— Depois que ela foi embora, ficou parecendo uma piada de mau gosto. Olha só, aqui estamos nós, presos em lados opostos dessa superfície, supostamente no mesmo lugar, mas nunca juntos. Ligados um ao outro por essas tatuagens idiotas que são cinco mil por cento mais permanentes do que o nosso casamento.

— Putz — falei. *Putz?* Eu parecia uma babá de chiclete na boca tentando se identificar com o Pai Divorciado Sexy. Que era mais ou menos como eu me sentia.

Gus me sorriu de lado.

— Putz — ele repetiu baixinho.

Ficamos olhando um para o outro longamente.

— Como ela era? — As palavras escorregaram da minha boca e agora eu estava em pânico por ter perguntado algo que não sabia se Gus queria responder, ou se *eu* ia gostar de ouvir.

Seus olhos escuros me observaram por vários segundos. Ele pigarreou.

— Ela era durona — disse ele. — Meio... impenetrável.

Piadas prontas me vieram à cabeça, mas eu não interrompi. Já havia chegado até aqui, agora tinha que saber que tipo de mulher conseguia ganhar o coração de Gus Everett.

— Ela era uma artista visual incrível — ele continuou. — Foi assim que nos conhecemos. Eu vi uma das exposições dela em uma galeria quando estava na pós-graduação e gostei do trabalho dela antes de conhecê-la pessoalmente. Mas, mesmo depois que estávamos juntos, eu tinha a sensação de que nunca conseguiria conhecê-la de fato. Como se ela estivesse sempre fora do alcance. Por alguma razão, isso me atraía.

Que tipo de mulher conseguia ganhar o coração de Gus Everett?

Meu completo oposto. *Não* o tipo que era sempre grosseira quando mal-humorada, que chorava quando estava feliz, triste, sobrecarregada. Que não conseguia não ser emocionalmente direta.

— Mas eu também tinha esse pensamento de que... — Ele hesitou. — De que ali estava alguém que eu nunca ia fazer sofrer. Ela não precisava de mim. E ela não era delicada comigo, ou preocupada em me poupar, nem me deixava entrar o suficiente para ajudá-la com seus problemas pessoais. Talvez isso pareça horrível, mas eu nunca me senti à vontade para me ligar a alguém... *emotivo.*

— Ah. — Minhas faces ardiam e eu mantive o foco em seu braço em vez do rosto.

— Eu vi isso com meus pais, entende? Aquele buraco negro e a luz brilhante que ele estava sempre tentando engolir inteira.

Meu olhar subiu para o rosto dele, as linhas tensas marcadas entre as sobrancelhas.

— Gus. Você não é um buraco negro. E você não é o seu pai.

— É, eu sei. — Um sorriso pouco convincente passou pelo canto de sua boca. — Mas também não sou a luz brilhante.

Claro, ele não era uma luz brilhante, mas também não era o cínico que eu havia imaginado. Ele era um realista com medo demais da esperança para conseguir ver as coisas com clareza em sua própria vida. Mas também era excepcionalmente bom em ouvir as pessoas contarem o que as afligia e fazê-las se sentir menos solitárias, sem promessas ou lugares-comuns vazios. Eu. Dave. Grace.

Ele não tinha medo de que a situação ficasse pesada, de ver alguém em sua condição mais vulnerável. Não fazia malabarismos para tentar amenizar meus sentimentos. Ele só os testemunhava, e, de alguma maneira, isso permitia que eles finalmente deixassem meu corpo depois de anos de prisão.

— O que quer que você seja — falei —, é mais do que uma luz de vela. E, se quer saber a verdade, como uma ex-princesa encantada e o suprassumo da mulher emotiva secreta, eu acho que você é bem gentil.

Os olhos dele eram tão atentos e intensos sobre mim que eu tinha certeza de que ele conseguia ler todos os meus pensamentos, tudo que eu sentia e achava sobre ele, escritos em minhas pupilas. O calor em meu rosto fluiu para o corpo inteiro, e eu voltei os olhos para sua tatuagem e cutuquei-a com o dedo.

— E, se quer saber, eu acho que a mancha preta gigante fica bem em você. Não porque você seja um buraco negro. Mas porque ela é divertida, e estranha.

— Se você acha isso, então não tenho nada para lamentar — ele murmurou.

— Você fez uma tatuagem — falei, ainda um pouco admirada.

— Eu tenho várias, mas, se quiser ver as outras, vai ter que me pagar um jantar.

— Não, quero dizer que você fez uma *tatuagem de casamento.* — Dei uma espiada no rosto dele e o encontrei olhando fixamente para mim, como se esperasse alguma grande revelação sobre o que aquilo significava. — Isso é nível Cary Grant de romantismo.

— Humilhante. — Ele levou a mão à mancha preta outra vez, mas encontrou meus dedos pousados ali.

— Impressionante — contrapus.

Sua palma calejada deslizou sobre a minha mão, cobrindo-a. Instantaneamente, pensei naquela mão me tocando através da blusa, deslizando sobre a pele nua da minha barriga. Sua voz grave me trouxe de volta da lembrança:

— E o mauricinho?

Hesitei.

— Jacques?

— Desculpe — disse Gus. — Jacques. Seis anos é bastante tempo. Você deve ter achado que vocês acabariam com tatuagens iguais e um punhado de filhos.

— Eu achei... — Parei enquanto procurava entre a sopa de letrinhas em meu cérebro. Os dedos de Gus eram quentes e ásperos, cuidadosos e leves sobre os meus, e eu tinha que nadar por uma piscina de resistência cheia de pensamentos como *Aposto que cientistas conseguiriam reconstruí-lo a partir apenas dessa mão* para acessar alguma memória de Jacques. — Ele era um protagonista. Você entende?

— Deveria? — Gus provocou.

— Se estiver levando nosso desafio a sério, sim — respondi. — Quero dizer que ele era romântico. Dramático. Acendia cada lugar em que entrava e tinha uma história incrível para cada ocasião. E eu me apaixonava por ele em cada um desses momentos fantásticos que tivemos. Mas, sempre que estávamos apenas sentados juntos, tipo tomando o café da manhã em um apartamento sujo, sabendo que íamos ter que limpar tudo depois de uma festa... não sei, quando não estávamos brilhando um para o outro, eu meio que sentia que apenas trabalhávamos bem juntos. Como se fôssemos o casal principal em um filme, e, quando as câmeras não estavam ligadas, não tínhamos tanto para conversar. Mas nós queríamos a mesma vida, sabe?

Gus assentiu, pensativo.

— Eu nunca refleti sobre como a vida da Naomi e a minha funcionariam juntas, mas sabia que seria isso: duas vidas. Já você escolheu alguém que queria um relacionamento. Faz sentido para você.

— Sim, mas não é suficiente. — Sacudi a cabeça. — Sabe aquela sensação de ficar observando alguém dormir e se sentir inundada de alegria por essa pessoa existir?

Um leve sorriso apareceu no canto de sua boca e ele só moveu ligeiramente a cabeça.

— Então, eu amava o Jacques — falei. — E amava a família dele e a nossa vida e as comidas que ele fazia e o fato de ele ser apaixonado pelo seu trabalho na emergência do hospital e de ler muitos livros de não ficção como o meu pai, e... bom, a minha mãe estava doente. Você sabia disso, não é?

Gus apertou os lábios em uma linha fina e franziu a testa.

— Sim, da nossa aula de não ficção — disse. — Mas ela estava em remissão.

— Isso. Mas depois a doença voltou. E eu tinha certeza de que a minha mãe ia vencer outra vez. Mas uma parte de mim se sentia realmente reconfortada com o fato de que, se ela morresse, pelo menos teria conhecido o homem com quem eu ia me casar. Ela achava o Jacques tão lindo e incrível, e meu pai confiava nele para me dar a vida que eu queria. E eu *amava* tudo isso. Mas, quando eu olhava o Jacques dormindo, não sentia nada.

Gus se mexeu no sofá ao meu lado e baixou os olhos.

— E quando o seu pai morreu? Você não quis se casar com o Jacques? Já que eles tinham se conhecido?

Respirei fundo. Eu não havia admitido isso para ninguém. Tudo era muito complicado, muito difícil de explicar, até agora.

— De certa forma, acho que isso quase me libertou. Quer dizer... em primeiro lugar, meu pai não era quem eu pensava, então a opinião dele sobre o Jacques importava menos. Mas, mais do que isso, quando eu perdi meu pai... Enfim, meu pai era um mentiroso, mas eu o amava. Amava muito, tanto que saber que ele não está mais neste planeta ainda me rasga por dentro sempre que eu penso nisso.

Enquanto eu dizia isso, a dor voltou em meu peito, aquele peso esmagador e já habitual em cada centímetro quadrado do meu corpo.

— E, com o Jacques — continuei —, nós amávamos a melhor versão um do outro, dentro da nossa vida fascinante, mas, assim que as coisas saíram dos trilhos, não restou mais... *nada* entre nós. Ele não me amava quando eu não era a princesa encantada, entende? E eu também não o amava mais. Houve milhares de vezes que eu pensei: *Ele é o namorado perfeito*. Mas, depois que o meu pai morreu e eu estava furiosa com ele mas também sentia muita falta dele, percebi que nunca tinha pensado: *Jacques é tão perfeitamente a minha pessoa favorita*.

Gus assentiu.

— Você não ficava inundada de emoção ao vê-lo dormir.

Era o tipo de coisa que, se ele tivesse dito algumas semanas atrás, eu tomaria como zombaria. Mas eu conhecia Gus agora. Eu conhecia aquela inclinação de cabeça, aquela expressão séria que significava que ele estava no processo de refletir sobre mim.

Eu tinha visto isso em seu rosto naquele dia na faculdade, quando ele comentou que eu dava finais felizes para todos. Tinha visto de novo na livraria de Pete, quando fiz a provocação sobre ele escrever ficção para o círculo de fãs de Hemingway.

Aquele dia na aula, ele estava refletindo sobre quem eu era e como eu via o mundo. No encontro na livraria, ele estava percebendo que eu o detestava.

Queria retirar o que havia dito, mostrar a ele que eu o *entendia* agora, que confiava nele. Queria lhe dar algo secreto meu, como o que ele me dera quando falara sobre Naomi. Queria contar a ele outra história verdadeira, em vez de uma bela mentira.

Então eu falei:

— Uma vez, no meu aniversário, Jacques me levou para New Orleans. Nós fomos a todos aqueles maravilhosos bares de jazz e restaurantes cajun e lojas de bruxaria. E o tempo todo eu ficava mandando mensagens para Shadi sobre como eu queria que estivéssemos juntas, bebendo martínis e vendo *As bruxas de Eastwick*.

Gus riu.

— Shadi — ele disse com uma careta. — Eu lembro da Shadi.

— É, e ela lembra de *você* — comentei.

— Quer dizer que você fala de mim. — O sorriso de Gus se alargou e seus olhos faiscaram. — Para sua pessoa perfeitamente favorita, a Shadi?

— Você fala de mim para a Pete — desafiei.

Ele meneou a cabeça, confirmando.

— E o que você fala? — ele quis saber.

— Foi você quem disse que eu podia perguntar qualquer coisa — revidei. — O que *você* fala?

— Só estritamente o que ela precisa saber — ele respondeu. — A última coisa que contei a ela deve ter sido que nós fomos pegos nos agarrando em um cinema drive-in.

Eu ri e o empurrei, cobrindo as bochechas coradas com as mãos.

— Eu nunca mais vou poder pedir um maquiado!

Gus riu e me segurou pelos pulsos para tirar as mãos do meu rosto.

— Ela falou assim outra vez?

— Ô se falou!

Ele sacudiu a cabeça, sorrindo.

— Desconfio que não seja o conhecimento sobre café que a mantém no negócio.

Quando finalmente nos levantamos para ir dormir, Gus não disse boa-noite. Ele disse:

— Até amanhã. — E esse se tornou nosso ritual das noites.

Às vezes ele vinha à minha casa. Às vezes eu ia à dele. O muro entre ele e o resto do mundo não tinha caído, mas estava mais baixo, pelo menos entre nós.

Na quinta-feira à noite, enquanto estávamos sentados na sala no sofá de Sonya esperando nosso pad thai, ele finalmente me contou sobre Pete. Não só que ela era sua tia e havia sido sua técnica de futebol, no que ele me assegurou que era um péssimo jogador, mas também que ela havia sido a razão de ele ter se mudado para cá quando Naomi o deixou.

— A Pete morava perto de mim quando eu era criança, em Ann Arbor. Ela nunca ia à nossa casa, não se dava bem com o meu pai, mas estava sempre na minha vida. Depois, quando eu estava no colégio, a Maggie conseguiu a vaga para lecionar geologia na faculdade aqui, então elas se mudaram para cá e ficaram. Ela implorou para eu vir. Conhecia a pessoa que estava vendendo esta casa e chegou a me emprestar o dinheiro para a entrada, em um esquema de eu lhe pagar quando pudesse.

— Uau — comentei. — Ainda estou impressionada com o fato de a Maggie ser professora de geologia.

— Nunca mencione uma rocha na frente dela. É sério. Nunca.

— Vou tentar — eu disse. — Mas vai ser extremamente difícil, já que rochas são um assunto tão frequente nas conversas cotidianas.

— Você ficaria chocada — ele garantiu. — Chocada e perplexa e, mais importante, entediada até a morte.

— Alguém deveria inventar um remédio antitédio.

— Eu acho que drogas são essencialmente isso — disse Gus. — Mas chega de falar de rochas, January. Conte por que *você* se mudou para cá.

As palavras se enroscaram na minha garganta. Eu só conseguia tirar poucas por vez.

— Meu pai.

Gus assentiu, como se isso fosse explicação suficiente se eu não pudesse me forçar a continuar.

— Ele morreu e você quis ir embora?

Eu me inclinei para a frente e apoiei os cotovelos nos joelhos.

— Ele cresceu aqui. E, quando ele morreu, eu... eu descobri que ele estava vindo de novo para cá. Muito.

Gus franziu a testa. E passou a mão pelo cabelo, que estava, como sempre, jogado de qualquer jeito sobre a testa.

— Descobriu?

— Esta casa era dele — falei. — A *segunda* casa dele. Com... a mulher. — Eu não conseguia dizer o nome dela. Não queria que Gus soubesse quem ela era, que tivesse qualquer opinião sobre ela, e a cidade era tão pequena que ele provavelmente a conhecia.

— Ah. — Ele passou a mão pelo cabelo outra vez. — Você a mencionou, mais ou menos. — E se recostou no sofá, a garrafa de cerveja em sua mão suspensa entre as coxas.

— Você conheceu meu pai? — perguntei sem pensar, antes de decidir se ao menos queria uma resposta, e meu coração acelerou enquanto eu esperava que ele respondesse. — Você está aqui há cinco anos. Deve ter visto... *os dois*.

Gus me analisou com os olhos escuros e límpidos, a testa franzida, e sacudiu a cabeça.

— Sinceramente, não sou muito de me relacionar com os vizinhos. A maioria das casas neste quarteirão é de temporada. Se eu vi seu pai, devo ter pensado que ele estava aqui de férias. Eu não me lembraria.

Desviei o olhar depressa e concordei. Por um lado, era um alívio saber que Gus nunca havia observado os dois preparando churrasco no deque, ou cuidando do jardim lado a lado, ou fazendo qualquer outra coisa de casais normais que eles porventura fizessem aqui, e que ele parecia não saber quem era Aquela Mulher. Mas, por outro, senti um aperto no estômago e percebi que parte de mim desejava, o tempo todo, que Gus o *tivesse* conhecido. Que ele tivesse alguma história para me contar que eu não soubesse, um novo pedaço do meu pai aqui, e que o envelope miseravelmente fino que me tentava do fundo da caixa de garrafas de gim não fosse *de verdade* tudo o que eu ainda tinha para esperar dele.

— January — Gus disse, gentilmente. — Eu sinto muito.

Eu havia começado a chorar sem me dar permissão para isso. Pressionei o rosto nas mãos para esconder e Gus chegou mais perto, pôs um braço sobre meus ombros e me aconchegou junto dele. Delicadamente, ele me puxou para o seu colo, uma das mãos enfiada em meu cabelo, segurando minha nuca, enquanto a outra envolvia minha cintura.

Depois que as lágrimas começaram, eu não consegui mais contê-las. A raiva e a frustração. A dor e a traição. A confusão entupindo meu cérebro desde que eu descobri a verdade. Tudo se despejou de mim.

A mão de Gus se movia suavemente pelo meu cabelo, girando em círculos lentos em minha nuca, e sua boca pressionou minha face, meu queixo, meu olho, recolhendo lágrimas conforme elas caíam, até eu gradualmente me acalmar. Ou talvez as lágrimas simplesmente tenham acabado. Talvez eu tenha percebido que estava sentada no colo de Gus como uma criancinha, enquanto ele secava minhas lágrimas com beijos. Ou que os lábios dele tinham parado, pressionados em minha testa, ligeiramente separados.

Virei o rosto para o peito dele e o respirei, o cheiro de seu suor e do incenso que eu agora sabia que ele acendia quando começava a escrever a cada dia, seu ritual solitário pré-trabalho, e do ocasional cigarro contra o estresse (embora ele praticamente tivesse parado de fumar). Ele apertou mais os braços em torno de mim, os dedos acariciando minha nuca.

Todo o meu corpo se incendiou até eu me sentir como lava, ardente e líquida. Gus colou o corpo no meu e eu me moldei a ele, me despejei sobre cada contorno dele. Cada uma de suas respirações nos aproximava mais, até que, por fim, ele endireitou o corpo, me puxou para que eu ficasse com um joelho de cada lado de seus quadris, os braços firmes em minhas costas. A sensação dele sob mim fez subir uma nova onda de calor por minhas coxas. Sua mão percorria minha cintura, os olhos fixos nos meus.

Era aquela noite no cinema drive-in multiplicada por dez. Porque agora eu sabia como era a sensação dele sobre mim. Agora eu sabia o que o roçar de seu queixo em minha pele produzia em mim, como sua língua experimentaria os vãos entre nossas bocas, provaria a pele sensível no alto do meu peito. Eu tinha inveja de ele já ter sentido mais de mim do que eu dele. Queria beijar sua barriga, enfiar os dentes em seus quadris, apertar os dedos em suas costas e fazê-los viajar por todo o seu corpo.

Suas mãos deslizaram por minha coluna e eu me inclinei sobre ele. Meu nariz roçou o dele. Eu quase podia provar o seu hálito de canela pela boca entreaberta. Sua mão direita veio para a lateral do meu rosto e desceu de leve até o ombro, depois subiu de novo para a boca, onde seus dedos firmes pressionaram meu lábio inferior.

Eu não tinha mais pensamentos de cautela ou sabedoria. Só tinha pensamentos dele em cima de mim, embaixo de mim, atrás de mim. Suas mãos incendiando minha pele. Eu estava ofegante. Ele também.

A ponta da minha língua lambeu seu dedo, que se curvou em reflexo dentro da minha boca, me puxando para mais perto, até que nossos lábios estavam separados apenas por um centímetro de ar que zumbia de eletricidade estática.

Ele levantou o queixo e a borda de sua boca roçou a minha com uma leveza insuportável. Seus olhos eram escuros como petróleo, densos e quentes, se esparramando sobre mim. Suas mãos deslizaram pela lateral do meu corpo, percorrendo as pernas e voltando pelas coxas para segurar minha bunda com firmeza.

Soltei um suspiro quando seus dedos entraram sob a bainha do meu short, queimando minha pele.

— Ah, January — ele sussurrou. — Você é tão deliciosa.

A campainha tocou e todo o movimento, o clima, colidiram com uma parede de realidade.

Olhamos um para o outro, paralisados por um instante. Os olhos de Gus baixaram para mim e voltaram, sua garganta pulsando.

— A comida chegou — disse ele, a voz rouca.

Levantei de um pulo, a névoa se dissipando em minha cabeça. Alisei o cabelo e passei a mão pelos olhos molhados enquanto atravessava a sala até a porta. Assinei o recibo do cartão de crédito, peguei o saco de papel com as embalagens fumegantes e agradeci ao entregador com uma voz tão espessa e rouca quanto a de Gus.

Quando fechei a porta e me virei, Gus estava de pé, constrangido, o cabelo revolto e a camisa grudada ao corpo no lugar onde eu havia chorado. Ele coçou a cabeça e olhou hesitante para mim.

— Desculpe.

Dei de ombros.

— Não tem do que se desculpar.

— Tenho, sim — disse ele. E encerramos o assunto.

19

A praia

NA SEXTA-FEIRA, FOMOS até a casa de Dave para a segunda parte da entrevista. A primeira tinha sido tão completa que Gus não planejara uma segunda, mas Dave ligou naquela manhã e disse que, depois de refletir melhor, sua mãe resolveu que tinha coisas a dizer sobre New Eden.

Dave vivia em uma pequena casa de dois andares, provavelmente construída no fim dos anos 60, que cheirava como se alguém tivesse fumado um cigarro atrás do outro dentro dela desde então. Apesar disso, e da decoração modesta, era extremamente bem cuidada: mantas colocadas sobre braços de sofá, plantas em vasos em uma fila ordeira ao lado da porta, panelas penduradas em ganchos na parede e a pia brilhando de limpa.

Dave Schmidt devia ter mais ou menos a nossa idade, mas Julie-Ann Schmidt parecia dez anos mais velha que a minha mãe. Era miúda, o rosto redondo e suave marcado por rugas. Eu me perguntei se teria sido uma vida toda sendo tratada como se fosse uma pessoa doce, por causa de seu aspecto, que lhe dera o aperto de mão quase rude que ela me oferecera.

Ela morava ali com Dave.

— A casa é minha, mas ele faz os pagamentos. — Ela deu uma risada e bateu nas costas dele. — Ele é um bom menino. — Vi os olhos de Gus se apertarem, avaliando a situação. Achei que ele poderia estar procurando pistas de violência em algum aspecto da interação, mas Dave estava quase curvado e sorrindo, constrangido. — Ele sempre foi um bom menino. E vocês têm que ouvi-lo tocando piano.

— Querem beber alguma coisa? — Dave ofereceu depressa.

— Água seria ótimo — respondi, mais para dar a Dave uma desculpa para se esconder do que por estar com sede. Quando ele desapareceu na cozinha, caminhei pela sala de estar, examinando as fotos em molduras de nogueira penduradas na parede. Era como se Dave tivesse sido congelado com mais ou menos oito anos de idade, em um colete de decote v e uma camiseta verde-musgo. Seu pai aparecia em quase todas as fotos, mas, mesmo nas que não estava, era fácil imaginar que fosse ele atrás da câmera, fotografando a pequena mulher sorridente com o bebê no colo, o menininho segurando sua mão, a criança desajeitada mostrando a língua ao lado da jaula do gorila no zoológico.

O pai de Dave era um homem alto, magro, de cabelo castanho, com sobrancelhas grossas e queixo recuado. Dave se parecia com ele.

— Então a senhora tem mais a dizer? — começou Gus. — Coisas que achou que Dave não poderia contar?

— Claro que tenho. — Julie-Ann se sentou na poltrona estofada em xadrez azul e Gus e eu nos ajeitamos um ao lado do outro no sofá bege-escuro de tecido áspero. — Eu tenho a visão completa. Dave só via o que nós o deixávamos ver, e depois, quando fomos embora daquele jeito... bem, imagino que a opinião dele sobre o lugar tenha oscilado de um extremo ao outro.

Gus e eu nos entreolhamos. Eu me inclinei para a frente, tentando manter uma postura aberta e amistosa para vencer a atitude defensiva dela.

— Ele pareceu bastante equilibrado, na verdade.

Julie-Ann pegou um maço de cigarros na mesa, acendeu um e nos ofereceu o maço. Gus pegou um e eu percebi que era mais para deixá-la à vontade do que por realmente querer fumar, o que me fez sorrir. Embora o que escrevíamos e aquilo em que dizíamos acreditar fossem tão diferentes, eu tinha começado a sentir que era capaz de conhecer Gus, ler suas reações, melhor do que já tinha feito com qualquer outra pessoa. Porque, a cada dia que passávamos juntos, esse sentimento peculiar crescia em mim: *Você é como eu.*

Julie-Ann acendeu o cigarro para ele, depois se recostou de pernas cruzadas.

— Eles não eram pessoas más — disse ela. — A maioria não era. E eu não podia deixar vocês ficarem pensando que eram. Às vezes... Às vezes pessoas boas, ou pelo menos decentes, fazem coisas ruins. E às vezes elas *realmente* acreditam que estão fazendo o que é certo.

— E a senhora não acha que isso é só uma desculpa? — Gus perguntou. — Não acredita em nenhum tipo de bússola moral interior?

O jeito como ele falou fez parecer que *ele mesmo* acreditava naquilo, algo que teria me surpreendido algumas semanas antes, mas agora fazia perfeito sentido.

— Talvez comecemos dessa forma — disse ela. — Mas, se isso for verdade, ela vai se moldando com o tempo. Como acreditar que o certo é certo e o errado é errado quando todo mundo à sua volta diz o contrário? Deveríamos pensar que somos mais inteligentes que todos os outros?

Dave voltou com três copos de água equilibrados nas mãos e os entregou um por um. Julie-Ann pareceu relutante em continuar, agora que o filho estava na sala, mas nem ela nem Gus sugeriram que ele saísse. Provavelmente porque Dave tinha uns trinta anos e pagava pela casa em que nos encontrávamos.

— Muitas dessas pessoas — Julie-Ann prosseguiu — não tinham muito. E não falo só de dinheiro, embora isso seja verdade também. Havia muitos órfãos. Pessoas afastadas da família. Pessoas que haviam perdido cônjuges ou filhos. No começo, New Eden me fez sentir que... que a razão de tudo ter dado errado na minha vida até aquele momento era que eu não tinha vivido do jeito certo. Era como se eles tivessem as respostas, e todos pareciam tão felizes, tão realizados. E, depois de uma vida de carência, às vezes nem carência de alguma coisa específica, mas apenas *carência*, a sensação de que o mundo não era grande o bastante, ou luminoso o bastante... bem, eu me sentia como se finalmente estivesse enxergando. Eu estava recebendo minhas respostas. Era como se uma grande equação científica estivesse sendo resolvida. E quer saber? Em certa medida, funcionou. Pelo menos por um tempo. Você seguia as regras deles, fazia os rituais, usava as roupas e comia a comida deles e *era* como se o mundo inteiro começasse a se iluminar de dentro para fora. *Nada* parecia banal. Havia orações para tudo, quando você ia ao banheiro, tomava banho, pagava contas. Pela primeira vez eu me senti grata por estar viva. Era isso que eles conseguiam fazer por você. Então, quando os castigos começavam, quando se começava a escorregar e cair, a sensação era como se houvesse uma mão gigante no ralo da banheira, só esperando para arrancar tudo isso de você. E o meu marido... Ele era um homem *bom*. Era um homem bom, perdido.

Seu olhar vagueou para Dave e ela deu uma tragada profunda no cigarro.

— Ele ia ser arquiteto. Construir estádios e arranha-céus. Ele adorava desenhar e era muito bom nisso. E então veio a gravidez para nós no ensino médio e ele soube que tudo isso tinha que ser deixado de lado. Nós precisávamos ser práticos. E ele nunca reclamou. — Uma vez mais, seus olhos indicaram o filho. — Claro que não. Nós éramos afortunados. Abençoados. Mas às vezes, quando a vida destrói seus planos... Eu não sei explicar, era a sensação que eu tinha quando estávamos lá. Como se... Como se o meu marido estivesse se agarrando ao que estava ao seu alcance. Como se estar certo importasse menos do que estar... bem.

Pensei em meu pai e Sonya. Sobre minha mãe ter ficado com ele mesmo sabendo o que ele tinha feito. Sua insistência em achar que já tinha terminado.

Mas por que começou, em primeiro lugar? Eu tinha perguntado isso no carro antes de ela adotar seu mantra: *Não quero falar sobre isso, não vou falar sobre isso.*

Mas a verdade é que eu tinha um bom palpite a esse respeito.

Quando eu estava na sétima série, meus pais se separaram. Por um período curto, apenas três meses, mas ele saiu de casa e foi morar com uns amigos enquanto ele e minha mãe tentavam resolver as coisas. Eu não sabia a história inteira. Eles nunca chegaram ao nível dos gritos, como acontecera com a maioria dos pais divorciados de amigos meus, mas, mesmo aos treze anos, eu tinha visto a mudança em minha mãe. Uma súbita melancolia, uma tendência a ficar olhando pelas janelas, fugindo para banheiros e voltando com os olhos inchados.

Na noite antes de o meu pai sair de casa, abri uma fresta da porta do meu quarto e ouvi suas vozes vindo da cozinha.

— Eu não sei — minha mãe dizia, chorosa. — Não sei, eu só sinto como se tivesse acabado.

— Nosso casamento? — meu pai perguntou depois de uma longa pausa.

— Minha *vida* — ela lhe disse. — Eu não sou nada além de sua esposa. E mãe da January. Não sou mais nada e acho que você não consegue imaginar o que é essa sensação. Ter quarenta e dois anos e sentir que já fiz tudo que tinha para fazer na vida.

Eu não havia conseguido compreender bem e, evidentemente, meu pai também não, porque na manhã seguinte eles me explicaram tudo, nós três sentados em fila na beira da minha cama, depois eu vi seu carro se afastar com uma mala no banco traseiro.

Eu acreditava que a vida como eu a conhecia tinha acabado.

Então, de repente, meu pai estava de volta em casa: prova de que não havia nada que não pudesse ser consertado! De que o amor podia vencer qualquer desafio, que a vida sempre, sempre acabaria dando certo. Portanto, quando ele e minha mãe se sentaram comigo para contar sobre o diagnóstico dela e tudo o mais em nossa vida mudou, eu *sabia* que não seria permanente. Era apenas mais uma reviravolta em nossa história.

Depois disso, os dois pareciam mais apaixonados do que nunca. Havia mais danças. Mais mãos dadas. Mais viagens românticas de fim de semana. Mais vezes meu pai dizendo coisas como: "Sua mãe foi muitas pessoas nos vinte anos desde que a conheço, e tive a chance de me apaixonar por cada uma delas, Janie. Esse é o segredo do casamento. É preciso continuar se apaixonando por cada nova versão um do outro, e esse é o melhor sentimento do mundo".

O amor deles, eu achava, tinha transcendido o tempo, as crises da meia-idade, o câncer, tudo.

Mas aquela separação *havia* acontecido, e, gritando com a minha mãe naquele dia, fiquei pensando se aqueles três meses teriam sido quando tudo começou. Quando meu pai e Sonya se reconectaram. Se, no momento em que ele a encontrou, só precisava acreditar que tudo poderia ficar bem outra vez. Se, quando minha mãe o aceitou de volta depois, *ela* só precisava fingir que *já estava* tudo bem.

Julie-Ann sacudiu levemente a cabeça e seu olhar pousou no meu.

— Faz sentido? — ela indagou. — Eu só precisava ficar bem, e podia fazer a coisa errada se tivesse o resultado certo.

Pensei em Jacques e em nossa determinação de ter uma vida bonita, meu desespero para ficar com alguém que minha mãe conhecia e apreciava. Pensei no diagnóstico da minha mãe e na infidelidade do meu pai, e na história que eu vinha contando a mim mesma desde os doze anos para não ficar aterrorizada com o que realmente poderia acontecer. Pensei nos livros românticos que eu devorava quando o câncer voltou e eu perdi minha chance na faculdade e achei que minha vida estava desmoronando outra vez. As noites passadas escrevendo até o sol nascer e minhas costas doerem de vontade de fazer xixi, mas sem querer parar de trabalhar, porque nada parecia mais importante que o livro, que dar a esses amantes na ficção o final que eles mereciam, dar aos meus leitores o final que *eles* mereciam.

Pessoas se agarrando a qualquer suporte firme que pudessem encontrar?

Sim. Sim, fazia sentido. Fazia todo o sentido.

Quando fomos embora naquela noite, mandei uma mensagem para minha mãe, algo que não vinha fazendo muito nos últimos meses: Eu te amo. Mesmo que você nunca mais consiga falar sobre ele, eu sempre vou te amar, mamãe. Mas espero que você consiga.

Vinte minutos depois, ela respondeu: Eu também, Janie. Tudo isso.

NO SÁBADO, descemos para a praia.

— Não é muito criativo — falei, enquanto seguíamos pela trilha atravessada por raízes de árvores. Gus abriu a boca para responder e eu o interrompi. — Não ouse fazer piada sobre o meu gênero predileto não ser original.

— Eu só ia dizer que é absurdo não virmos para a praia mais vezes — Gus respondeu.

— Eu achei que você estivesse enjoado de vir aqui.

— Eu quase não frequento esta praia.

— Sério?

— A raiz — ele avisou quando levantei a cabeça para olhar para ele, e eu a pulei cuidadosamente. — Não sou o maior rato de praia do mundo.

— Eu percebi quando não vi nenhuma camiseta ou boné anunciando a façanha.

— Exatamente — ele concordou. — Na verdade, eu prefiro esta praia no inverno.

— É mesmo? No inverno eu preferiria estar morta.

A risada de Gus retiniu em sua garganta. Ele saiu da trilha entre as árvores para a areia e me ofereceu a mão quando pulei da ligeira elevação.

— É lindo aqui no inverno. Você nunca viu?

Sacudi a cabeça.

— Quando eu estava na Universidade do Michigan, praticamente não saí de lá. Não explorei muito a região.

— Entendo. Depois que a Pete e a Maggie se mudaram para cá, eu vinha visitá-las nas férias de inverno. Elas compravam as passagens de avião ou ônibus para mim e eu vinha.

— Estou supondo que o seu pai não se importava. — Uma súbita explosão de raiva ao pensar em Gus quando criança, sozinho, indesejado, fez as palavras saírem de mim antes que eu pudesse evitar. Dei uma olhada cautelosa para ele. Seus lábios estavam um pouco apertados, mas, fora isso, o rosto continuava impassível.

Havíamos começado a caminhar pela margem da água e ele olhou de lado para mim, depois novamente para a areia.

— Você não precisa ficar com medo de tocar no assunto. Não era tão ruim assim.

— Gus. — Parei para encará-lo. — Só o fato de você ter dito *isso* já mostra que foi bem pior do que deveria ter sido.

Ele hesitou por um segundo, depois recomeçou a andar.

— Não foi assim — disse ele. — Depois que a minha mãe morreu, eu poderia ter ido embora. A Pete queria que eu viesse morar com ela e a Maggie. Ela vivia tentando me fazer falar sobre... sobre as minhas brigas com ele, para ela poder pedir a minha guarda, mas eu escolhi não fazer isso. Ele tinha que tomar todos aqueles remédios para o coração.

Comprimidos diários. Ele só tomava depois que eu lhe pedia umas três vezes, mas ai de mim se pedisse uma quarta vez. Ele arrumava briga. Briga mesmo. Às vezes eu pensava... — Ele fez uma pausa. — *Passava* pela minha cabeça se ele queria que eu o matasse. Ou que o fizesse ficar tão agitado que o coração não aguentasse. Larguei a escola para trabalhar e poder comprar os remédios para ele, mas, quando eu estava fora, ele parava de fazer *qualquer coisa* por si mesmo. Comer, tomar banho. Eu mal conseguia mantê-lo vivo. Talvez ele achasse que esse ia ser o meu castigo.

— Seu castigo? — eu me espantei. — Pelo *quê*?

Gus deu de ombros.

— Não sei. Talvez por ficar sempre do lado dela.

— Da sua mãe?

Ele confirmou com a cabeça.

— Acho que ele sentia que éramos Nós contra Ele. E *era* mesmo. Ele culpava a minha mãe por tudo que dava errado. Coisas bobas, por exemplo: ela esquecia de pôr gasolina no carro uma noite e ele ia precisar parar para abastecer no caminho do trabalho e se atrasar. Ou ela jogava fora um recibo que ele queria guardar, tirava sobras de comida da geladeira algumas horas antes de ele finalmente decidir que queria comer. Ele era mau comigo também, mas aí era de um jeito um pouco mais aleatório. Se o telefone tocasse e o acordasse, ele batia em mim, ou, se ele tivesse planos de sair mas tivesse que cancelar por causa da neve, me agredia para extravasar a raiva. Eu estava sempre à procura do código secreto, das regras que eu pudesse seguir para ele não se irritar. É o jeito de se manter seguro, entende? Prestar atenção em como o mundo funciona. Mas não havia código secreto para ele. Era como se as nossas ações fossem totalmente desvinculadas das reações dele com a gente. Ele agia como se eu fosse um moleque egoísta e preguiçoso e como se a minha mãe se achasse uma rainha. Dizia que ela tratava o dinheiro dele como papel higiênico. Ela estava constantemente pedindo desculpas por *nada*, e então, quando ele realmente a machucava, ou a mim, aí ele pedia desculpas. Recuava por uns dias. Apesar de tudo isso, acho que perdê-la quebrou o que quer que restasse dentro dele. Não sei. — Ele fez uma pausa, pensando. — Talvez não fosse amor. Talvez tratá-la como merda o fizesse sentir que ele tinha poder. Ele não tinha mais isso comigo quando fiquei mais velho.

— Obrigar você a mantê-lo vivo foi a única maneira que lhe restou de manipular você — falei.

— Não sei — ele admitiu. — Talvez. Mas, se eu tivesse ido embora, ele teria morrido mais cedo.

— E você acha que teria sido sua culpa?

— Não importa de quem teria sido a culpa. Ele teria morrido e eu saberia que poderia ter evitado. Além disso, *ela* não foi embora. Como eu poderia, sabendo que não era o que ela teria desejado?

— Você *não* sabe disso — falei. — Você era criança.

— A Pete gosta de dizer que eu nunca fui criança.

— Essa é a coisa mais triste que eu já ouvi.

— Não aja como se eu fosse digno de pena — disse ele. — Isso é passado. Acabou.

— Sabe qual é o seu problema? — perguntei, e dessa vez, quando eu parei, ele parou também.

— Sim, sei de vários.

— Você não sabe a diferença entre pena e empatia — continuei. — Não estou com pena de você. Eu fico triste de pensar que você foi tratado assim. Fico furiosa de pensar que você não teve o que toda criança merece. E, sim, fico furiosa e triste porque um monte de gente passa pelas mesmas coisas que você passou, mas me dá ainda mais raiva por ser você. Porque eu conheço você, gosto de você e quero que você tenha uma vida boa. Isso não é pena. É se importar com alguém.

Ele me encarou intensamente, depois sacudiu a cabeça.

— Eu não quero que você pense em mim desse jeito.

— Que jeito? — perguntei.

— Como um saco de pancadas ferido e de mal com o mundo — disse ele, seu rosto fechado e tenso.

— Não é *isso* que eu penso. — Dei um passo para mais perto dele, procurando as palavras certas. — Eu só penso em você como Gus.

Ele me examinou. O canto de sua boca subiu em um sorriso pouco convincente que logo desapareceu, deixando-o com uma aparência cansada.

— Mas eu sou assim — ele disse baixinho. — Eu *sou* de mal com o mundo e instável e toda vez que tento chegar mais perto de você é como se todas as campainhas de alerta disparassem, e eu tento agir como uma pessoa normal, mas não consigo.

Meu estômago deu uma cambalhota. *Mais perto de você.* Olhei para o lago enquanto me situava.

— Eu achei que você soubesse que não existe essa história de pessoa normal.

— Talvez não — disse Gus. — Mas ainda assim há uma diferença entre pessoas como eu e pessoas como você, January.

— Não venha com essa. — Olhei para ele com a testa franzida. — Você acha que eu não fico de mal com o mundo? Acha que eu não me sinto um pouco ferida? Não é como se a minha vida fosse perfeita.

— Eu *nunca* achei que a sua vida fosse perfeita — disse ele.

— Sei. Você me chamou de princesa encantada.

Ele soltou uma risada curta.

— Porque *você* é a luz brilhante! Você não entende? Não tem a ver com o que aconteceu. É o modo como você lida com as coisas, quem você é. Você sempre foi essa tremenda luz forte e, mesmo quando está na pior, quando se sente de mal com o mundo e ferida, você ainda sabe ser uma pessoa. Ainda sabe dizer para as pessoas que você... que você as ama.

— Pare — falei. Ele começou a se afastar, mas eu o segurei pelos braços e o mantive na minha frente. — Você não vai me ferir, Gus.

Ele ficou parado, os lábios entreabertos e os olhos analisando meu rosto em busca de alguma coisa. A cabeça se inclinou muito ligeiramente e as rugas surgiram entre as sobrancelhas.

Eu esperava que ele estivesse entendendo naquele momento que eu o via. Que ele não precisava fazer nada especial, encontrar algum código misterioso para destravar suas partes secretas. Que ele tinha apenas que continuar ali comigo, deixando que eu o descobrisse pouco a pouco, como vinha fazendo desde que nos conhecemos.

— Eu não preciso que você me diga que gosta de mim — falei, por fim. — Duas noites atrás você me abraçou enquanto eu chorava. Acho até que eu assoei o nariz na sua blusa. Não estou pedindo nada de você a não ser que me deixe retribuir o favor de qualquer maneira discreta e branda equivalente a chorar no colo que você precise.

Ele soltou o ar longamente, se inclinou e apoiou o rosto na lateral do meu pescoço, como uma criança envergonhada, ainda que sua respiração quente despertasse algo sob minha pele. Deslizei a mão pela curva dos músculos de seus braços e prendi meus dedos nos dedos ásperos dele. O sol estava baixo no horizonte, os finos cobertores de nuvens riscados de um tom pálido de tangerina. Parecia sorvete derretido flutuando em um mar de azul. Gus levantou o rosto e me olhou nos olhos outra vez, e a luz que escapava em grandes línguas entre as nuvens em movimento o pintou de cor.

Foi um momento sem constrangimento, um silêncio confortável. O tipo de coisa que, se eu estivesse escrevendo, talvez pensasse que poderia ser pulado.

Mas seria um erro. Porque aqui, nesse momento em que nada estava acontecendo e não tínhamos mais nada a dizer, eu soube quanto gostava de Gus Everett, quanto ele começava a significar para mim. Havíamos nos aberto tanto um para o outro nos últimos três dias, e eu sabia que mais ainda iria borbulhar para fora com o tempo, mas, pela primeira vez em um ano, eu não me sentia sufocada por emoções presas e palavras contidas.

Eu me sentia um pouco vazia, um pouco leve.

Feliz. Não eufórica ou esfuziante, mas aquele nível baixo e constante de felicidade que, nos melhores períodos da vida, se mantém na base de tudo o mais, um amortecedor entre você e o mundo em que você está pisando.

Eu me sentia feliz por estar ali, sem fazer nada com Gus, e, mesmo que fosse temporário, era suficiente para acreditar que algum dia eu estaria bem outra vez. Talvez não exatamente do mesmo jeito que eu estava antes da morte do meu pai, *provavelmente* não, mas um novo tipo de estar bem, quase tão sólido e seguro quanto aquele.

Eu sentia a dor também, a dor abafada que me restaria quando isso entre mim e Gus terminasse. Imaginava perfeitamente cada sensação, no estômago e na palma das mãos, as pulsações agudas de perda que me lembrariam como tinha sido bom ficar aqui com ele desse jeito, mas, agora, eu não achava mais que a resposta fosse desistir dele.

Eu queria me agarrar a ele, a esse momento, por um tempo.

Como se fosse um acordo, Gus apertou minhas mãos nas dele.

— Eu gosto — ele disse. Era quase um sussurro, terno e áspero como o próprio Gus. — Eu gosto de você.

— Eu sei — respondi.

A luz tangerina brilhou em seus dentes quando ele sorriu, aprofundando as sombras em suas covinhas raramente vistas, e nós ficamos ali, deixando nada acontecer à nossa volta.

20

O porão

TENHO MÁS NOTÍCIAS e más notícias, Shadi me escreveu na manhã seguinte.

Qual eu deveria ouvir primeiro???, respondi. Sentei devagar, com cuidado para não acordar Gus. Dizer que havíamos caído no sono no sofá não era exatamente a verdade. Eu tive que decidir ativamente que ia dormir na noite anterior.

Pela primeira vez desde que começamos a sair juntos, nós nos aventuramos no mundo das maratonas de filmes.

— Você escolhe um, depois eu escolho outro — ele falou.

Foi assim que acabamos vendo, ou conversando durante *Enquanto você dormia, Um bonde chamado desejo*, *Piratas do Caribe 3* (como castigo por ele me fazer ver *Um bonde chamado desejo*) e *Glitter: o brilho de uma estrela*, da Mariah Carey (quando descemos ainda mais no nível de loucura). E, mesmo depois disso, eu continuava muito acordada, elétrica.

Gus havia sugerido que víssemos *Janela indiscreta*, e no meio do filme, não muito antes que os primeiros vestígios de sol espreitassem pelas janelas, finalmente paramos de falar. Ficamos muito quietos em nossos lados opostos do sofá, tudo abaixo dos joelhos misturado no meio, e adormecemos.

A casa estava fria. Eu tinha deixado as janelas abertas e elas haviam embaçado quando a temperatura começou a subir de manhã. Gus estava encolhido quase em posição fetal, enrolado em um cobertor, então pus os dois cobertores que eu estivera usando em cima dele e fui para a cozinha acender o queimador sob a chaleira.

Era uma manhã calma e azul. Se o sol já havia surgido, ainda estava preso atrás de uma camada de névoa. Tão silenciosamente quanto consegui, peguei o pacote de café moído e a prensa francesa na bandeja giratória da mesa.

O ritual era diferente do que naquela primeira manhã, mais comum agora e, por algum motivo, mais sagrado.

Em algum momento na última semana, esta casa havia começado a parecer minha.

O celular vibrou na minha mão.

Eu me apaixonei, escreveu Shadi.

Pelo Chapéu Assombrado?, perguntei, empolgada. Shadi era sempre a melhor de todas, mas não havia nada igual a Shadi apaixonada. Ela se tornava, de alguma maneira, ainda mais ela mesma. Ainda mais irreverente, engraçada, boba, sábia, carinhosa. O amor acendia minha melhor amiga por dentro, e, embora cada um dos sofrimentos amorosos dela fosse totalmente arrasador, ela nunca se fechava. Cada vez que ela se apaixonava de novo, sua alegria parecia transbordar, para mim e para o mundo em geral.

Claro que sim, digitei. Conta TUDO.

BOM, Shadi começou. Eu não sei!! Nós passamos todas as noites juntos e o melhor amigo dele me ADORA e eu adoro ele, e uma noite dessas ficamos acordados literalmente até o sol nascer e então, enquanto ele estava no banheiro, o amigo dele disse "Seja legal com ele. Ele é louco por você" e eu fiquei tipo "Haha eu também". Em conclusão, tenho mais más notícias.

Você avisou, respondi. Continue.

Ele quer que eu conheça a família dele...

Sim, isso é terrível, concordei. E se eles forem GENTE BOA? E se eles fizerem você jogar Uno e beber uísque com coca-cola na varanda???!

HUMM, disse Shadi. É que ele quer que eu vá esta semana. No Quatro de Julho.

Fiquei olhando para as palavras, sem saber o que responder. Por um lado, eu vinha vivendo em uma ilha de Gus Everett no último mês e não estava nem um pouco enjoada ou claustrofóbica.

Por outro, fazia meses que eu não via Shadi e estava com saudade dela. Gus e eu vivíamos aquele tipo arrebatador de amizade instantânea que geralmente é reservado para acampamentos e semanas de orientação na faculdade, mas Shadi e eu tínhamos anos de história. Podíamos falar sobre qualquer coisa sem ter que parar e explicar o contexto. Não que o estilo de comunicação de Gus pedisse muito contexto. Os fragmentos de vida que ele compartilhava comigo iam construindo a estrutura conforme chegavam. Eu obtinha uma imagem mais clara dele a cada dia e, quando íamos dormir, aguardava ansiosa a manhã seguinte para descobrir mais dele.

Ainda assim...

Eu sei que é uma péssima hora, Shadi escreveu, mas já conversei com o meu chefe e vou poder sair de novo para o meu aniversário em agosto e PROMETO que vou esvaziar toda a masmorra do sexo sozinha.

A chaleira começou a assobiar e eu pus o celular de lado enquanto despejava a água sobre o pó de café e punha a tampa na prensa para deixá-lo em infusão. O telefone acendeu com uma nova mensagem e eu me inclinei sobre o balcão.

Claro que eu não TENHO que ir, ela continuou. Mas eu, sei lá, sinto que TENHO. Mas, não, não tenho. Se você precisar de mim agora, eu vou agora.

Eu não podia fazer isso com ela, arrancá-la de algo que claramente a estava deixando mais feliz do que eu a vira em meses.

Se você vier em agosto, quanto tempo vai ficar?, respondi, abrindo negociações.

Um e-mail soou em minha caixa de entrada e eu o abri com ansiedade. Sonya finalmente havia respondido à minha pergunta sobre os móveis da varanda:

> January,
> Eu adoraria ficar com os móveis da varanda, mas não tenho como comprar de você. Se você estiver se oferecendo para me dar os móveis, avise quando eu poderia mandar um caminhão e amigos para pegá-los. Se sua oferta for para vendê-los, obrigada pela consulta, mas eu não tenho condições.
>
> Seja como for, haveria algum momento em que pudéssemos conversar? Pessoalmente seria bom, eu...

— Oi.

Fechei o e-mail depressa e me virei para Gus, que entrava na cozinha esfregando o olho direito com o pulso. Seu cabelo ondulado estava levantado de um lado e a camiseta parecia um pedaço de pergaminho antigo amarfanhado atrás do vidro de um museu, uma das mangas dobradas revelando mais de seu braço do que eu já tinha visto antes. Eu me senti repentinamente faminta por seus ombros.

— Uau — falei. — Então é assim o Gus Everett antes da maquiagem.

Com os olhos ainda sonolentos, ele abriu os braços para os lados.

— O que acha?

Meu coração tremulou.

— Exatamente como eu imaginava. — Voltei as costas para ele enquanto pegava canecas no armário. — Porque você está exatamente como sempre é.

— Prefiro tomar isso como um elogio.

— É seu direito como cidadão americano. — Virei de volta para ele com as canecas, esperando parecer mais natural do que me sentia por acordar na mesma casa que ele.

Ele estava apoiado no balcão, como sempre, a boca curvada em um sorriso.

— Bendito seja Jack Reacher.

Fiz uma cruz no coração.

— Amém.

— O café está pronto?

— Quase.

— Na varanda ou no deque? — ele perguntou.

Tentei imaginar uma sensação de claustrofobia. Tentei imaginar aquilo virando um hábito: o sorriso, as roupas amassadas, a linguagem que só Gus e eu falávamos, as brincadeiras, choros, toques e não toques.

Uma nova mensagem chegou de Shadi: Vou ficar PELO MENOS uma semana.

Escrevi de volta: Então até lá, amiga. Me dê notícias sobre os assombros do seu coração.

ERA QUARTA-FEIRA e tínhamos passado o dia escrevendo na minha casa (eu já estava em uns bons trinta e três por cento do livro) enquanto esperávamos o comprador vir pegar a mobília do quarto de cima. Eu havia adiado a venda dos móveis da varanda, agora que Gus e eu tínhamos adquirido o hábito de usá-los algumas noites. Começara a encaixotar as coisas do térreo e a deixá-las na instituição de caridade e até a vender os móveis menos necessários. A namoradeira e a poltrona da sala já tinham ido embora, assim como o relógio que ficava na prateleira sobre a lareira, e os descansos de mesa e velas votivas do armário ao lado da mesa da cozinha tinham sido doados.

Talvez porque aquilo estivesse ficando mais com cara de casa de bonecas do que de um lar, havia se tornado nosso escritório de dia, e, depois que terminávamos de trabalhar, nos mudávamos para a casa de Gus.

Ele estava na cozinha agora, pegando mais gelo, e eu aproveitei a oportunidade para espiar (bisbilhotar) suas estantes de livros, como tinha desejado desde a noite em que me mudei e as vi, iluminadas, pela janela da minha sala de estar. Ele tinha uma bela coleção, entre clássicos e contemporâneos. Toni Morrison, Gabriel García Márquez, William Faulkner, George Saunders, Margaret Atwood, Roxane Gay. Na maioria, os livros estavam organizados em ordem alfabética, mas ele evidentemente não guardava as novas compras no lugar certo havia algum tempo, e esses estavam em pilhas na frente e em cima de outros livros, as notas fiscais ainda aparecendo dentro das capas.

Agachei para ver melhor a fileira de baixo na estante mais longe da porta, que estava totalmente fora de ordem, e soltei uma exclamação de espanto audível ao avistar uma lombada fina que dizia: COLÉGIO GREGORY L. WARNER.

Abri o anuário escolar e virei as páginas até os sobrenomes com *E*. Dei risada quando meus olhos pousaram sobre a foto em preto e branco de um Gus de cabelo revolto com um pé de cada lado de um trilho de trem deteriorado.

— Ah, meu Deus. Obrigada. Obrigada, Senhor.

— Será possível que nada é sagrado para você, January? — disse Gus, voltando para a sala. Ele colocou o balde de gelo sobre o móvel e tentou tirar o livro das minhas mãos.

— Nem vem que eu não terminei ainda — protestei, puxando-o de volta. — Na verdade, acho que nem vou terminar. Quero que esta seja a primeira coisa que eu veja quando acordar e a última antes de ir para a cama.

— Sua pervertida, fique com seus catálogos de roupas de baixo. — Ele quis pegá-lo de novo, mas eu me virei e o segurei junto ao peito, forçando-o a tentar pelo outro lado.

— Pode tirar minha vida — gritei, desviando das mãos dele —, pode tirar minha liberdade, mas você nunca vai tirar esse maldito anuário de mim, Gus.

— Prefiro só ter o anuário de volta — disse ele, fazendo uma nova tentativa. Ele segurou os dois lados do livro, seus braços em volta de mim, mas eu não soltei.

— Eu *não* estou brincando. Esta é uma luz brilhante demais para ficar escondida do mundo. O *New York Times* precisa ver isto. A GQ precisa ver isto. Você precisa enviar isto para o concurso do homem mais sexy da *Forbes*.

— Eu tinha dezessete anos nessa foto — disse ele. — Por favor, pare de objetificar meu eu criança.

— Eu teria sido obcecada por você — comentei. — É como se você estivesse com o traje completo de Adolescente Rebelde comprado em uma loja de Halloween. É mesmo verdade o que dizem que algumas coisas nunca mudam. Eu juraria que você está usando hoje exatamente a mesma roupa que usava nesta foto.

— Isso é cem por cento falso — ele argumentou, ainda pressionado contra as minhas costas, os braços em volta de mim para segurar o livro. Eu tinha conseguido deixar a página marcada com o dedo, e, quando abri o livro de novo, ele afrouxou as mãos. Inclinou-se sobre meu ombro para olhar melhor, seus dedos deslizando pelos meus braços até repousar em meus quadris.

Como se precisasse se equilibrar. Como se fosse para não cair sobre meu ombro.

Quantas vezes acabaríamos em situações como essa? E quanto tempo até eu perder o pouco autocontrole que estava conseguindo manter?

Assim que algo concreto acontecesse entre nós, seria o fim. Eu ia perdê-lo. Ele se assustaria, com medo de que eu estivesse muito envolvida, que quisesse demais dele, que ele pudesse acabar me destroçando. E, enquanto isso, eu estaria... muito envolvida e no caminho de ser destroçada.

Eu era romântica demais para que qualquer coisa pudesse se manter casual e, ainda que nós fôssemos totalmente incompatíveis, já estava muito mais envolvida com Gus do que a mera atração física.

E parecia que nenhum de nós conseguia deixar de forçar os limites.

Enquanto olhávamos para o anuário, ou fingíamos olhar, suas mãos iam e vinham levemente pelos meus quadris, me puxando para ele e me afastando dele, em uma metáfora terrivelmente apropriada. Eu sentia a firmeza de sua barriga em minhas costas e decidi centrar o foco na fotografia.

Minha empolgação inicial se dissipou quando olhei para a foto de novo. Provavelmente trinta por cento dos meninos no meu anuário do ensino médio tinham decidido usar essa mesma expressão de adolescente entediado, mas a de Gus era diferente. A linha torta de sua boca era tensa, sem um sorriso. A cicatriz branca em seu lábio superior era mais escura, mais recente, e havia círculos cansados em volta de seus olhos. Embora Gus estivesse constantemente me surpreendendo de pequenas maneiras, havia também um nível instintivo em que eu sentia que o conhecia, que o reconhecia. No clube do livro, Gus soubera que algo tinha me mudado, e, olhando para essa foto, *eu* sabia que algo havia acontecido com ele não muito tempo antes de o retrato ter sido tirado.

— Isto foi depois que a sua mãe... — Deixei a frase no meio, incapaz de dizer as palavras.

O queixo de Gus confirmou de encontro ao meu ombro.

— Ela morreu quando eu estava no segundo ano. Essa é a minha foto do último ano.

— Eu achei que você tivesse largado o colégio — falei, e ele confirmou de novo.

— O irmão do meu pai era administrador de um cemitério enorme. Eu sabia que ele ia me contratar em período integral, com seguro-saúde e tudo o mais, no instante em que eu fizesse dezoito anos, mas Markham insistiu que tirássemos a foto e mandássemos para o anuário mesmo assim.

— Obrigada, Markham — murmurei, tentando manter o clima leve, apesar da tristeza em meu peito. Imaginei se meus olhos estariam como aqueles agora, tão perdidos e vazios, se depois do funeral do meu pai minha expressão tinha sido tão oca. — Eu gostaria de ter conhecido você — falei, me sentindo impotente. Eu não poderia ter mudado nada, mas teria estado presente. Eu poderia tê-lo amado.

Meu pai podia ter sido um mentiroso, um mulherengo e um homem que viajava muito a trabalho, mas eu não tinha uma única lembrança de me sentir solitária quando criança. Meus pais estavam sempre presentes, e o nosso *lar* sempre havia sido o meu lugar seguro.

NÃO ERA À toa que eu parecia uma princesa encantada para Gus, saltitando pela vida com meus sapatos brilhantes e minha confiança profunda no universo, minha insistência de que *qualquer pessoa* podia *ser* o que quisesse, *ter* o que quisesse. Doía em mim não poder voltar no tempo e enxergá-lo com clareza, ser mais paciente. Eu devia ter visto a solidão de Gus Everett. Devia ter parado de contar uma história para mim mesma e olhado de fato para o mundo.

As mãos dele continuavam a se mover. Percebi que eu estava me movendo junto, como se ele fosse uma onda em que eu estivesse balançando. Sempre que ele me puxava em sua direção, eu me pressionava contra ele, me arqueando para senti-lo junto de mim. As mãos deslizaram para minhas pernas, os dedos afagaram minha pele e eu fiz o que pude para manter a respiração regular.

Estávamos jogando um jogo: até onde conseguiríamos ir antes de admitir que não dava mais?

— Tive uma ideia — disse ele.

— Jura? — brinquei, embora minha voz estivesse mole com meia dúzia de emoções conflitantes. — Quer que eu pegue a câmera de vídeo para documentar este momento histórico?

As mãos de Gus se apertaram em mim e eu me encostei mais nele.

— Muito engraçada. Então, como eu dizia, tive uma ideia, mas ela interfere na nossa pesquisa.

Ah. Pesquisa. O lembrete de que ainda precisávamos acomodar o que quer que isso fosse dentro dos termos do nosso trato. De que, no fim, isso ainda era uma espécie de jogo.

— Está bem, o que é? — Eu me virei para ele e suas mãos deslizaram pela minha pele, mas ele não me soltou.

— Bom... — Ele fez uma careta. — Eu disse para a Pete e a Maggie que iria à festa de Quatro de Julho delas, mas é na sexta-feira.

— Ah. — Dei um passo para trás. Havia algo de desorientador em lembrar que o resto do mundo existia quando as mãos dele estavam em mim. — E você precisa pular uma das nossas noites de pesquisa?

— A questão é que eu também preciso ir até New Eden logo para poder continuar escrevendo — disse ele. — Então, como não posso na sexta-feira, esperava poder ir no sábado.

— Entendi. Nós pulamos introdução à comédia romântica esta semana e fazemos um estudo de campo de ficção literária?

Gus sacudiu a cabeça.

— Você não precisa ir. Posso fazer isso sozinho.

Levantei uma sobrancelha.

— Por que eu não iria?

Ele mordeu o lábio inferior e a cicatriz ficou mais branca que o habitual.

— Vai ser horrível — disse. — Tem certeza que quer ver o lugar?

Suspirei. Aquilo de novo. A velha dança da princesa-encantada-que-não-consegue-lidar-com-este-mundo-cruel.

— Gus — falei, devagar —, se você vai, eu também vou. Esse é o trato.

— Mesmo eu pulando a aula de herói romântico desta semana?

— Acho que você já fez dança country mais que suficiente para o mês — respondi. — Merece uma folga e uma festa de Quatro de Julho.

— E você? — perguntou ele.

— Eu sempre mereço uma folga. Mas dança country é basicamente a minha folga.

Ele pigarreou.

— Eu quis dizer na sexta-feira.

— Sexta-feira o quê?

— Você quer ir à festa da Pete?

— Quero — respondi de imediato. Gus deu aquele seu sorriso marca registrada de boca fechada. — Não. Talvez. — A expressão dele se desfez e eu acrescentei depressa: — Não tem um jeito de... — Pensei e repensei em como dizer aquilo. — A Pete é amiga da amante do meu pai.

— Ah. — Ele entreabriu os lábios, hesitante. — Eu... queria que ela tivesse mencionado isso quando perguntei se podia convidar você. Eu não teria concordado se soubesse...

— Eu não sei se ela sabe.

— Ou talvez ela tenha tentado me fazer concordar em ir omitindo informações importantes — disse ele.

— Mas você *tem* que ir — falei. — Não tenho certeza se *eu* posso.

— Vou descobrir — Gus garantiu. — Mas e se ela não for?

— Eu vou. Mas *com certeza* vou tocar no assunto das rochas com a Maggie.

— Você é doente, January Andrews — disse Gus. — É isso que eu amo em você.

Meu estômago deu um duplo twist carpado.

— Ah, então é *isso*.

— Bom — respondeu ele. — É *uma* das coisas. Pareceu muito grosseiro convidar você para a casa das minhas tias e falar da sua bunda.

GERALMENTE, QUANDO EU ia a uma festa, usava isso como desculpa para comprar uma roupa tematicamente apropriada. Ou pelo menos sapatos novos. Mas, mesmo depois de vender uma boa parte da mobília, quando acessei minha conta bancária na sexta-feira de manhã, a tela praticamente franziu a testa para mim.

Mandei uma mensagem para Gus: Acho que não posso ir à festa, porque descobri que não tenho dinheiro nem para levar uma porção individual de salada de batata.

Vi o "..." aparecer na tela enquanto ele digitava. Ele parou. Começou de novo. Depois de um minuto inteiro, o sinal desapareceu e eu voltei a encarar desafiadoramente a porta que levava ao porão.

Eu tinha adiado a inspeção da suíte principal e já havia esvaziado praticamente tudo (inclusive as coisas pregadas nas paredes) dos outros cômodos, então o que restava era o porão.

Respirei fundo, abri a porta e olhei para a escada escura. O piso embaixo era de cimento, o que era um bom sinal, porque sugeria que não estivesse decorado, cheio de *mais* móveis para ser removidos. Apertei o interruptor, mas a lâmpada estava queimada. Não era totalmente escuro. Havia janelas de blocos de vidro que eu tinha visto pelo lado de fora e que deviam estar deixando entrar alguma luz natural. Acendi a lanterna do celular e desci. Tubos plásticos vermelhos e verdes estavam empilhados junto à parede, ao lado de uma estante de metal cheia de ferramentas e de um freezer horizontal. Fui até a estante e peguei uma caixa de lâmpadas empoeirada. Meus dedos seguraram a tampa e a abriram.

Uma das lâmpadas já tinha sido tirada da embalagem.

Talvez a que havia queimado na escada do porão.

Talvez meu pai tivesse descido aqui para fazer alguma coisa e percebido, como eu, que a luz não estava acendendo. Ele teria pegado a lâmpada e subido alguns degraus até onde conseguisse trocá-la sem ficar na ponta dos pés.

Dessa vez a fisgada foi como um arpão. Não dizem que a dor melhora com o tempo? Quando é que lidar com algo que meu pai podia ter tocado ia parar de fazer meu peito doer tanto que eu mal conseguia respirar? Quando é que a carta no fundo da caixa de gins deixaria de me encher de medo?

— January?

Eu me virei na direção da voz, esperando sinceramente encontrar um fantasma, um assassino, ou um fantasma assassino escondido aqui nas entranhas da casa o tempo todo.

Em vez disso, encontrei Gus, iluminado por trás pela luz do corredor que se despejava sobre a escada, enquanto se inclinava sobre a meia parede que margeava os degraus superiores para me ver.

— Porra — ofeguei, ainda elétrica de adrenalina.

— A porta estava destrancada — disse ele, descendo pelos degraus. — Eu me assustei ao ver a porta do porão aberta.

— *Eu* me assustei ao ouvir uma voz no porão quando achava que estava sozinha.

— Desculpe. — Ele olhou em volta. — Não tem muita coisa aqui.

— Nenhuma masmorra do sexo — concordei.

— Havia essa hipótese? — ele perguntou.

— Shadi tinha esperança.

— Ah, sim. — Ele fez um breve silêncio. — Você não precisa fazer tudo isso. Não precisa fazer nada disso se não quiser.

— É meio estranho vender uma casa com ferramentas empoeiradas e uma caixa de lâmpadas dentro — comentei. — Cai na zona cinzenta entre totalmente mobiliada e completamente vazia. Além disso, eu preciso do dinheiro. Tenho que tirar tudo. É uma queima de estoque, por assim dizer. Porque a alternativa seria queimar a casa e tentar receber o dinheiro do seguro.

— É sobre isso que eu vim conversar com você — disse ele.

Eu o encarei, boquiaberta.

— Você veio sugerir que a gente bote fogo na casa para dar o golpe do incêndio e receber o seguro?

— A salada de batata — ele respondeu. — Eu esqueci de avisar que você não precisa levar *nada* para a festa de Quatro de Julho da Pete e da Maggie. Qualquer coisa que você levar vai acabar embaixo de uma mesa já cheia de tudo que elas prepararam e elas vão devolver no fim para você trazer de volta para casa. Se você tentar deixar com elas como um gesto de delicadeza, vai encontrar a comida toda embolorada daqui a três dias dentro da sua bolsa.

— Elas vão preparar *tudo*? — perguntei.

— Tudo.

— Até white russians?

Gus confirmou com a cabeça.

— E rochas? Vai haver rochas ou é melhor eu levar as minhas? Só para puxar conversa.

— Acabei de lembrar de uma coisa — disse Gus. — Você não está mais convidada.

— Ah, mas eu estou mesmo — falei. — Elas não vão expulsar alguém com rochas.

— Está bem. Nesse caso, vou arrumar outro compromisso. Você vai ter que ir sozinha.

— Relaxa. — Segurei o braço dele. — Não vou falar de rochas. Muito.

Ele fez uma careta e chegou mais perto de mim, sacudindo a cabeça.

— Eu não vou. Estou doente.

— Você vai sobreviver. — Minha mão ainda estava na dobra do braço dele, sua pele queimando sob meus dedos. Quando sentiu minha mão se apertar, ele se aproximou mais, sacudindo a cabeça de novo. Minhas costas encontraram as bordas frias da estante de ferramentas e o olhar dele me percorreu de cima a baixo e de baixo para cima outra vez, deixando minha pele arrepiada na passagem. Eu o puxei para mais junto de mim e nossos corpos se encostaram. O desejo intenso foi crescendo sob as costelas, em volta do umbigo e em todos os pontos em que estávamos nos tocando.

Ele segurou de leve meus quadris e os levantou de encontro aos dele, e o calor subiu por mim como chamas em uma trilha de gasolina. Minha respiração ficou ofegante. O sangue parecia fluir mais devagar, espesso em minhas veias, mas o coração batia acelerado enquanto eu via a expressão dele mudar, seu sorriso parecendo chamuscar os cantos da boca, os olhos focados.

Se ele podia enxergar dentro de mim naquele instante, eu não me importava. Até queria que ele pudesse.

Uma vez uma vez uma vez corria repetidamente pela minha cabeça, como bolas de feno rolando pelo deserto.

Gus se inclinou devagar, o nariz roçando o meu até seu hálito pousar em meus lábios, separando-os com o mais leve dos toques, e meus dedos se enterraram em sua pele quando sua boca grudou na minha com fome, tão firme, quente e lenta que eu senti que ia derreter de encontro a ele antes que esse primeiro beijo terminasse.

Ele tinha gosto de café e cigarro e eu não me saciava nunca. Minhas mãos se enrolaram em seu cabelo enquanto sua língua deslizava dentro da minha boca. Ele me apertou contra a estante de metal e sua mão subiu para o meu queixo, ajustando minha boca à dele para mais um beijo, mais intenso, como se estivéssemos desesperados para sugar as profundezas um do outro.

Cada beijo, cada toque era brusco e quente, como ele. Suas mãos desceram pelo meu peito e entraram por baixo da blusa, os dedos leves como neve caindo em minha cintura, em meu sutiã, fazendo minha pele formigar enquanto balançávamos juntos. A estante rangeu quando ele me pressionou e Gus riu em minha boca, o que, de alguma forma, me deixou ainda mais ávida por ele.

Enfiei os dedos sob sua camiseta e sua boca percorreu minha garganta, lenta e faminta. Uma das mãos me segurou pela cintura enquanto a outra deslizava por baixo da renda do meu sutiã, me acariciando em círculos pesados. Ele foi gentil a princípio, cada movimento vagaroso e determinado, mas, quando arqueei o corpo sob seu toque, ele me apertou, me fazendo arfar.

Gus me encarou, ofegante.

— Machuquei você?

Sacudi a cabeça e ele tocou minha face outra vez, virando-a com cuidado para beijar cada lado das minhas têmporas. Segurei a bainha de sua camiseta e a puxei sobre a cabeça dele, suspirando ao ver as linhas esguias e definidas de seu abdome. Assim que larguei a camiseta no chão, ele subiu as mãos calosas pela lateral do meu corpo, arrastando o tecido para cima. Jogou minha blusa de lado e ficou me observando, intensamente.

— Meu Deus — ele murmurou, a voz profunda, rouca.

Dei um meio sorriso.

— Está rezando para mim, Gus?

Seu olhar escuro como tinta percorreu meu corpo até os olhos. Ele ergueu o queixo e eu me apertei contra ele enquanto suas mãos procuravam o fecho do sutiã.

— Mais ou menos isso.

Ele desceu uma das alças do sutiã pelo meu braço, seus olhos traçando o lento caminho dos dedos que roçavam a lateral do meu seio, seguindo a curva. Quando voltaram, ele envolveu meu seio com a mão, me fazendo estremecer. Uma vez mais, seu toque era torturantemente leve, mas o olhar tão furiosamente intenso que parecia penetrar dentro de mim, e eu balancei com o movimento dele, respondendo ao toque.

O canto de sua boca tremeu quando seus olhos encontraram novamente os meus. Ele soltou a outra alça do sutiã e o deixou cair. O fogo de seus olhos escuros em meus seios, sorvendo-me demoradamente, fez meu corpo se agitar e contorcer, como se pudesse senti-los. Ele apertou os dentes e me puxou contra si.

Haveria consequências. Isso provavelmente não era uma boa ideia.

Ele me prensou contra a estante. Eu puxei seus quadris.

21

O churrasco

AS MÃOS DE Gus contornaram as laterais do meu corpo, sentindo cada linha e cada curva exposta.

— Você é tão linda, January — ele murmurou, me beijando mais ternamente. — Linda pra cacete. Você é como o sol.

Sua boca desceu pelo meu corpo, provando todos os lugares que ele havia tocado. Não era o suficiente. Apertei as unhas em suas costas, e ele me puxou da estante e me colocou sobre o freezer ao lado, enquanto abria desajeitado o botão do meu short. Levantei o corpo para que ele deslizasse a peça sobre as coxas e, na volta, ele subiu os dedos pelas minhas pernas e os deslizou sob as laterais da calcinha, enterrando-os na minha pele. Eu me arqueei ao seu encontro e ele puxou minhas coxas contra seus quadris, a boca ávida sobre a minha.

— Ah, January — sussurrou.

O desejo sufocou minha voz em um suspiro ofegante quando tentei responder. Eu me apertei contra ele e seus toques se intensificaram.

Paramos de ser gentis um com o outro. Eu não conseguia ser lenta o suficiente para ser cuidadosa e não queria que ele fosse cuidadoso comigo. Abri sua calça e a empurrei para baixo. Uma de suas mãos deslizou entre minhas pernas e ele gemeu. A outra apertou meu quadril enquanto sua boca descia pela minha barriga. Ele me segurou pelas coxas e eu me agarrei às laterais do freezer quando ele baixou a cabeça entre minhas pernas e me saboreou. Minhas respirações vinham muito rápidas com a pressão cada vez maior dentro de mim. Senti os dedos dele nas depressões dos meus quadris e seu nome escapou dos meus lábios. Ele segurou mais forte a minha bunda. Não era suficiente. Eu queria *ele*. Só percebi que disse isso em voz alta quando ele respondeu.

— *Eu quero você, January.*

Ele se ergueu e me puxou para a borda do freezer, levantando meus quadris contra os dele enquanto eu apertava as coxas em volta do seu corpo.

— Gus — ofeguei e senti seu olhar subindo por mim, o calor pulsando sob a minha pele. — Você tem camisinha?

Ele levou um instante para responder, como se seu cérebro tivesse que traduzir de outra língua. Seus olhos ainda estavam escuros e famintos, suas mãos em volta das minhas coxas.

— Aqui? — disse ele. — No porão da segunda casa do seu pai?

— Eu estava pensando mais em um lugar tipo o seu bolso — respondi, ainda ofegante.

Ele riu com um som rouco.

— Como você se sentiria se eu tivesse trazido camisinhas para conversar com você sobre salada de batata?

— Agradecida — falei.

— Eu não sabia que isto ia acontecer. — Gus passou a mão pelo cabelo em agonia enquanto a outra se mantinha apertando quase dolorosamente a minha pele. — Tenho em casa.

Nós nos encaramos por um momento antes de começar a recolher nossas roupas no chão e vesti-las. Enquanto corríamos escada acima, Gus agarrou minha bunda.

— Ah, Deus — ele disse de novo. — Obrigado por este dia, Senhor. E você também, Jack Reacher.

Não nos incomodamos com sapatos, só corremos para fora e atravessamos o jardim. Cheguei à porta dele primeiro e me virei quando Gus vinha subindo os degraus. Ele deu uma risada rápida, me levantou pelos quadris e me beijou, me apertando contra a porta.

Enfiei os dedos em seus cabelos, esquecendo de onde estávamos, esquecendo de tudo a não ser suas mãos deslizando pelo meu corpo, entrando pela minha roupa, sua língua separando meus lábios enquanto eu tocava tanto dele quanto conseguia alcançar. Um pequeno gemido insatisfeito saiu de mim quando ele contornou meu quadril com a mão para virar a maçaneta, me levando de costas para dentro da casa.

Mal avançamos três passos antes de ele tirar minha blusa e arrancar a dele de novo. Em um instante eu estava em cima da sua mesa de canto, suas mãos abrindo meu short e deslizando-o sobre meus quadris e coxas para largá-lo no chão. Ele se acomodou entre meus joelhos.

Eu me ergui em direção a ele enquanto suas mãos desciam pelos meus seios, pegando meus mamilos, me massageando até tudo em mim ficar tenso. Ele me levantou da mesa e eu o envolvi com as pernas e fui girada contra a estante de livros, sentindo suas mãos apertarem minhas coxas. Me apoiei na estante e forcei mais os quadris de encontro a ele.

Não é suficiente, nem perto ainda.

Ele abriu a calça e a deixou escorregar. Minha mão tentou, sem sucesso, baixar sua cueca. Ele me apoiou na estante e a tirou.

Foi quase intenso demais senti-lo de encontro a mim. Um suspiro me escapou quando pressionei os quadris nele. Ele me segurou com uma das mãos e gemeu em minha pele.

— *Porra*, January.

O ressoar de sua voz me arrepiou o corpo inteiro. Sua mão livre procurou pela prateleira, na altura do meu ombro, até encontrar um pote azul em minha visão periférica.

Ele tirou uma camisinha de dentro e eu ri sem querer.

— Você *sempre* transa encostado nas estantes? — murmurei em seu ouvido. — Os seus livros estão bem atrás de mim agora? Tem a ver com o ego?

Ele sorriu, rasgando a embalagem com os dentes.

— É para estar no caminho de saída de casa, espertinha. — Ele se afastou alguns centímetros. — Esta é a primeira vez aqui, mas, se não estiver legal para você, podemos esperar até encontrar uma boa gruta na praia em um dia chuvoso.

Eu o agarrei com avidez, pegando seu lábio inferior entre os dentes antes que ele pudesse se afastar mais. Ele me beijou, sedento, enquanto colocava a camisinha. Suas mãos voltaram à minha cintura, ternas e leves dessa vez, e ele me tomou em um beijo lento e sensual, me fazendo tremer de expectativa.

Seu primeiro movimento dentro de mim foi lento a ponto de entorpecer, e tudo no meu corpo se apertou em torno dele enquanto me penetrava mais fundo. Minha respiração parou, estrelas faiscando atrás dos meus olhos de surpresa por seu tamanho e pela onda de prazer que me atravessava.

— Ah, meu *Deus* — gemi conforme ele se movia dentro de mim.

— Está rezando para mim? — ele brincou no meu ouvido, fazendo um arrepio descer pelas minhas costas.

Eu não aguentava mais ir tão devagar. Pressionei o corpo contra ele, mais depressa, urgente, e ele acompanhou minha intensidade.

Ele me carregou da estante para o sofá, sentou e me puxou para cima dele conforme se deitava. Murmurei seu nome enquanto ele se movia repetidamente dentro de mim, agarrando meus quadris. Inclinei-me sobre ele, as mãos abertas em seu peito, tentando me segurar mais um pouco. Sua boca tocou meu seio e uma pulsação intoxicante de calor e desejo me percorreu.

— Eu quero você há tanto tempo — ele sussurrou, as mãos apertando minha bunda com mais força.

Sua voz rouca só aumentava minha excitação.

— Eu também — admiti em um murmúrio. — Desde aquela noite no drive-in.

— Não. Antes disso.

Meu peito se alvoroçou, como se houvesse um ventilador soprando glitter dentro dele. As sensações foram se somando umas às outras, meu corpo tenso e trêmulo, enquanto Gus continuava sussurrando contra minha pele.

— Antes de você abrir a porta com aquele vestido preto e as botas de cano alto, e antes de eu ver o seu cabelo todo molhado e arrepiado naquele clube do livro.

Gus me abraçou pela cintura e nos virou, e eu envolvi seus quadris com uma das pernas, o outro pé deslizando por sua panturrilha, enquanto ele murmurava junto à minha face, a voz profunda faiscando por dentro de mim como uma corrente elétrica.

Ele beijou meu queixo.

— E antes daquela famosa festa na república.

Meu coração deu um pulo e eu tentei responder, mas uma das mãos de Gus estava segurando minha nuca, a outra deslizando pelo meu corpo, derretendo meus pensamentos como uma faca aquecida passando pela manteiga. Nós nos ondulamos um contra o outro, perdidos um no outro, tudo o mais borrado e desnecessário à nossa volta.

— *Ahhh* — suspirei, sentindo-o aumentar o ritmo, mais forte, mais fundo e, de repente, eu me deixei ir, as ondas de prazer se sucedendo enquanto eu o apertava. Ele apoiou as mãos no sofá, a boca em meu pescoço enquanto fluíamos juntos, a respiração entrecortada, os músculos trêmulos.

Gus desabou ao meu lado, ofegante, mas manteve um braço em cima de mim, os dedos curvados na lateral do meu corpo, e dobrou o outro braço sobre os olhos com uma risada leve e rouca.

— O que foi? — perguntei, ainda recuperando o fôlego. Eu me virei de lado e Gus fez o mesmo, tirando a mão do rosto para acariciar a lateral da minha coxa e quadril. Ele se inclinou, beijou meu ombro suado e aconchegou o rosto no meu pescoço.

— Lembrei do que você disse sobre a estante — ele respondeu, com uma voz séria. — Você não consegue parar de me zoar nem quando estou enlouquecido pelo seu corpo.

Senti um calor que era de acanhamento, vertigem, e também de algo mais doce e mais difícil de identificar. *Antes disso*, eu o ouvia sussurrar em minha mente. Fiquei deitada de costas, a cabeça apoiada em uma almofada. A mão de Gus passeou entre meu quadril e a barriga, se estendeu sobre ela e ele se inclinou para beijá-la.

Meus membros estavam exaustos e moles, mas o coração continuava acelerado. Embora eu soubesse que um dia algo teria que acontecer entre nós, nunca imaginei que ele ficaria desse jeito, com as mãos em mim o tempo todo, o olhar procurando minha boca, meu corpo, meus olhos, beijando minha barriga e rindo junto à minha pele, nós dois ali deitados, juntos, nus, como se já tivéssemos feito aquilo uma centena de vezes.

O que significa isso?, pensei, seguido por: *Pare de tentar fazer tudo significar alguma coisa!* Mas meu peito se apertava conforme a plena consciência do que havia acabado de acontecer se assentava em mim. Adorei tocar Gus ser tocada por ele, como eu sabia que seria, mas *isso*... isso era inesperado, e possivelmente eu adorava ainda mais.

Ele descansou a cabeça no meu peito, a mão traçando um caminho preguiçoso e leve como uma pluma de um lado para o outro na ligeira depressão entre os ossos dos meus quadris. Ele beijou a fenda entre meus seios, a lateral do meu torso e, mesmo em meu estado de quase total relaxamento, eu me arrepiei.

— Eu adoro o seu corpo — a voz dele vibrou em minha pele.

— Também sou fã do seu — falei. Toquei a cicatriz em seu lábio. — E da sua boca.

Ele sorriu e se ergueu sobre o cotovelo, a mão ainda aberta em meu umbigo.

— Eu realmente não fui à sua masmorra do sexo com a intenção de seduzir você.

Eu me sentei.

— Como você sabe se não fui *eu* que seduzi *você*?

Seu sorriso se alargou.

— Porque você não precisaria fazer isso.

As palavras dele reverberaram através de mim outra vez: *Eu quero você há tanto tempo. Não. Antes disso.* Meu coração deu um pulo no peito, depois saltou de novo ao súbito som de um telefone tocando.

— Merda. — Gus resmungou e beijou minha barriga mais uma vez antes de sair do sofá. Ele pegou a calça no chão e tirou o celular do bolso.

O sorriso derreteu em seu rosto quando ele olhou para a tela, linhas de consternação surgindo entre as sobrancelhas escuras.

— Gus? — falei, com preocupação repentina.

Quando ele levantou os olhos para mim, parecia um pouco desorientado. Ele apertou os lábios e olhou de novo para o telefone.

— Desculpe — disse. — Preciso atender.

— Ah. — Eu me sentei, consciente no mesmo instante de que estava completamente nua. — Tudo bem.

— Merda — ele repetiu, dessa vez para si mesmo. — Vai ser rápido. Posso encontrar você na sua casa?

Eu o encarei, perplexa, lutando contra a mágoa que crescia no meu peito.

E daí que ele estava me chutando para fora de sua casa logo depois do sexo para atender um telefonema misterioso?

Estava tudo bem. Tinha que estar. Eu tinha que ficar bem.

Ele estava fora de acesso agora. Pelo menos era assim que deveria funcionar. Nunca havia sido o plano ficar deitada nua com ele enquanto ele catalogava cada pedaço de mim com beijos lentos e carinhosos. Mesmo assim, eu sentia um peso por dentro enquanto levantava para recolher minhas roupas.

— Claro — respondi. Antes de eu ter vestido a blusa, Gus já estava na metade do corredor.

— *Alô?* — eu o ouvi dizer, e uma porta se fechou, me trancando para fora.

Eram onze horas quando voltei para minha casa. Gus e eu deveríamos sair logo para o churrasco. Pete havia dito a Gus que Sonya só chegaria mais tarde, então nossa melhor aposta era ficar na primeira metade da festa, que duraria até a noite, e ir embora bem antes da sobremesa e dos fogos de artifício. Quando ele me contou, sugeri que fôssemos em carros separados, para ele poder ficar até o fim.

— Está louca? — ele disse. — Você não imagina de quantos beliscões nas bochechas vai estar me salvando por ir comigo. Eu não fico sozinho com aquela turma por mais que trinta segundos.

— E se eu tiver que usar o banheiro? — perguntei.

Gus deu de ombros.

— Eu vou embora e deixo você lá, se for preciso.

— Mas não é você que tem uns quatrocentos anos? — indaguei. — Isso parece um pouco estranho tanto para beliscões nas bochechas como para um medo tão visceral de beliscões nas bochechas.

— Eu posso ter quatrocentos anos, mas elas têm pelo menos mil anos mais que eu, e garras de abutre.

Era estranho que essa conversa tivesse ocorrido não mais que umas doze horas antes do que acabara de acontecer. Mais arrepios subiram pela minha coluna.

O pensamento de talvez nunca mais estar com ele produziu uma nova dor no meu corpo, que ricocheteava por cada pedaço de mim que ele havia estudado com seus olhos, sua boca e suas mãos. A ideia de nunca mais tornar a vê-lo daquele jeito, nu e vulnerável e sem nenhuma parede em volta, sussurrando segredos direto nos meus ossos, me fez sentir um desalento profundo.

Uma única vez, essa era a regra de Gus. E essa vez com certeza tinha contado.

Ele só recebeu um telefonema importante, eu disse a mim mesma. *Não tem nada a ver com a regra.* Mas eu não podia ter certeza.

Não tive mais notícias de Gus até as 11h45, quando ele me mandou uma mensagem: Pronta em 5?

Difícil. Mesmo depois de queimar energia andando de um lado para outro, eu ainda estava elétrica com a lembrança do que havia acontecido e com a ansiedade pelo que viria a seguir. Não esperava que ele fosse me escrever como se nada tivesse acontecido, mas provavelmente era o que eu deveria ter feito.

Suspirei e respondi Sim antes de correr até o quarto para me enfiar em um vestido branco de verão e sandálias vermelhas que eu havia comprado na última visita ao bazar da instituição de caridade. Prendi o cabelo, depois o soltei de novo e apliquei tanta maquiagem quanto possível nos dois minutos que me restavam.

Gus havia se arrumado um pouco. O cabelo estava a mesma bagunça de sempre, mas ele vestira uma camisa azul razoavelmente passada, com as mangas arregaçadas em torno dos braços firmes. Um aceno de cabeça foi o único cumprimento antes de ele entrar no carro.

Entrei ao lado dele, sentindo-me pelo menos duas vezes mais constrangida do que tinha achado que ficaria quando imaginava alguma versão desse cenário. *Coelhinho bobo, coelhinho bobo, coelhinho bobo!*, repreendi a mim mesma.

Mas aí pensei no jeito como ele havia beijado minha barriga, tão terno, tão doce. Haveria mesmo casos de uma só noite, *uma só manhã*, que deixassem uma sensação tão... *real*?

Olhei pela janela e vesti minha melhor (horrivelmente inexata; digamos que 0/10) voz natural.

— Tudo certo?

— Hu-hum — Gus respondeu.

Tentei decifrar sua expressão, que me disse o suficiente para saber que eu devia me preocupar, e não mais que isso.

Quando chegamos à rua de Pete e Maggie, ela já estava lotada de carros. Gus estacionou virando a esquina e me conduziu por um portão lateral que se abria para uma das trilhas dentro do jardim.

Passamos pela porta da frente e contornamos a casa até o quintal dos fundos.

Um coro de vozes se elevou com o nome dele. Quando o burburinho terminou, Pete puxou o próximo:

— Jaaaanuary! — em que foi acompanhada pelo restante dos convidados.

Havia pelo menos vinte pessoas aglomeradas em torno de duas mesas redondas embaixo de um caramanchão de trepadeiras. Garrafas de cerveja e copos vermelhos ocupavam as toalhas de papel com estampa da bandeira americana e, como prometido, uma longa mesa no canto do quintal estava não só cheia, mas *empilhada* de travessas de comida e latas de cerveja.

— Eis o meu lindo sobrinho e sua bela acompanhante. — Pete estava de pé junto à churrasqueira, virando hambúrgueres, com um avental escrito BEIJE A COZINHEIRA. Ela havia acrescentado com uma caneta hidrográfica: *(Brincadeira! Casada e feliz),* e Maggie usava seu próprio avental branco com a mensagem escrita à mão: BEIJE A GEÓLOGA.

Mais convidados estavam agrupados em volta de uma mesa no deque de cedro no meio do excêntrico jardim e, passando o deque, havia outros se divertindo na enorme piscina azul.

— Espero que tenham trazido roupa de banho, crianças! — Pete disse a Gus quando ele se inclinou para abraçá-la, desviando da espátula. Ela o beijou ruidosamente no rosto. — A água está perfeita hoje.

Dei uma olhada na direção dele.

— O Gus *tem* roupa de banho?

— Na verdade — disse Maggie, aproximando-se para beijar o sobrinho no rosto —, não, ele não tem. — Ela se virou para me dar um beijo antes de prosseguir. — Mas nós temos para ele aqui. Ele parecia um *peixinho* quando era criança! Nós o levávamos ao clube e marcávamos o tempo para arrastá-lo para fora da piscina e evitar que ele fizesse xixi lá dentro. Sabíamos que ele nunca ia sair por vontade própria.

— Essa história é totalmente inventada — disse Gus. — Isso nunca aconteceu.

— Eu juro que é verdade — garantiu Maggie, com o seu jeito jovial e despreocupado. — Você não podia ter mais que uns cinco anos. Lembra disso, Gussy? Quando você era pequeno, você e a Rose iam à piscina com a gente uma ou duas vezes por semana.

O rosto dele mudou, algo em seus olhos, como se estivesse fechando uma porta de metal atrás deles.

— Não. Não lembro de nada disso.

Rose? O nome real de Pete era Posy, um pequeno buquê. Rose devia ser sua irmã, a mãe de Gus.

— Bom, mas é fato — Maggie continuou. — Você adorava nadar, não sei se ainda faz isso ou não, e o seu calção de banho está esperando no quarto de hóspedes. — Ela me olhou de cima a baixo. — Acho que podemos encontrar alguma coisa que sirva para você também. Vai ficar meio comprido. E largo. Você é bem miudinha, né?

— Eu nunca tinha pensado nisso até este verão.

Maggie esfregou a mão no meu braço e sorriu, serena.

— É isso que dá viver entre os holandeses. A turma aqui é vigorosa. Venha conhecer o pessoal. Gussy, venha dizer oi também.

E, com isso, fomos conduzidos pelo jardim dos fundos de Pete e Maggie. Gus conhecia todo mundo, a maior parte professores da faculdade local e seus parceiros e filhos, e duas irmãs de Maggie, mas, aparentemente, tinha muito pouco a dizer para qualquer um deles além dos cumprimentos de cortesia. Darcy, a irmã mais nova de Maggie, era uns bons oito centímetros mais alta que ela, com o cabelo muito loiro e enormes olhos azuis, enquanto Lolly era uns bons trinta centímetros mais baixa que Maggie, com cabelos curtos e grisalhos.

— Ela tem um terrível complexo de filha do meio — Maggie sussurrou para mim enquanto nos levava a outro canto do jardim, onde haviam montado um jogo de lançar saquinhos de feijão para acertá-los em um buraco numa plataforma de madeira. Dois dos labradores corriam amistosamente de um lado para outro, fazendo tentativas desajeitadas de pegar os saquinhos quando as crianças os jogavam. — Tenho certeza que elas deixam vocês participarem — ela nos disse, apontando para o jogo.

O sorriso de Gus se abriu largamente, daquele jeito raro e espontâneo, quando ele se virou para ela.

— Acho que vamos começar com um drinque.

Ela deu uma palmadinha gentil no braço dele.

— Ah, você não nega que é afilhado da Pete, Gussy. Vamos pegar para vocês o meu mundialmente famoso ponche azul!

Ela foi andando e nós a seguimos. Gus me lançou um olhar de conspiração para avisar que o drinque seria horrível, e, depois do nosso tenso percurso de carro até lá, só aquilo já foi suficiente para me aquecer até os dedos dos pés.

— Mundialmente *infame* — ele sussurrou.

— Ei, você sabe de que tipo de pedra é feita esta trilha? — sussurrei de volta.

Ele sacudiu a cabeça, incrédulo.

— Para sua informação, nunca vou perdoar você se fizer essa pergunta.

Tínhamos parado ao lado da trilha, em um cantinho formado por uma folhagem exuberante, fora de vista do jogo de sacos de feijão e do deque.

— Gus — falei. — Está tudo bem?

O olhar dele se intensificou por um momento. Então ele piscou e a expressão desapareceu, substituída por uma cuidadosa indiferença.

— Sim, não foi nada.

— Mas tem alguma coisa.

Gus sacudiu a cabeça.

— Não, não tem nada, exceto o ponche azul, e vai ter muitos deles. Tente ir com calma.

Ele recomeçou a andar para o deque, me deixando para trás para segui-lo. Quando chegamos lá, Maggie já estava com dois copos cheios até a boca prontos para nós. Tomei um gole e fiz o possível para não tossir.

— O que tem aqui?

— Vodca — ela respondeu jovialmente e foi marcando os ingredientes com os dedos. — Rum de coco. Curaçau blue. Tequila. Suco de abacaxi. Um pouco de rum comum. Gostou?

— É ótimo — falei. Tinha cheiro de removedor de esmalte.

— Gussy? — ela perguntou.

— Maravilhoso — ele respondeu.

— Melhor que no ano passado, né? — disse Pete, abandonando seu posto na grelha para se juntar a nós.

— Pelo menos parece mais capaz de tirar a tinta de um carro se respingar nele — disse Gus.

Pete deu uma gargalhada e bateu no braço dele.

— Ouviu isso, Mags? Eu te falei que essa coisa podia ser combustível de foguete.

Maggie sorriu, nem um pouco incomodada com a brincadeira, e a luz incidiu no rosto de Gus bem no ângulo certo para revelar sua covinha secreta e iluminar seus olhos em um tom de âmbar dourado. Aqueles olhos se voltaram para mim e o sorriso suave se ampliou. Não é que ele parecesse uma pessoa diferente. Parecia mais à vontade, mais seguro, como se, todo esse tempo, eu só tivesse estado cara a cara com sua sombra.

De pé ali naquele momento, eu me sentia como se tivesse tropeçado em algo escondido e sagrado, mais íntimo até que o que havia acontecido entre nós na casa dele. Como se Gus tivesse afastado as cortinas da janela de uma casa que eu estava admirando, sonhando com seu interior, mas subestimando-o ainda assim.

Eu gostava de ver Gus daquele jeito, com as pessoas que ele sabia que sempre o amariam.

Tínhamos acabado de transar como se o mundo estivesse queimando à nossa volta, mas, se eu beijasse Gus de novo, queria que fosse essa versão dele. Este que não se sentia tão sobrecarregado com o mundo que precisava se apoiar para ficar em pé.

— ... que acham do primeiro fim de semana de agosto? — Pete estava dizendo. Ela, Maggie e Gus olhavam direto para mim, esperando uma resposta para uma pergunta que eu não tinha ouvido.

— Por mim tudo bem — disse Gus. — January? — Ele ainda parecia relaxado, feliz. Pesei minhas opções: concordar com algo sem ter a menor ideia do que era, admitir que não havia escutado ou caçar informação adicional com algumas perguntas (possivelmente incriminadoras).

— Que... Que horas? — falei, esperando ter escolhido a opção certa. E uma pergunta que fizesse sentido.

— Durante a semana geralmente marcamos às sete, mas, como é fim de semana, pode ser em qualquer horário que quisermos. Ainda acho que é melhor à noite. Esta é uma cidade de praia, afinal, e as pessoas talvez leiam, mas fazem isso de bruços na areia.

— Isso vai ser tão interessante — Maggie disse, batendo palmas suavemente. — O trabalho de vocês dois parece tão diferente, mas imagino que a mecânica interna ainda seja muito similar. É como labradorita e...

— Saúde — disse Gus.

— Não, Gussy, eu não estava espirrando — Maggie explicou, bem-humorada. — Labradorita é uma pedra muito linda...

— É mesmo — Pete concordou. — Parece ter vindo do espaço sideral. Se eu fosse fazer um filme de ficção científica, criaria um mundo todo feito de labradorita.

— Por falar nisso — interveio Gus. Seu olhar voltou-se brevemente para o meu e eu soube que ele tinha encontrado um jeito de desviar a conversa das rochas. — Alguma de vocês já viu *Contato*, com a Jodie Foster? É um puta filme.

— Everett — disse Pete. — Olha a língua!

Maggie riu atrás da mão. Suas unhas estavam pintadas de um tom de gelo cremoso com estrelas azuis brilhantes. As de Pete, hoje, eram vermelhas escuras. Eu me perguntei se o gosto por unhas pintadas tinha sido algo que Maggie introduzira nela, um pouco de sua esposa que Pete absorvera ao longo dos anos. Sempre gostei dessa ideia, do jeito como duas pessoas de fato pareciam se mesclar. Ou, pelo menos, duas partes delas se entremeando, árvores com raízes entrelaçadas.

— Voltando ao evento — disse Pete, e se virou novamente para mim. — Talvez às sete seja um bom horário, assim nós não invadimos muito o horário de praia.

— Parece bom — respondi. — Você pode me mandar um e-mail com todos os detalhes para confirmar? Posso conferir melhor minha agenda quando chegar em casa.

— Eu não sei os detalhes. Tudo que vocês precisam saber é a que horas devem estar lá! A Maggie e eu vamos preparar algumas boas perguntas — disse Pete.

Minha hesitação deve ter transparecido, porque Gus se inclinou para mim um pouquinho.

— *Eu* mando um e-mail para você.

— Gus Everett, eu tenho menos provas de que você tem um e-mail do que de que você tem seu próprio calção de banho — falei.

Ele encolheu os ombros e levantou as sobrancelhas.

— Fico feliz por não ser a única — disse Pete. — Depois de um certo número de mensagens com vídeos de cachorros não respondidas, a gente começa a se perguntar se o destinatário está tentando te dizer alguma coisa com seu silêncio!

Gus passou um braço sobre os ombros da tia.

— Eu já te disse. Não olho os e-mails. Isso não significa que eu não seja capaz de enviar um quando me pedem. Pessoalmente. Por uma boa razão.

— Vídeos de cachorros são uma boa razão para praticamente qualquer coisa — observou Maggie.

— Por que precisamos dos vídeos se temos seus próprios cachorros correndo aqui em volta? — perguntou Gus.

— Por falar em labradores — disse Maggie —, o que eu estava dizendo sobre a labradorita...

Gus olhou para mim, sorrindo. Ele estava totalmente certo. Devíamos, a todo custo, ter evitado o assunto rochas. Perdi o fio da conversa muito rápido enquanto ela passava de uma rocha para a seguinte, estimulada por informações interessantes que a faziam lembrar de *outras* informações interessantes. Depois de um tempo, até o olhar (praticamente de adoração) de Pete começou a ficar vidrado.

— Bom! — disse ela, um pouco indiscreta, quando alguém apareceu na lateral da casa. — É melhor eu ir receber os convidados.

— Se você também quiser ir — Gus disse a Maggie —, não se prenda por nós!

Ela fez uma cara exagerada de choque.

— Jamais! — exclamou, segurando-o pelo braço. — Sua tia pode ser volúvel, mas, para mim, *ninguém* é mais importante que *você*, Gussy! Nem mesmo os labradores. Não conte para eles, claro.

Eu me inclinei para Gus e sussurrei:

— Nem mesmo a *labradorita*. — O rosto dele virou um centímetro em minha direção e ele sorriu. Estava tão perto que suas feições apareciam embaçadas na minha visão, e o cheiro do ponche azul em seus lábios azuis fez meu sangue parecer pipocar com balinhas explosivas.

— Quer dizer que eu venho logo depois dos labradores? — um homem que estava junto à mesa provocou Maggie.

— Não seja bobo, Gilbert — disse Pete, voltando com os recém-chegados e um belo buquê de flores nas mãos. — Você está *empatado* com os labradores.

Gus olhou para mim e seu sorriso se desfez em uma expressão pensativa. Eu o vi se retrair em si mesmo e senti um súbito desespero para encontrar por onde segurá-lo, para agarrar punhados dele e mantê-lo ali.

— Tenho que tirar um pouco desse ponche azul do meu corpo. Você fica bem aqui sozinha?

— Claro — falei. — A menos que você esteja indo lá dentro para esconder suas fotografias de bebê. Nesse caso, não, eu não vou ficar bem aqui sozinha.

— Não vou fazer isso.

— Tem certeza? — insisti, tentando fazê-lo sorrir, trazer o Gus Feliz e Seguro de volta à superfície. — Porque a Pete vai me contar. Você não tem como esconder.

O canto de sua boca se levantou e seus olhos brilharam.

— Se você quiser vir comigo até o banheiro para ter certeza, é uma prerrogativa sua.

Meu estômago quase saiu pela garganta.

— Tudo bem.

— Tudo bem? — disse ele.

O calor já estava inundando meu corpo sob seu olhar concentrado.

— Gus — falei —, você quer que eu vá ao banheiro com você?

Ele riu e não se moveu. Seus olhos me mediram de cima a baixo, depois se voltaram de lado para Pete. Quando ele olhou de novo para mim, o sorriso tinha desaparecido, e o brilho em seus olhos se fora sem deixar vestígios.

— Eu volto logo — ele falou.

Ele tocou meu braço gentilmente, virou-se e entrou na casa, me deixando mais envergonhada do que eu me sentira em muito tempo. Ou pelo menos desde a noite em que eu bebera vinho de dentro da bolsa. Infelizmente, eu imaginava que teria que seguir o mesmo caminho hoje, tentando apagar da memória o que tinha acabado de acontecer.

Gus me rejeitou. Horas depois de ter transado comigo pressionada em uma estante de livros, ele me rejeitou.

Isso era, de alguma maneira, muito pior do que o pior cenário que meu cérebro havia produzido quando pesei os prós e os contras de começar alguma coisa com Gus.

Por que ele disse aquilo sobre me querer há muito tempo? Pareceu tão sexy na hora, mas agora me fazia sentir como se eu fosse um fio solto que ele finalmente conseguiu amarrar. Meu grande defeito idiota tinha atacado de novo.

Esperei ao lado da porta de vidro deslizante por alguns minutos, o rosto queimando e enfiado no drinque. Dei um pulo quando o celular soou com um e-mail de Gus. Meu coração disparou, mas se frustrou miseravelmente quando o abri. Tudo que havia escrito era: Evento na Pete's Livros, 2 de agosto, 19h.

Pensei de novo no que Maggie havia dito, sobre o fato de o nosso trabalho ser tão diferente que "isso" seria interessante. Já ficara evidente para mim que eu havia me comprometido a participar de um evento literário com ele.

Coelhinho bobo, coelhinho bobo, coelhinho bobo. Eu tinha passado um mês em contato quase constante com Gus. Se tivesse passado um mês inteiro sem nada além de uma bola de vôlei manchada de sangue, imaginava que também choraria quando a maré a levasse embora.

Mas não, isso não era verdade. Não fora apenas solidão e uma tendência para o romance que tinham me trazido até aqui.

Eu conhecia Gus. Eu sabia que a vida dele era complicada. Sabia que suas paredes interiores eram tão grossas que levaria anos para abrir um buraco nelas e que sua desconfiança do mundo era profunda. Sabia que eu não era o Ser Mágico que poderia consertar tudo aquilo simplesmente Sendo Eu.

A verdade era que eu sabia exatamente quem Gus Everett era, e isso não mudava nada. Porque, ainda que ele provavelmente nunca fosse aprender a dançar na chuva, era Gus que eu queria. Apenas Gus. Exatamente Gus.

Eu havia me exposto a ter o coração partido e agora desconfiava de que não tinha mais nada a fazer a não ser respirar fundo e esperar pelo baque.

22

A viagem

— AH, DEIXA DISSO, Gussy. Entra aqui! — Maggie jogou água em direção à borda da piscina, mas Gus apenas deu um passo para trás, sacudindo a cabeça e sorrindo.

— Está com medo de estragar a permanente? — Pete brincou ao lado da grelha.

— E aí nós vamos descobrir que você tem uma permanente? — acrescentei. Quando ele me olhou, senti um arrepio, logo seguido pela decepcionante constatação de que o maiô folgado que Maggie havia me emprestado me fazia parecer um picolé molhado enrolado em papel higiênico.

— Tenho medo de entrar e ninguém marcar a hora para me lembrar de sair e ir ao banheiro — disse Gus.

Do outro lado da piscina, um menininho magricela e uma menininha rechonchuda pularam de bordas opostas para dentro da água segurando os joelhos e nos encharcaram com os respingos. Gus olhou de novo para mim.

— E tem isso também.

— O quê? — perguntei. — Diversão? Você tem medo que seja contagioso?

— Não, tenho medo que a piscina já esteja cheia de xixi. Vocês duas se divirtam aí dentro. — Gus entrou novamente na casa e eu tentei não ficar olhando a cada minuto se ele ia voltar.

Maggie encontrou uma bola de praia e começamos a brincar com ela. Logo já eram quatro horas, e, como Sonya ia vir às cinco, eu pedi licença e disse que ia me trocar. Ela pulou com agilidade para fora também e pegou as toalhas amarelas que havíamos deixado no cimento em volta da piscina.

Enrolou uma em meus ombros antes que eu tivesse tempo de pegá-la e me levou para dentro da casa.

— Você pode usar o banheiro de cima — disse, com um sorriso doce que era *quase* uma piscadinha.

— Ah — falei, um pouco sem jeito. — Tudo bem. — Juntei minhas roupas e subi a escada.

Os degraus de madeira eram estreitos e rangentes. Faziam uma curva sobre si mesmos no meio do caminho, antes de me depositar no corredor do andar de cima. O banheiro ficava no fim, uma monstruosidade de azulejos cor-de-rosa, tão feia que acabava se tornando simpática. Havia duas portas de um lado do corredor e uma terceira do outro, todas fechadas.

Era quase hora de ir embora. Eu ia ter que bater nas portas para encontrá-lo. Tentei não me sentir constrangida ou magoada, mas não foi fácil.

Desde a primeira conversa real, Gus deixou bem claro que não era o tipo de pessoa de quem se podia esperar alguma coisa, January. O tipo que nem mesmo você *seria capaz de romantizar.*

Eu me enxuguei e me vesti no banheiro, depois saí e bati de leve na primeira porta. Nenhuma resposta, então passei à que ficava do outro lado do corredor.

Um "Oi?" resmungado veio lá de dentro e eu a abri devagar.

Gus estava na cama de solteiro no canto, as pernas estendidas e as costas apoiadas na parede. A persiana parcialmente aberta à sua direita produzia riscos de luz nas sombras do chão.

— Hora de ir embora? — ele perguntou, coçando a cabeça.

Olhei em volta, para a mobília descombinada, a falta de plantas. Na mesa de cabeceira havia um abajur em formato de bola de futebol e, na parede em frente ao pé da cama, uma pequena estante azul cheia de exemplares, edições americanas e estrangeiras, dos livros de Gus.

— Veio aqui para refletir sobre sua própria mortalidade? — perguntei, indicando a estante com a cabeça.

— Estava com dor de cabeça — disse ele. Fui em direção à cama para me sentar ao seu lado, mas ele se levantou antes que eu chegasse. — Vou me despedir delas. É melhor você ir também, se não quiser entrar para a lista proibida da Pete. — E então ele saiu do quarto e me deixou sozinha. Eu me aproximei da estante. Havia quatro fotos emolduradas sobre ela. Uma de um bebê de olhos escuros cercado de fofas nuvens artificiais, sob uma luz suave. A seguinte era de Pete e Maggie, uns bons trinta anos mais novas, com óculos de sol no alto da cabeça e um menino de sandálias de pé entre elas. Acima da cabeça dele, entre os ombros de Pete e Maggie, era visível um pedacinho do Castelo da Cinderela.

A terceira foto era muito mais antiga, um retrato em sépia de uma menininha sorridente com cachos escuros e uma covinha. A quarta era a foto de um time esportivo, pequenos meninos e meninas de camiseta roxa alinhados ao lado de uma mais jovem e mais esguia Pete, com um apito em volta do pescoço e um boné bem abaixado sobre os olhos. Encontrei Gus na hora, magro e descabelado com um sorriso tímido inclinado para um lado.

Vozes chegaram até mim, vindas do térreo.

— ... tem certeza que não pode ficar mais? — Pete estava dizendo.

Coloquei a foto no lugar, saí do quarto e fechei a porta.

Ficamos em silêncio nos primeiros minutos da volta para casa, mas, por fim, Gus perguntou:

— Você se divertiu?

— A Pete e a Maggie são maravilhosas — eu disse, sem responder de fato.

— Sim, elas são — Gus concordou.

— É — falei, insegura de como prosseguir.

Ele deu uma olhada rápida para mim e sua expressão se suavizou um pouco, mas depois apertou a boca e não me olhou mais.

Fiquei vendo as construções passarem pela janela. As lojas já estavam quase todas fechadas, mas tinha havido um desfile enquanto estávamos na casa de Pete e ainda havia vendedores ambulantes de ambos os lados da rua, famílias vestidas de vermelho, branco e azul aglomeradas entre eles com sacos de pipoca e cata-ventos com as cores da bandeira americana nas mãos.

Eu tinha tantas perguntas, mas todas elas eram nebulosas, imperguntáveis. Em minha própria história, eu não queria ser a heroína que deixava alguma falha de comunicação boba estragar algo obviamente bom, mas, na vida real, eu sentia que seria preferível me arriscar a isso e manter a dignidade a continuar investindo tudo em Gus até ele resolver, de uma vez por todas, falar e admitir que não me queria do jeito que eu o queria.

Mais de uma vez, pensei, tristemente. *Algo real, mesmo que um pouco deformado.*

Quando chegamos e paramos na frente das nossas casas (bem mais tarde do que prevíamos, devido ao grande movimento de pedestres), Gus disse:

— Me avise sobre amanhã.

— Amanhã? — perguntei.

— A viagem para New Eden. — Ele abriu a porta do carro. — Se você ainda quiser ir, me avise.

Aquilo foi só o que bastou? Ele agora estava *totalmente* desinteressado por mim, até como colega de pesquisa?

Ele saiu do carro. E era isso. Cinco da tarde e estávamos seguindo nossos caminhos separados. No feriado de Quatro de Julho, quando eu não conhecia ninguém na cidade além dele e de suas tias.

— Por que eu não ia mais querer? — exclamei, irritada. — Eu disse que queria. — Gus já estava quase em sua varanda. Ele virou de volta para mim e encolheu os ombros. — Você quer que eu vá? — perguntei.

— Se você quiser — disse ele.

— Não foi isso que eu perguntei. Perguntei se você quer que eu vá junto amanhã.

— Eu quero que você faça o que tiver vontade.

Cruzei os braços sobre o peito.

— Que horas? — bufei.

— Umas nove. Deve levar o dia inteiro.

— Ótimo. Vejo você amanhã.

Entrei em minha casa e andei de um lado para o outro cheia de raiva, e, como isso não adiantou, sentei na frente do computador e escrevi furiosamente até anoitecer. Quando não consegui fazer sair mais nenhuma palavra amarga, fui para o deque e fiquei assistindo aos fogos de artifício sobre o lago, o brilho chovendo na água como estrelas cadentes. Tentei não olhar para o lado de Gus, mas o clarão de seu computador na cozinha entrava em meu campo de visão toda hora.

Ele ainda estava trabalhando à meia-noite quando Shadi me escreveu: Bom, é isso. Estou apaixonada. É o meu fim.

Eu também.

ACORDEI COM UM estrondo de trovão de estremecer a casa e saí da cama. Eram oito horas, mas o quarto continuava escuro por causa das nuvens de tempestade.

Tremendo de frio, peguei o roupão na cadeira e corri para a cozinha para pôr água no fogo. Grandes clarões de raios cortavam o céu e atingiam o lago agitado, a luz oscilando nas portas de vidro dos fundos como flashes. Fiquei olhando, perplexa. Nunca tinha visto uma tempestade sobre uma grande extensão de água, a não ser em filmes. Imaginei que isso alteraria os planos de Gus.

Talvez fosse melhor assim. Que ele pudesse se livrar efetivamente de mim. Eu ligaria e cancelaria o evento na livraria e nós nunca mais nos veríamos, e ele poderia manter sua preciosa regra de só uma vez, e eu poderia ir para Ohio e me casar com um corretor de seguros, o que quer que isso significasse.

Atrás de mim, a chaleira chiou.

Fiz café e me sentei para trabalhar. Uma vez mais, as palavras se despejaram de mim. Eu tinha chegado à marca de quarenta mil palavras. O mundo da família estava se desintegrando. A segunda família do pai de Eleanor tinha aparecido no circo. Sua mãe havia tido uma discussão com um cliente e estava mais tensa do que nunca. Eleanor dormiu com o rapaz de Tulsa e foi pega se esgueirando de volta para sua barraca, mas o mecânico, Nick, lhe deu cobertura.

E os palhaços. Eles quase haviam sido descobertos, depois de um momento de ternura no bosque atrás do circo, e tiveram uma briga enorme por causa disso. Um deles foi para o bar na cidade e acabou dormindo na cadeia.

Eu não sabia como as coisas iam se encaixar, mas sabia que ainda precisavam piorar. Eram nove e quinze e eu não tinha notícias de Gus. Sentei na cama desarrumada, olhando pela janela na direção da casa dele. Vi luzes amareladas de abajures através da janela.

Mandei uma mensagem: Esse tempo vai atrapalhar a pesquisa?

Provavelmente não será uma viagem confortável, mas eu vou assim mesmo, respondeu ele.

E eu ainda estou convidada?, perguntei.

Claro. Um minuto depois, ele escreveu de novo: Você tem botas de caminhada?

Não, eu lhe disse.

Que número você calça?

Trinta e sete. Por quê? Acha que usamos o mesmo tamanho?

Vou ver com a Pete, disse ele, e então: Se você ainda quiser ir.

Meu DEUS, você está tentando me chutar para fora disso?, escrevi de volta.

Ele demorou muito mais para responder do que de hábito, e a espera começou a me deixar com enjoo. Usei o tempo para me vestir. Finalmente, ele respondeu: Não. Só não quero que você se sinta obrigada.

Hesitei, incerta do que fazer. Ele me escreveu de novo: Claro que eu quero que você vá, se você quiser.

Você não deixou nada claro, respondi, ao mesmo tempo brava e aliviada.

Agora está claro?, ele indagou.

UM POUCO mais claro.

Eu quero que você vá, ele escreveu.

Então vá buscar as botas.

Leve seu computador, se quiser, ele respondeu. Talvez eu demore um pouco.

Vinte minutos depois, Gus buzinou na frente da casa e eu vesti a capa de chuva e corri pela tempestade. Ele se inclinou para abrir a porta antes de eu chegar e eu a fechei depressa quando entrei e baixei o capuz. O carro estava quente, as janelas embaçadas e o banco de trás ocupado por lanternas, uma mochila enorme, outra menor, impermeável, e um par de botas de caminhada enlameadas com cadarços vermelhos. Quando me viu olhando, Gus informou:

— São 38. Acha que vai dar?

Olhei de volta para ele, que quase pareceu se inquietar, mas foi um gesto tão sutil que eu poderia ter imaginado.

— Para sua sorte, eu trouxe um par de meias grossas por precaução. — Tirei as meias enroladas em bolas do bolso da capa e as joguei nele. Ele as pegou e virou nas mãos.

— O que você teria feito se as botas fossem pequenas demais?

— Cortaria os dedos dos pés — falei, como se fosse óbvio.

Ele finalmente sorriu, olhando para mim sob os cílios espessos e escuros. O cabelo estava jogado para trás como de hábito, e algumas gotas de chuva haviam respingado em sua pele quando entrei no carro. Ele engoliu e a covinha em sua face apareceu, depois sumiu de vista.

Eu odiava o que aquilo fazia comigo. Uma pequena cenoura oferecida não deveria suplantar o instinto em meu cérebro de coelhinho bobo que gritava: *FUJA*.

— Pronta? — perguntou Gus.

Confirmei com a cabeça. Ele olhou para a frente e partimos. A chuva havia diminuído o suficiente para os limpadores de para-brisa poderem guinchar pelo vidro a uma velocidade tranquila, e seguimos em um ritmo razoavelmente confortável, falando dos nossos livros, da chuva e do ponche azul. Esse último tópico foi tocado apenas rapidamente, porque, ao que parecia, nenhum de nós estava disposto a falar sobre Ontem.

— Para onde estamos indo? — perguntei uma hora depois, quando ele saiu da estrada principal. Pela minha pesquisa na internet, eu sabia que New Eden ficava pelo menos mais uma hora adiante.

— Não é um cenário de assassinato — ele garantiu.

— É surpresa?

— Se você quiser que seja. Mas pode ser decepcionante.

— O maior novelo de lã do mundo? — chutei.

Ele apertou os olhos para mim, me avaliando.

— Isso decepcionaria você?

— Não — falei, o coração pulando traiçoeiramente. — Mas achei que você podia *pensar* que sim.

— Há certas maravilhas que nenhum homem pode encarar sem chorar, January. Um novelo de lã gigante é uma delas.

— Tá bom, pode me contar — falei.

— Vamos pôr gasolina.

Olhei para ele.

— Tem razão, isso é decepcionante.

— Como a vida.

— Não isso outra vez — eu disse.

Foram mais sessenta e três minutos até Gus sair da rodovia de novo perto de Arcadia, e mais vinte e cinco quilômetros em estradas de pista única no meio das árvores até ele parar em um acostamento lamacento e me dizer para guardar o computador na mochila impermeável.

— *Este* é definitivamente um cenário de assassinato — falei quando descemos do carro. Até onde eu podia ver, não havia nada ali além da encosta íngreme subindo à nossa direita e das árvores no alto.

— Provavelmente é o de alguém — respondeu Gus. Ele se apoiou no carro. — Mas não o meu. Agora troque de sapato. Nós temos que andar o resto do caminho.

Gus pegou a mochila maior e uma das lanternas, deixando que eu pegasse a outra mochila depois de ter calçado as meias e botas.

— Por aqui — ele indicou, seguindo direto para a encosta lamacenta que subia até as árvores. Ele se virou para me oferecer a mão e, depois de eu ter escorregado no barro três vezes, conseguiu me puxar trilha acima. Pelo menos parecia uma trilha, embora não houvesse placas ou razões visíveis para uma trilha começar ali.

A floresta estava silenciosa exceto por nossos passos, nossa respiração e o som ambiente da chuva fina salpicando as folhas. Mantive o capuz levantado, mas aqui a chuva chegava até nós essencialmente na forma de uma névoa fina. Eu havia me acostumado aos azuis e cinzas do lago, aos amarelos dourados do sol se derramando sobre a água e o topo das árvores, mas, aqui, tudo era profundo e escuro, cada tom de verde uma versão mais saturada de si mesmo.

Essa era a maior sensação de paz que eu havia sentido nos últimos dois dias, se não no ano inteiro. Qualquer estranheza que houvesse entre mim e Gus foi deixada em suspenso enquanto caminhávamos pelo templo silencioso do bosque. O suor se juntava em minhas axilas, nuca e sob a roupa de baixo, até que eu parei e tirei a capa. Sem dizer nada, Gus parou e tirou a sua também. Vi uma faixa bronzeada de sua barriga plana aparecer quando a camiseta levantou. Desviei o olhar enquanto ele a puxava para baixo.

Pegamos de novo as mochilas e continuamos andando. Minhas coxas começavam a arder, e o suor e a chuva colavam a blusa e o jeans na minha pele. Em certo ponto, a chuva apertou de novo e nos abrigamos em uma pseudogruta rasa por alguns minutos, até ela diminuir. O céu cinza tornava difícil calcular quanto tempo teria passado, mas devíamos estar havia pelo menos umas duas horas marchando entre as árvores, até que elas finalmente foram ficando mais esparsas e o esqueleto carbonizado de New Eden surgiu à vista.

— Puta que pariu — sussurrei, parando ao lado de Gus. Ele assentiu.
— Você já tinha visto?

— Só em fotos — ele respondeu e caminhou para o trailer escurecido de fumaça mais próximo. O segundo incêndio, ao contrário do provocado pelo raio, não tinha sido acidental. A investigação policial concluiu que todos os trailers tinham sido encharcados com gasolina. O Profeta, um homem que se denominava Pai Abe, havia morrido do lado de fora do último local a pegar fogo, o que levou as autoridades a suspeitarem de que tinha sido ele o autor do incêndio.

Gus engoliu em seco. Sua voz saiu rouca quando ele apontou para um trailer à direita.

— Ali era o berçário. Eles foram primeiro.

Foram, pensei.

Queimados, pensei. Eu me virei para esconder que estava sentindo náuseas.

— As pessoas são horríveis — Gus falou atrás de mim.

Engoli a bile. Meus olhos ardiam. Senti uma queimação atrás do nariz. Gus deu uma olhada para mim por cima do ombro e sua expressão se suavizou.

— Quer montar a barraca?

Ele deve ter percebido a cara que eu fiz, porque acrescentou rapidamente:

— Para podermos usar os computadores. — E indicou com a cabeça o céu escuro e ameaçador enquanto tirava a mochila das costas. — Acho que essa chuva não vai parar tão cedo.

— Mas não aqui — falei. — Parece errado montar uma barraca aqui, bem no meio.

Ele concordou e nós continuamos andando, até que o lugar não fosse mais visível. Até que pudéssemos quase fingir que estávamos em uma floresta diferente, distante de tudo que havia acontecido em New Eden. Quando Gus tirou as varetas da barraca da mochila, eu me aproximei para ajudar. Minhas mãos estavam trêmulas, tanto de frio como pela sensação ruim de estar ali, e centrei todo o meu foco em montar a barraca, bloqueando a lembrança dos restos queimados do culto.

A distração só durou alguns minutos até que a barraca estivesse pronta e todas as nossas coisas guardadas ali dentro, em segurança, exceto a caderneta e o lápis que Gus tirou do bolso enquanto caminhávamos de volta para o local.

Ele me lançou um olhar hesitante que não consegui interpretar, depois se dirigiu a um dos trailers — na verdade três que haviam sido ligados por corredores de madeira compensada e lona. Engoli um nó na garganta e o segui, mas, depois de alguns passos, ele parou e se virou de novo para mim.

— Você pode voltar para a barraca — disse, rispidamente. — Não precisa ver isso.

Outro nó subiu em minha garganta. Era evidente que eu não queria ver aquilo. Mas me incomodava que ele dissesse que *eu* não precisava, enquanto ele pretendia continuar explorando. Eu percebia que ele também odiava estar ali. E no entanto lá estava ele, enfrentando a situação.

E era sempre assim. Ele nunca desviava os olhos. Talvez achasse que *alguém* precisava testemunhar o escuro, ou talvez esperasse que, se encarasse a escuridão por tempo suficiente, seus olhos se ajustariam e ele veria as respostas que estavam escondidas atrás.

Essa é a razão pela qual coisas ruins acontecem, o escuro diria. *É assim que tudo faz sentido.*

Eu não podia ir embora e me esconder disso. Não podia deixar Gus aqui sozinho. Se ele estava descendo para a escuridão, eu amarraria uma corda em nossa cintura e desceria com ele.

Sacudi a cabeça e parei ao seu lado. Seus olhos escuros me examinaram, os cílios salpicados de pingos de chuva, baixos e pesados contra suas faces bronzeadas.

Havia tanto que eu queria dizer, mas tudo que saiu foi:

— Eu estou aqui.

E, quando eu disse isso, ele franziu a testa e apertou os lábios e me olhou daquele jeito peculiar que fez o nó na minha garganta subir mais alto.

Ele concordou com a cabeça e se virou de novo para o trailer, indicando-o com o queixo.

— O trailer do Pai Abe. Ele dizia que se aconselhava com um grupo de anjos, então precisava de espaço.

Desviei o olhar de Gus para o trailer queimado, o que me fez sentir instantaneamente tonta e desorientada, como se o ar aqui ainda estivesse carregado de dióxido de carbono e cinzas.

Por que coisas ruins acontecem?, pensei. *Como tudo isso faz sentido?* Mas nenhuma grande verdade apareceu para mim. Não havia nenhuma boa razão para essa coisa horrível ter acontecido, e nenhuma razão para a vida de Gus ter sido o que foi também. Que merda, o R.E.M. estava certo: cada pessoa no planeta tinha a sua vez de sentir dor. Às vezes, tudo que podíamos fazer era nos segurar com firmeza uns aos outros até o escuro nos cuspir para fora.

Gus saiu de sua perplexidade solene e se agachou, equilibrando a caderneta sobre o joelho e tomando notas, e eu fiquei de pé ao seu lado, as pernas moles, mas os olhos abertos. *Eu estou aqui*, pensei para ele. *Eu estou aqui e também estou vendo.*

Nós nos movemos pelo complexo assim, silenciosos como fantasmas, Gus protegendo suas anotações da chuva que nos encharcava através da roupa e da pele até os ossos.

Depois de termos circulado por todo o terreno, ele voltou para o trailer incendiado do Pai Abe e olhou para mim pela primeira vez nas últimas duas horas.

— Está gelado — disse ele. — Você devia ir para a barraca.

Estava gelado. O vento havia aumentado e a temperatura começara a despencar, até meu jeans parecer uma bolsa de gelo colada às minhas pernas. Mas nenhuma parte de mim achava que era essa a razão de ele estar me mandando embora.

— Por favor, January — ele disse baixinho, e foi o *por favor* que me acordou. O que eu estava fazendo? Eu me importava com Gus, mas, se ele não queria que eu o agarrasse, eu tinha que largar.

— Está bem — respondi, batendo os dentes. — Eu espero na barraca.

Gus balançou a cabeça e se afastou. Com dor no coração, voltei para a barraca, ajoelhei e entrei ali. Deitei enrolada em posição fetal para me aquecer e fechei os olhos, escutando a chuva forte batendo na lona. Tentei afastar todos os pensamentos e sentimentos, mas eles só pareciam aumentar. Acabei adormecendo, com uma onda sombria e confusa de emoções me arrastando para um sonho agitado.

E então o gemido do zíper me arrancou do sonho e eu abri os olhos desfocados para encontrar Gus entrando na barraca, curvado e pingando.

— Oi. — Minha voz saiu rouca. Eu me sentei, alisando o cabelo molhado.

— Desculpe pela demora — disse ele, fechando novamente o zíper da barraca atrás de si. — Eu precisava tirar fotos, desenhar um mapa, tudo isso. — Ele se sentou ao meu lado e tirou a capa de chuva que havia tornado a vestir depois que nos separamos.

Encolhi os ombros.

— Tudo bem. Você avisou que levaria o dia inteiro.

Ele olhou para o teto da barraca.

— Era essa mesmo a ideia. O *dia* inteiro. A barraca foi só uma precaução por causa da chuva. Muitos anos no Michigan.

Concordei como se tivesse entendido. Talvez tivesse.

— Enfim... — Ele voltou os olhos para os meus pés. — Se estiver pronta, podemos ir embora.

Ficamos sentados em silêncio por um momento.

— Gus — falei, cansada.

— O quê?

— Você pode me contar o que está acontecendo?

Ele dobrou as pernas, apoiou-se na palma das mãos atrás do corpo, me encarou e respirou fundo.

— Qual parte?

— Tudo. Eu quero saber tudo.

Ele sacudiu a cabeça.

— Eu já te disse. Você pode perguntar qualquer coisa.

— Certo. — Engoli um nó do tamanho de um punho. — Qual foi a história com aquele telefonema?

— História?

— Não me faça dizer isso — murmurei, agoniada. Mas ele ainda parecia confuso. Apertei os dentes e fechei os olhos. — Era a Naomi?

— Não — disse ele, mas não foi um *Não, como você pôde pensar isso?*. Era mais do tipo: *Não, mas ela ainda me telefona.* Ou: *Não, mas era outra pessoa que eu amo.*

Meu estômago se apertou, mas eu me forcei a abrir os olhos.

Gus estava com a testa franzida e um pingo de chuva descia pelo seu rosto.

— Era minha amiga Kayla Markham.

— *Kayla?* — Minha voz soou trêmula, patética. O "melhor amigo" de Gus desde o colégio, Markham, era uma mulher?

Um súbito entendimento atravessou o rosto de Gus.

— Não é isso... Ela é minha *advogada*. Amiga da Naomi também e está cuidando do nosso divórcio.

— Ah. — Pareceu frágil e bobo, exatamente como eu me sentia. — A *amiga comum* de vocês está cuidando do divórcio?

— Eu sei que é estranho. — Ele passou a mão pelo cabelo. — Ela é totalmente imparcial. Ela me faz aquelas festas enormes de aniversário todo ano, mais depois eu tenho que ficar vendo fotos dela e da Naomi em Cancún por uma semana. Nós nunca conversamos sobre isso, e mesmo assim ela está cuidando do divórcio, e é tão...

— Estranho? — completei.

Ele soltou o ar longamente.

— Tão estranho.

Um pouco da pressão no meu peito cedeu, mas, quem quer que Kayla Markham fosse para Gus, isso não mudava o modo como ele havia agido no dia anterior.

— Se não tem a ver com ela, então por que você está tentando se livrar de mim? — perguntei, minha voz trêmula e baixa.

Gus apertou os olhos e sacudiu a cabeça.

— January, eu não estou fazendo isso.

— Está — respondi. Eu vinha dizendo a mim mesma para não chorar, mas não adiantou. Assim que falei isso, as lágrimas começaram a se acumular, a voz a ficar mais aguda. — Você me ignorou ontem. Tentou cancelar a saída de hoje. Você me mandou de volta para a barraca quando eu tentei ficar do seu lado e... não queria que eu viesse. Eu devia ter escutado.

— January, não. — Gus segurou as laterais do meu rosto com as mãos ásperas e manteve meus olhos molhados nos dele. — De jeito nenhum. — Ele beijou minha testa. — Não teve nada a ver com você. Nada mesmo. — Beijou a trilha de lágrimas em minha face esquerda, recolheu com a boca outra lágrima que descia pela face direita.

Gus me puxou para o seu peito e me abraçou, me cobrindo com seu calor úmido de chuva, passando o nariz e os lábios pelo alto da minha cabeça.

— Eu me sinto tão idiota — choraminguei. — Eu achei que você realmente quisesse...

— Eu *quero* — ele disse depressa, olhando nos meus olhos. — January, eu não queria você aqui hoje porque sabia que ia ser difícil. Eu não queria ser a razão de você passar o dia inteiro em um cemitério queimado. Não queria que você enfrentasse esta situação. Só isso.

Ele afastou o cabelo do meu rosto e a doçura do gesto só fez as lágrimas caírem mais depressa.

— Mas você não me queria na casa da Pete também — falei, a voz falhando. — Você me convidou, depois nós transamos e você mudou de ideia.

Sua boca tremeu com amargura evidente.

— Eu queria você lá — ele praticamente murmurou e, quando uma nova lágrima deslizou pela minha face, ele a pegou com o polegar. — Escute, esse divórcio foi tão ridiculamente adiado. Eu esperei que ela desse entrada, e ela não deu, e, sei lá... Não importava para mim, e eu não fiz nada também, até algumas semanas atrás. Ela me disse que assinaria os papéis se eu a encontrasse para um drinque, então eu fui para Chicago conversar com ela e, quando vim embora, achei que estivesse tudo acertado. Ontem a Markham me ligou e disse que a Naomi tinha mudado de ideia. Ela quer "acertar alguns detalhes". As únicas coisas que tínhamos em comum eram algumas panelas de cobre muito caras, que ficaram com ela, e os nossos carros. Não devia ser tão complicado, mas eu adiei por tempo demais e.... — Ele esfregou a mão na testa. — E então a Markham perguntou o que tinha mudado para mim agora, e eu contei a ela sobre você, que você ia passar o verão aqui, e ela achou que era má ideia...

— Má ideia? — Meu estômago revirou. Isso não parecia imparcial. Parecia muito parcial.

— Porque você vai embora — Gus completou rapidamente. — E ela sabe... Ela sabe como eu sou idiota quando você está no meio, como eu era louco por você na faculdade e...

— Que conversa é essa? — Eu me espantei. — Você nem falava comigo.

Ele soltou uma risada sem humor.

— Porque você me odiava! — exclamou. — Eu chegava atrasado na aula para poder sentar perto de onde você estivesse, saía correndo depois para poder andar do seu lado, pedia canetas emprestadas todo dia por uma semana, derrubava livros no estilo *Os três patetas* quando você demorava um pouco para sair da sala para ficar sozinho com você, e você nunca nem olhou para mim! Mesmo quando estávamos comentando os seus contos na oficina de escrita e eu falava diretamente com você,

você nem me olhava. Nunca entendi o que eu poderia ter feito, e então vi você naquela festa, e você finalmente estava olhando para mim, e... é isso! Eu sou um idiota quando você está no meio!

Eu estava tonta com aquelas informações, repassando em minha mente todas as interações de que conseguia me lembrar e tentando vê-las do modo como ele tinha descrito. Mas, em quase todas, só havia eu olhando fixamente para ele, desviando os olhos quando ele notava, queimando por dentro de inveja, frustração e um pouco de desejo. Eu podia acreditar que talvez Gus *de fato* me quisesse desde antes daquela famosa festa na república, porque eu também sentia atração por ele, mas qualquer coisa além disso não batia.

— Gus — falei. — Você *só* criticava os meus contos. Eu era uma piada para você.

Eu talvez nunca tivesse visto uma expressão tão clara de espanto.

— Porque eu era um imbecil! — disse ele, o que não explicava nada de fato, mas ele continuou. — Eu era um elitista otário de vinte e três anos que achava que todos na nossa classe só estavam me fazendo perder tempo, exceto você! Eu achava que era *óbvio* como eu me sentia em relação a você *e* à sua escrita. Aí é que está! Eu nunca sabia o que você estava pensando na época, e ainda não tenho a menor ideia...

— O que você *acha* que eu ter tirado a sua calça significa? — eu disse.

Ele coçou o topo da cabeça.

— Então, é isso que eu estou tentando te dizer, o que tenho tentado dizer desde que você chegou aqui — ele falou, meio sem fôlego. — Eu não sei como isso deve funcionar ou o que eu devo fazer. Mesmo antes de a Naomi e eu... January, eu não sou como o Jacques.

— Como assim? — perguntei, com um pé atrás.

— Eu não sou o tipo de cara com quem as mulheres tentam namorar — ele disse, frustrado. — Nunca fui. Eu sou aquele com quem elas querem sair, e trocar mensagens bêbadas, e ficar por um tempo para mudar de ares depois de terem acabado de sair de relacionamentos de sete anos com médicos, e tudo bem, mas eu não quero isso com você, ok? Não dá para mim.

Minha garganta se apertou tanto que a voz saiu espremida e fraca.

— É isso que você acha? Que estou passando por uma espécie de crise de identidade?

Seu olhar caiu pesado sobre mim, e pela primeira vez senti que podia ver direto dentro dele. Isso era *exatamente* o que ele pensava: que, como a nossa aposta, ele era algo que eu estava experimentando enquanto tirava uma folga da *January real.* Como se eu estivesse em minha própria aventura ao estilo *Comer, rezar, amar* no sentido contrário, que se apagaria tão rápido quanto havia começado.

— Eu quero ser a porra do seu Fabio perfeito, January, mas não consigo — Gus continuou. — Eu não sou.

Eu não sou como o Jacques, ele tinha dito, e eu achei que ele estivesse insultando Jacques ou me criticando por ter ficado com alguém como ele, mas não era nada disso.

Gus ainda achava que havia algo faltando nele, alguma peça especial que as outras pessoas tinham, aquilo que fazia as pessoas *ficarem*, e isso partiu um pouco o meu coração. Partiu meu coração saber que, quando éramos mais jovens, ele achava que eu nunca tinha nem olhado para ele.

Sacudi a cabeça.

— Eu não preciso que você seja o meu Fabio — falei, a voz carregada de emoção, como se essa não fosse uma das frases mais bobas que eu já tinha pronunciado na vida.

— Sim, você precisa — Gus respondeu depressa. — Tudo que eu fiz nas últimas vinte e quatro horas magoou você, January. Você quer que eu seja capaz de ler o que você está sentindo, e eu não consigo. Você quer que eu saiba como fazer isso, e eu não sei.

— Não — eu disse. — Eu só quero que você me diga o que sente. Eu quero saber o que você quer.

— Eu vou estragar tudo — ele falou, desanimado.

— Pode ser! — exclamei. — Mas não foi isso que eu perguntei. Me diga o que você quer, Gus. Não por que você não pode ter, ou o que você acha que *eu* quero, ou por que você não pode me dar *isso*. Só me diga o que você quer. É só isso que eu estou pedindo para você fazer.

— Eu quero *você* — ele disse, baixinho. — Quero você de todas as maneiras. Eu *quero* namorar você, e brincar com a porra da bola de praia na piscina com você, mas eu estou todo fodido, January. Estou preso em um casamento com uma mulher que mora com outro homem, só esperando que termine. Estou tomando medicamentos. Estou em terapia. Estou tentando parar de fumar de uma vez por todas e ate aprender a *meditar*. E, enquanto tudo isso acontece, enquanto sou um desastre ambulante, eu quero você de uma maneira que não sei se nós dois temos condição de lidar. Não quero machucar você e não quero sentir como seria perder você.

Ele parou por um instante. À meia-luz fraca da barraca, seu rosto era todo sombras, mas seus olhos escuros e fluidos brilhavam como se estivessem iluminados por dentro. Ele respirou algumas vezes e continuou em um murmúrio suave.

— Isso não significa que eu não queira você, January. Eu sempre quis você. Só significa que eu também quero que você seja feliz e tenho medo de jamais conseguir ser a pessoa que pode te dar isso.

A intensidade de seu olhar se acalmou, como se ele tivesse queimado todas as fagulhas disponíveis, e eu amava os seus olhos assim também, ternos, sinceros e silenciosos. Toquei seu rosto e ele olhou em meus olhos, ainda ofegante. O calor borbulhou no meu peito, se espalhando para os meus dedos em volta do seu queixo anguloso.

— Então me deixe ser feliz com você, Gus — falei e o beijei de leve, como a pessoa rara e sensível que ele era.

Suas mãos deslizaram pelas minhas costas e ele me puxou para mais perto.

23

O lago

GUS ME DEITOU gentilmente, sua mão ainda em minha nuca, os dedos entre meus cabelos. Eu o puxei sobre mim quando as mãos dele pegaram a barra da minha blusa e a levantaram sobre minha cabeça. Ele a jogou de lado e segurou meu queixo para me beijar de novo, lenta e intensamente, ávido e áspero e perfeitamente Gus. Sua palma subiu pela minha barriga, depois tornou a descer para abrir o jeans molhado e, juntos, tiramos meus sapatos e calça e ele me pôs no seu colo.

— January — ele sussurrou no escuro, como um encantamento, como uma oração.

Eu queria dizer seu nome inteiro também. Fazer *Augustus* significar algo diferente para ele agora. Mas sabia que isso levaria tempo e, por Gus, eu achava que poderia ser paciente. Então, em vez disso, apenas o beijei, deslizei os dedos por sua barriga quente para levantar a camiseta molhada e descartá-la em uma pilha com a minha. Nós nos sentamos no escuro, olhando um para o outro, sem pressa e sem constrangimento.

No porão, tinha sido como se estivéssemos em uma corrida para devorar um ao outro. Agora era diferente. Agora eu podia examinar Gus como sempre quis fazer, saboreando cada linha forte e borda angulosa que eu antes disfarçava para olhar, e as mãos dele traçaram as curvas dos meus quadris e da minha cintura com o mesmo deslumbramento calmo, seu olhar quente acompanhando devagar o movimento dos dedos. Cada pedaço de mim que ele olhava parecia acender em resposta, todo o meu sangue fluindo para a superfície, se acumulando ali, ansioso pelo toque de sua boca ou suas mãos.

Sua boca mergulhou na lateral do meu pescoço, na frente da minha garganta, uma vez mais na fenda entre os seios.

— Perfeita — ele murmurou em minha pele. Seus dedos roçavam cada ponto em que os lábios haviam estado e ele levantou os olhos para os meus. — Você é perfeita — repetiu e beijou meus lábios tão lentamente, tão quente, que eu me senti derreter por dentro.

Ele soltou meu sutiã e me puxou contra si. O desejo começou a pulsar em meu ventre ao sentir seu peito junto ao meu, suas mãos pelo meu corpo. Estávamos ambos encharcados até os ossos, boca e pele deslizantes e quentes enquanto nos emaranhávamos um no outro, dedos, lábios, línguas e quadris se esfregando e segurando, se enlaçando e soltando.

Ele tinha cheiro de mato, de pinheiros, orvalho, canela e dele mesmo. Nós nos desprendemos o suficiente para tirar sua calça e cueca e então ele estava sobre mim, a boca roçando o interior da minha coxa enquanto as mãos se enfiavam em minha calcinha e a levavam para baixo. Seus lábios pousaram sobre minha barriga e desceram pela minha pele. Gemi quando sua boca finalmente me encontrou e eu agarrei seu cabelo, seu pescoço, enquanto ele me segurava pelos quadris, cada nervo do meu corpo pulsando ao encontro de sua língua, cada sensação convergindo para aquele único ponto.

Eu o puxei para cima de mim e suas mãos envolveram meus seios. Minhas coxas se apertaram em volta de seu corpo e eu me movi contra ele, sentindo-o tremer.

— Camisinha? — sussurrei, e ele se inclinou para a mochila e procurou dentro dela, enquanto eu arqueava o corpo junto ao dele. Ele encontrou a embalagem e a rasgou, e em segundos estava dentro de mim, a boca na minha, as mãos no meu cabelo e na minha pele, sua respiração em meu ouvido, seu nome rolando por mim como uma maré, sua voz murmurando o meu nome no meu pescoço e ele se movendo mais fundo, fazendo pulsações de êxtase ondularem pelo meu corpo todo.

A chuva caía à nossa volta e eu me esqueci de tudo que não era Gus, que não era esse momento. Eu me perdi nele e, em vez de tentar me convencer de que um dia tudo ficaria bem, concentrei-me no fato de que aqui, agora, tudo já estava bem.

As mãos de Gus encontraram as minhas quando a tensão subiu ao máximo e nós nos abraçamos, ofegantes, agarrados um ao outro, trêmulos. Quando terminamos, ele não me soltou. Ficamos deitados um ao lado do outro sob o cobertor que ele tirou da mochila, as mãos dadas, a respiração em sintonia.

Transamos mais duas vezes naquela noite: cerca de uma hora depois, quando ele interrompeu nossa conversa sobre a festa de Pete para me beijar outra vez, e mais tarde, em uma vertigem sonolenta, quando acordamos ainda abraçados e nus no escuro, eu já me arqueando de encontro a ele, ele já pronto para mim.

Quando acabamos, ele pegou um pacote de salgadinhos e barras de cereal na mochila, com os dois mesmos frascos que levara para a dança country.

Eu me apoiei no cotovelo para observá-lo. Ele acendeu uma das lanternas, a luz o iluminando em tons vermelhos e dourados, e estendeu os salgadinhos para mim.

— Só por precaução? — falei, indicando as provisões.

A covinha de Gus se acentuou. Sua mão subiu pelo meu braço até o ombro.

— Uma precaução otimista. Eu sou um otimista agora.

Seus dedos levantaram meu queixo e ele beijou meu pescoço. Depois segurou os dois lados do meu rosto e me beijou profundamente, lentamente, bebendo de dentro de mim. Quando se afastou, com as mãos no meu cabelo, o polegar acariciando meu lábio inferior, ele perguntou:

— Você está feliz, January?

— Imensamente — respondi. — E você?

Ele me abraçou e beijou minha testa. Sua voz soou rouca no meu ouvido.

— Estou muito feliz.

De manhã, vestimos as roupas úmidas, arrumamos nossos pertences e caminhamos de volta para o carro. O céu estava claro e aberto e Gus ligou o rádio, depois segurou minha mão sobre a alavanca do câmbio, a luz nos colorindo entre as árvores e o para-brisa.

Eu sentia que tinha o Gus da casa de Pete naquele momento. E me senti um pouco mais como a January de antes também, a que se jogava sem medo. Procurei no meu estômago aquela sensação incômoda, de estar à espera de cair o segundo sapato. Eu poderia encontrá-la se procurasse bem, mas, pelo menos desta vez, eu não queria. Esse momento parecia valer qualquer dor que pudesse resultar mais tarde, e tentei repetir isso para mim mesma até ter certeza de que seria capaz de me lembrar se precisasse.

Gus levantou minha mão da alavanca do câmbio e a pressionou contra os lábios, sem olhar para mim.

Na noite anterior eu sabia que tudo aquilo poderia se desfazer, se dissolver à minha volta. Meio que esperara que isso acontecesse quando os primeiros raios frios da luz da manhã atingissem a barraca e Gus se desse conta do que havia feito e, mais importante, de tudo que havia dito.

Em vez disso, quando seus olhos se abriram, ele me deu um sorriso de boca fechada e me puxou para junto de si, esfregando o rosto em minha cabeça, beijando meu cabelo.

Em vez disso, ali estávamos no carro, Gus Everett segurando minha mão sem soltá-la.

O que acontecera dois dias antes na sala da casa dele parecera inevitável, uma rota de colisão em que estivemos desde o início do verão. Isto, no entanto, era algo que eu não me permitira sequer sonhar. Eu nem saberia como. Ele não se parecia com ninguém da minha história.

No caminho de volta, paramos para tomar café da manhã em um restaurantezinho de beira de estrada e eu aproveitei para ligar para Shadi do banheiro. As irmãzinhas do Chapéu Assombrado (Ricky — teríamos que começar a chamá-lo pelo nome logo, se isso durasse) estavam dividindo seu quarto com Shadi, por insistência da mãe delas, e ela escapou para falar comigo da rua, mas continuava cochichando como se toda a família estivesse dormindo em uma pilha em cima dela.

— Ah meu *Deus* — ela sussurrou.

— Pois é — falei.

— Meu DEEEEEEUS — ela repetiu.

— Shad. Eu sei.

— Uau!

— Uau — concordei.

— Não vejo a hora de chegar aí e ver esse cara totalmente apaixonado por você.

O pensamento me fez sentir uma efervescência no estômago.

— Vamos ver.

— Não — ela disse, com decisão. — Como ele poderia não estar? Nem mesmo o Sexy e Cruel Gus seria tão tonto assim, habibi. — Uma mulher bateu na porta do banheiro, então dissemos nossos rápidos "Amo você" e "Tchau" e eu voltei para o banco de vinil engordurado e a pilha de panquecas e Gus. O sexy, descabelado e sorridente Gus, que segurou meu joelho embaixo da mesa e fez de novo fagulhas subirem pelas minhas coxas.

Eu queria voltar para o banheiro levando-o comigo.

Nossa parada para o café da manhã se estendeu a uma ida à livraria da cidade, onde só tinham meu primeiro livro em estoque, e nenhuma exposição especial para os dois exemplares de *Os revelatórios* disponíveis, depois a uma parada em um bar com um pátio ao ar livre.

— Qual foi sua avaliação negativa favorita? — perguntei.

Ele sorriu consigo mesmo enquanto pensava, mexendo o uísque com ginger ale à sua frente.

— Da imprensa ou de um leitor?

— Leitor primeiro.

— Eu sei qual foi — disse ele. — Na Amazon. Uma estrela: "Não pedi esse livro".

Inclinei a cabeça para trás, rindo.

— Adoro essas em que a pessoa encomenda acidentalmente o livro errado, depois avalia com base em não ser o livro que ela *pretendia* comprar.

A risada de Gus ressoou. Ele tocou meu joelho sob a mesa.

— Eu gosto quando as pessoas explicam o que eu estava *tentando* fazer. Tipo: "O autor estava tentando escrever como Franzen, mas ele não é nenhum Franzen".

Fingi que estava com ânsia de vômito e Gus cobriu os olhos até eu parar.

— Mas você estava?

— Tentando escrever como Franzen? — Ele riu. — Não, January. Eu só tento escrever bons livros. Isso tem cara de Salinger.

Caí na risada e ele sorriu de volta. Voltamos a um silêncio confortável enquanto bebíamos nossos drinques.

— Posso perguntar uma coisa? — falei, depois de um minuto.

— Não — Gus respondeu, impassível.

— Ótimo — eu disse. — Por que você tentou me impedir de ir a New Eden? Eu sei que você disse que não queria que eu visse aquilo, e entendo. Só que o objetivo dessa aposta era você me convencer de que o mundo era como você dizia que era, certo? E essa era a oportunidade perfeita.

Ele ficou quieto por um longo momento, depois passou a mão pelo cabelo revolto.

— Você realmente acha que era essa a ideia?

— Bom, eu espero que fosse pelo menos *parcialmente* um truque ardiloso para transar comigo — brinquei, mas a expressão no rosto dele era séria, até um pouco ansiosa. Ele sacudiu a cabeça e olhou para a rua.

— Eu nunca quis que você visse o mundo como eu vejo.

— Mas a aposta... — falei, tentando entender.

— Foi você que me desafiou primeiro — ele lembrou. — Eu só achei que, talvez, se você tentasse escrever o que eu escrevo... Sei lá, acho que eu esperava que você percebesse que não era o certo para você. — Ele se apressou em acrescentar: — Não porque você não seja capaz! Mas porque isso não é você. O modo como você pensa nas coisas não é assim. Eu sempre achei que o jeito que você via o mundo era... incrível. — Um leve rubor subiu em suas faces bronzeadas e ele sacudiu a cabeça. — Eu não queria que você perdesse isso.

Uma confusão de emoções se amontoou na minha garganta.

— Mesmo se o que eu estiver vendo não for real?

A testa e a boca de Gus se suavizaram.

— Quando a gente ama alguém — disse ele, um pouco hesitante —, quer fazer este mundo parecer diferente para essa pessoa. Dar um sentido a todas as coisas ruins e amplificar as boas. É isso que *você* faz. Para os seus leitores. Para mim. Você faz coisas bonitas, porque ama o mundo, e talvez o mundo não seja sempre como parece nos seus livros, mas... acho que colocar essas coisas bonitas neles muda um pouquinho o mundo. E o mundo não pode perder isso. — Ele coçou a cabeça. — Eu sempre admirei isso. O jeito como a sua escrita sempre faz o mundo parecer mais luminoso e as pessoas nele um pouco mais corajosas.

Meu peito estava quente e leve, como se o bloco de gelo que estava alojado ali desde que meu pai morreu estivesse se desfazendo, derretendo devagar. Porque o fato era que descobrir a verdade sobre meu pai tinha feito o mundo parecer escuro e desconhecido, mas descobrir Gus pouco a pouco fizera o oposto.

— Ou talvez eu esteja certa — falei devagar. — E às vezes as pessoas sejam mais luminosas e mais corajosas do que imaginam.

Um sorriso frágil passou brevemente pelos lábios dele.

— Eu acho que nunca amei o mundo como você. Lembro só de ter medo. E depois de ter raiva. E então... simplesmente decidi não ter sentimentos muito fortes em relação ao mundo. Mas não sei. Talvez, quando eu faço essas coisas, quando converso com pessoas como Dave e ando pelo meio de trailers queimados, exista uma parte de mim que tenha a esperança de encontrar alguma coisa.

— Como o quê? — perguntei, quase em um sussurro.

Ele apoiou os cotovelos na mesa.

— Como o tipo de mundo sobre o qual você escreve. Alguma prova de que ele não é tão ruim como parece. Ou que é mais bom do que ruim. Como se, somando toda... toda a *merda* e todas as flores silvestres, o resultado final do mundo fosse positivo.

Segurei sua mão sobre a mesa. O olhar dele era terno e aberto.

— Quando eu descobri sobre o caso do meu pai, tentei fazer esse tipo de matemática — admiti. — Quanta traição e mentira ele poderia ter feito e ainda continuar sendo um bom pai? Quanto ele poderia ter se envolvido com Aquela Mulher e, ainda assim, ter amado a minha mãe? Ainda *gostado* da sua vida? Tentei calcular quanto ele podia ter sido feliz, quanto sentiria falta de nós quando estava longe e, nos dias em que estava me sentindo particularmente mal, quanto ele devia ter nos odiado para estar disposto a fazer o que fez. E nunca cheguei a nenhuma resposta. E às vezes eu ainda quero essas respostas, e outras vezes fico apavorada com o que poderia encontrar. Mas as pessoas não são equações matemáticas.

— Encolhi os ombros pesadamente. — Eu posso sentir saudade do meu pai e ter raiva dele ao mesmo tempo. Posso estar preocupada com este livro e dividida em relação à minha família e agoniada com essa casa em que estou morando, e mesmo assim olhar para o lago Michigan e me sentir maravilhada com o tamanho dele. Eu passei todo o último verão achando que nunca mais seria feliz e agora, um ano depois, ainda me sinto nauseada, angustiada e com raiva, mas às vezes também sou feliz. Coisas ruins não escavam a vida até que o poço seja tão fundo que nada bom jamais vai ser suficientemente grande para nos fazer felizes outra vez. Por maior que seja a merda, sempre haverá as flores silvestres. Sempre haverá Petes e Maggies e tempestades na floresta e o sol sobre as ondas.

Gus sorriu.

— E sexo em estantes e barracas.

— Num mundo ideal — falei. — A menos que o mundo congele em uma segunda idade do gelo. E nesse caso haverá pelo menos os flocos de neve, até o amargo fim.

Gus tocou o meu rosto.

— Eu não preciso de flocos de neve. — Ele me beijou. — Enquanto houver você.

OIIIIII, AMOR. Só queria confirmar se ainda podemos contar com aquela entrega do manuscrito em 1º de setembro. A Sandy fica o tempo todo me cobrando e vai ser um prazer me fazer de barricada humana entre você e ela, mas ela está desesperada para comprar alguma coisa sua e, se eu continuar prometendo um livro para ela... bom, eu tenho mesmo que ter um livro.

Gus tinha passado a noite em minha casa, e, quando me virei para pegar o celular, ele rolou na cama, ainda dormindo, e acompanhou meu movimento, pousando o rosto na lateral do meu seio, a mão espalmada sobre minha barriga nua.

Meu coração acelerou pela sensação ainda nova do corpo dele *e* pela mensagem de Anya. Eu não podia enviar para ela o livro incompleto. Era um milagre ela ainda não ter me dispensado, e eu não podia deixá-la em uma situação embaraçosa com a Sandy Lowe sem algo para amenizar o golpe. Deslizei de baixo da mão de Gus, ignorando seus resmungos, vesti o roupão e, enquanto ia para a cozinha, respondi para Anya: Eu vou cumprir. Prometo.

1º de setembro, ela respondeu. Prazo improrrogável desta vez.

Nem me preocupei com o café. Já estava bem acordada.

Sentei junto à mesa e comecei a escrever. Quando Gus se levantou, pôs a chaleira no fogo, depois voltou para a mesa e tomou um gole da garrafa de cerveja que havia deixado lá na noite anterior.

Olhei para ele.

— Que nojo.

Ele a estendeu para mim.

— Quer?

Tomei um gole.

— Pior do que eu imaginava.

Ele sorriu. Sua mão acariciou meu ombro e desceu pelo meu corpo, pela abertura do roupão. Seus dedos chegaram ao cinto e desataram o nó, abrindo totalmente o tecido. Ele tocou minha cintura e me puxou, me pondo de pé.

Me virou contra a mesa, me levantou sobre ela e se posicionou entre minhas pernas. Segurou a gola do meu roupão aberto e o deslizou pelos meus braços, me deixando nua sobre a mesa.

— Estou trabalhando — murmurei.

Ele ergueu uma das minhas coxas na direção do seu quadril e me puxou para mais perto.

— Está? — Sua outra mão segurou meu seio e pegou o mamilo. — Eu sei que você tem uma aposta para ganhar. Isto pode esperar.

Eu o arrastei para mim.

— Não. Não pode.

A CONCENTRAÇÃO FOI um problema. Ou melhor, me concentrar em alguma outra coisa além de Gus foi um problema. Decidimos voltar a escrever em nossas próprias casas durante o dia, o que poderia ter sido uma solução mais bem-sucedida se tivéssemos autocontrole suficiente para *não* ficar escrevendo bilhetes o dia inteiro.

EU QUERO VOCÊ, foi uma das mensagens dele.

QUANDO FOI QUE ESCREVER FICOU TÃO DURO?, escrevi de volta.

DURO, ele escreveu.

Nem sempre era ele que instigava. Na quarta-feira, depois de resistir tanto quanto pude, escrevi: *QUERIA QUE VOCÊ ESTIVESSE AQUI* e desenhei uma flecha apontando para baixo, para mim.

NÃO É SÓ VOCÊ, ele respondeu. E depois: *ESCREVA 2.000 PALAVRAS E AÍ PODEMOS CONVERSAR.*

Isso acabou sendo a chave para ter algum trabalho feito. Nós mudávamos as metas. Duas mil palavras e podíamos ficar na mesma sala. Quatro mil palavras e podíamos nos tocar.

Todo o nosso arranjo parecia menos uma disputa e mais uma corrida colaborativa, cheia de trabalho em equipe e incentivo. Eu ainda estava determinada a vencer, embora não tivesse mais certeza do que estava tentando provar, ou para quem.

À noite, às vezes saíamos. Íamos ao restaurante tailandês em que havíamos pedido comida tantas vezes, um lugarzinho agradável em que tudo era dourado e onde as pessoas se sentavam em almofadas no chão e escolhiam em um cardápio cuja capa era uma imitação de papiro. À pizzaria de onde havíamos pedido tantas vezes, um lugar menos bonito, com bancos plastificados vermelhos e iluminação de sala de interrogatório. Íamos ao Tipsy Fish, um bar na cidade, e, quando alguém que Gus conhecia entrava, ele cumprimentava com a cabeça sem tirar a mão de mim.

Mesmo enquanto jogávamos dardos, e sinuca em seguida, ficávamos conectados, visivelmente *juntos*, a mão de Gus casualmente em volta dos meus quadris ou pousada nas minhas costas sob a blusa, meus dedos presos nos dele ou enfiados no passante de seu cinto.

Na noite seguinte, saindo da pizzaria, passamos a pé na frente da livraria de Pete e vimos que ela e Maggie estavam lá dentro, com taças de vinho nas poltronas do café.

— Vamos dizer oi — falou Gus, e nós entramos.

— É nosso aniversário — Maggie explicou alegremente.

— Nosso aniversário em North Bear — Pete acrescentou. — Do dia em que nos mudamos para cá. Não o *nosso* aniversário. O nosso é em 13 de janeiro.

— Sério? — falei. — É o dia do meu aniversário.

— Jura? — Maggie parecia encantada com a coincidência. — Claro que sim! É o melhor dia do ano. Faz sentido que Deus tenha decidido isso.

— Um dia perfeitamente bom — Pete concordou.

Maggie confirmou com a cabeça.

— Como hoje também.

— Eu me mudaria para cá outra vez — disse Pete. — A melhor coisa que já fizemos, depois de nos apaixonarmos.

— E de adotar os labradores — Maggie acrescentou, pensativa.

— *E* de fazer um certo convite para o clube do livro, que parece ter funcionado muito bem — Pete acrescentou com uma piscadinha.

— Nos atrair para uma armadilha, você quer dizer — Gus falou, sorrindo.

Ele olhou para mim e eu me perguntei se ele estaria pensando a mesma coisa. Talvez não tenha sido a *melhor* coisa que eu já fiz me mudar para cá e ir à casa de Pete naquela noite do clube do livro. Mas foi bom. A melhor em alguns anos, pelo menos.

— Fiquem para uma tacinha rápida, Gussy — Maggie insistiu, já nos servindo nos copos de acrílico transparente que usavam para café gelado.

Um copo virou dois, dois viraram três, e Gus me puxou para o seu colo na poltrona na frente delas. Elas estavam de mãos dadas entre as cadeiras, e a de Gus descrevia círculos lentos nas minhas costas enquanto conversávamos e ríamos noite adentro.

Saímos à meia-noite, quando Pete finalmente anunciou que precisavam ir para casa cuidar dos labradores e Maggie começou a arrumar as coisas, mas estávamos bêbados demais para dirigir, então caminhamos em meio ao calor e aos mosquitos.

Enquanto andávamos, o pensamento não parava de vir à minha cabeça. *Eu quase o amo. Estou começando a amá-lo. Eu o amo.*

E, quando chegamos às nossas casas, nós as ignoramos e seguimos a trilha até o lago. Era sexta-feira, afinal, e ainda mantínhamos o nosso trato.

Tiramos a roupa na praia e corremos, dando gritinhos, para dentro da água fria, de mãos dadas. Avançamos até ela subir às nossas coxas, nossa cintura, nosso peito. Nossos dentes batiam, a pele se arrepiava enquanto a água gelada nos banhava em suas ondulações, para a frente e para trás.

— Isso é horrível! — Gus exclamou.

— Era mais quente na minha imaginação! — gritei de volta, e ele me puxou contra seu peito, me abraçou e esfregou as mãos na minha pele para me transmitir calor.

E então me beijou profundamente, murmurando:

— Eu te amo. — E de novo, com as mãos no meu cabelo e a boca nas minhas faces e queixo, enquanto uma sacola plástica rasgada deslizava ao nosso lado pela superfície da água. — Eu te amo. Eu te amo.

— Eu sei. — Apertei os dedos nas suas costas, como se pudesse com isso parar o tempo e nos manter ali. Nós e o lago muito frio e o lixo flutuando em volta. — Eu também te amo.

— E pensar que você prometeu que não ia se apaixonar por mim — ele lembrou.

24

O livro

— EU NÃO QUERO fazer isso — falei. Gus e eu estávamos parados no alto da escada, do lado de fora do quarto principal.

— Não precisa fazer — ele me lembrou.

— Se você pode aprender a dançar na chuva...

— Ainda não fiz isso — ele interrompeu.

— ... eu posso enfrentar as coisas ruins — concluí.

Abri a porta. Precisei respirar fundo algumas vezes para me acalmar o suficiente e entrar. Havia uma cama de casal junto à parede do fundo, com uma mesinha turquesa e um abajur com cúpula de contas azuis e verdes de cada lado. Um quadro emoldurado de Klimt estava pendurado acima da cabeceira cinza alta. Na frente da cama, uma cômoda em estilo meados do século se estendia pela parede, com uma mesinha redonda no canto, coberta por uma toalha amarela e decorada com um relógio e uma pilha de livros. *Meus livros.*

Fora isso, o quarto era comum e impessoal. Gus abriu uma das gavetas.

— Vazia.

— Ela já limpou tudo. — Minha voz tremeu.

Ele deu um sorriso hesitante.

— Isso não é bom?

Fui até a cômoda e abri as gavetas, uma a uma. Nada em nenhuma delas. Fui para a mesinha de cabeceira da esquerda. Não havia gaveta, apenas duas prateleiras com uma caixinha de porcelana na de cima.

Tinha que ser isso. A coisa que eu estava esperando. A resposta profunda e sombria que eu imaginara o verão inteiro que fosse pular em cima de mim. Abri a caixinha.

Vazia.

— January? — Gus estava de pé ao lado da mesa redonda, segurando a toalha levantada. De baixo dela, uma caixa cinza e feia olhava de volta para mim, com um teclado de números em sua face.

— Um cofre?

— Ou um micro-ondas muito antigo — ele brincou.

Eu me aproximei devagar.

— Provavelmente está vazio.

— Provavelmente — Gus concordou.

— Ou tem uma arma — falei.

— Seu pai era do tipo que tinha armas?

— Em Ohio, não. — Em Ohio, ele era de biografias e noites aconchegantes em casa, de segurar a mão em consultas médicas, de aulas de cozinha mediterrânea. Ele era o pai que me acordava antes de o sol nascer para me levar para a água e me deixava dirigir o barco. Até onde eu sabia, deixar uma criança de oito anos dirigir por um lago vazio por vinte segundos era o máximo de sua impulsividade e imprudência.

Mas qualquer coisa era possível aqui, em sua segunda vida.

— Espere aqui — disse Gus. Antes que eu pudesse protestar, ele saiu do quarto. Ouvi seus passos na escada e, um momento depois, ele retornou com uma garrafa de uísque.

— Para que isso? — perguntei.

— Para dar firmeza à sua mão — ele respondeu.

— Antes de eu extrair uma bala do meu próprio braço?

Gus sacudiu a cabeça enquanto desenroscava a tampa.

— Antes de você abrir o cofre.

— Se nós bebêssemos suco verde como bebemos álcool, viveríamos para sempre.

— Se nós bebêssemos suco verde como bebemos álcool, nunca sairíamos do banheiro, e isso não te ajudaria em nada neste momento — disse Gus.

Peguei a garrafa e tomei um gole. Depois nos sentamos no tapete na frente do cofre.

— O dia do aniversário dele? — Gus sugeriu.

Me inclinei para a frente e teclei o número. As luzes piscaram em vermelho e a porta continuou fechada.

— Em casa, todas as nossas senhas eram a data do casamento deles. Dos meus pais. Duvido que isso se aplique aqui.

Gus encolheu os ombros.

— Às vezes vale a força do hábito.

Digitei a data sem expectativas, mas senti um frio na barriga até ver as luzes vermelhas de novo.

Eu não estava preparada para a nova onda de ciúme que me atingiu. Não era justo que eu não conhecesse totalmente meu pai. Não era justo que Sonya tivesse partes dele que, agora, eu nunca teria. Talvez a senha do cofre fosse alguma referência importante para eles, uma data comemorativa ou o aniversário dela.

De qualquer modo, ela devia saber a combinação.

Bastaria um e-mail, mas eu não mandaria.

Gus passou a mão pelo meu cotovelo, me trazendo de volta ao presente.

— Não tenho tempo para isso agora. — Eu me levantei. — Preciso terminar um livro. — *Esta semana*, decidi.

O IMPORTANTE, eu disse a mim mesma, era que a casa poderia ser facilmente vendida. Um cofre não era nada, nenhum grande empecilho. A casa estava praticamente vazia. Eu poderia vendê-la e retornar à minha vida.

Claro que agora, quando eu pensava nisso, tinha que fazer todo o possível para evitar a questão de como eu e Gus ficaríamos nessa história. Eu tinha vindo para cá para organizar as coisas e, em vez disso, havia confundido tudo ainda mais, embora, de alguma maneira, no meio de toda essa bagunça, meu trabalho estivesse progredindo. Eu vinha escrevendo em um ritmo que não alcançara mais desde meu primeiro livro. Sentia o enredo correndo na minha frente e me esforçava ao máximo para acompanhá-lo.

Expulsei Gus da casa, exceto uma hora por noite (marcada no cronômetro), e passava o restante do tempo escrevendo no segundo quarto do andar de cima, de onde tudo que eu podia ver era a rua. Escrevia até tarde da noite e, quando acordava, retomava de onde havia parado.

Vivia com minha calça larga e até jurei começar a chamá-la por um nome melhor se conseguisse terminar o livro, como se estivesse negociando com um deus profundamente interessado pelo meu guarda-roupa (totalmente não minimalista).

Não tomava banho, mal comia, me enchia de água e café e nada mais consistente.

Às duas da manhã de sábado, 2 de agosto, o dia do nosso evento na livraria de Pete, cheguei ao capítulo final de *SEGREDOS_DE_FAMÍLIA.docx* e fiquei olhando para o cursor piscante.

Tudo havia se desenvolvido mais ou menos como eu imaginara. O casal de palhaços estava em segurança, mas continuava vivendo com seus segredos. O pai de Eleanor havia roubado a aliança de casamento da mãe dela e vendido para dar à sua outra família o dinheiro de que eles precisavam. A mãe de Eleanor ainda não fazia ideia de que a outra família existia e acreditava que havia perdido a aliança, e que talvez, quando abrissem a bagagem na próxima cidade, ela cairia de um bolso ou da dobra de uma toalha. Em seu coração, o pedaço de lã colorido que o marido havia amarrado em volta de seu dedo servia perfeitamente como substituto. O amor, afinal, quase nunca era feito de coisas reluzentes, mas de coisas práticas. Coisas que envelheciam e enferrujavam, e eram consertadas e polidas. Coisas que se perdiam e precisavam ser substituídas de tempos em tempos.

E Eleanor. O coração de Eleanor estava totalmente partido.

O circo seguia para o próximo destino. Tulsa ficava cada vez menor atrás deles, a semana que haviam passado lá se desvanecendo como um sonho depois que você acorda. Ela estava olhando para trás, e uma dor que achava que nunca ia acabar cortava seu peito.

E era nesse ponto que eu deveria terminar a história. Eu sabia disso.

Havia uma boa qualidade cíclica na narrativa. Um caráter de temporalidade que o leitor poderia ver se desenrolando para além da última página. Ou talvez não.

Ali estava, exatamente como deveria ser, e meu peito parecia pesado, o corpo frio e os olhos úmidos, embora possivelmente mais de exaustão e do ventilador no teto do que de qualquer outra coisa.

Mas eu não podia deixar assim. Porque, por mais bonito que o momento fosse, a seu próprio modo triste, eu não acreditava nele. Esse não era o mundo que eu conhecia. As pessoas perdiam coisas belas, como anos de boa saúde da mãe, a chance de seguir uma carreira dos sonhos, o pai que ia embora cedo demais, mas também as encontravam: um café com o pior espresso do mundo, um bar com uma noite de dança country, um vizinho confuso e lindo como Gus Everett. Pus as mãos no teclado e continuei a digitar.

Flocos brancos começaram a descer à sua volta, grudando em seu cabelo e suas roupas. Eleanor ergueu os olhos da estrada de terra, espantada com a neve súbita. Claro que não era neve. Era pólen. Flores silvestres brancas haviam desabrochado de ambos os lados da estrada, e o vento as balançava em sua passagem.

Eleanor se perguntou para onde estaria indo agora, e como seriam as flores de lá.

Salvei o rascunho e o enviei por e-mail para Anya.

Assunto: Algo diferente

Por favor, não me odeie. Beijos, J.

Levantei cedo e dirigi por vinte minutos para imprimir o manuscrito na FedEx mais próxima e poder segurá-lo nas mãos. Quando voltei, Gus estava me esperando na varanda, deitado no sofá com o braço sobre os olhos. Ele o levantou quando me ouviu chegar, sorriu e se sentou, abrindo espaço para eu me acomodar ao lado.

Puxou minhas pernas sobre as dele e me deslizou para mais perto.

— E então?

Pus a pilha de papéis no colo.

— Agora eu só tenho que esperar e ver se a Anya vai me mandar embora. E saber quanto a Sandy vai ficar furiosa. E se conseguimos vender o livro para eu ter algo para "esfregar na sua cara".

— A Anya não vai mandar você embora — disse Gus.

— E a Sandy?

— Provavelmente vai ficar furiosa. Mas você escreveu outro livro. E vai escrever mais. Com certeza até um que ela queira. Você vai vender o livro, embora não necessariamente antes de eu vender o meu, mas, seja como for, tenho certeza que vai encontrar *alguma coisa* para esfregar na minha cara.

Dei de ombros.

— Vou me esforçar para isso. E você? Está perto de terminar?

— Na verdade, sim. Um rascunho, pelo menos. Mais uma semana ou duas devem dar.

— Esse deve ser mais ou menos o tempo de que eu vou precisar para lavar a louça que deixei acumulando pela casa esta semana.

— Cronometragem perfeita — disse Gus. — É o destino assumindo o controle.

— O destino costuma fazer isso.

Nós nos separamos para nos preparar para o evento, e, quando meu cabelo secou depois de um muito necessário banho, deitei na cama, exausta, e fiquei olhando para o ventilador de teto. O quarto parecia diferente. Meu corpo parecia diferente. Eu poderia ter me convencido de que havia roubado os membros e a vida de outra pessoa e me apaixonado por eles.

Acabei dormindo e acordei com uma hora ainda de folga. Gus bateu em minha porta meia hora depois e fomos para a livraria a pé. Normalmente eu odiaria chegar suada a um evento, mas, aqui, isso parecia importar menos. Todos sempre estavam um pouco suados em North Bear Shores, e meu vestido preto de eventos com seu tecido piniquento não me atraía depois de um verão de shorts e camisetas, então pus o vestido branco do bazar de caridade outra vez, com as botas bordadas.

Na livraria, Pete e Maggie nos levaram ao escritório para uma taça de champanhe.

— Para afastar o nervosismo — disse Maggie, com seu jeito esfuziante.

Gus e eu trocamos um olhar de cumplicidade. Nós dois já havíamos feito eventos suficientes para saber que, em cidades como essa, o público era composto principalmente de amigos locais e parentes (pelo menos quando era o primeiro livro; depois disso, a maioria nem se dava mais o trabalho de ir) e dos funcionários da livraria. Maggie e Pete haviam encostado no balcão a mesa com nossos livros e montado cerca de dez cadeiras dobráveis, então claramente também tinham experiência nisso.

— É uma pena que seja época das férias escolares — disse Pete, como se estivesse lendo meus pensamentos. — Senão teríamos casa cheia. Os professores gostam de fazer esse tipo de evento ser obrigatório. Ou pelo menos valer créditos extras.

Maggie concordou.

— *Eu* faria ser obrigatório para os *meus* alunos.

— A partir de agora, vou incluir labradorita em todos os meus livros — prometi. — Só para dar uma boa desculpa para você fazer isso.

Ela apertou as mãos sobre o coração, como se fosse a coisa mais bonita que tivesse ouvido nos últimos tempos.

— Está na hora, crianças — Pete anunciou e saiu na nossa frente. Havia mais quatro cadeiras atrás do balcão e ela fez sinal para Gus e eu nos sentarmos entre ela e Maggie, que iam nos "entrevistar". Lauren e seu marido estavam na plateia, com mais algumas mulheres que eu reconheci do churrasco, e cinco estranhos.

De modo geral, eu preferia não conhecer muita gente em meu público. Na verdade, preferia não conhecer ninguém. Mas a atmosfera ali era boa, tranquila.

Pete ainda estava de pé, dando as boas-vindas aos participantes do evento. Olhei para Gus e soube de imediato que havia algo errado.

Seu rosto estava pálido, a boca tensa. Toda a afabilidade havia sumido dele, desligada como por um interruptor. Sussurrei seu nome, mas ele continuou com os olhos fixos na "multidão". Segui seu olhar até uma mulher miúda de cabelo cacheado quase preto e olhos azuis levantados nos cantos, complementando as maçãs altas e o rosto em forma de coração. Levei poucos segundos para decifrar a situação, abençoados segundos de ignorância antes de meu estômago parecer desabar até os pés.

Senti o coração acelerado, como se o corpo tivesse entendido antes que a mente pudesse admitir. Olhei para Maggie, que estava com os lábios apertados e as mãos unidas no colo, rígida e imóvel, completamente fora de seu modo de ser habitual. E, embora Pete continuasse falando com autoconfiança, eu percebi a mudança em sua linguagem corporal também, algo como a postura de uma mãe ursa: um instinto protetor feroz, uma prontidão para o ataque.

Ela se sentou e moveu a cadeira, se ajeitando. Não foi nada anormal, mas achei que ela poderia estar inquieta.

Meu coração batia tão forte que achei que todo o público poderia ouvi-lo, e minhas mãos começaram a suar.

Naomi era linda. Eu devia ter imaginado que seria. Provavelmente imaginara. Mas não esperava vê-la. Especialmente sozinha, aqui, olhando desse jeito para Gus.

Arrependida, pensei, e *ávida.*

Senti um aperto no estômago. Ela viera aqui com uma intenção. Nitidamente tinha algo a dizer para Gus.

Meu Deus, e se eu vomitasse aqui?

Pete havia começado as perguntas. Algo na linha de:

— Que tal nos contarem um pouco sobre os seus livros?

Gus se virou para ela. Ele estava respondendo. Não prestei atenção no que ele dizia, mas seu tom era calmo, mecânico, e então ele estava olhando para mim, esperando que eu respondesse, e seu rosto era totalmente inescrutável.

Era como o quarto principal na casa do meu pai: impessoal, asséptico. Não havia nada para mim nele. Eu realmente sentia que ia vomitar.

Engoli e comecei a descrever meu livro mais recente. Já havia feito isso muitas vezes, era praticamente seguir um roteiro. Não tinha nem que ouvir a mim mesma; era só deixar as palavras fluírem.

Eu me sentia enjoada.

E então Pete estava fazendo outra pergunta de uma lista escrita à mão que tinha à sua frente (Contem sobre seus livros. Como é o seu processo de escrita? Como vocês começam? Quem são suas influências? Etc.), e, entre elas, Maggie contribuía com indagações mais prosaicas (Se seu livro fosse uma bebida, qual seria? Vocês já imaginaram *onde* seus livros deveriam ser lidos? Como é o processo emocional de escrever um livro? Já houve algum momento da sua vida real que vocês se viram incapazes de capturar apenas em palavras?).

Este momento provavelmente seria muito difícil, pensei.

De quantas maneiras diferentes seria possível escrever: *Eleanor estava com uma vontade doida de vomitar tudo que havia comido naquele dia?*

Possivelmente muitas. O tempo estava passando devagar, e eu não conseguia decidir se queria que ele se movesse mais depressa ou se o que viria depois só pioraria a situação.

O drama acabou se resolvendo por si. A hora terminou. As poucas pessoas que compareceram se aglomeraram junto ao balcão para falar com a gente e pegar autógrafos, e eu estava respirando fundo e tentando ser simpática enquanto, por dentro, bolas de feno vagavam pelo deserto desolado do meu coração.

Naomi ficou para trás dos outros, encostada em uma estante. Eu me perguntei se ela teria pegado de Gus o hábito de se encostar ou se fora o inverso. Tinha medo de olhar muito para ela e reconhecer mais dele nela, quando havia tentado desesperadamente na última hora encontrar algum traço de mim nele, uma prova de que ele havia sussurrado meu nome com tanto ardor em minha pele apenas algumas horas antes. Pete cercou Naomi e estava tentando levá-la para fora da loja, mas ela contra--argumentou, e então Lauren se juntou a elas, tentando evitar que uma cena acontecesse.

Eu não ouvia o que estava sendo dito, mas vi os cachos dela balançarem quando ela concordou com a cabeça. O grupo em volta da mesa começou a se dispersar. Maggie estava registrando as vendas, seu olhar claro alternando entre a caixa registradora e a conversa junto à porta.

Gus finalmente olhou para mim. Parecia inclinado a dar uma explicação, mas a expressão em meu rosto deve tê-lo feito mudar de ideia. Ele pigarreou.

— Vou lá ver por que ela está aqui.

Não falei nada. Não fiz nada. Ele olhou de novo para mim por não mais que dois segundos, depois se levantou e atravessou a loja. Meu rosto estava quente, mas o resto do corpo tremia de frio. Gus dispensou Pete, e, quando ela olhou para mim, não consegui retribuir o olhar. Levantei e saí depressa pela porta do escritório, depois pela porta dos fundos para uma viela que não tinha mais que algumas caçambas de lixo.

Ele não a havia convidado. Eu sabia disso. Mas não tinha como adivinhar o efeito que vê-la teria sobre ele, ou por que ela teria vindo.

A bela e durona Naomi, cujo mistério havia fascinado Gus. Naomi, que não precisava dele nem tentava salvá-lo. Que ele nunca tivera medo de despedaçar. Com quem ele já quis passar a vida. Com quem ele teria ficado apesar de tudo, se tivesse a chance.

Eu queria gritar, mas só consegui chorar. Tinha queimado toda a minha raiva, e medo era só o que restava. Talvez tivesse sido isso o tempo todo, mascarado como emoções mais agressivas.

Insegura quanto ao que fazer, comecei a caminhar de volta para casa. Estava escuro quando cheguei e eu havia esquecido de deixar a luz da varanda acesa, então, quando alguém se levantou do sofá de vime, quase caí dos degraus.

— Desculpe! — veio a voz de mulher. — Eu não queria assustar você.

Eu só tinha ouvido essa voz uma vez, mas o som havia cavado sulcos em meu cérebro. Eu nunca a esqueceria.

— Eu esperava que pudéssemos conversar — disse Sonya. — Não, é mais do que isso. Eu *preciso* conversar com você. Por favor. Cinco minutos. Tem muita coisa que você não sabe. Coisas que vão ajudar, eu acho. Eu escrevi tudo desta vez.

25

As cartas

— EU NÃO QUERO ouvir — disse a ela.

— Eu sei — respondeu Sonya. — Mas vou ter falhado com o seu pai se não fizer você ouvir.

Dei risada.

— Aí é que está. Você não deveria ter tido o meu pai para falhar com ele.

— Não deveria? Se você analisasse o início da vida do seu pai e previsse tudo, como *deveria* ter acontecido, com base apenas em como começou, ele poderia nem ter conhecido a sua mãe. Você poderia nem existir.

Minhas entranhas se contorceram de raiva.

— Você pode sair da minha varanda, por favor?

— Você não entende. — Ela tirou um pedaço de papel do bolso do jeans e o desdobrou. — Por favor. Cinco minutos.

Enfiei a chave na fechadura, mas ela começou a ler atrás de mim.

— Eu conheci Walt Andrews quando tinha quinze anos, na aula de literatura. Ele foi meu primeiro namorado, meu primeiro beijo. O primeiro homem, ou menino, para quem eu disse "eu te amo".

A chave entalou na fechadura. Eu tinha parado de me mover, atordoada. Me virei para ela, sem ar. Os olhos de Sonya me fitaram com ansiedade, então voltaram para o papel.

— Nós terminamos alguns meses depois que ele foi para a faculdade. Não tive notícias dele por vinte anos, e então, um dia, eu o encontrei por acaso. Ele estava em uma viagem de trabalho, uma hora a leste daqui, e decidiu ficar uns dois dias em North Bear Shores. Jantamos juntos. Conversamos durante horas antes de ele me contar que tinha acabado de se separar. Quando seguimos cada um para o seu lado, nós dois acreditávamos que nunca mais nos veríamos. — Ela olhou para mim. — Isso é verdade. Mas, na hora de ir embora, o carro do seu pai quebrou. — Ela ficou olhando para o papel. Havia lágrimas em seus olhos. — Nós dois estávamos bem mal na época. Alguns dias, o que tínhamos juntos era a única coisa boa na minha vida. Começamos a nos visitar todos os fins de semana. Ele tirou uma semana de folga e veio até aqui para procurar uma casa. Tudo estava avançando depressa. De um modo tão natural! Não estou dizendo nada disso para magoar você. Mas eu acreditava sinceramente que tínhamos nossa segunda chance. Achei que íamos nos casar.

Ela parou de falar só por um instante e sacudiu a cabeça. Mas continuou depressa, antes que eu pudesse interrompê-la.

— Ele pediu transferência para o escritório de Grand Rapids. Comprou a casa. *Esta casa.* Ela estava muito velha na época, caindo aos pedaços, e mesmo assim fazia anos que eu não me sentia tão feliz. Ele falava de trazer você, de transportar o barco para cá e de passarmos o verão inteiro nele, nós três. Eu pensava: *Eu vou morar aqui até morrer, com um homem que me ama.*

— Ele era casado — murmurei. Minha garganta parecia estar fechada. — Ele ainda era casado.

Gus é casado, lembrei a mim mesma.

A emoção estava inflando como um balão dentro de mim. Eu queria odiá-la. E a odiava, mas também sentia sua dor se misturando à minha. Sentia todo o entusiasmo de um novo amor, um amor que cura, uma segunda chance com alguém de que quase já se havia esquecido. E a dor quando a vida *real* do outro vem chamar, a agonia de saber que há uma história com outra pessoa, uma relação que a de vocês não pode tocar.

Sonya apertou muito os olhos.

— Isso não parecia real para mim até o diagnóstico da sua mãe.

A palavra pareceu produzir uma onda de choque em mim. Tentei esconder. Voltei a mexer na chave, embora agora meus olhos estivessem tão nublados de lágrimas que eu nem conseguia enxergar.

Sonya continuou a ler, mais rápido agora.

— Nós nos mantivemos em contato por alguns meses. Ele não tinha certeza do que ia acontecer. Só sabia que precisava estar presente para ela, e não havia nada que eu pudesse fazer em relação a isso. Mas os telefonemas foram ficando cada vez mais espaçados, até acabarem. E um dia ele me mandou um e-mail só para me avisar que ela estava muito melhor. Que *eles* estavam muito melhor.

Eu tinha parado de mexer na chave outra vez, mesmo sem intenção. Virei para ela, os mosquitos e mariposas zumbindo em volta.

— Mas isso foi anos atrás.

Ela confirmou com a cabeça.

— E, quando o câncer voltou, ele me ligou. Estava arrasado, January. Não tinha nada a ver comigo e eu sabia disso. Tinha a ver com ela. Ele estava tão apavorado e, na vez seguinte que passou por aqui em uma viagem de trabalho, eu aceitei me encontrar com ele. Ele estava à procura de apoio, e eu... eu tinha começado algo com um amigo da Maggie, um homem *bom*, viúvo. Ainda não era sério, mas eu sabia que poderia ser. E talvez isso me assustasse um pouco, ou talvez uma parte de mim sempre fosse amar o seu pai, ou talvez tenhamos apenas sido egoístas e fracos. Não sei. Não vou fingir que sei. Mas isto eu posso dizer: nessa segunda vez, eu não tinha ilusões sobre o que ia acontecer entre a gente. Se o seu pai tivesse perdido a sua mãe, ele não ia suportar nem olhar mais para mim, e, de qualquer modo, eu não conseguiria acreditar que ele me amasse. Eu era um refúgio, e talvez eu até achasse que devia isso a ele. Quando ele começou a consertar a casa, eu sabia, sem ele nunca ter que me dizer, que não era para nós dois. E aconteceu de novo, quando a sua mãe ficou saudável outra vez. As visitas se espaçaram cada vez mais. Os telefonemas diminuíram e pararam. E dessa vez eu não recebi nem um e-mail. Posso te dizer aqui que nós tínhamos boas intenções. Não há respostas fáceis. Eu sei que *não era* para eu estar sofrendo agora, mas estou. Estou triste e irritada comigo mesma por me colocar nesta situação, e humilhada por estar aqui na sua frente...

— Então por que você está aqui? — perguntei. Sacudi a cabeça, outra onda de fúria tomando conta de mim. — Se já tinha acabado, como você diz, *por que* você estava com aquela carta?

— Eu não sei! — ela exclamou, lágrimas se juntando instantaneamente em seus olhos e descendo em gotas rápidas e contínuas pelas faces. — Talvez ele quisesse que a casa ficasse para você, mas achasse que a sua mãe não teria forças para te contar, ou não achasse justo pedir isso a ela. Talvez ele achasse que, se mandasse a chave e a carta direto para você, não haveria ninguém para vir aqui e te convencer a perdoá-lo. Eu não sei, January!

Minha mãe *nunca* teria me contado, tive que concordar de imediato. Mesmo depois de Sonya ter aparecido no funeral, minha mãe não conseguiu falar sobre isso, para confirmar ou explicar. Ela queria lembrar as coisas boas. Queria se agarrar a elas com muita força para que não se perdessem, não dar espaço para as partes dele em que ainda era doloroso pensar.

Sonya fungou algumas vezes para recuperar o fôlego e enxugou os olhos.

— Tudo que sei é que, quando ele morreu, o advogado me enviou a carta, a chave e um bilhete do Walt pedindo que *eu* entregasse a você. E eu não queria. Eu já segui em frente com a minha vida. Finalmente estou com alguém que amo, finalmente estou feliz, mas ele *se foi* e eu não podia dizer não. Não para ele. Ele queria que você soubesse a verdade, toda ela, e queria que você ainda o amasse depois que descobrisse. Acho que ele me mandou aqui para que eu garantisse que você o perdoaria.

Sua voz tremeu perigosamente.

— E talvez eu tenha vindo porque precisava que alguém soubesse que dói para mim também. Que eu também vou sentir falta dele para sempre. Talvez eu quisesse que alguém entendesse que eu sou uma pessoa, não apenas o erro de alguém.

— Não me interessa se você é uma pessoa — revidei e, nesse momento, entendi que era verdade. Eu não odiava Sonya. Eu nem sequer a conhecia. Não tinha nada a ver com ela. As lágrimas estavam descendo mais depressa, fazendo-me soluçar em busca de ar. — A questão é ele. São todas as coisas que eu nunca vou poder saber sobre ele, ou perguntar a ele. O que ele fez minha mãe passar! Eu nunca vou saber como construir uma família, ou em que confiar do que aprendi com eles, se é que eu posso confiar em alguma coisa. Eu tenho que pensar em cada lembrança e me perguntar se foi uma mentira. Não posso conhecê-lo melhor agora. Eu não o tenho. Eu não o tenho *mais*.

As lágrimas estavam jorrando agora. Meu rosto estava todo molhado. A linha precária de dor em que eu vinha me mantendo havia um ano parecia ter finalmente se rompido no centro de mim.

— Ah, meu bem — Sonya disse baixinho. — Nós nunca podemos conhecer totalmente as pessoas que amamos. Quando as perdemos, *sempre* haverá mais que poderíamos ter visto, mas é isso que estou tentando dizer a você. Esta casa, esta cidade, esta *vista*, tudo isso era uma parte dele que ele queria compartilhar com você. E você está aqui, certo? Você está aqui e tem a casa na praia que ele amava, na cidade que ele amava, e tem todas as cartas e...

— Cartas? — eu a interrompi. — Eu tenho *uma* carta.

Ela pareceu espantada.

— Você não encontrou as outras?

— *Que* outras?

Ela estava genuinamente confusa.

— Você não leu. A primeira carta. Você não chegou a ler.

Claro que eu não tinha lido. Porque *esse* era o último pedacinho dele que eu teria na vida, e ainda não estava pronta. Mais de um ano desde que ele morrera e eu ainda não estava pronta para dizer adeus. Estava pronta para dizer *muita coisa*, mas não adeus. A carta continuava no fundo da caixa onde esteve durante todo o verão.

Sonya engoliu em seco, dobrou sua lista de tópicos a serem falados e a guardou no bolso do suéter largo.

— Você tem pedaços dele. Você é a última pessoa na Terra que tem pedaços dele, e, se não quiser olhar para eles, é um direito seu. Mas não finja que ele não te deixou nada.

Ela se virou para ir embora. Era tudo o que tinha para me dizer, e eu lhe permitira falar. Eu me sentia uma idiota, como se tivesse perdido algum jogo cujas regras ninguém havia me explicado. Mas, ao mesmo tempo, embora ainda estivesse tonta de dor depois de ela ter partido, eu continuava em pé

Eu tive a conversa que temi durante todo o verão. Entrei nos quartos que antes mantinha fechados. Me apaixonei e senti meu coração partir e ouvi mais do que gostaria, e continuava em pé. As belas mentiras tinham se desfeito. Estavam todas destruídas. E eu continuava em pé.

Virei para a porta com uma nova determinação e entrei. Caminhei direto pela casa escura até a cozinha e peguei a caixa. Uma camada de pó havia recoberto o envelope. Eu a soprei, abri a aba solta e tirei a carta. Li ali mesmo, de pé ao lado da pia, com uma única luz amarela acesa acima de mim.

Minhas mãos tremiam tanto que era difícil decifrar as palavras.

Esta noite. Esta noite havia sido quase tão ruim quanto a noite em que o perdemos, ou a noite de seu funeral. Em qualquer outra situação, tudo que eu ia querer era ter meus pais comigo.

Droga, eu *queria* meus pais. Queria meu pai em sua calça de pijama velha acomodado no sofá com uma biografia de Marie Curie. Queria minha mãe se movendo em volta dele em seu moletom, tirando o pó obsessivamente das fotos emolduradas sobre a lareira enquanto cantarolava a música favorita do meu pai: *It's June in January, because I'm in love.*

Essa era a cena que eu havia encontrado quando cheguei de surpresa naquele primeiro Dia de Ação de Graças depois de ter entrado na Universidade do Michigan, em que uma terrível saudade de casa me fez tomar a decisão de última hora de vir passar o feriado. Quando abri a porta e entrei com minha mochila, minha mãe deu um grito e derrubou o frasco do produto de limpeza no chão. Meu pai jogou as pernas para fora do sofá e apertou os olhos para mim à luz dourada da sala de estar.

— Será possível? — disse ele. — É mesmo a minha filha querida? A rainha pirata do alto-mar?

Ambos correram para mim, me abraçaram e eu comecei a chorar, como se só tivesse entendido plenamente quanta falta sentira deles naquele momento em que estávamos juntos.

Eu me sentia arrasada de novo agora, e queria meus pais. Queria sentar no sofá entre eles, mamãe afagando meu cabelo, e contar que tinha feito tudo errado. Que tinha me apaixonado por alguém que tentara de tudo para me alertar a não deixar isso acontecer.

Que eu me jogara na fogueira. Que minha vida estava desmoronando e eu não tinha ideia de como consertá-la. Que meu coração estava mais partido do que nunca e eu tinha medo de *não poder* consertá-lo.

Segurei com mais força a folha de caderno em minha mão e pisquei para afastar as lágrimas o suficiente e conseguir ler direito.

A carta, como o envelope, tinha a data do meu aniversário de vinte e nove anos, 13 de janeiro, sete meses *depois* que o meu pai morreu, o que fazia tudo aquilo parecer onírico e surreal.

Querida January,

Geralmente, embora nem sempre, eu escrevo cartas no seu aniversário, mas seus vinte e nove anos ainda estão longe e eu quero estar pronto para lhe entregar esta, e todas as outras cartas, nessa data. Por isso estou começando mais cedo este ano.

Esta contém um pedido de desculpas, e eu detesto a ideia de dar a você um motivo para me odiar logo antes de comemorarmos seu aniversário, mas estou tentando ser corajoso. Às vezes eu tenho receio de que a verdade talvez não valha a dor que causa. Em um mundo perfeito, você nunca saberia sobre meus erros. Ou melhor, eu nem os teria cometido.

Mas, claro, eu cometi, e passei anos tentando decidir o que contar a você. Acabo sempre voltando ao fato de que quero que você me conheça. Isso pode parecer egoísta, e é. Mas não é só egoísta, January. Se e quando a verdade aparecer, eu não quero que isso abale você. Quero que saiba que maior que meus erros, maior do que tudo de bom ou ruim que eu tenha feito, e mais completamente inabalável do que tudo, é o meu amor por você.

Tenho medo do que a verdade vai lhe causar. Tenho medo de que você não consiga me amar do jeito que eu sou. Mas sua mãe teve a chance de tomar essa decisão por si mesma, e você merece ter também.

Queen's Beach Lane, 1401. O cofre. O melhor dia da minha vida.

Corri escada acima e fui direto ao quarto principal. A toalha da mesa ainda estava dobrada sob o relógio, revelando o cofre. Sentia o coração acelerado. Precisava estar certa dessa vez. Achei que meu corpo poderia se partir ao meio com o peso em meu peito se eu não estivesse. Pressionei o número, o mesmo que estava escrito no canto superior direito da carta. Meu aniversário. As luzes piscaram em verde e a fechadura destravou.

Havia duas coisas no cofre: uma pilha grossa de envelopes, presos com um grande elástico verde, e uma chave em um chaveiro azul de PVC. No chaveiro, em letras brancas, estavam impressas as palavras MARINA SWEET HARBOR, NORTH BEAR SHORES, MI.

Peguei a pilha de cartas primeiro e fiquei olhando para elas. Meu nome estava escrito em cada uma, em uma variedade de canetas, a caligrafia ficando mais firme e resoluta conforme eu me movia para o fim da pilha. Apertei os envelopes contra o peito e um soluço escapou de dentro de mim. Ele os havia tocado.

Em algum momento eu tinha parado de pensar nisso em relação à casa. Mas agora era diferente. Esse era o meu nome, um pedaço do meu pai que ele extraíra de si e deixara para mim.

E eu sabia que poderia sobreviver à leitura das cartas, por causa de tudo a que já havia sobrevivido. Podia olhar tudo de frente. Eu me levantei e peguei a chave do carro no caminho para a porta.

O GPS do celular encontrou a marina sem problemas. Ficava a quatro minutos de distância. Duas curvas e eu estava no estacionamento escuro. Havia dois outros carros, provavelmente de funcionários, mas, enquanto eu caminhava pelo cais, ninguém apareceu para me mandar embora. Eu estava sozinha, com o murmúrio suave da água contra os suportes do cais, os doces *tunc* e *shpp* de barcos balançando de encontro à madeira.

Eu não sabia o que estava procurando, mas sabia que procurava. Segurei as cartas com força enquanto avançava pela extensão do cais e pelas passarelas que se estendiam para a água.

E lá estava, de um branco puro e com letras azuis, as velas enroladas. *January*.

Entrei nele um pouco vacilante. Sentei no banco e olhei para a água.

— Papai — murmurei.

Eu não tinha certeza se acreditava em vida após a morte, mas pensei no tempo e imaginei comprimi-lo de modo que todos os momentos neste espaço se tornassem um. Quase podia ouvir sua voz, quase podia senti-lo tocando meu ombro.

Eu me sentia tão perdida outra vez. Sempre que começava a encontrar meu caminho, parecia escorregar para mais longe. Como poderia confiar no que Gus e eu tínhamos? Como poderia confiar em meus próprios sentimentos? As pessoas *eram* complicadas. Elas não eram problemas de matemática; eram coleções de sentimentos e decisões e puro acaso. O mundo era complicado também, não um filme francês belamente nebuloso, mas uma confusão desastrosa e horrível, salpicada de brilho, amor e significado.

Uma brisa agitava as cartas no meu colo. Afastei o cabelo dos olhos molhados e abri o primeiro envelope.

Querida January,

Hoje você nasceu. Eu esperava por isso há meses. Não foi surpresa. Sua mãe e eu queríamos muito você, antes mesmo de você começar a existir.

O que eu não esperava é que hoje eu ia me sentir como se tivesse nascido também.

Você fez de mim uma nova pessoa: o pai da January. E sei que isso é o que eu vou ser pelo resto da minha vida. Estou olhando para você agora, January, enquanto escrevo isto, e mal consigo colocar as palavras no papel.

Estou em choque, January. Não sabia que eu podia ser essa pessoa. Não sabia que podia sentir tudo isso. Nem posso acreditar que um dia você vai colocar uma mochila nas costas, saber segurar um lápis, ter opiniões sobre como gosta de usar o seu cabelo. Estou olhando para você e nem posso acreditar que você vai se tornar ainda mais incrível do que já é.

Dez dedinhos nas mãos. Dez dedinhos nos pés. E, mesmo que você não tivesse nenhum deles, ainda seria a coisa mais maravilhosa que eu já vi.

Não sei explicar. Você consegue sentir? Agora que você já tem idade suficiente para ler esta carta, e para saber quem você é, será que tem uma palavra para isso que me escapa? Isso que faz você diferente de qualquer outra coisa?

Achei que deveria lhe dizer algo sobre mim, sobre quem eu sou neste exato momento, enquanto vejo você dormir no peito da sua mãe.

É um prazer conhecê-la, January. Eu sou seu pai, o homem que você criou só com seus dedinhos.

UMA PARA cada ano, sempre escritas no dia.

January, hoje você faz um ano. Quem eu sou hoje, January? Eu sou a mão que te guia enquanto você dá seus passos desajeitados. Hoje sua mãe e eu fizemos espaguete, então talvez pudesse dizer que eu sou um chef também. O seu chef particular. Eu não gostava muito de cozinhar, mas isso tem que ser feito.

Feliz aniversário de dois anos, January. Seu cabelo ficou tão mais escuro. Você nem deve se lembrar de ter sido loira, não é? Eu gosto mais assim. Fica muito bem em você. Sua mãe diz que você se parece com a avó dela, mas eu acho que você puxou a minha mãe. Ela teria adorado você. Vou tentar lhe contar um pouco sobre ela também. Ela era de um lugar chamado North Bear Shores. É de onde eu também vim. Eu morava lá quando tinha a sua idade. Ela me dizia que eu fui um menino de dois anos insuportável. Parece que eu gritava até desmaiar. Mas isso provavelmente se devia, pelo menos em parte, ao Randy, meu irmão mais velho. Um pouco idiota, mas tão querido. Ele mora em Hong Kong agora, porque ele é chique.

January, nem posso acreditar que você já tem quatro anos. É uma pessoinha agora. Claro que sempre foi, mas agora mais do que nunca. Quando eu tinha quatro anos, quebrei meu triciclo. Eu estava pedalando por um píer, na direção do farol que ficava na ponta dele. Minha mãe tinha se distraído com uma amiga e eu achei que seria legal continuar pedalando quando chegasse ao fim do píer, para testar se eu estava indo rápido o suficiente para me manter na superfície da água. Como o Papa-Léguas. Ela me viu no último instante e gritou meu nome. Quando eu me virei para olhar para ela, entortei o guidão e colidi com o farol. Foi assim que arrumei esta grande cicatriz cor-de-rosa no cotovelo. Na verdade, ela não é tão grande agora. Ou então é meu cotovelo que ficou muito maior. Na semana passada, você bateu a cabeça na lareira. Não foi muito ruim, nem precisou de pontos, mas sua mãe e eu choramos a noite toda depois que você dormiu.

Nós nos sentimos tão mal. Às vezes, January, quando a gente é pai ou mãe, tem a sensação de ser uma criança a quem alguém entregou outra criança por engano. "Boa sorte!", esse estranho imprudente grita antes de ir embora para sempre. Nós sempre vamos cometer erros, infelizmente. Espero que eles fiquem cada vez menores conforme nós ficamos cada vez maiores. Mais velhos, na verdade; nós já acabamos de crescer.

Oito! Oito anos e esperta como uma raposa! Você nunca para de ler, January. Eu detestava ler quando tinha oito anos, mas a verdade é que eu era péssimo em leitura, e Randy e Douglas zombavam de mim sem dó, embora atualmente Douglas seja gentil como um carneirinho. Imagino que, se eu fosse melhor em leitura, teria gostado mais. Ou vice-versa. Meu pai era muito ocupado, mas foi ele que me ensinou a ler, January. E, desde que ele começou, eu não deixava minha mãe ajudar. Aí ela dizia: "Bom, quando chegar a hora, eu vou ensinar você a dirigir". O seu livro favorito neste momento é A árvore generosa, *mas caramba, January, esse livro me parte o coração. Sua mãe é um pouco como essa árvore e eu me preocupo que você vá ser também. Não me entenda mal. Esse é um bom jeito de ser. Mesmo assim, eu gostaria que você fosse um pouco mais dura, como seu velho pai. Só pelo seu próprio bem.*

Sabe, quando eu tinha oito anos, furtei em uma loja pela primeira vez. Claro que isso não é aceitável, mas a ideia aqui é falar honestamente. Eu roubei chiclete na loja de doces na rua principal de North Bear Shores. Eu adorava aquela loja. Eles tinham grandes ventiladores para evitar que o chocolate derretesse no verão, e, em dias em que minha mãe estava ocupada, meus irmãos e eu íamos até lá para sair do calor. Nunca achei muito divertido ir à praia sozinho. Talvez agora eu me sentisse diferente, faz tempo que não vou à praia. Sua mãe e eu temos pensado em levar você qualquer dia desses.

January, você tem treze anos e é mais corajosa do que qualquer pessoa de treze anos deveria precisar ser. Hoje eu não sei quem eu sou. Ainda sou seu pai, claro. E o marido da sua mãe. Mas, January, às vezes a vida é muito difícil. Às vezes ela exige tanto que começamos a perder parte de nós enquanto nos esticamos para dar o que o mundo quer pegar. Estou perdido, January. Lembra o farol de que eu contei para você? Acho que eu lhe contei sobre ele. Às vezes eu penso em você como aquele farol. Mantenha os olhos na January, eu digo a mim mesmo. Ela não vai deixar você se perder. Se você focar na January, não vai sair muito do caminho. Mas talvez eu estivesse tão focado que acabei colidindo com você.

Sua mãe também. Eu sei que este ano foi assustador para você, mas, por favor, saiba que, de um jeito ou de outro, sua mãe e eu vamos encontrar nosso caminho de volta para nós mesmos, e de volta um para o outro. Por favor, não tenha medo, meu bebê, minha corajosa rainha pirata do alto-mar. De algum jeito, tudo vai dar certo.

Dei meu primeiro beijo aos dezesseis anos, January. O nome dela era Sonya e ela era esguia e serena.

Seu aniversário é só daqui a alguns meses, mas tenho que escrever agora. Hoje você vai partir para a faculdade, January, e eu tenho medo de que isso me mate. Claro que eu não posso lhe dizer isso. Você se sentiria culpada, e não deve. Você está, sem dúvida nenhuma, fazendo a coisa certa. Você sempre foi tão inteligente. É esse o seu caminho. E não é para sempre. Mas, quando você acordar esta manhã e nós começarmos a viagem para o norte, não vou olhar para você pelo retrovisor. E, quando você ler isto (??? Quando será???), lembre-se deste dia. Será que vai notar que eu não consigo olhar para você? Provavelmente não. Você mesma está tão nervosa. Mas, se lembrar, agora você sabe por quê. Tenho receio de pegar um retorno e levar nós três de volta para casa se você demonstrar qualquer sinal de hesitação. Quero guardar você para sempre comigo. Quem sou eu sem você?

Você deveria estar seguindo para a pós-graduação, e nós sabemos disso. Que merda de câncer, January. Você é adulta agora, o que significa que, quando estiver lendo isto, já vai estar bem familiarizada com a palavra Merda e nós dois sabemos que já está bem familiarizada com a palavra Câncer. Pois que merda de câncer. Eu tenho que ser sincero,

January. Eu sinto que nossa vida está implodindo, e uma parte de mim quer empurrar você para bem longe daqui até que a implosão termine.

Eu disse que ia ser honesto com você, então aqui vai. Se eu escrever aqui, sei que não vou poder voltar atrás. Um dia você vai ler isto. Um dia você vai saber.

Estou traindo a sua mãe. Às vezes eu sinto que estou confortando a mim mesmo e outras vezes parece que é um castigo. Outros dias ainda eu penso se isso é tudo um grande FODA-SE *para o universo. "Se você quer destruir a minha vida, eu posso destrui-la ainda mais."*

Alguns dias eu acho que estou apaixonado pela Sonya. Sonya, esse é o nome dela. Eu já estive apaixonado por ela antes, quando éramos jovens. Acho que eu contei a você na carta dos dezesseis anos. Aquele foi o ano em que eu a beijei. Tenho certeza de que você não quer ouvir sobre isso. Mas acho que preciso dizer. Estou apaixonado por uma versão de mim mesmo que não pode existir neste inferno. Você acha que eu sou horrível, January? Tudo bem se achar. Eu fui horrível em muitos momentos diferentes da minha vida.

Quero voltar a ser o homem que a sua mãe me fez: o novo marido dela. O homem que você me fez: seu pai que a adora. Estou à procura de uma parte de mim que eu perdi, e isso não é justo com as outras pessoas.

Se eu pudesse ter o passado de volta, aqueles belos anos antes que o câncer voltasse, eu pularia para ele. Vou dar um jeito nisso. Não desista de mim, January. Este não é o fim.

January, hoje você faz vinte e oito anos.

Quando eu tinha vinte e oito anos, minha bela esposa teve a nossa filha. Neste dia. Dia 13 de janeiro, amplamente reconhecido como o melhor dia na história dos dias. Às vezes eu penso em como serão os seus filhos. Não especificamente seus e do Jacques, embora isso fosse ser bom também.

Imagino uma menina que se pareça com January. Talvez ela tenha dez dedinhos nas mãos e dez dedinhos nos pés, mas, mesmo se não tiver, será perfeita. E penso no tipo de mulher que você vai ser para ela. No tipo de mãe.

Quando eu penso nisso, January, geralmente choro. Porque sei que você vai ser melhor do que eu fui, e fico aliviado com esse pensamento. Mas, ainda que você não seja, ainda que cometa os mesmos erros que eu, eu conheço você, January.

Eu conheço você muito melhor do que você me conhece, e sinto muito, mas, se era para ter um desequilíbrio, eu não lamento que tenha sido para esse lado.

Lembra quando seu primeiro namoro terminou? Eu mencionei isso na sua carta de dezessete anos. Você ficou arrasada. Sua mãe telefonou para o Taco Bell e fingiu ser você, dizendo que estava muito doente para ir trabalhar.

Naquele momento, fiquei tão apaixonado por ela. Ela sabia exatamente o que fazer. O jeito como ela cuidou de você. Não há palavras para expressar.

Ela sabe, a propósito. Ela sabe de tudo que eu contei a você. Ela deixou que eu lhe contasse no meu tempo. Tenho receio de que ela se sinta envergonhada, que ache que todos vão ficar com pena dela, e você sabe como ela odeia isso. Ela não tem certeza se você precisa saber. Talvez não precise. Se for esse o caso, desculpe. Mas acho que eu queria que você visse toda a verdade, para você saber.

Se você achar que a história tem um final infeliz, é porque ela ainda não acabou.

Desde que eu comecei estas cartas, fui um milhão de coisas diferentes, algumas boas, outras ruins.

Mas hoje, no seu aniversário de vinte e oito anos, eu sinto que sou o mesmo homem que fui tantos anos atrás.

Olhando para você. Contando seus dedos. Pensando no que é que faz você tão diferente do resto do mundo. Não sei quando aconteceu, mas estou feliz de novo. Acho que, mesmo que as coisas não permaneçam assim, vou sempre carregar este momento em mim. Como eu poderia ser triste depois de ter visto o meu bebê crescer para se tornar a mulher que é?

January, você tem vinte e oito anos e, hoje, eu sou seu pai.

26

A melhor amiga

DEITEI DE COSTAS no piso e fiquei olhando as estrelas. Nuvens escuras e gordas deslizavam pelo céu, apagando-as pouco a pouco, e eu as observava como uma contagem regressiva, embora não soubesse para quê. As cartas estavam em pilhas à minha volta, todas abertas, todas lidas. Duas horas não tinham ainda me dado o encerramento de que eu precisava, mas foi um tempo que eu jamais havia esperado ter com ele. Palavras que ele não me dissera estavam finalmente ditas. Eu me sentia como se tivesse viajado no tempo.

Eu era uma ferida quase curada e esfolada de novo. "Everybody Hurts" tocava em minha cabeça. Eu percebia o consolo que havia na música, a ideia de que sua dor não era a única.

Algo nisso a fazia parecer ao mesmo tempo maior e menor. Menor porque o mundo todo sentia dor. Maior porque eu podia finalmente admitir que todos os outros sentimentos em que eu estivera focada tinham sido uma distração daquela dor mais profunda.

Meu pai se fora. E eu sempre sentiria saudade dele.

E tinha que ficar bem com isso.

Peguei meu celular e abri o aplicativo do YouTube. Digitei "Everybody Hurts" e a coloquei para tocar ali, no som do celular. Quando terminou, pus para tocar de novo.

A dor se assentou em um ritmo profundo. Era quase como se exercitar, uma dor crescente queimando os músculos e as articulações. Uma vez, em uma temporada ruim de dores de cabeça de tensão, minha médica disse que a dor era o nosso corpo pedindo para ser ouvido.

— Às vezes é um aviso — disse ela. — Às vezes é um outdoor.

Eu não sabia qual era a intenção dessa dor, mas pensei: *Se eu a ouvir, talvez ela se contente em recuar por um tempo.*

Talvez essa noite de dor me desse ao menos um dia de alívio.

A música terminou outra vez. Eu apertei play de novo.

A noite estava fria. Eu me perguntei quanto mais frio que isso seria em janeiro. Eu queria ver. Se o fizesse, pensei, seria mais uma parte dele que poderia encontrar.

Juntei as cartas e envelopes em uma pilha arrumada e me levantei para ir embora, mas agora, quando imaginei a casa na beira do lago, uma nova e estranha variação daquela dor cortante — *Gus em* D *menor*, pensei — passou por dentro de mim.

Era como se eu estivesse me desintegrando, como se o tecido conectivo entre minhas costelas estivesse se desfazendo e eu fosse me partir.

Já fazia horas que havíamos nos separado. Eu não recebera nenhum telefonema, nem mesmo uma mensagem. Pensei na expressão dele quando viu Naomi, como se um fantasma estivesse parado diante de seus olhos. Um fantasma miúdo e belo que ele certa vez amou tão loucamente que se casou com ela. Tão loucamente que ainda quis consertar a situação depois de ela ter partido seu coração.

Comecei a chorar de novo, tanto que nem conseguia enxergar.

Peguei o celular e escrevi para Shadi: Eu preciso de você.

Ela respondeu em segundos: Indo no primeiro trem.

Fiquei olhando para o telefone por mais um segundo. Havia apenas mais uma pessoa com quem eu realmente queria falar agora. Cliquei no contato e segurei o celular no ouvido.

Era tarde da noite. Eu não esperava uma resposta, mas a ligação foi atendida no segundo toque.

— Janie? — minha mãe murmurou depressa. — Você está bem?

— Não — choraminguei.

— Conte para mim, meu amor — ela pediu. Eu a ouvi se sentando, o ruído de lençóis sendo afastados e o leve clique do interruptor do abajur de cabeceira. — Eu estou aqui, meu bem. Me conte tudo.

Minha voz ficou mais aguda quando comecei pelo princípio.

— Eu te contei que o Jacques terminou comigo em uma banheira de hidromassagem?

Ela soltou uma exclamação de espanto.

— Mas que pilantra!

E então eu contei o resto. Contei tudo.

SHADI CHEGOU às dez horas da manhã com uma sacola de viagem em que um jogador da NBA poderia dormir confortavelmente e uma caixa de comida fresca. Quando abri a porta e a encontrei na varanda ensolarada, a primeira coisa que fiz foi me inclinar para ver o que havia dentro da caixa de papelão.

— Nenhuma bebida?

— Você sabia que tem uma excelente feira livre a dois quarteirões daqui? — disse ela, já entrando. — E que o único motorista de Uber da cidade parece ser cego?

Tentei rir, mas só de vê-la as lágrimas já estavam se formando em meus olhos.

— Ah, amiga — disse Shadi, e colocou a caixa sobre o sofá antes de me envolver em um abraço que era todo água de rosas e óleo de coco. — Eu sinto tanto. — Ela afagou meu cabelo de um modo gentil e maternal, depois se afastou, segurou meus braços e me examinou. — A boa notícia é que a sua pele parece a de um bebê recém-nascido. O que você anda comendo por aqui?

Indiquei com a cabeça a caixa de abóbora e verduras.

— Nada *disso*.

— Dieta da cerveja? — ela chutou e, quando confirmei com a cabeça, deu uma batidinha no meu braço, pegou a caixa e se dirigiu à cozinha. — Imaginei. Antes de bebida e choro, você precisa de uns legumes. E provavelmente de ovos ou algo assim. — Ela parou na entrada da cozinha e soltou uma exclamação de espanto, talvez pelo tamanho, espaço e estilo, ou talvez pela bagunça nojenta que eu tinha conseguido produzir ali. — Vaaamos lá — disse, recompondo-se enquanto começava a colocar as verduras e os legumes sobre o espacinho solitário que restava no balcão. — Que tal você trocar essa calça enquanto eu começo a preparar o brunch?

— Qual é o problema com esta calça? — Olhei para meu moletom. — Ela é meu uniforme, agora que eu decidi oficialmente chutar o balde.

Shadi revirou os olhos e tamborilou as unhas azuis no balcão.

— Francamente, Janie, não precisa ser nenhum vestido de baile, mas eu *não* vou cozinhar para você até você colocar uma calça que tenha um botão ou zíper.

Meu estômago roncou, como se estivesse me implorando, e fui até o quarto no andar superior. Havia um punhado de camisetas amassadas que Gus tinha largado no chão nas duas últimas semanas e que nunca foram recolhidas, e eu as chutei para trás da porta do armário, onde não teria que ficar olhando para elas, e vesti um short e uma camiseta da Ella Fitzgerald.

Fazer o brunch levou uma hora e meia, depois Shadi insistiu que lavássemos a louça antes de comer.

— Olha para essa pilha! — argumentei com ela, indicando a torre inclinada de vasilhas de cereais matinais. — Pode levar até o Natal para a gente terminar.

— Que bom que eu trouxe um casaco — Shadi respondeu, com um dar de ombros indiferente.

No fim, levamos só meia hora para encher a lava-louças e lavar à mão tudo que não coube nela. Quando acabamos de comer, Shadi quis limpar a casa inteira. Tudo que eu realmente desejava era me deitar no sofá com um saco de batata frita sobre o peito e assistir a um reality show na TV, mas acabei dando razão a ela. Fazer faxina era uma distração muito melhor.

Por algumas horas, não pensei nas mentiras do meu pai ou em Sonya se aproximando de mim no funeral. Não repeti mentalmente fragmentos da briga com a minha mãe no carro nem vi o lindo sorriso de desculpas nos lábios cheios de Naomi. Não me preocupei com o livro, ou com o que Anya ia pensar, ou com o que Sandy ia fazer. Eu não pensei em nada.

A faxina me pôs em um transe; gostaria de poder ficar em uma câmara criogênica emocional que me permitisse dormir durante a pior parte do sofrimento que eu estava tentando evitar.

O primeiro telefonema de Gus tinha chegado por volta das onze horas, e eu não atendi. O seguinte levou vinte minutos para acontecer e, quando finalmente veio, fazendo meu coração subir em um nó na garganta, ele não deixou mensagem de voz nem de texto.

Desliguei o celular, enfiei-o na gaveta da cômoda do meu quarto e voltei a esfregar o banheiro. Shadi e eu decidimos não falar sobre isso, sobre Sexy e Cruel ou Chapéu Assombrado ou qualquer outra coisa, até terminarmos nosso trabalho, o que pareceu uma boa política, porque a limpeza estava ajudando a me entorpecer, e, sempre que meu cérebro fazia algum gesto em direção a um pensamento sobre Gus, o entorpecimento vinha em meu socorro.

Às seis horas, Shadi determinou que havíamos acabado e me expulsou para o chuveiro enquanto começava a fazer o jantar. Ela preparou ratatouille, que aparentemente vinha desejando desde que assistira ao filme *Ratatouille* com as irmãzinhas de Ricky durante o fim de semana de Quatro de Julho.

— Pode me contar sobre ele — garanti a ela quando nos sentamos à mesa, uma de frente para a outra, eu de costas para a janela que dava para a casa de Gus, apesar de ela estar fechada. — Eu quero ouvir sobre a sua felicidade.

— Depois do jantar — disse Shadi. E, uma vez mais, ela estava certa. Eu precisava disso, de mais uma refeição, composta essencialmente de legumes, e nada além de conversa trivial e confortável. Coisas que tínhamos visto nossos antigos colegas de faculdade postarem na internet, livros que ela havia lido, programas a que eu vinha assistindo (apenas *Veronica Mars*).

Depois do jantar, o céu nublou, e, enquanto eu lavava os pratos e Shadi preparava sazeracs para nós, começou a chover forte, as trovoadas distantes fazendo a casa estremecer como miniterremotos. Após eu ter enxugado e guardado a louça no armário à direita do fogão, ela me deu meu copo e fomos sentar no sofá onde eu passara minha primeira noite. Nós nos acomodamos em cantos opostos, nossos pés juntos sob o cobertor.

— Agora — disse ela —, comece do começo.

27

A chuva

CONVERSAMOS A NOITE inteira, em meio à tempestade que aumentava e diminuía como ondas, sempre trazendo uma nova carga de trovões e relâmpagos quando parecia que ia ceder. Nossa conversa durou todo esse tempo, com todos os intervalos para chorar e os dois em que Shadi fez novos drinques para nós.

No decorrer da nossa amizade, eu tinha testemunhado cinco rompimentos arrasadores de Shadi.

— Já era tempo de você me dar essa chance de trocar de lugar — ela me garantiu. — Eu precisava que você chorasse bastante, para depois eu poder vir atrás de você, se e quando o Ricky me destruir.

— Ele vai fazer isso? — perguntei, fungando, e Shadi soltou um suspiro profundo.

— Quase com certeza.

Ela tinha o hábito de se apaixonar por pessoas que não tinham interesse em se apaixonar. Começava como algo casual, um namorinho, que acidentalmente se tornava mais sério. No fim, sempre existia algum empecilho, algo que estava lá desde o princípio, mas não parecia um problema enquanto as coisas eram realmente casuais.

Houve o cozinheiro drogado, o skatista alcoólatra, o orientador extremamente promissor de um curso extracurricular para jovens desfavorecidos que disse para Shadi que a amava quase ao mesmo tempo em que admitia que queria ficar solteiro por mais alguns anos.

Tudo em minha melhor amiga dava uma impressão errada para os homens de Chicago. Ela era excêntrica e extrovertida, propensa a beber muito e passar a noite na balada, tranquila com relacionamentos casuais, sempre a pessoa mais divertida e mais escandalosa em qualquer recinto, e postava selfies com pouca roupa com crescente regularidade. Era enigmática, o mais próximo da fantasia estereotípica masculina que eu já tinha visto fora de um filme, mas, no fundo, era completamente romântica.

Quando ela se ligava a alguém, abria-se como uma rosa para expor o coração mais terno, puro, altruísta e fiel que eu já tinha conhecido. E, quando os homens-meninos que ela acidentalmente acabava namorando viam esse seu lado, com frequência se apaixonavam loucamente por ela, e ela por eles. Sonhando com um futuro com que nenhum deles havia se comprometido quando tudo começara.

— Eu queria que existisse alguma coisa que eu pudesse fazer para acabar com isso — disse ela.

— Não queria não — brinquei, e ela sorriu lentamente.

— Eu adoro e detesto me apaixonar.

— Eu também — falei. — Homens são péssimos.

— Péééssimos — ela gemeu. Por alguns segundos, ficamos em silêncio As lágrimas no meu rosto tinham secado e o sol começara a subir no céu, mas as nuvens de tempestade o bloqueavam, produzindo uma estranha cor azulada que entrava pelas persianas e se espalhava pelo sofá. — Ei — disse ela, por fim. — Acho que estava na hora.

— De quê? — perguntei.

— Acho que estava na hora de você cair de amores por alguém. Todo esse tempo que eu conheço você e nunca tinha visto. Acho que estava na hora.

— Você me conhecia antes do Jacques. Você viu acontecer.

— É. — Shadi deu de ombros. — Eu sei que você amava o Jacques. E talvez, no fim, o resultado tenha sido o mesmo, mas com ele você nunca *caiu*, Janie. Você só foi entrando.

— Quer dizer que cair é a parte que dói? — perguntei, com uma risada sem humor. — E, se a gente se apaixona por alguém sem doer, não há queda?

— Não é isso — Shadi disse, séria. — Cair é a parte que deixa a gente sem fôlego. É a parte em que a gente mal pode acreditar que a pessoa que está na nossa frente existe e por acaso cruzou o nosso caminho. É o que faz a gente se sentir feliz por estar viva exatamente neste momento e lugar.

As lágrimas embaçaram minha visão. Eu sentia isso com Gus, mas já havia sentido antes.

— Você está errada quando diz que nunca tinha visto isso em mim — falei, e Shadi inclinou a cabeça, pensativa. — É como eu me senti quando encontrei você.

Um sorriso encheu o seu rosto e ela jogou uma das almofadas em mim.

— Eu te amo, Janie — ela me disse.

— Eu te amo mais.

Depois de um momento, seu sorriso se dissolveu e ela sacudiu a cabeça com decisão.

— Eu tenho certeza que ele também te ama — disse ela. — Eu sinto isso.

— Você nem nos viu juntos — lembrei. — Você nem o conheceu *de verdade*.

— Mas eu sinto. — Ela fez um gesto na direção da parede no mesmo instante em que outro trovão estrondoso sacudiu a casa e o relâmpago faiscou através das janelas. — Emanando da casa dele. Eu sou meio médium.

— Então é isso — falei.

— Exato — disse Shadi. — Então é isso.

PODEM TER SIDO segundos entre o momento em que finalmente adormeci no sofá e aquele em que as batidas na porta começaram, ou podem ter sido horas. A sala de estar ainda estava escura pelas sombras do dia tempestuoso e os trovões ainda faziam estremecer o assoalho.

Shadi se sentou do outro lado do sofá e puxou o cobertor para o peito, os olhos verdes muito arregalados quando a segunda rodada de batidas na porta começou.

— Vamos ser assassinadas com um machado? — ela sussurrou.

E então ouvimos a voz dele vindo de trás da porta.

— *January.*

Shadi se recostou de volta no braço do sofá.

— É ele, né?

Ele bateu de novo e eu me levantei, sem saber o que fazer. Sem saber o que devia fazer, o que queria fazer. Olhei para Shadi, dirigindo a ela essas perguntas silenciosas.

Ela ergueu os ombros enquanto outra batida soava.

— Por favor — disse Gus. — Por favor, January, eu não vou ficar insistindo se você não quiser, mas, por favor, fale comigo. — Ele ficou em silêncio e o gemido do vento se estendeu como reticências esperando mais. Minha garganta parecia ter desmoronado, e era como se eu tivesse que engolir o entulho antes de conseguir falar.

— O que eu faço? — perguntei a Shadi.

Ela soltou o ar longamente.

— Você *sabe* o que eu faria, Janie.

Ela havia dito na noite passada: *Eu queria que existisse alguma coisa que eu pudesse fazer para acabar com isso.* A piada, claro, era que existia algo que ela podia fazer, mas por algum motivo ela nunca conseguia não responder às mensagens ou telefonemas, não havia maneira de ela se convencer a *não* visitar a família de um novo namorado em um feriado nacional, nenhuma chance de ela recusar a possibilidade do amor.

Eu não sabia, não podia saber, o que Gus ia me dizer sobre a noite passada, sobre Naomi, ou como estaria a nossa situação. Eu não podia saber, mas podia sobreviver a isso.

Lembrei daquele momento no carro em que tentei guardar a memória em minha mente para que, se e quando eu olhasse para trás, pudesse dizer a mim mesma que tinha valido a pena.

Que, por algumas semanas, eu tinha sido mais feliz do que em um ano inteiro.

Sim, eu pensei. Era verdade.

Fiquei sem fôlego então, como se estivesse correndo nua para as ondas do lago Michigan uma vez mais. Eu *era* grata por estar viva, mesmo com o lixo flutuando em volta. Era grata por ter Shadi aqui. Era grata por ter lido as cartas do meu pai e era grata por ter me mudado para a casa vizinha à de Augustus Everett.

O que quer que viesse em seguida, eu poderia sobreviver a tudo, como Shadi fizera tantas vezes.

Até eu perceber tudo isso, um minuto inteiro devia ter se passado sem outra batida e sem a voz me chamando, e meu coração acelerou enquanto eu corria até a porta, Shadi aplaudindo do sofá, como se estivesse assistindo a uma corrida olímpica das arquibancadas.

Abri a porta para a varanda escura e tempestuosa, mas ela estava vazia. Corri descalça para os degraus e olhei pelo jardim, pela rua, para os degraus da casa ao lado.

Gus não estava em nenhum lugar à vista. Desci os degraus impulsivamente e, no meio, resolvi cortar caminho pela grama, os dedos afundando no barro. Havia chegado ao jardim da frente de Gus quando me dei conta: o carro dele não estava lá.

Ele tinha ido embora. Não dera tempo. Não sabia se ia começar a chorar de novo ou se minhas lágrimas estavam esgotadas. Minhas costelas doíam, tudo por dentro delas doía. Meus ombros tremiam e meu rosto estava molhado, mas era verdade que podia ser da chuva que obscurecia nossa pequena rua de praia, toda inundada agora, uma torrente que carregava folhas e fragmentos de lixo em seu fluxo rápido.

Eu queria gritar. Tinha sido tão paciente com Gus por todo o verão. Disse a ele que seria, e fui, e agora havia fechado a porta para o que provavelmente era a nossa última chance.

Apertei a boca com o dorso da mão enquanto um soluço entrecortado subia do meu peito. Eu queria desabar na grama enlameada, ser absorvida nela. *Se eu fosse o chão*, pensei, *sentiria menos ainda do que quando estava fazendo faxina.*

Ou não, porque ia sentir cada passo, cada pegada caminhando sobre mim, mas isso ainda seria melhor do que essa desolação toda.

Porque eu sabia de novo, com certeza, que Shadi estava certa. Eu finalmente havia caído. Tinha sido impossivelmente fortuito, predestinado, ver meu caminho se cruzar com o de alguém que eu viria a amar como Gus Everett e me sentir feliz com isso mesmo enquanto me desfazia por dentro.

Uma luz brilhou no centro da minha visão e eu me virei para ela, esperando encontrar Shadi na varanda. Mas a luz não vinha da minha varanda.

Vinha da casa de Gus.

E então a música começou, tão alta quanto naquela primeira noite. Como se os festivais de Pitchfork ou Bonnaroo estivessem acontecendo aqui na nossa pequena rua.

A voz de Sinéad O'Connor soou, os chorosos versos iniciais de "Nothing Compares 2 U".

A porta se abriu e ele saiu sob a luz da varanda, tão molhado quanto eu, embora, de alguma forma, contra todas as probabilidades, seu cabelo ondulado e ligeiramente grisalho ainda conseguisse desafiar a gravidade e se projetar em ângulos sonolentos e estranhos.

Com a música ressoando pela rua, interrompida apenas pelo ocasional ribombar distante da tempestade que se afastava, Gus veio até mim debaixo da chuva. Ele parecia tão indeciso quanto eu se deveria rir ou chorar, e, quando me alcançou, tentou dizer alguma coisa, mas notou que a música estava alta demais para que ele falasse no volume normal. Eu tremia e meus dentes batiam, mas não me sentia exatamente com frio. Era mais como se eu estivesse fora do meu corpo.

— Já percebi que não planejei isto direito — Gus disse por fim, gritando sobre a música e apontando para sua casa com o queixo.

Um sorriso passou pelo meu rosto, mesmo com a pontada em meu peito.

— Eu pensei... — Ele passou a mão pelo cabelo e olhou em volta. — Sei lá. Pensei que talvez a gente pudesse dançar.

Uma risada escapou de dentro de mim, surpreendendo a ambos, e o rosto de Gus se iluminou. Assim que parei de rir, as lágrimas voltaram aos meus olhos, ardendo atrás do nariz.

— Você vai dançar comigo na chuva? — perguntei, com a voz trêmula.

— Eu prometi a você — ele respondeu, sério, segurando-me pela cintura. — Eu disse que ia aprender.

Forcei-me a controlar a voz, sacudindo a cabeça.

— Você não está preso a nenhuma promessa, Gus.

Lentamente, ele me puxou para si e me envolveu nos braços, seu calor só ligeiramente diminuído pelo frio da chuva.

— Não é a promessa que importa — ele murmurou logo acima do meu ouvido direito, começando a se mover, a me balançar de um lado para o outro na terna aproximação de uma dança, o inverso daquela noite em que havíamos dançado na festa na república. — O que importa é que ela foi feita para *você*.

A emotiva January. A January que não conseguia nunca esconder o que estava pensando. A January que ele sempre tivera medo de machucar.

Minha garganta se apertou. Quase doía ser abraçada por ele assim, sem saber o que ele teria para me dizer, ou se essa seria a última vez que ele me abraçava. Tentei falar alguma coisa, insistir de novo que ele não tinha nenhuma obrigação comigo, que eu entendia como a situação era complicada.

Não consegui emitir nenhum som. Sua mão estava no meu cabelo molhado e eu fechei os olhos em um novo dilúvio de lágrimas, apertando o rosto em seu ombro.

— Eu achei que você tinha ido embora. Seu carro...

— ... está preso no acostamento da estrada neste momento — disse ele. — Está chovendo como se o mundo fosse acabar.

Ele deu um sorriso forçado, mas não consegui acompanhá-lo.

A música tinha terminado, mas continuávamos dançando, abraçados, e eu estava aterrorizada com o momento em que ele ia me largar, tentando aproveitar *este* instante, este em que eu ainda o tinha.

— Eu telefonei para você — disse ele, e eu só assenti, porque não consegui falar *eu sei*.

Respirei fundo para liberar minha voz e perguntei:

— Aquela era a Naomi?

Não esclareci que estava falando da *bela mulher no evento*, mas não havia necessidade.

— Era — Gus respondeu depressa. Por alguns segundos, ficamos em silêncio. — Ela queria conversar — ele continuou, por fim. — Fomos tomar uma bebida no bar ao lado.

Eu continuo de pé, pensei. Bem, mais ou menos. Eu estava *apoiada*, deixando que ele carregasse a maior parte do meu peso. Mas estava viva. E Shadi estava lá dentro, esperando por mim. Tudo ia ficar bem.

— Ela quer voltar — ofeguei. A ideia era fazer uma pergunta, mas saiu mais como uma proclamação.

Gus afastou a cabeça para olhar para mim, mas não retribuí o gesto. Mantive a face pressionada em seu peito.

— Parece que ela e o Parker terminaram um tempo atrás — disse Gus, pousando o queixo na minha cabeça de novo. Seus braços se apertaram em minhas costas. — Ela... Ela disse que tem pensado muito nisso, mas que quer esperar. Para ter certeza de não estar me usando como um tapa-buraco.

— Como você poderia ser um tapa-buraco? — perguntei. — Você é o marido dela.

A risada áspera dele ecoou por dentro de mim.

— Foi mais ou menos o que eu falei.

Meu estômago se contorceu.

— Ela não é má pessoa — Gus disse, como se estivesse pedindo que eu compreendesse.

— Fico feliz de saber.

— Mesmo? — ele perguntou, inclinando a cabeça. — Por quê?

— Porque você não deveria ficar casado com uma pessoa horrível. Ninguém deveria, na verdade. Exceto, talvez, outras pessoas horríveis.

— Então, esse é o ponto — ele disse em voz baixa. — Ela me perguntou se eu poderia perdoá-la. E eu acho que sim. Um dia.

Não falei nada.

— E aí ela me perguntou se eu conseguia me ver com ela de novo e... eu posso imaginar isso. Eu acho que é possível.

Pensei que talvez devesse dizer alguma coisa. *Ah, é? E aí? Que bom?* A dor não pareceu ter se contentado por ter sido ouvida. Ela rugiu dentro de mim.

— Gus — sussurrei e fechei os olhos, sacudindo a cabeça, enquanto mais lágrimas quentes desciam deles.

— Ela me perguntou se poderíamos fazeı nosso casamento dar certo — ele murmurou, e meus braços ficaram moles.

Recuei e enxuguei o rosto, pondo alguma distância entre nós. Olhei para a grama encharcada e meus pés enlameados.

— Eu nunca esperei ouvi-la dizer isso — Gus continuou, ofegante. — E eu não sei. Eu precisava de tempo para refletir. Então vim para casa e... comecei a pensar em tudo isso e tive vontade de ligar para você, mas seria tão egoísta telefonar assim e fazer você me ajudar a refletir. Então eu passei o tempo todo ontem pensando. E a princípio eu pensei... — Ele parou e sacudiu a cabeça várias vezes. — Eu certamente poderia ficar com a Naomi de novo, mas, mesmo que pudéssemos estar juntos, não acho que eu conseguiria jamais ser casado outra vez. Foi tudo muito complicado e doloroso. Mas depois refleti melhor e percebi que não era isso.

Apertei os olhos e mais lágrimas saíram. *Por favor*, eu queria implorar a ele. *Pare*. Mas eu me sentia travada em meu próprio corpo, mantida prisioneira ali.

— January — ele disse docemente. — Olhe para mim.

Sacudi a cabeça.

Ouvi os passos dele na grama. Ele segurou minhas mãos inertes nas dele.

— *É* isso em relação a ela e eu. O que eu quis dizer é que não é isso em relação a você.

Abri os olhos e os ergui para o rosto dele, embaçado atrás das lágrimas. Ele engoliu, apertou o maxilar.

— Eu nunca tinha conhecido alguém que fosse tão perfeitamente a minha pessoa favorita. Quando penso em estar com você todos os dias, nenhuma parte de mim se sente claustrofóbica. E, quando penso em ter com você o tipo de briga que a Naomi e eu costumávamos ter, não há nada de assustador nisso. Porque eu confio em você, mais do que jamais confiei em qualquer pessoa, até mesmo a Pete. Quando eu penso em você, January, quando penso em lavar roupa com você e experimentar sucos verdes detox horrorosos e ir a lojas de antiguidades com você, só me sinto feliz. O mundo parece diferente do que jamais imaginei que pudesse ser, e eu não quero ficar procurando o que é problemático ou o que pode dar errado. Eu não quero me preparar para o pior e perder estar com você. Eu quero ser o cara que vai te dar o que você merece e quero dormir ao seu lado todas as noites e ser aquele com quem você reclama sobre as dificuldades com os livros, e acho que eu não *poderia* merecer algo assim, e sei que tudo isso entre nós não é uma coisa garantida, mas é o que eu quero ter como objetivo com você. Porque eu sei que, não importa por quanto tempo eu possa amar você, vai valer qualquer coisa que venha depois.

Isso era tão próximo do pensamento que eu tive mais cedo e, antes disso, quando voltávamos de New Eden, com as mãos unidas sobre a alavanca do câmbio, mas agora soava diferente, parecia um pouco amargo no meu estômago.

— Vai valer a pena — ele disse de novo, mais baixo, mais urgente.

— Você não tem como saber — murmurei. Recuei devagar, enxugando as lágrimas dos olhos.

— Tudo bem — Gus respondeu. — Não tenho como saber. Mas eu acredito nisso. Eu *vejo* isso. Me deixe provar que estou certo. Me deixe provar que eu posso amar você para sempre.

Minha voz saiu fraca e frágil.

— Nós dois estamos machucados. Não é só você. Eu queria achar que era, mas não é. Eu sou um desastre. Minha sensação é que eu preciso reaprender tudo, especialmente reaprender a estar apaixonada. Por onde vamos *começar*?

Gus puxou minhas mãos do meu rosto molhado de lágrimas. Seu sorriso não era mais que uma tentativa, mas, mesmo na luz nebulosa da manhã, vi a covinha fender seu queixo. Ele desceu as mãos para os meus quadris, me puxou gentilmente contra si e apoiou o queixo na minha cabeça.

— Por aqui — sussurrou no meu cabelo.

Senti uma agitação no peito. Seria possível? Eu queria tanto isso, queria *ele* em todas as partes da minha vida, desse jeito que ele havia dito.

— Quando olho você dormir — ele disse, a voz trêmula —, eu me sinto inundado de emoção por você existir.

As lágrimas voltaram com plena força aos meus olhos.

— E se nós *não* tivermos um final feliz, Gus? — murmurei.

Ele pensou um pouco, as mãos ainda deslizando e se apertando em mim, como se não pudessem ficar paradas. Seus olhos escuros se fixaram nos meus. Quando o encarei, seu olhar estava fazendo aquela coisa sexy e cruel, mas agora parecia menos sexy-cruel e mais... apenas Gus.

— Então talvez devêssemos aproveitar o nosso felizes-agora — disse Gus.

— Felizes agora. — Experimentei as palavras, fiz girarem na boca como vinho. A única promessa que se tinha na vida era o momento que se estava vivendo. E eu estava.

Feliz agora.

Eu poderia viver com isso. Eu aprenderia a viver com isso.

Lentamente, ele balançou comigo para lá e para cá. Abracei seu pescoço, os braços dele envolveram minha cintura e nós ficamos ali, aprendendo a dançar na chuva.

28

Nove meses depois

— PRONTA? — PERGUNTOU Gus.

Apertei o exemplar de divulgação de *A grande família Marconi* contra o peito. Desconfiava de que nunca estaria pronta. Não para este livro nem para ele. Entregar o livro ao mundo seria como cair de cabeça de um avião, e eu só podia ter a esperança de que algo lá embaixo decidisse vir ao meu encontro e me segurar.

— Você está? — perguntei a Gus.

Ele inclinou a cabeça, refletindo. Seu livro tinha acabado de passar pela fase de edição de texto, por isso o manuscrito estava preso com prendedores de papel em vez da capa provisória usada nas cópias para divulgação.

No fim, meu livro foi vendido três semanas antes do dele, mas o dele rendeu um pouco mais de dinheiro, e nós dois decidimos não usar pseudônimos. Tínhamos escrito livros de que nos orgulhávamos, e, embora fossem diferentes dos que costumávamos escrever, continuavam sendo nossos.

Era estranho não ver o pequeno sol sobre as ondas — o logotipo da Sandy Lowe — na lombada, como em todos os meus outros livros. Mas eu sabia que meu próximo lançamento, *Rabugento*, o teria, e isso era bom.

Rabugento. Minhas leitoras iam adorar. Eu o adorava também. Não mais nem menos do que adorava *Família Marconi*. Mas talvez eu me sentisse mais protetora com os Marconi do que com meus outros protagonistas, porque não sabia como eles seriam julgados.

Anya insistiu que qualquer pessoa que não tivesse vontade de "enrolar os Marconi na seda mais macia e alimentá-los com uvas na boca é um porco que não precisa de pérolas. Não se preocupe". Claro que ela disse isso ao me mandar a primeira resenha crítica esta manhã, a qual tinha sido em sua maior parte positiva, a não ser por descrever o elenco como "engessado" e a própria Eleanor como "um tanto estridente".

— Acho que estou — Gus respondeu e me entregou sua pilha de páginas. Ele não tinha razão para se preocupar, e eu disse a mim mesma que eu também não tinha. No ano anterior, eu tinha lido seus dois livros, e ele já tinha lido os meus três, e até o momento a escrita de nenhum dos dois havia desagradado o outro.

Na verdade, ler *Os revelatórios* tinha sido um pouco como nadar pela mente de Gus. Era triste e belo, mas muito, muito divertido em alguns momentos, e extremamente estranho em vários outros.

Entreguei meu livro a Gus e ele sorriu para a capa ilustrada, as listras da tenda do circo descendo e formando espirais na ponta que se enrolavam em nós em volta da silhueta dos personagens, unindo todos eles.

— É um dia bom — disse Gus. Às vezes ele dizia isso, geralmente quando estávamos no meio de algo da vida cotidiana, como lavar a louça ou tirar o pó da sala de sua casa em nossas roupas velhas de limpeza. Desde que vendi a casa do meu pai, em fevereiro, eu passava muito tempo na casa de praia dele, mas Gus vinha ao meu apartamento na cidade também. Ficava em cima de uma loja de instrumentos musicais, e, de dia, enquanto trabalhávamos em minha saleta de café da manhã, ouvíamos os universitários ocasionais entrarem para testar a bateria que jamais poderia caber em seus dormitórios. Mesmo quando isso nos incomodava, era algo que compartilhávamos.

Para falar bem a verdade, às vezes Gus e eu gostávamos de ser resmungões juntos.

À noite, depois que a loja fechava, os proprietários, irmão e irmã de meia-idade com alargadores iguais nas orelhas, ligavam sua própria música — Dylan ou Neil Young & Crazy Horse ou Rolling Stones — e se sentavam na varanda dos fundos da casa dividindo um baseado. Gus e eu nos sentávamos em meu pequeno terraço acima deles e deixávamos os cheiros e sons flutuarem até nós.

— É um dia bom — ele dizia, ou, se acidentalmente fechava a porta e nos trancava de novo do lado de fora no terraço, dizia algo como: — Que dia merda.

E então ele descia pela escada de incêndio até os irmãos maconheiros e pedia para passar por dentro da loja até a segunda escada dentro do prédio, e eles diziam "Claro, irmão", e um minuto depois aparecia atrás de mim com uma cerveja gelada na mão.

Às vezes eu sentia falta da cozinha da casa antiga, aqueles azulejos azuis e brancos pintados à mão, mas, nessas últimas semanas desde que o verão começara de novo, eu ouvia as vozes e risadas da família de seis pessoas que estava ocupando a casa e imaginava que eles também gostavam daqueles detalhes tanto quanto eu. Talvez um dia um dos quatro filhos fosse descrever aqueles desenhos cuidadosos para seus próprios filhos, um fragmento de memória que conseguiria se manter vivo enquanto tudo o mais ficava vago e obscuro.

— *É* um dia bom — concordei. Amanhã era aniversário do dia em que Naomi deixara Gus, a noite de seu aniversário de trinta e três anos, e ele finalmente dissera a Markham que preferia não ter a grande festa.

— Eu só quero sentar na praia e ler — ele disse a ela, portanto esse havia sido nosso plano nas duas últimas semanas. Pegaríamos, finalmente, o novo livro um do outro e leríamos ao ar livre.

Eu fiquei surpresa, claro, quando ele fez essa sugestão. Embora ambos adorássemos a vista, eu tinha percebido nesse último ano que Gus não estava mentindo quando disse que ia muito pouco à praia. Ele achava que ficava muito cheia de gente de dia, e à noite era muito frio para nadar. Havíamos passado muito mais tempo lá em janeiro e fevereiro, caminhando sobre a água congelada, abrindo os braços parados na borda do mundo, apertando os olhos para o sol poente, com nossos casacos sacudindo ao vento.

O lago congelava até tão longe que podíamos andar por ele até depois do farol em que meu pai colidira certa vez com seu triciclo. E congelava tão alto e a neve empilhava tanto sobre ele que podíamos chegar até o *topo* do farol e ficar de pé ali como se ele fosse parte de alguma civilização perdida sob nós, o braço de Gus sobre meus ombros enquanto ele cantarolava *It's June in January, because I'm in love.*

Tive que comprar um casaco maior. Um que parecia um saco de dormir com braços. Com capuz forrado de pele e tecido impermeável com forro de plumas até os tornozelos, e às vezes tinha que usar camadas de camisetas e blusas de manga comprida sob ele.

Mas o sol... caramba, o sol era brilhante naqueles dias de inverno, refletindo em cada borda de cristal e voltando mais intenso do que quando incidia no solo. Era como estar em outro planeta, só eu e Gus, mais perto de uma estrela do que jamais havíamos estado. Nosso rosto ficava tão entorpecido que não sentíamos o nariz escorrendo e, quando entrávamos novamente em casa, nossos dedos estavam roxos (mesmo com luvas) e as faces vermelhas, e acendíamos a lareira a gás e desabávamos no sofá, tremendo e batendo os dentes e entorpecidos demais para trocar de roupa e nos enfiar embaixo dos cobertores com alguma aparência de dignidade.

— January, January — Gus cantarolava, seus dentes rangendo de frio. — Mesmo sem flocos de neve, aqui é sempre janeiro.

Eu nunca havia gostado do inverno, mas agora eu entendia. Era bom estarmos sentados sobre uma toalha na areia esta noite, mas estávamos compartilhando as espumas das ondas com mais três dúzias de pessoas. Era um tipo diferente de beleza, ouvir os gritos e os risos em meio ao som da água quebrando na praia, mais como aquelas noites em que eu me sentava no quintal dos meus pais ouvindo as crianças do vizinho caçarem vaga-lumes. Eu estava feliz por Gus experimentar isso também.

Lemos por umas duas horas, depois subimos cambaleando para casa no escuro. Dormi na casa dele essa noite e, quando acordei, ele já estava fora da cama e o som borbulhante da água na cafeteira vinha da cozinha.

Voltamos para a praia à tarde e nos sentamos lado a lado, continuando a ler o livro um do outro. Eu me perguntava o que ele ia achar do final do meu, se pareceria muito artificial para ele, ou se ele ficaria decepcionado por eu não ter realmente me comprometido com um final infeliz.

Mas o livro dele era mais curto e eu terminei primeiro, com uma risada que o fez erguer os olhos da página, espantado.

— O que foi?

Sacudi a cabeça.

— Eu conto depois que você tiver terminado.

Deitei na areia e fiquei olhando para o céu cor de alfazema. O sol tinha começado a se pôr, e já fazia tempo que havíamos comido. Meu estômago roncou. Abafei outra risada.

O novo livro de Gus, com o título provisório de *O copo já está quebrado*, não chegava nem próximo de uma comédia romântica, embora *de fato* tivesse um forte fio narrativo romântico entrelaçado ao enredo e *chegasse* bem perto de um final feliz.

O protagonista, Travis, saiu do culto com todas as provas de que precisava. Tinha até convencido Doris a sair com ele. Eles foram felizes, extremamente felizes, mas por não mais do que uma ou duas páginas, até o meteoro do fim do mundo que o profeta havia previsto atingir a Terra.

O mundo não acabou. Na verdade, Travis e Doris foram as únicas baixas humanas. O meteoro passou pela sede do culto e caiu na floresta logo ao lado da estrada em que os dois estavam viajando. Não foi nem o meteoro que os matou, mas a distração que ele provocara, os olhos de Travis se desviando momentaneamente da estrada em que ele batalhara tanto para chegar.

O pneu direito saiu da pista, e, quando ele virou o volante depressa, colidiu com um caminhão que vinha em alta velocidade no sentido oposto. O carro parou com um rangido de pneus, amassado como uma lata pisoteada.

Fechei os olhos contra o céu do crepúsculo e engoli o riso. Eu não sabia por que não conseguia parar, mas logo a sensação se apertou em minha barriga e eu percebi que não estava rindo. Estava chorando. Eu me sentia ao mesmo tempo derrotada e compreendida.

Brava porque esses personagens mereciam mais do que tiveram e, de alguma forma, reconfortada com sua experiência. *Sim*, pensei. *É assim a sensação da vida, com muita frequência*. Como se estivéssemos fazendo tudo de que somos capazes para sobreviver e todo o esforço acabasse sendo sabotado por algo fora do nosso controle, talvez até mesmo uma parte mais sombria de nós mesmos.

Às vezes era o próprio corpo. As células se transformando em veneno e lutando contra nós. Ou uma dor crônica crescendo do pescoço e envolvendo as laterais do crânio até sentirmos unhas se enfiando em nosso cérebro.

Às vezes era luxúria ou coração partido ou solidão ou medo que nos levavam para fora da estrada em direção a algo que havíamos passado meses ou anos evitando. Ou combatendo ativamente.

Pelo menos a última coisa que eles tinham visto, o meteoro vindo em direção à Terra, os distraiu por causa de sua beleza. Eles não tiveram medo. Ficaram fascinados. Talvez isso fosse tudo que se podia desejar na vida.

Eu não sabia por quanto tempo tinha ficado ali deitada, com as lágrimas descendo silenciosamente pelas faces, mas senti um polegar áspero pegar uma delas e abri os olhos para o rosto solícito de Gus. O céu tinha escurecido para um azul brutal. Ver essa cor na pele de alguém faria o estômago revirar. Mas era maravilhoso nesse contexto. Estranho como coisas podiam ser repelentes em algumas situações e deslumbrantes em outras.

— Ei — disse ele, com ternura. — O que foi?

Eu me sentei e enxuguei o rosto.

— Quer dizer que esse é o seu final feliz.

Gus franziu a testa.

— *Foi* um final feliz.

— Para quem?

— Para eles — Gus respondeu. — Eles estavam felizes. Não tinham nada a lamentar. Eles venceram. E nem tiveram que ver o que estava para acontecer. Até onde sabemos, eles vivem naquele momento para sempre, felizes assim. Juntos e livres.

Senti um calafrio descer pelos braços. Eu sabia o que ele queria dizer. Sempre me sentira grata porque meu pai havia morrido dormindo. Esperava que, na noite anterior, ele e minha mãe tivessem visto algo na TV que o tenha feito rir tanto que ele tenha precisado tirar os óculos para enxugar as lágrimas. Talvez algo com um barco. Eu esperava que ele tivesse tomado muitos dos famosos martínis da minha mãe para nem sentir nenhuma preocupação quando foi para cama, a não ser que talvez não fosse estar muito em forma ao acordar de manhã.

Eu disse isso à minha mãe quando fui visitá-la no Natal. Ela chorou e me abraçou.

— Foi mais ou menos assim — ela me garantiu. — Muito da nossa vida foi mais ou menos assim.

Falar sobre ele vinha aos bocados. Aprendi a não pressionar. Ela aprendeu a deixar vir pouco a pouco, e a entender que às vezes estava tudo bem permitir que uma pitada de feiura entrasse na história. Que isso nunca a roubaria de toda a beleza.

— É um final feliz — Gus repetiu, me trazendo de volta ao presente e à praia. — E quanto ao *seu* final? Tudo se acertou perfeitamente.

— Não muito — falei. — O único cara que Eleanor *achou* que já tivesse amado na vida está casado com outra agora.

— É, e ela e Nick obviamente vão ficar juntos — disse Gus. — Dá para sentir isso no livro inteiro. Era óbvio que ele estava apaixonado por ela e que ela o amava também.

Revirei os olhos.

— Acho que você está projetando.

— Pode ser — disse ele, sorrindo de volta para mim.

— Parece que nós dois falhamos — falei, levantando.

Gus me seguiu. Começamos a subir pela trilha tortuosa e atravessada de raízes.

— Não acho. Acho que eu escrevi a minha versão de um final feliz e você escreveu a sua versão de um final triste. Tínhamos que escrever o que achamos que é verdade.

— E você ainda acredita que um meteoro atingindo a Terra é o melhor cenário para um romance.

Gus riu.

Nós tínhamos esquecido de deixar a luz da varanda acesa, mas não havia nada em que tropeçar. Ele nunca tivera móveis na varanda, e, quando dei os do meu pai para Sonya, decidimos economizar e comprar os nossos, mas depois não pensamos mais nisso. Gus finalmente conseguiu encaixar a chave na fechadura e parou de frente para mim antes de virá-la. Sua mão encontrou a lateral do meu rosto e sua boca morna pressionou a minha. Quando ele se afastou, fios do meu cabelo enroscando em sua barba por fazer, disse calmamente:

— Se eu fosse atingido por um meteoro enquanto estivesse no carro com você, sim, eu acharia que teria ido embora em grande estilo.

Minhas faces ainda esquentavam quando ele dizia essas coisas. A sensação de lava ainda enchia meu estômago. Ele abriu a porta e me deu a mão enquanto entrávamos. Deixou o manuscrito na sapateira ao lado da porta, acendeu a luz, e um coro de vozes se ergueu de imediato, gritando:

— SURPRESA!

Fiquei paralisada em confusão. Pete e Maggie e minha mãe, com seu novo cabelo curto e ondulado e a calça larga de linho que sempre usava para viajar, Shadi e seu mais recente namorado, o Lobisomem Sexy da Louisiana (agora já envolvido com ela o suficiente para nos referirmos a ele quase sempre como Armand, seu nome real), e Kayla Markham estavam no meio da sala, todos sorridentes, como num anúncio de pasta de dente, segurando taças de champanhe e, talvez mais intrigante, vestidos vagamente como piratas. Em uma faixa enfeitada com festões sobre a porta atrás deles, letras coloridas diziam: FELIZ ANIVERSÁRIO DE UM ANO. Pensando em atos grandiosos, esse era um dos mais estranhos que eu já tinha visto.

— O que... — falei, sem entender o que estava acontecendo. — Isto é... *o que*... — Gus estava de pé ao meu lado, e, quando olhei para ele, o canto mais alto de sua boca torta se levantou.

— Eu tenho uma boa ideia, January — disse ele, ajoelhando-se na minha frente. Minha mão ainda estava na dele, e percebi que estava tremendo. Ou ele estava tremendo, ou nós dois. Ele olhou para mim à luz acolhedora da sala.

Minha voz saiu pequena e estridente:

— Mais um filme dos Piratas do Caribe?

Seu sorriso foi largo e completo agora, tão aberto que, se eu me inclinasse para a frente, achei que poderia olhar pela sua garganta até o coração.

— January Andrews, um ano atrás eu te encontrei pela segunda vez, e isso mudou a minha vida. Não me importo como ela termine, desde que eu a passe inteira com você.

Ele levou a mão ao bolso e tirou um pequeno quadrado branco, uma folha de caderno amassada que parecia já ter sido dobrada e desdobrada centenas de vezes. Lentamente, ele a abriu uma vez mais e a segurou diante de mim, revelando as duas palavras escritas em grandes letras pretas.

CASA COMIGO

Talvez eu devesse ter parado para escrever a resposta. Em vez disso, eu o segurei e o beijei e disse em sua boca:

— Sim. — E de novo: — Sim, sim.

Pete e Maggie deram vivas. Minha mãe bateu palmas. Shadi correu para me abraçar.

Nos livros, eu sempre sentia que o felizes para sempre vinha como um novo começo, mas, para mim, não era essa a sensação. Meu felizes para sempre era um cordão de felizes-agora amarrados uns nos outros, que se estendiam não só desde um ano atrás, mas desde trinta anos antes. O meu já havia começado, portanto esse dia não era nem fim, nem começo.

Era apenas mais um dia bom. Um dia perfeito. Um feliz-agora tão amplo e profundo que eu sabia, ou acreditava, que não precisava me preocupar com o amanhã.

Agradecimentos

Por trás de cada livro que percorre seu caminho para o mundo, há toda uma aldeia de apoiadores, e este livro não poderia ter uma aldeia melhor lutando por ele a cada passo do caminho. Imensos agradecimentos, em primeiro lugar, à minha incrível editora, Amanda Bergeron, cuja habilidade, paixão e gentileza fizeram com que cada minuto que passei trabalhando neste livro fosse puro prazer. Ninguém poderia ter compreendido ou refinado a essência da história de January e Gus como você, e sou eternamente grata por ter tido você do lado deles. Ainda está sendo um sonho para mim trabalhar com você.

Obrigada também ao restante da equipe inimitável da Berkley: Jessica McDonnell, Claire Zion, Cindy Hwang, Grace House, Martha Cipolla e os outros. Eu me sinto incrivelmente sortuda por ter encontrado um lar e uma família entre vocês.

Para a primeira pessoa que leu este livro em qualquer forma, Lana Popovic, muito obrigada por sempre, sempre acreditar em mim e por inspirar a melhor agente de ficção do mundo, Anya.

Obrigada também ao *meu* sonho perfeito de agente, Taylor Haggerty. Você foi um farol para mim ao longo de todo este processo, e eu sei bem no fundo de mim que *Leitura de verão* não poderia ter chegado até aqui sem você e o pessoal incrível da Root Literary: Holly Root, Melanie Castillo e Molly O'Neill. Um enorme obrigada também à minha maravilhosamente talentosa agente de direitos internacionais, Heather Baror, e ao restante da equipe da Baror International, bem como a Mary Pender, da UTA. Vocês todos foram um apoio imenso para mim desde o início desta jornada.

Também preciso agradecer à minha querida amiga Liz Tingue, uma das primeiras pessoas a apostar em mim e em minha escrita. Sério, nada disso teria sido possível sem você. Sou grata para sempre a você e a Marissa Grossman por estarem no meu time desde o começo.

Há tantas outras pessoas que foram essenciais para meu crescimento como escritora e como pessoa, mas tenho que agradecer especialmente a Brittany Cavallaro, Parker Peevyhouse, Jeff Zentner, Riley Redgate, Kerry Kletter, Adriana Mather, David Arnold, Janet McNally, Candice Montgomery, Tehlor Kay Mejia e Anna Breslaw, por serem amigos tão maravilhosos e me proporcionarem uma comunidade de escritores tão adorável e vibrante. Vocês são todos brilhantes, determinados, divertidos e tremendamente talentosos. Sem falar que são muito, *muito* lindos.

E, claro, eu não poderia escrever sobre família, amizade e amor se não fosse pela família, amigos e parceiro espetaculares que me foram dados.

Obrigada aos meus avós, pais, irmãos, irmãs e a todos os cachorros que sempre me cercaram de amor. A Megan e Noosha, as mulheres cuja amizade me ensinou como escrever sobre melhores amigas. E ao amor da minha vida, minha pessoa perfeitamente favorita, Joey. Cada momento com você é o mais amplo e profundo felizes-agora com que eu poderia ter sonhado. Com você na minha vida, é difícil não ser romântica.

Por trás do livro

Eu tenho uma amiga que acha o filme *O iluminado* muito engraçado. Ela diz que não consegue assistir sem dar risada. Sua parte favorita é quando Shelley Duvall encontra o manuscrito em que Jack Nicholson vinha trabalhando o inverno inteiro e vê que todas as páginas só contêm a mesma frase, datilografada repetidamente. É um momento arrepiante no filme, em que a personagem percebe o estado mental de seu marido.

Mas, para minha amiga, também é a frase de efeito perfeita da piada. "É um filme inteiro sobre bloqueio criativo", ela me diz. Se as coisas mais divertidas sempre contêm um pouco de verdade, então, sim, esse é um momento muito engraçado. Porque, quando você está trabalhando em algo tão extenso como um livro, há *muitos* momentos em que para de ver o trabalho com clareza, em que não tem ideia do que você está fazendo, em que tem absoluta certeza de que todas aquelas grandes ideias que tinha ao começar eram, na verdade, um lixo.

Há momentos em que talvez não nos sentiríamos tão surpresos em olhar para o papel e constatar que escrevemos *Muito trabalho e pouca diversão* dois bilhões de vezes. Há ocasiões em que o apartamento pode começar a parecer vagamente assombrado, como se o papel de parede de trepadeiras no corredor fosse uma manifestação dos emaranhados do enredo que você não consegue destrinchar e estivesse ganhando vida e lentamente se apertando em sua volta.

E há uma espécie de humor estranho na ideia de que, talvez, esse filme de terror seja, na verdade, apenas uma tradução de como pode ser solitário, desnorteante e enlouquecedor escrever um livro.

Quando os amigos me perguntam sobre o que é *Leitura de verão*, digo que é sobre uma escritora de romances desiludida e um escritor de ficção literária que fazem uma aposta de cada um escrever um livro no gênero do outro naquele verão. Quando outros escritores me perguntam sobre o que é *Leitura de verão*, respondo que é sobre bloqueio criativo.

No verão em que escrevi este livro, estava me sentindo totalmente exaurida de energia e inspiração. Como se não tivesse mais nada a dizer, nenhum novo personagem surgindo na mente, nenhuma história que eu estivesse ansiosa para contar. No entanto, a súbita mudança para o clima mais quente me deu uma comichão para escrever.

Isso acontece em todas as estações. O modo como os cheiros e as cores da natureza se transformam, como o próprio ar parece um pouco diferente, sempre me dá vontade de criar.

Tentei maratonar séries na Netflix. Tentei mergulhar em leituras leves e efervescentes de verão. Tentei me convencer a fazer ioga ou passear com o cachorro. Houve muitos episódios improdutivos de andar de um lado para o outro e me deitar em posições diversas no chão.

Mas tudo que eu queria fazer era trabalhar.

O que não teria sido um problema se eu tivesse alguma ideia para um livro.

Por mais que eu forçasse a cabeça, fizesse brainstormings, procurasse no Google coisas idiotas como "sobre o que eu devo escrever", não conseguia encontrar uma migalha sequer de inspiração.

Assim, evidentemente, o único tema sobre o qual eu poderia escrever era *não conseguir escrever*. Não me parecia uma boa ideia. Definitivamente não parecia algo que pudesse se transformar em um livro real. Mas era tudo que eu tinha.

Então comecei a escrever sobre uma escritora com bloqueio criativo. E pensei em todas as vezes que fiquei empacada, todas as temporadas em que as palavras simplesmente não vinham e os enredos não se desenvolviam, e refleti sobre todas as diferentes razões pelas quais ficamos empacados, criativamente ou não.

As coisas que acontecem na vida e tornam *muito* difícil fazer aquilo de que realmente gostamos. As crises que nos fazem questionar se *realmente* gostamos dessas coisas, ou se está tudo bem ainda gostar delas quando o mundo inteiro parece estar se desfazendo à nossa volta.

Eu interroguei meu bloqueio criativo. Perguntei como ele se conectava com todas as outras partes da minha vida. E as maneiras como ele parecia dissonante do resto da minha vida.

E, quanto mais curiosa eu ficava, mais a inspiração ia abrindo caminho na minha direção. January cresceu fora de mim até ser uma personagem completa e real. Uma mulher complicada, confusa, desiludida, com uma história rica e significativa.

Ela se tornou uma escritora de romances, o que, no momento, eu não considerava que eu mesma fosse. Minhas perguntas mudaram: *O que faria estar difícil para* ela *escrever? O que teria que acontecer para que ela duvidasse de que conseguiria voltar a escrever? Como seu bloqueio criativo está conectado ao que acontece no resto de sua vida? O que seria necessário para que ela voltasse a lutar por si mesma e pelo que ela quer?*

Às vezes perdemos a capacidade de criar simplesmente porque estamos cansados. Precisamos descansar e nos recuperar. Mas outras vezes não conseguimos avançar porque há perguntas difíceis que precisamos fazer primeiro. Obstáculos em nosso caminho que precisamos pular ou paredes que precisam ser derrubadas. Interrogações que precisam ser feitas.

E, quando temos a coragem de fazer isso, podemos criar algo belo. Algo de que não sabíamos que éramos capazes antes de começar.

Então, sim, às vezes fazer arte é uma história de terror.

Mas outras vezes nos deixa apaixonados.

De um modo ou de outro, provavelmente vamos rir.

O QUE HÁ NA SACOLA DE PRAIA MUITO CHEIA DE EMILY HENRY?

Da magia à sedução, Alice Hoffman
Em outra vida, talvez?, Taylor Jenkins Reid
The Bride Test, Helen Hoang
O que Alice esqueceu, Liane Moriarty
Pequenos incêndios por toda parte, Celeste Ng
O guia para (não) namorar de Josh e Hazel, Christina Lauren
The Proposal, Jasmine Guillory
Rebecca: a mulher inesquecível, Daphne du Maurier
Mem, Bethany C. Morrow
Cem anos de solidão, Gabriel García Márquez
99 dias, Katie Cotugno
Não me abandone jamais, Kazuo Ishiguro
As estranhas e belas mágoas de Ava Lavender, Leslye Walton

Impresso no Brasil pelo Sistema Cameron da Divisão Gráfica da
DISTRIBUIDORA RECORD DE SERVIÇOS DE IMPRENSA S.A.